GEARBREAKER

WIR HABEN DIE GÖTTER SELBST ERSCHAFFEN

ZOE HANA MIKUTA

Ins Deutsche übersetzt von
Katrin Aust

Die deutsche Ausgabe von
GEARBREAKER: WIR HABEN DIE GÖTTER SELBST ERSCHAFFEN
wird herausgegeben von Cross Cult / Inh. Andreas Mergenthaler, Teinacher Straße 72,
71634 Ludwigsburg. Verlagsleitung: Luciana Bawidamann;
Programmleitung Romane/Sachbücher: Markus Rohde; Übersetzung: Katrin Aust;
Lektorat: Sabine Scholz; Korrektorat: Peter Schild; Satz: Rowan Rüster; Layout: Sina Keller;
Leitung Vertrieb: Peter Sowade; Marketing: Jana Rahders; Herstellung: Hannah Düser;
Druck: Printausgabe gedruckt von CPI books GmbH, Leck. Printed in the EU.

Original title: GEARBREAKERS

ISBN Paperback-Ausgabe 978-3-98743-068-8 (April 2023)
ISBN limitierte Hardcoverausgabe 978-3-98743-069-5 (April 2023)
E-Book ISBN 978-3-98743-070-1 (April 2023)

WWW.CROCU.DE

Für die waghalsigen,
bis über beide Ohren verliebten Kids.
(Ersteres mag tödlich sein, aber Letzteres
macht es definitiv lohnenswert.)

1

SONA

Als die Zeiten verzweifelt und die Menschen panisch genug waren, kamen wir an den Punkt, an dem wir aufhörten, zu den Göttern zu beten und uns stattdessen welche bauten.

Ich habe vorher nie wirklich verstanden, wie sehr das Sinn ergab.

Ich öffne meine Augen. Beim Anblick des blutenden Himmels schnürt sich mir die Kehle zu.

Als ich mich am Rand des Bettes festklammere und trocken würge, während der Himmel über mir brennt, verstehe ich es. Die Logik dahinter. Das brutale, menschliche Bedürfnis nach höheren Wesen.

Menschlich.

Ich blinzle einmal – langsam –, damit meine Gedanken sich sortieren können.

Wenigstens die haben sie mir gelassen.

Ich setze mich auf und hebe meine Hände, um sie zu begutachten. Meine Finger zucken noch, wenn ich es ihnen befehle. Sie sehen aus wie meine eigenen. All die Schwielen auf meinen Handflächen sind noch da, hart und glatt wie Flusskiesel. Ich biege meinen linken Daumen zurück, um nach der dünnen, blassen Narbe auf dem Ballen zu suchen, in den ich wieder und wieder meine Nägel gegraben habe, um das Zittern meiner Hände zu unterdrücken.

Meine Hände werden nie wieder zittern, allerdings nicht, weil ich jetzt frei von Angst bin. In dieser Hinsicht haben sie mich nicht verändert.

Da ist keine Narbe.

Auch das ergibt Sinn. Schwielen haben einen Zweck. Narben beherbergen Erinnerungen, sonst aber nicht viel. Behalt die Soldatin und lösch ihre Makel aus. Mach sie zu einer Göttin.

Ich drücke den Nagel des Zeigefingers auf die Stelle, wo die Narbe sich abzeichnen sollte.

Drücke zu, fester und fester, bis der Knöchel weiß hervortritt, warte geduldig, bis die Haut nachgibt …

Ein kleiner Riss öffnet sich. Ein roter Tropfen perlt über meine Haut und fällt auf die Fliesen.

Mein Blut haben sie mir nicht genommen, aber sie haben mir meinen Schmerz genommen.

Ich bekomme ihn nicht zurück, bis ich mit meinem Windup synchronisiert bin.

Mein Windup.

Ich sehe wieder hoch in den roten Morgenhimmel, der noch übersät mit Ätherflecken ist und an dem der blasse Mond sich hartnäckig hält, obwohl der Horizont im ersten Licht erglüht.

Wenn ich meinen Mund öffnen würde, könnte ich die Decke bitten, zum Anblick eines sternenübersäten Kosmos zu wechseln oder zu einem ewigen Gewitter oder einer von einer

Million anderer fantastischer Ansichten. Nur das Beste für die Topschüler der Akademie.

Ich schweige. Was immer ich mir auch wünschte, es wäre immer noch in Rot getaucht, genau wie die Wände, genau wie meine Glieder. Ich habe Angst, dass meine Stimme sich verändert hat. Sie könnten sie nach ihren Vorstellungen verändert oder mir ganz genommen haben. Genau wie sie mir meinen Schmerz genommen haben, meinen Atem, mein Auge.

Es spielt keine Rolle – was immer an die Decke projiziert wird, es ist nur eine Ansammlung von Trugbildern auf kaltem Beton. Nur hübsche Dinge, die harte Wahrheiten verschleiern.

Ich habe gelernt, hübschen Dingen gegenüber misstrauisch zu sein. Der Schönheit, der Gnade Gottes gegenüber, geformt aus Stahl und Draht ...

Es ist alles bloß Oberflächliches, das Drähte und Nieten und die scharfen Kanten von Mikrochips verbirgt.

Beweg dich. Der Gedanke flammt auf, von Panik durchzogen. *Du musst dich bewegen, sonst wird die Angst dich hier fesseln.*

Ich spähe über die Bettkante. Berühre langsam mit einem Zeh den Boden, teste, ob mein Bein mein Gewicht trägt, warte darauf, dass eine Naht aufspringt, die sie vergessen haben, zu schließen, nachdem sie mich mit den Mods ausgestattet hatten.

Ich stelle den anderen Fuß auf den Boden und erhebe mich vorsichtig vom Bett.

Ich falle nicht auseinander.

Ich schwanke nicht mal.

Ich muss nicht länger atmen und ohne das Heben und Senken meiner Brust fühle ich mich so unglaublich still. Meine Panik ist ein geräuschloses, hohles Ding.

Die Lichter um den Spiegel gehen flackernd an, als ich das Badezimmer betrete. Die Fliesen an der Wand sind vollkommen schwarz. Das weiße Marmorwaschbecken ist von Blau durchzogen. Das weiß ich. Ich weiß es, aber so sehr ich mich auch an die Erinnerung an die Farbtöne der Vergangenheit klammere, blutet doch alles um mich herum purpurrot.

Wobei … *bluten* ist nicht das richtige Wort.

Ich habe schon Dinge zum Bluten gebracht. Das Rot ist immer unter Kontrolle. Es befleckt zwar Kleidung, Bodendielen und Lippen, aber nur jene Dinge, bei denen *ich* es zulasse.

Doch dieser Farbton leckt an meinen Füßen wie Meereswellen und scheint die Luft zu verderben. Mühsam erinnere ich mich daran, nicht einzuatmen.

Dieses verdammte Auge.

Das linke Auge, um genau zu sein. Dieser Unterschied ist wichtig. Eins ist künstlich, das andere nicht. Eins ist rot und taucht die Welt in diese Farbe, das andere gehört mir.

Ich brauche eine ganze Weile, um meinen Blick vom Waschtisch zum Spiegel zu richten, und als ich es tue, starrt mir Windup-Pilotin Zwei-Eins-Null-Eins-Neun entgegen. Sie legt ihre Finger um meine Arme, öffnet meine Lippen, zieht meine Schultern ein und entringt meiner Kehle einen krächzenden, gebrochenen Laut – halb Aufstöhnen, halb erstickter Schrei.

Kurz bevor der Laut erstirbt, verwandelt er sich in ein Lachen.

Was zu den Höllen habe ich getan?

Die Pilotin bewegt ihre Hände von ihren Armen zu ihrem Gesicht und betastet ihre Züge. Der markante Kiefer ihres Vaters, die Locken, die ihn einrahmen. Die sanft geschwungene Nase und der Mund ihrer Mutter, die feine, anmutige Form ihrer Augen – meine sind größer, als wären sie von einer ruhigen Hand in Position gezogen worden, wie sie zu sagen pflegte.

Sie hätten sich nie träumen lassen, dass ihre Tochter einmal aus so viel mehr als Blut und Knochen bestehen würde.

»Mein Name ...« Das Flüstern ist gedehnt. »Mein Name ist Sona Steelcrest.«

Ihre Tochter ist noch hier.

»Mein Name ist Sona Steelcrest. Ich bin immer noch ein Mensch.«

Ich bin noch hier.

Sie konnten mich nicht vollkommen herausschälen, nicht ohne auch die Teile zu entfernen, die sie nutzen wollen. Die sie nutzen *müssen.*

Was für ein Glück ich doch habe, jetzt perfekt zu sein.

Ich halte inne, lege dann die Hand über mein linkes Auge.

Die Farben brechen wieder über mich herein, als die Mod sich abschaltet. Schwarz ergießt sich über die Fliesen und Braun durchzieht meine Haare und mein Auge. Das ist so viel besser als das Rot, das unter meiner Hand glüht, das Rot, das sie mir gewaltsam eingepflanzt haben.

Was für ein Glück ich doch habe, dass die Chirurgen der Akademie sich nicht die Finger an den bösartigen Gedanken verbrannt haben, die unter meiner Haut schwelen, als sie in meinem Kopf herumgewühlt – und die lästigen menschlichen Unvollkommenheiten herausgerissen – haben. Sie sind nicht auf die Idee gekommen, genauer hinzusehen, obwohl ich in jede Vene und jeden Knochen das Versprechen eingebrannt habe, sie eines Tages ganz genauso zu zerlegen.

Langsam nehme ich die Hand weg, halte aber das Auge geschlossen und starre das halb blinde Mädchen an, das mir entgegenblickt. Es besteht aus Nieten, Drähten und Metallplatten. Es besteht aus Knochen, Blut und Wut.

»Mein Name ist Sona Steelcrest. Ich bin immer noch ein Mensch.« Ich hole Luft und lasse sie durch mich hindurchströmen, mich antreiben. »Und ich bin hier, um sie alle zu vernichten.«

2

SONA

In der Haut sind Nähte, Risse, die jeweils ein klar abgegrenztes Rechteck in meinen beiden Unterarmen markieren.

Wenn ich eines davon berühre und nur mich spüre, denke ich: *Die Zugangsklappe ist mit deiner eigenen Haut verschmolzen, mit deinen eigenen Nerven, und deshalb musst du nicht mehr weinen.*

Tränen brennen in meinen Augen. Ich wiege einen Arm in der Hand, dann den anderen. Sie fühlen sich gleich an. Sie fühlen sich gut an. Meine Zähne graben sich in meine Unterlippe.

Ein Klopfen ertönt an der Tür.

Das Trugbild des Raums erzittert, bevor es ganz verschwindet und mich des künstlichen Morgenhimmels beraubt. Zum Vorschein kommt ein in den Beton eingelassenes Fenster, das auf die Weite von Godolia hinausblickt. Als das Kronjuwel steht die Akademie genau im Zentrum der Stadt, das Epizentrum einer dicht gedrängten Metropole, die sich achtzig Kilometer in jede Richtung erstreckt. Alles jenseits der Mauern gilt als Badlands, übersät mit vereinzelten Versorgungsdörfern und von vergangenen Kriegen geschunden – bis zu den Grenzen des Kontinents gehört alles dem Stadtstaat Godolia.

Aus dieser Höhe kann ich nur die anderen Wolkenkratzer sehen, die hoch genug sind, um den geisterhaften Nebel zu durchdringen, und sich aus dem Dunst recken wie einsame Zypressen aus einem Sumpf.

Als die Tür aufgleitet, salutiere ich mit ruhiger Hand, den Zeigefinger fest an die Braue gelegt, den Blick auf die Kampfstiefel meines Besuchers gerichtet.

»Rühren«, sagt Colonel Tether beiläufig.

Ich habe zwar jetzt die Erlaubnis, den Blick zu heben, darf ihm aber immer noch nicht in die Augen sehen. Schülern ist es grundsätzlich nicht gestattet, ihren Vorgesetzten in die Augen zu sehen.

Während meiner ersten Woche an der Windup-Akademie war mir diese Regel nicht bewusst gewesen, woraufhin der Stiefel dieses Mannes in meinem Bauch gelandet war, genauso wie in meiner Seite, als ich die Frechheit besessen hatte, in die Knie zu gehen. Mit meinen zwölf Jahren lag ich am Boden und rang nach Luft. Doch erst als ich wieder zu Atem gekommen war, erkannte ich, welches Glück ich gehabt hatte. Glück, dass ich verletzt und nicht gleich aussortiert worden war, wieder zurück auf die Straße geworfen, von der man mich aufgelesen hatte, dass sie mich stattdessen aufgepäppelt hatten, als ich gebrochen und ausgehungert war. Glück, dass sie mir, als ich allein und verloren war, die Chance gaben, verehrt und ein göttliches Wesen zu werden.

Weil sie gnädig sind.

Godolia ist ein gnädiger Ort.

Tether tritt näher. Ich rühre mich nicht.

Er muss es erkennen können … diese brennende Abscheu, das widerliche, überwältigende Gefühl, fehl am Platz zu sein, das an all meinen natürlichen Teilen nagt. Wie kann er es nicht sehen, wenn es alles ist, worauf ich mich konzentrieren kann, wenn es das Einzige ist, was meinen Fuß an Ort und Stelle verankert?

»Steelcrest«, murmelt Tether leise, »sind Sie bereit, eine Walküre zu werden?«

Ich kann nicht verhindern, dass mein Herz schneller schlägt; in der Folge entringt sich fast ein Lachen meiner Kehle. Wir sind klein. Wir sind sterblich. Und ich werde gefragt, ob ich bereit bin, eine Göttin zu werden.

Doch es gibt nur eine Antwort. »Ja, Sir.«

Er macht auf dem Absatz kehrt und führt mich im Stechschritt aus meinem Schlafraum und dem Wohnflügel, eine steile Treppe hinunter und auf die Ebene der Klassenzimmer. Wir kommen an den Simulationskuppeln vorbei, wo Kinder im Alter von zwölf bis sechzehn in erleuchteten Glasdomen eingeschlossen sind, die Arme den Bildern entgegengestreckt, die in ihren Headsets aufflackern. Durch ihre Brillen sehen sie Armeen automatisierter Mechas, Helikopter mit Maschinenpistolen und grüne Panzer mit Kanonen, die auf ihre Köpfe zielen. In ihren Kuppeln bewegen sie sich, um auszuweichen, zu beschützen und zu vernichten.

In einer Kuppel sitzt ein Mädchen, das Haar zu zwei Zöpfen zurückgebunden, die ihr bis kurz unter die Ohren reichen. Sie ist barfuß und trägt die Schuluniform der Akademie: schwarze Cargohosen und ein graues Shirt mit dunklen Flecken, wo ihr Schweiß den Stoff durchtränkt hat. Ich weiß nicht, welchen virtuellen Krieg sie durch ihre Brille sieht, aber ich erkenne den Moment, in dem sie verliert. Ihre Verteidigungshaltung ist schwach, zögerlich. Ihr Blick zuckt hinter dem grünen Glas nach links und sie hebt einen Arm, hoch und immer höher – doch sie zögert.

Was immer sie angreift, zögert nicht. Ihre Verteidigung wird durchbrochen. Ihr kleiner Körper wird zu Boden geschleudert, sie schreit ohrenbetäubend und hält sich die Rippen. Sie kann nicht älter als dreizehn sein.

Ich gehe weiter.

Die Simulationen lehrten mich, dass ich verdammt gut geeignet war. Für den Krieg.

Sie verrieten der Akademie, dass ich bereit war, zu töten und bereit für einen Mecha.

Aber das waren nur Simulationen. Ein Kinderspiel für jedes Kind, das wild genug war, es zu spielen.

Wir betreten einen gläsernen Fahrstuhl. Tether drückt mit dem Daumen auf einen der silbernen Knöpfe, bevor er mir über die Schulter ein widerliches Grinsen zuwirft.

»Sie wirken nervös, Steelcrest.«

»Nein, Sir.«

Ich lausche nach dem leisen Klicken, das anzeigt, dass die Türen versiegelt werden.

»Ich sollte Sie daran erinnern«, sagt er und dreht den Kopf zu mir, »dass es Ihnen nicht gestattet ist, beim ersten Test zu sterben.«

Ich fahre mit dem Daumen über meinen Ärmel, über den schmalen Spalt, der dort in meine Haut getrieben ist. »Und wenn doch?«

Sein Grinsen erstarrt. »Ich höre wohl nicht recht.«

»Sie haben richtig verstanden.« Ich sehe auf, lasse den Blick langsam über seine groben, wie in Stein gemeißelten Züge gleiten. Über die Stoppeln an seinem Kinn, den Schwung seiner Lippen, die verunglückte Form seiner Nase. »Wenn ich ohne Ihre Erlaubnis beim Test sterbe ... was werden Sie dann tun?«

Mein Blick bohrt sich in seinen.

Ich weiß nicht, welche Farbe seine Augen haben, und es ist mir auch egal.

In seiner linken Iris ist keine Technik zu sehen, ein Beweis für seine mangelnden Fähigkeiten. Vielleicht existiert ein Funken Talent unter den vielen Schichten seiner armseligen Arroganz, aber es könnte nie mithalten mit der Macht, die die Akademie in meine Adern implantiert hat.

»Sie vergreifen sich im *Ton*, Steelcrest«, knurrt Tether.

»Und Sie vergessen sich, Tether«, entgegne ich leise. »Es würde Ihnen keinen Spaß mehr machen, mich zu verletzen. Nicht, wenn da kein Schmerz mehr ist, der mich aufschreien lässt, stimmt's?«

Der Fahrstuhl gleitet in den Dunst hinab und der glühende Fremdkörper in meiner linken Augenhöhle wird zur einzigen Lichtquelle in der Dunkelheit.

»Davon abgesehen«, fahre ich fort, als er schockiert schweigt, »wagen Sie es überhaupt noch, mich zu beschädigen?«

Ich meine die Frage ernst. Er will mich in kleine Teile zerlegen. Ich erkenne es am Zucken seines Kiefers, daran, wie die Haut um seinen Mund spannt und erbleicht. Er kann wollen, was immer er will.

Er sagt kein Wort.

Der Fahrstuhl sinkt unter den Smog und die Stadt wird sichtbar. Wolkenkratzer schrauben sich dem Dunst entgegen, als hätten diese glänzenden Bestien die Kraft, den Himmel zu tragen. Jede Kante und Nische ist in sanftes Licht gebadet und durch meine getrübte Sicht ist es, als wäre alles mit einem glitzernden purpurroten Leuchten überzogen. Es ergießt sich über die belebten Straßen, die sich unter uns krümmen und winden.

Funkelnde Lichterketten und Papierlaternen hängen dicht gedrängt über den Fahrwegen, Bürgersteigen und Pfaden, über die sich die Menschenmassen schieben. Unter den bemalten Plastikplanen von Imbissständen steigt Dampf auf. Dürre Mädchen wanken auf High Heels an Straßenecken umher, gehüllt in Seide, die im Licht der Straßenlaternen glänzt, und locken die Passanten, die sie mit großen Augen anstarren.

Im Fahrstuhl riecht es sauber, nach frischen Laken und einem Hauch von Bleiche. Ich stelle mir den Gestank von Schweiß und dreckigem Regenwasser und Autoabgasen in den Straßen unter uns vor. Aber ich bin seit sieben Jahren nicht mehr da draußen gewesen. Vielleicht haben sich die Dinge verändert.

Wie ich. Ich weiß nicht mehr, welchen Geruch ich mehr verabscheue, den drinnen oder den draußen. Diese ganze Stadt erstickt mich.

Diese Leute dort unten sind die Glücklichen, auch wenn sie auf engstem Raum zusammengepfercht sind. Sie leben unter Godolias Schutz, statt seiner Gier ausgesetzt zu sein. Das Einzige, was sie hatten tun müssen, war, in der Stadt geboren zu werden und nicht in den Badlands. Aber so hatte die Welt schon immer funktioniert. Einigen wird das Glück in die Wiege gelegt und der Rest muss sich abmühen, das zu überleben, was die Glücklichen aus diesem Vorteil machen.

Der Fahrstuhl taucht unter die Erde und wird einmal mehr in vollkommene Dunkelheit gehüllt. Unser Abstieg verlangsamt sich und meine Abscheu nimmt zu, als die Türen sich öffnen.

Wir haben den Windup-Hangar erreicht.

Wo die Mechas zusammengebaut und gelagert werden.

Wo sie sich ausruhen, nachdem sie aus den Badlands zurückgekehrt sind und ihnen das Blut ihrer Massaker von den Füßen gewaschen und unter einer unschuldigen, sauberen Lackschicht verborgen wird.

Tether packt mein Handgelenk und zieht mich schneller hinter sich her. Seine Fingernägel graben sich in meine Haut, aber ich ignoriere das dumpfe Kribbeln und lasse meinen Blick über die Windups schweifen, die überall um uns herum aufragen. Ihre glänzenden Metallköpfe berühren fast die sechzig Meter hohe Decke.

Meine Lippen verziehen sich. Allein ihre Größe ist lächerlich. Sie flößt Angst ein, und genau das soll sie auch: dieses sehr menschliche Gefühl des Kleinseins und der Hilflosigkeit wecken und nähren.

Die Mechas haben menschliche Züge, ihre Eisenhaut ist so modelliert, dass ihre Stirn Wut vermittelt, ihre Lippen in Konzentration angespannt sind und ihre stechenden Augen entschlossen verengt sind. Wenn sie von einem Piloten gesteuert werden, erstrahlen ihre dunklen Pupillen in einem unheilvollen Rot.

Sobald ich beginne, mich anzuschließen, sobald sich die Drähte, die die Akademie durch meine Adern getrieben hat, mit dem zentralen Energiekern des Mechas verbinden, werden sie zu meinen Augen. Ich werde zu der Walküre und sie wird zu mir und ich werde jeden Teil von ihr ebenso mühelos bewegen können wie meine Finger.

Die Mechas sind nach ihren jeweiligen Einheiten angeordnet, von Kopf bis Fuß poliert und funkeln sadistisch unter den Industrieleuchten. Links von uns stehen die

Berserker-Windups, die über genug Feuerkraft in ihren Handflächen und Rippen verfügen, um einen Wolkenkratzer einzuäschern. Daneben die Paladine, die nur fünfundzwanzig Meter hoch sind und mit ihrer etwa einen Meter dicken Eisenhaut in erster Linie als Rammbock dienen. Die Phönix-Windups schimmern auch ohne den Farbfilter meines Auges rot, was für die Flammen steht, die sie aus der Thermalkanone verschießen, die ihren rechten Arm ersetzt. Jedes Wesen, das es wagt, sich ihnen im verbundenen Zustand zu nähern, erleidet auf der Stelle Verbrennungen zweiten Grades.

»Steelcrest«, bellt Tether. Wir haben angehalten und augenblicklich wird mir eiskalt. Mein Magen dreht sich um in dem Drang, vor den Füßen der Gottheit vor uns zu fliehen. Das ging zu schnell. Ich kann das nicht. Ich kann das unmöglich tun.

Aber ich muss hinsehen. Weil der Mecha meiner ist. Weil ich er sein werde.

Ich schließe mein linkes Auge und lege den Kopf in den Nacken, weiter und immer weiter – und ich *schwöre*, das arrogante Lächeln auf den elfenbeinweißen Lippen der Gottheit wird noch ein bisschen breiter.

Golden schimmernde Beinschienen schützen ihre Schienbeine und reichen etwa fünfmal so hoch wie ich. Darüber bedecken schwarze Stahlplatten ihre Hüften bis hinauf zu ihrer Brust, teilen sich an ihren Schultern und ergießen sich über ihre Arme in einer Ansammlung von gnadenlosen, nadelspitzen Dornen mit einer schneeweißen Spitze. Und weit, weit darüber richtet sie ihren rubinroten Blick, der bedrohlich unter ihren zusammengezogenen Brauen flackert, in die Ferne. In den schwarzen, mit Gold abgesetzten Ritterhelm sind Federn eingraviert. Ihre Stahlhände, die sie wie zum Gebet gefaltet hält, stecken in chrombeschichteten Handschuhen und zwischen ihnen ruht ein schwarzes Langschwert. Die Klinge ist aus Eisen und die Spitze berührt kaum den Boden vor uns.

Ich bin gefangen in einer Welle von Staunen, Abscheu und kalter Angst.

»Die Walküre«, flüstere ich. »Sie ist wunderschön.«

»Allerdings«, flötet eine Stimme nur Zentimeter von meinem Ohr entfernt.

Uns wurde beigebracht, nicht zurückzuschrecken, sondern zuzuschlagen. Doch als ich mich mit erhobener Faust umdrehe, legt sich eine Hand um mein Handgelenk – schnell, erschreckend schnell – und ein Gesicht beugt sich plötzlich dicht zu mir. Ein rot glühendes Auge, das aus der linken Augenhöhle hervorragt, zuckt bei meinem erstaunten Gesichtsausdruck.

»Alle Achtung! Das wäre das erste Mal, dass mich fast einer meiner Piloten geschlagen hätte«, sagt er und sein Lachen nimmt den Worten die Schärfe. Mein Daumennagel hängt zwei Zentimeter von seinem Kiefer entfernt in der Luft, aber er scheint davon nicht beeindruckt zu sein. »Jedenfalls, bevor wir einander richtig vorgestellt wurden.«

Der junge Mann lässt mich los und stemmt seine Hand in die Hüfte. Mit der anderen kratzt er sich am Nacken. Mein Blick bleibt an der durchsichtigen rechteckigen Vertiefung hängen, die von seinem Handgelenk bis zu seinem Ellbogen verläuft. Unbewusst streiche ich mit dem Daumen über den Ärmel an meinem eigenen Unterarm.

»Es hieß, du wärst jung, aber Götter«, murmelt er. Sein anderes Auge ist wie Eis, blau wie ein klarer Mittagshimmel. Mein Blick wandert über den Rest seines Gesichts: weißblondes Haar, milchweiße Haut mit tiefen Grübchen, ein zuvorkommendes Lächeln. Ich erwidere es nicht. »Ich bin Jonathan.

Jonathan Lucindo. Ich bin der Captain deiner Einheit. Du bist Bellsona Steelcrest, richtig?«

»Nur Sona ...«

»Ganz genau«, fällt mir Tether ins Wort. Lucindo dreht sich zum Colonel, als hätte er seine Anwesenheit gerade erst bemerkt, und sein Blick gleitet nach unten auf Tethers Hand, die immer noch mein Handgelenk umklammert.

»Ich habe *sie* gefragt, Mister«, sagt Lucindo und schmunzelt über die Förmlichkeit, auf die hier so viel Wert gelegt wird. Der Ausdruck verschwindet jedoch so schnell, wie er gekommen war, und wird von einem eisigen Starren ersetzt. »Denken Sie, sie will als Nächstes Ihnen eine verpassen?«

Tether blinzelt. »Sir?«

Lucindos Grinsen ist fröhlich, aber alles andere als warmherzig. »Lassen Sie die Walküre los.«

Ein spöttisches Lachen entweicht Tethers Lippen, als seine Finger sich von meinem Handgelenk zurückziehen wie Maden. Jeder hinterlässt einen halbmondförmigen Abdruck auf meiner Haut.

»Wage es nicht, zu sterben und mich lächerlich zu machen, Kind«, presst er hervor.

Kurz male ich mir aus, wie meine Fingerknöchel einen Abdruck auf seinem Wangenknochen hinterlassen, wie ich den Rausch des Kampfs genießen würde, dem ich bisher nie nachgegeben habe. Und ich würde auch diesen Kampf gewinnen, genau wie alle anderen. Aber Macht liegt darin, Kämpfe zu beenden, nicht darin, sie anzuzetteln. Also entspanne ich meine Fäuste an meinen Seiten. Ich lächle und sage: »Ich werde verdammt noch mal sterben, wenn es mir passt.«

Tether stolziert davon, wahrscheinlich, um sich ein Plätzchen zu suchen, von dem aus er beim Koppeln zusehen kann.

Hinter mir lacht Lucindo finster. Er streckt mir seine Hand hin.

Mein Mut erstirbt in meiner Brust. Ich starre auf die Zugangsklappe, die dort in seinen Arm eingesetzt ist, wo die Akademie sein Fleisch aufgeschnitten und ihm Gott weiß was genommen hat. Uns beiden. Jetzt steht er vor mir und blinzelt, als würden beide Augen ihm gehören. Er tut so, als würde der Arm, den er mir entgegenstreckt, nur aus seinem Blut und seinen Knochen bestehen und nicht aus den Drähten, die sie umgeben.

Ich straffe die Schultern und salutiere vor meinem neuen Captain. Er wird es für eine Respektsbekundung halten und nicht für einen Mechanismus, um meine eigene Angst zu verdrängen. Ich brauche meine ganze Konzentration, wenn ich den Test überstehen will, und die kann ich nicht aufbringen, wenn ich Jonathan Lucindos Hand ergreife und feststelle, dass sie so kalt ist wie das Kupfer, das uns beide durchzieht.

»Also dann, ›nur Sona‹«, sagt er, zieht die Hand zurück und schenkt mir ein Lächeln. »Alles Gute zum Siebzehnten. Dann wollen wir doch mal sehen, was du so draufhast, okay?«

Trotz des gegenwärtigen Götterüberflusses war die Welt ein wahrhaft gottloser Ort.

Wolkenkratzer erblühten über den Wolken, während die Städte unter Bevölkerungszahlen ächzten, die sie nicht versorgen konnten, befallen von Hungersnöten und Krankheiten, gegen die es keinen Schutz gab. Angst und Verzweiflung fluteten die Straßen wie Abwasser und wie schon in alten Zeiten orientierte sich die Menschheit in eine von zwei

Richtungen – Völlerei und Sünde, womit die Leute versuchten, ihren Schmerz zu ertränken, und Frömmigkeit, mit der sie die Götter anflehten, uns alle zu retten. Die verzweifelt Rechtschaffenen schufen eine neue Theologie, die die Gottheiten der führenden Weltreligionen in einer einzigen Doktrin vereinigte. Sie verdammten diejenigen, die vom Pfad der Tugend abgekommen waren, mit dem Versprechen, auf ewig in einer Zwillingshölle zu schmoren: ein Fegefeuer für die Sünden des Fleisches und eins für die Sünden des Geistes.

Dieser religiöse Wahn vertiefte jedoch nur die Risse in den diplomatischen Beziehungen zwischen den Nationen. Während die Menschen in Panik verfielen, beteten und feststellen mussten, dass das nicht ausreichte, kamen sie zu dem Schluss, dass sie ihre Götter, die für sie töten sollten, in ihrer Nähe brauchten. Sie gestalteten ihre neuen Massenvernichtungswaffen nach dem Abbild der Götter und nannten sie Windups.

Es war eine vollkommen neue Art der Kriegsführung – die Zerstörung erreicht ein völlig neues Ausmaß, als die Menschen das Göttliche im Blutvergießen entdeckten.

Vor zweihundertfünfzig Jahren wurde die Welt Zeuge des Springflutkriegs, in dem die mächtigsten Nationen mit den mächtigsten Windups ihre Mechas nutzten, um sich die Kontrolle über die ohnehin schon spärlichen Ressourcen des Planeten zu sichern. Die Kämpfe forderten kaum menschliche Leben – bis Godolia in seiner gnadenlosen Entschlossenheit die erste Generation bemannter Windups schuf, um die bisherigen automatischen Systeme zu ersetzen.

Ich schätze, es liegt eine gewisse Ironie darin, dass sie den menschlichen Faktor einbrachten, indem sie den Piloten einen Teil ihrer Menschlichkeit nahmen. Deshalb wurde die Akademie geschaffen: um jene mit perfekten Reaktionszeiten zu finden, mit Sinn für Kampfstrategien und natürlich dem Instinkt, den Zahnräder, Nieten und Drähte nicht hervorbringen können.

Und so stieg Godolia auf, ernannte sich selbst zur Hauptstadt der Welt – oder zumindest dem, was nach dem Krieg noch davon übrig war, übersät mit gefallenen Idolen und durchzogen von ganzen Landstrichen toter, verdorrter Erde. Sie erzählen uns, dass die Windups ein Hoffnungsschimmer seien. Als wären die Götter auf die Erde herabgestiegen, um uns zu beschützen. Wir sollen den roten Himmel und das schmerzlose Fleisch feiern, weil sie ein Zeichen unserer nicht menschlichen Teile sind, unserer übermenschlichen Anteile.

Und doch unterdrücke ich einen Schrei, seit ich nach der Operation aufgewacht bin. Für mich und alle, die außerhalb von Godolias Stadtgrenzen und unter seiner Knute leben, ist es, als würde das, was eigentlich dem Schrecken ein Ende setzen sollte, ihn letztlich nur verstärken.

Als Lucindo sich zum Windup umdreht, erhasche ich einen Blick auf das Abzeichen, das auf den Rücken seiner dunkelgrauen Militärjacke gestickt ist. Es ist das Zeichen der Walküre-Einheit: ein schwarzes Schwert vor einem aufwendig gestickten Nachthimmel, Klinge und Griff mit Silberfäden eingerahmt.

Das Einzige, was größer ist als wir, ist der Himmel, und auch der nur geringfügig, unser Rücken berührt schon die Sterne.

Er führt mich zum Fuß meiner Walküre, wo eine Tür in das Metall ihres Stiefels eingelassen ist.

»Sieh da rein«, sagt er und deutet auf eine kleine Glaskugel, die aus der Tür herausragt. Ich beuge mich vor, doch er schüttelt den Kopf. »Nein, nein. Öffne dein linkes Auge.«

Ich verberge meine Scham und befolge seinen Befehl. Die Tür gleitet auf und offenbart die Mechanik innerhalb des Windups. Eine Leiter windet sich seinen Unterschenkel hinauf und Lucindo macht sich an den Aufstieg.

Das Innere des Mechas besteht aus Kupfer und Silberdrähten, in denen der Strom summt, Zahnrädern, die geschmeidig ineinandergreifen, und Ventilen, die Dampf auf die Sprossen der Leiter spucken. Als wir uns dem Brustbereich nähern, entdecke ich eine große Box, die an derselben Stelle sitzt, an der sich ein Herz befinden würde: der zentrale Energiekern des Windups.

Sobald sich der Chip, den sie in meinen Hirnstamm eingepflanzt haben, mit dem Netzwerk synchronisiert hat, wird die Walküre verbunden sein und wir werden eins.

Vorausgesetzt natürlich, dass mein Hirn dem Stress standhalten kann.

Ich halte auf der Leiter inne, als ich die Plattform bemerke, die vom Gehäuse des Kerns ausgeht und ein paar Meter über meinem Kopf endet.

»Kommst du jetzt?«, ruft Lucindo, der zehn Sprossen über mir ist.

»Wozu ... Wozu ist diese Plattform da?«

»Was?«

Ich löse meine Hand von der Leiter, um darauf zu zeigen. »Wofür wird diese Plattform benötigt?«

Er blinzelt. »Für die Wachen.«

»Die Wachen?«

»Ja.«

Ein paar Augenblicke schweige ich, bevor meine Neugier mich antreibt, weiter zu fragen: »Und wozu werden die Wachen gebraucht?«

»Wegen der Gearbreaker natürlich.«

Ich stutze. »Gearbreaker?«

Hast du gehört? Gestern wurde ein Berserker bei Auyhill vernichtet.

Ein Paladin ist letzte Woche losgezogen und nie mehr zurückgekommen.

Sie haben diesen vermissten Piloten am Grund des Hana-Flusses gefunden. Sollten wir uns wegen den Gearbreakern Sorgen machen?

Sorgen?, sagt dann immer ein anderer. *Wir werden Götter sein.*

»Bringen die da oben euch immer noch nichts über die Gearbreaker bei?«, fragt Lucindo und dreht sich zu mir um.

»Ich dachte, dass wären nur Gerüchte unter den Schülern.« Ein Moment verstreicht in Schweigen. »Ich glaub, ich versteh das nicht. Sie ... Sie sind ...«

»Winzig? Ja, aber sie sind clever, so ungern ich das auch zugebe. Sobald sie drin sind, reicht ein einziger, um den ganzen Mecha zu Fall zu bringen. Ein paar durchtrennte Drähte hier, ein blockiertes Getriebe da und ...«

Ich blicke über den Rand der Plattform, wo sich das Bein der Walküre dreißig Meter in die Tiefe erstreckt, gestützt von Eisenträgern, Metallplatten und geriffelten Zahnrädern, manche so winzig wie mein kleiner Finger, andere so groß wie mein Oberkörper, aber alle ineinandergreifend. Eine kleine Blockade und der Mecha ist nur noch ein Haufen Schrott.

Deshalb bringt man uns an der Akademie nichts über Gearbreaker bei. Das wäre, als würde man uns lehren, dass Götter zerbrechlich sind.

»Ich schätze, das beweist bloß, dass Godolia die einzig zivilisierte Nation ist, die noch übrig ist.« Lucindo seufzt. »Die Gearbreaker ... das sind nur Barbaren.«

Barbaren, die Gottheiten zerlegen können.

Wir erreichen den Kopf, eine Kammer, die weitläufiger ist als mein Schlafraum. Zwei lange Fenster markieren die Augen der Walküre, die durch das vergitterte Visier stolz den Windup-Hangar überblicken. Leuchtendes Glas ist in der Mitte in den Boden eingelassen. Es hat dieselbe Größe und Form wie der Boden einer Simulationskuppel. Von der Decke hängt eine Vielzahl von gummiummantelten Kabeln und bei ihrem Anblick kriecht ein Schrei meine Kehle herauf. Ich unterdrücke ihn, als Lucindo sich zu mir umdreht und mir erneut seine Hand reicht. Dieses Mal ergreife ich sie.

Er führt mich zu dem Glas, das heller aufleuchtet, als es unser Gewicht registriert, und dann ins Zentrum der Kabel. Ich spüre, dass er loslassen will, und unbewusst packe ich fester zu. Hitze steigt mir in die Wangen. Ich wünschte, sie hätten mir die Fähigkeit genommen, zu erröten.

Aber Lucindo sieht mich an und in seinen Augen stehen unendliches Verständnis und ein fast ermutigendes Lächeln. Ich lasse seine Hand los.

»Handflächen nach oben bitte«, sagt er plötzlich sanfter.

Ich hebe die Hände und er schiebt vorsichtig meine Ärmel zurück, um die Zugangsklappen zu enthüllen, die sich über meine Unterarme ziehen. Er drückt kurz darauf und sie springen auf. Ich mache mich bereit, Blut und Knochen und Arterien zu sehen, die sich bei jedem Herzschlag ausdehnen, Adern, die im plötzlichen Lichtschein glänzen. Zu spüren, wie das nackte Fleisch in der Luft kalt wird.

Doch da ist nur eine glatte silberne Schale in jedem Arm, die an den Seiten mit ordentlichen Reihen kleiner Anschlüsse versehen ist.

Lucindo bemerkt den Schrecken in meinem Gesicht und lacht. »Ich hatte auch erwartet, dass es eklig sein würde«, meint er. »Aber sie machen das ganz ordentlich, was?«

Ich verdränge den Schock und bedeute ihm mit einem Nicken, weiterzumachen. Er greift nach einem der Kabel und zieht es zu meinem Unterarm.

»Du wirst erst synchronisiert, wenn die alle verbunden sind«, erklärt er und schiebt ein Kabel mit einem leisen Klicken in einen der Anschlüsse. »Und wenn es so weit ist und die Walküre verbunden ist, geh es langsam an. Es ist so ähnlich wie morgens aufzuwachen.«

Mein linker Arm ist angeschlossen, sechs Kabel führen aus meiner Haut, wie Blut, das aus einer Speichenvene tropft. Übelkeit dreht mir den Magen um und ich überlege, wegzurennen. Mir kommt der Gedanke, ihm die Kabel um den Hals zu wickeln und *zuzuziehen*. Ich wär bei der Leiter, bevor sein Körper auf dem Boden aufschlagen würde. Ich überlege, wie weit ich wohl käme, bevor eine Kugel meinen Hinterkopf zerschmettern würde.

Ich denke über den Tod nach, darüber, wie viel ich über ihn nachdenke, und darüber, dass eine Leiche keinen Schaden mehr anrichten kann.

Lucindo macht sich an meiner Rechten zu schaffen. »Du erhältst auch die Fähigkeit zurück, Schmerz zu empfinden. Es ist allerdings ... eine andere Art von Schmerz. Wie ein ... Phantomschmerz, weil du unterschwellig weißt, dass er nicht real ist und dass du jederzeit die Kabel rausreißen kannst und er verschwindet. Ich schätze, es ist ein bisschen seltsam, es so zu betrachten, als würde ein Teil von dir nicht existieren. Aber du gewöhnst dich dran.«

Ich werde mich daran gewöhnen.

Mit einem Kabel in den Fingern erstarrt seine Hand über dem letzten freien Anschluss. Er blickt zu mir auf. Blass und glühend. Natürlich und unnatürlich.

»Tun Sie's«, sage ich.

»Ich kann nicht. Nicht, wenn du nicht bereit bist. Du musst mental bereit sein, sonst grillt dich der kleine Chip in deinem Nacken.«

Er wartet, während mein Schweigen die Luft erfüllt.

»Okay, hör zu, Sona«, sagt er und lockert seinen Griff ein wenig. Das Kabel gleitet ihm aus der Hand und schwingt in der Luft. »Weißt du, warum die Walküren die elitärste Einheit der Windups sind? Warum wir die angesehensten sind, warum wir uns um die gefährlichsten Missionen kümmern?«

»Sie …«, setze ich an und ringe darum, mich an meine Unterrichtsstunden zu erinnern. »Wegen ihres Leichtmetalls sind sie die schnellsten Mechas, die je geschaffen wurden. Sie sind am aufwendigsten konstruiert, was sie fast so komplex wie den menschlichen Körper macht. In ihre Hüften, Fersen und Kniegelenke sind präzise, winzige Zahnräder eingesetzt, sodass sie sich drehen können, um etwa einen Roundhouse-Kick auszuführen, während andere Windups nur gehen oder rennen können. Sie kopieren jeden Kampfstil ihres Piloten mit vollkommener Präzision.«

Lucindo schüttelt den Kopf. »Das ist falsch, Sona.«

»Ist es nicht.«

»Ist es definitiv.« Er tritt näher. Sein Blick bohrt sich in meinen. »Du wolltest sagen *ich*. *Ich* bin der schnellste Mecha, der je geschaffen wurde. *Ich* kämpfe mit vollkommener Präzision. *Ich* bin der stärkste Windup. *Ich* bin eine Walküre. Sag es, Soldat.«

Ich hebe mein Kinn. »Ich bin eine Walküre.«

Lucindo grinst und greift nach dem letzten Kabel. Ich schließe die Augen und die Welt hört auf, rot zu sein, oder bunt oder sonst irgendetwas anderes.

Das Kabel rastet ein.

Ein Schock jagt durch meine Wirbelsäule, ein elektrischer Blitz, der mich auf die Knie wirft und mir einen Schrei entreißt. Der Schlag zwingt mich, die Augen zu öffnen, aber unter mir befindet sich nicht wie erwartet der Glasboden.

Stattdessen ist da Colonel Tethers vor Angst verzerrtes Gesicht.

Seine Gummisohlen quietschen auf dem Boden, als er zurücktaumelt, um meinen behandschuhten Fingern zu entgehen, die jetzt flach auf dem Boden gespreizt sind. Meine andere Hand umklammert den Knauf meines Schwerts, das in meinem Augenwinkel bedrohlich funkelt.

Ich hebe den Kopf und bemerke all die Leute, die bei meinem Anblick erstarrt sind. Ich ignoriere ihr benommenes Starren und halte mir die Hand vor die Augen, um zu beobachten, wie meine Finger zucken und das Chrom funkelt.

Oh.

Ich hatte nicht erwartet, dass es sich so anfühlen würde.

Als wäre das alles nichts Neues, nichts Fremdes.

Es ist einfach ... *ich.*

Zum ersten Mal seit Langem fühle ich mich wieder wie ich selbst.

Ich erhebe mich zu meiner vollen Größe und ihre Blicke folgen mir, können sich nicht sattsehen an dem neu erwachten Gott. Ich mache einen Schritt und irgendwo in meinem Unterbewusstsein weiß ich, dass ich spüre, wie sich der Glasboden unter meinen Füßen bewegt, die Drähte meine Haut durchziehen und Lucindos Blick sich in meinen Rücken bohrt. Ich bin mir meines zweiten Ichs bewusst, genauso klein wie jene, die vor mir kauern, aber im Moment sind wir nicht länger dasselbe. Ich bin jemand, der mein anderes Ich nie sein könnte.

Ich bin jemand, der Godolia zerstören könnte.

Die Windups wurden geschaffen, um diese Nation zu schützen.

Ich wurde geschaffen, um diese Nation zu schützen.

Godolia brauchte mich, also nahm mich die Akademie auseinander und ersetzte Atem und Leben und Farben mit Mods und nannte es Evolution.

Sie sagten, ich solle den Tag feiern, an dem der Himmel blutete.

Ich feiere. Ich *juble.*

Weil sie nicht einfach einen weiteren Piloten geschaffen haben. Einen weiteren Soldaten. Einen weiteren Beschützer.

Sie haben nichts Geringeres als ihren eigenen Untergang geschaffen.

»Das fühlt sich gut an«, sage ich und ich glaube, sie lächelt, grinst übers ganze Gesicht. »Das fühlt sich verdammt gut an.«

3

ERIS

DREI WOCHEN SPÄTER

Es gibt eine Menge Gründe, angepisst aufzuwachen.

Du könntest es auf das Erste schieben, was du jeden Morgen siehst – eine Decke voller Wasserflecken, die Risse, die sich durch den billigen Putz ziehen und die Frage aufwerfen, wie lange er noch halten wird. Du könntest es darauf schieben, dass die dumpfe Hitze, die der blonde Junge neben dir unter der Decke ausstrahlt, dich zum Schwitzen bringt, oder darauf, dass er dir letzte Nacht dein Shirt und vielleicht auch noch ein paar andere Kleidungsstücke ausgezogen hat und du dich jetzt auf die Suche nach ihnen machen musst.

Oder du könntest es auf deine Fahrerin schieben, die von Koffein aufgepeitscht an die Tür hämmert und dich anbrüllt, du sollst den Arsch aus dem Bett schwingen, weil mal wieder ein sechzig Meter großer Mecha los ist und die Welt verwüstet und es dein Job ist, dich darum zu kümmern.

Gib allem und jedem die Schuld, es spielt keine Rolle. Egal ob ich angepisst oder grinsend aufwache – ich muss mir die Schuhe anziehen und versuchen, heute nicht zu sterben.

»Ich bin ja wach, gib Ruhe!«, brülle ich und dann dringt Staub in meine Lunge und ich krümme mich anmutig unter einem Hustenanfall.

Vor etwa siebzehn Jahren benannten meine Eltern ihre zweite Tochter nach einem der vielen Götter der Zwietracht, womit sie mich dazu verdammten, dass ich schon als pummeliges Kleinkind, das durch das Lager der Rebellen stolperte, das personifizierte Chaos war.

Etwa siebzehn Jahre später, während ich mir den Schlaf aus den Augen reibe, komme ich zu dem Schluss, dass ich bloß ein oder zwei mittelschwere Katastrophen zustande bringe, bevor ich ein Nickerchen machen muss.

Ich schlage die Decke zurück, doch kaum berührt ein Fuß den Holzboden, packt Milo mein Handgelenk. Seine Augen sind noch ganz müde und er lächelt träge. »Du schuldest mir noch mindestens fünf Minuten«, murmelt er.

»Von wegen«, schimpfe ich und reiße meine Hand los. Ich stehe auf und die Kälte des Bodens kriecht mir sofort die Beine hinauf. Kurz denke ich über sein Angebot nach. Aber dann ohrfeige ich mich gedanklich.

»Raus aus den Federn«, knurre ich im selben harten Tonfall. »Wir haben zu arbeiten.«

Er stützt sich auf einen Ellbogen und ein schiefes Lächeln gräbt ein Grübchen in seine rechte Wange. Er beobachtet, wie ich in einen schwarzen Overall schlüpfe, den ich aus einem der Klamottenhaufen ziehe, die überall verstreut liegen. Mit angestrengtem Blick suche ich den Boden ab.

»Suchst du das?«, fragt er und zieht meinen BH unter der

Decke hervor. Er baumelt am Träger von seinem schwieligen Finger. Er war ohnehin schon ein bisschen zu selbstsicher, doch damit ist er zu weit gegangen.

Ich lasse mich auf der Bettkante nieder und schnappe mir mit einer Hand meinen BH, während ich mit der anderen eine Haarsträhne aus seiner Stirn streiche.

»Hey«, flüstere ich und beuge mich vor, sodass meine Lippen über seine streichen. »Ich weiß, es ist noch früh, Süßer, und ich weiß, wir haben einen langen Tag vor uns.« Ich lächle breit. Er ahnt, was kommt, doch ich packe sein Haar, bevor er zurückweichen kann, und reiße seinen Kopf zurück, sodass seine Augen sich weiten und die hübschen blauen Iriden praktisch im Weiß verschwinden. »Aber wenn dein Teamkäpt'n sagt aufstehen, heißt das, du stehst auf.«

»Sonst passiert was?«, stichelt Milo, obwohl sein Lächeln nun nervös wirkt. »Willst du mich über die Schwelle tragen, als wäre es unsere Hochzeitsnacht, Eris?«

»Du schwingst deinen Hintern schön selbst hier raus.« Ich entdecke mein Shirt, das unter der Decke hervorlugt, und lasse ihn los, um es herauszuziehen. »Die Frage ist nur, ob du das auf den Füßen oder auf den Händen machst, denn ich werde dir nur gestatten, eins von beiden zu behalten.«

Als ich meine Arme durch die Overallträger stecke, ist er aufgestanden und mit ihm schwindet auch seine Wärme. Er zieht sich die Jeans an. Ich knie mich auf den Boden und taste unter dem Bett herum, bis meine Finger den vertrauten Riemen meiner Schweißerbrille ertasten.

»Deine Drohungen sind besser als jeder Kaffee«, informiert er mich.

Ich streife die Brille über. »Die sind dafür da, um dich nachts wach zu halten.«

Milo bleibt an der Tür stehen und überlegt. Dann dreht er sich um und küsst mich auf die Lippen. Ich lasse es zu, denn auch wenn in den Hollows alles nach Ruß schmeckt, macht er die Asche doch manchmal ein bisschen süßer.

»Ich liebe dich«, sagt er. Ich erwidere es nicht. Nicht unbedingt, weil es nicht wahr ist, sondern eher, weil immer die Möglichkeit besteht, dass er von einem Windup zertrampelt wird und einen schrecklichen, grausamen Tod stirbt.

Ein mitfühlendes Herz hat in diesem Job nichts verloren. Nicht dass ich keins hätte oder nicht an jedem kleinen Scheißer hängen würde, der zu meinem Team gehört – ich bin mir nur des Problems bewusst. Also denke ich nicht zu viel darüber nach, dass sie sterben könnten, genauso wie ich nicht allzu viel darüber nachdenke, dass ich sie liebe. Über eins nachzudenken führt zwangsläufig zum anderen, und dann fühlt sich mein Herz an wie ein Krater in meiner Brust. Und ganz ehrlich, darauf kann ich verzichten.

Ich warte auf das Klacken, mit dem die Tür ins Schloss fällt, und als es ausbleibt, sage ich, ohne mich umzudrehen: »Du musst ein echter Masochist sein, wenn du …«

»Bin ich nicht«, ertönt eine andere Stimme, die schwer gelangweilt klingt.

Ich drehe mich um. Jenny lehnt im Türrahmen und hat eine dunkle Canvasjacke über eine blasse Schulter geworfen. Ihre eigene Schweißerbrille sitzt auf ihrer Stirn. Ihre Gläser sind genauso schwarz wie ihre Augen und ihr langes Haar, das, wenn sie nicht gerade kämpft, in wilden Locken um ihre Schultern fällt. Ein Klemmbrett baumelt an ihren Fingern und die festgehefteten Blaupausen eines Windups flattern leicht.

Ich schnappe mir das Klemmbrett und flöte: »Du wurdest wieder suspendiert.«

Jenny schweigt, sie sieht mich nicht mal an, sondern zieht nur die Kappe von dem Stift, der hinter ihrem Ohr klemmt, und streicht etwas von der Liste, die sie auf ihren Arm geschrieben hat:

~~HARRY (INFOS BRINGEN)~~
~~POPPY (INFOS BRINGEN)~~
~~KLEINE MISTRATTE (INFOS BRINGEN)~~
ERKENNTNIS: ICH BIN NICHT SUSPENDIERT, WENN ICH MEINE SUSPENDIERUNG UMGEHE (UND ROBOTER BEKÄMPFE)

Dann packt sie mein Handgelenk, ignoriert meine Proteste und kritzelt mir auf den Handrücken:

BEI FUND: BEGRABEN.

Sie steckt den Stift wieder in die Kappe zwischen ihren Zähnen und geht. In einem unbeeindruckten Ton ruft sie über ihre Schulter: »Verreck, kleine Schwester.«

»Jaja.« Ich schließe die Tür und stelle mich vor den Spiegel, um die losen schwarzen Strähnen in den Riemen meiner Brille zu stecken. Dann wische ich mir den Marker von der Hand. Doch er verschmiert nur und hinterlässt Flecken an meinen Fingern.

Direkt über meinem Overall sind die schwarzen Punkte, die sich über meinem Schlüsselbein erstrecken, deutlich unter dem weißen Shirt zu erkennen. Ein kleines tätowiertes Zahnrad für jeden erledigten Mecha.

Siebenundachtzig Zahnräder.

Siebenundachtzig Mechas weniger in der Landschaft.

Ich weiß genau, wie ein Windup tickt, und jedes Mal, wenn ich durch ihre Glieder krieche, weiß ich genau, welche Teile ich rausreißen oder zerschlagen muss, damit die ganze Monstrosität wie ein Kartenhaus in sich zusammenbricht. Denn so sehr Godolia auch was anderes predigt, die Grenze zwischen ihren Göttern und Altmetall lässt sich ganz einfach durch menschlichen Hass einreißen.

Und die Bots – die Piloten, die rot glühen und mehr Drähte in sich haben als Haut und Knochen, die ihre Menschlichkeit aufgegeben haben, um *meine* Leute zu vernichten – sind da nicht anders. Ohne ihre Bewegungen funktionieren die Windups nicht, wenn ich am Getriebe also nicht genug Schaden anrichten kann, sind sie mein nächstes Ziel. Sie sind sogar noch leichter zu zerlegen als die Mechas.

Ich grinse mein Spiegelbild an. Ich werde nicht behaupten, dass ich das personifizierte Chaos bin, nicht wirklich. Wenn diese Welt mir eins beigebracht hat, dann, dass Menschen nicht das Recht haben, Gott zu spielen.

Aber ich bin eine Gearbreaker, und das kommt dem schon sehr nah.

Mit Staub in den Haaren und glühenden Wangen lümmelt mein Team auf den mottenzerfressenen Möbeln unseres Gemeinschaftsraums. Doch jeder Einzelne von ihnen ist um diese einfach noch zu fucking frühe Uhrzeit ein herrlicher Anblick für meine müden Augen. Und – leider – würde ich meinen Job nicht richtig machen, wenn ich nicht ständig müde wäre.

Nova, unsere zierliche Fahrerin, hockt in ihrer üblichen Pose auf den Zehenspitzen balancierend auf dem ramponierten Tisch. Sie isst mal wieder Popcorn zum Frühstück und schnippt die verbrannten Körner in Theos mausbraune Locken. Unser Scharfschütze hängt kopfüber auf unserem abgewetzten Sessel, hat die Beine über die ausgebeulte

Rückenlehne geworfen und flucht vor sich hin, während er sich die Körner aus den Haaren pult.

Auf dem Sofa liegt Arsen, entweder tot oder schlafend, mit dem Gesicht nach unten in Junipers Schoß. June hat das Gesicht in die Rückenlehne gekuschelt und blickt ins Leere, während sie die Locken des Sprengstoffexperten um ihre vernarbten, braunen Finger wickelt. Hinter ihnen steht Xander viel zu dicht am einzigen Fenster, das nur eine traurige Menge Licht hereinlässt. Er presst sein Gesicht an die dreckige Scheibe und sein Atem malt Wolken auf das Glas, die zu denen draußen passen.

Milo sitzt ordentlich am Tisch und hält ein Taschenbuch in der Hand. Sein Gewehr lehnt an seinem Stuhl.

»Morgen«, sage ich.

Milo ist der Einzige, der mich ansieht. Ich ignoriere ihn.

»Gearbreaker, ich sagte: *Guten Morgen.*«

Nova dreht sich mit einem fetten Grinsen auf den Lippen zu mir um. »Von *gut* hast du nichts gesagt.«

Unbeeindruckt erwidere ich ihren Blick. Sie streckt die Zunge durch die Lücke zwischen ihren Schneidezähnen, wackelt damit und wirft dann Theo die Popcorntüte an den Kopf. Körner bleiben im Teppich und am Sessel kleben und knistern im Kamin.

Theo springt auf. »*Verreck* doch, du kleine …«

»*Wage* es nicht …« Ich will ihn am Shirtkragen packen, verfehle diesen aber meilenweit.

Nova schreit auf und ihre Füße schaben über den Tisch, bevor sie sich auf Juniper stürzt – was auch bedeutet, dass sie sich auf Arsen wirft. Mit einem Schrei wird er wach, gerade als Theo sie erreicht. Und dann wälzen sich die vier brüllend auf dem Sofa. Xander wendet sich mit dreckiger Stupsnase vom Fenster ab und klettert über die Rückenlehne, um sich dem Handgemenge anzuschließen. Vollkommen unbeteiligt und absolut nutzlos blättert Milo um.

Ich schnappe mir einen Stuhl und lasse ihn gegen die gegenüberliegende Wand krachen.

Als ich mich wieder umdrehe, haben sie sich voneinander gelöst und sitzen respektvoll auf den verbliebenen Sitzplätzen.

»Gut«, sage ich und trete ein abgebrochenes Stuhlbein zur Seite, bevor ich auf mein Clipboard hinabsehe. Die Seiten zeigen die Blaupausen eines Phönix-Windups, Tabellen mit den Zeiten, zu denen wir Zugang zu ihm haben werden, und Informationen über den Piloten. Alle Daten stammen von zuvor zerstörten Mechas oder von Wachen und Bots, die nachdrücklich überzeugt worden sind, zu plaudern. Die Informationen wurden dann von den Anführern in den Hollows – dem Hauptquartier der Gearbreaker – verteilt und die Aufgabe dem Team zugewiesen, das am geeignetsten ist. Und auch wenn es gerade nicht so aussehen mag, ist mein Team immer geeignet.

Waghalsige Kids für waghalsige Unterfangen, so könnte man sagen. Außerdem wissen sie, dass es immer gut ist, wenn man uns erlaubt, ein wenig Dampf abzulassen. Natürlich finden wir auch andere Dinge, um uns zu beschäftigen. Wir lesen alles, was wir in die Finger bekommen (auch wenn June die Einzige ist, die Liebesromane mag), veranstalten Filmabende (Nova darf allerdings kein Popcorn mehr machen, weil sie das einfach nicht kann) und machen andere lustige, erholsame Dinge (wie letzte Woche, als wir dachten, wir würden die Wände mit unseren Gehirnen tapezieren, weil Xander meinte, es wäre lustig, einen alten Stift aus einer von Arsens Granaten auf den Tisch zu werfen, während wir beim Essen waren, oder gestern, als Theo Nova aus dem Fenster baumeln ließ und wir sie anschließend alle zusammen davon abhalten mussten, ihm die Augen auszukratzen).

Aber für uns gibt es nichts Besseres, als Mechas zu zerstören. Nennt uns Adrenalinjunkies. Verdammt, nennt uns lebensmüde. Aber wir nehmen das nicht auf die leichte Schulter. Wir sind gut in dem, was wir tun, und wir tun es für die Leute, die es nicht können – oder konnten.

»Der Phönix bewacht einen Güterzug von Pixeria – der kleinen Minenstadt ein paar Dutzend Meilen südlich von hier – nach Godolia«, erkläre ich und wische einen Klecks Zahnpasta von der oberen Ecke der Seite. Sie ist vor etwa zehn Minuten dort gelandet, als ich mir die Zähne geputzt, dabei die Informationen überflogen und mir einen Plan für den heutigen Göttermord zurechtgelegt habe, während ich versucht habe, zu ignorieren, was für ein absolutes Drecksloch unser Badezimmer ist. Wenn wir zurück sind, werden sie zum Putzdienst verdonnert. »Da sie die vollkommen lachhafte Kohlequote diesen Monat nicht erfüllen konnten, hat Pixeria uns um Hilfe gebeten, um sicherzustellen, dass der Zug nie am Bahnhof ankommt, da sonst ihre unzureichenden Quoten verzeichnet werden und man morgen Abend einen Windup schicken wird, um sie alle zu massakrieren. Ihr wisst, wie's läuft: Wir erledigen die Phönix-Eskorte, halten den Zug an, plündern die Fracht und schicken ihn in die Stadt zurück.«

»Und übernehmen die Verantwortung«, flötet Juniper und grinst so breit, dass ihre Grübchen hervortreten.

»Mit Freuden.« Es ist eine Win-win-Situation – die Bevölkerung der Stadt wird verschont, da die Kohle als gestohlen und nicht als unzureichend verzeichnet wird, und mein Team steigt auf der Beobachtungsliste von Godolia auf. »Nova, du bringst uns zwischen den Zug und den Phönix, möglichst ohne ihm unter die Füße zu kommen. Xander und ich schneiden ein Loch in seinen Knöchel, um reinzukommen. Milo und Theo, ihr kümmert euch wie immer um die Artillerie. Ich will nicht, dass wieder einer von uns angeschossen wird, also zuerst schießen und so. Ihr wisst schon. Weiter ...«

»Ich will dieses Mal fahren«, wirft Theo ein.

Ich blättere um und studiere die Blaupausen des Zugs. »Sicher. Gib Nova deine Waffe.«

»*Ja.* Gib Nova deine Waffe«, äfft Nova mich nach.

»Schon gut«, sagt Theo.

»Sobald wir drin sind, springen Juniper und Arsen auf den zweiten Waggon des Zugs auf und platzieren Sprengstoff an der Verbindung zwischen dem Triebwagen und dem Frachtbereich«, fahre ich fort. »Falls euch ein Zugführer in die Quere kommt, schaltet ihn aus, aber sucht keinen Streit. Ich mein's ernst, ihr zwei. Hört auf, euch so anzugrinsen. Nova bleibt in der Nähe. Springt also zurück aufs Auto, sobald die Bomben platziert sind. Ihr werdet sie fernzünden. Idealerweise werden Xander und ich bis dahin auch den Windup erledigt haben. Wir versuchen, so rauszukommen, wie wir reingekommen sind. Aber wenn der Mecha schon zusammenbricht, müssen wir improvisieren. Haltet die Augen offen, nach uns und den Trümmern. Noch Fragen?«

Schweigen senkt sich über den Raum. Wie vor jeder Mission erfüllt elektrisierende Aufregung die Luft. Sie belebt unsere Seelen. Wir leben einzig für den Anblick dieses letzten roten Aufblitzens in den Augen des Mechas, bevor sie erlöschen. Wir leben, um Zwietracht und Verwirrung zu stiften und doch am Ende den Rauch aus unseren Augen zu blinzeln und die schiere Absurdität – nein, die schiere *Unmöglichkeit* – der Tatsache zu erkennen, dass wir immer noch atmen.

Ich nehme mir einen Moment, um die Bande noch einmal zu mustern. Nur ein Haufen Kinder, die auf verrottenden Möbeln in einer verrottenden Welt herumgammeln und dabei helfen, dass sie noch ein bisschen mehr verrottet. Kinder, die von Godolia und den Windups verletzt wurden, denen Menschen genommen wurden, die in die absolute Hölle gestürzt wurden und *zurückgekommen* sind, ungebrochen und mit dem unbändigen Verlangen, das Unrecht zu vergelten.

Ja, wir sind klein. Ja, wir sind Menschen. Aber wir sind auch Gearbreaker und wir sind hier, um die Arschlöcher zu zerlegen, die dachten, wir würden das einfach so untätig mit uns machen lassen.

Ich stütze eine Hand in die Hüfte. »Macht euch bereit, Gearbreaker. Keiner von euch hat die Erlaubnis, heute zu sterben.«

4

ERIS

Nova lässt den Motor aufheulen, als der Rest von uns aus dem Wohnheim kommt. Ihr Arm hängt aus dem Fenster und der Ärmel ihres Hitzeschutzanzugs glitzert im Sonnenlicht, das durch das Blätterdach bricht.

Wir alle klettern hinten auf den Pick-up und Milo setzt sich neben mich. Ich lege meine Füße auf seine und er sieht zu, wie ich den Riemen meiner Kryohandschuhe festzurre. Schläuche mit blauer Flüssigkeit sind fest auf den Stoff genäht, fein wie die Adern in meiner Hand. An der Seite meiner Zeigefinger ist ein kleiner Knopf, der mit einem schnellen Druck die Handschuhe zum Leben erweckt. Sie sind mein wertvollster Besitz, perfekt geeignet für jede Situation – vor allem wenn wir gegen einen Phönix antreten.

Nova bahnt sich ihren Weg über das Gelände der Hollows und streckt gelegentlich den Kopf aus dem Fenster, um die Menschenmassen anzuschreien, die von einem Gebäude zum nächsten pilgern und Blaupausen, Werkzeuge oder

Frühstücksriegel in der Hand halten. Innerhalb der gesamten Anlage winden sich rissige Betonpfade zwischen den Stämmen alter Eichen hindurch, die bis in den Himmel hinaufreichen, aber so schwer mit Herbstlaub beladen sind, dass sie sich der Erde entgegenzubeugen scheinen. Jenny aktiviert zwar Tarntechnologie über dem Wald, wenn die Bäume kahl sind, trotzdem halten wir im Winter immer wieder den Atem an, wenn ein Godolia-Helikopter über uns hinwegfliegt.

Wir nähern uns dem Tor und neben dem Wächter ragt eine vertraute Gestalt auf. Seine Canvasjacke ist so schwarz wie die Eisenstangen hinter ihm und sein Rücken so steif wie der Stock mit dem silbernen Griff, auf den er sich stützt. Sein graues Haar ist raspelkurz geschnitten – anscheinend war das in früheren Zeiten beim Militär so üblich, aber ich finde, dadurch treten die Adern, die sich um seinen Kopf winden, nur umso deutlicher hervor. In seiner vernarbten Wange zuckt ein Muskel. Falten zeichnen sich um seine Augen ab.

James Voxter, der erste Gearbreaker.

Ich reibe mir die Nasenwurzel. »Oh Scheiße.«

Es ist fast sechzig Jahre her, dass Voxter bewiesen hat, dass Menschen Windups von innen heraus zerstören können, sechzig Jahre, seit die Menschen aus seinem Versorgungsdorf sich aufgemacht haben, vor der Herrschaft Godolias zu fliehen. Die meisten versuchen, der Knechtschaft zu entgehen, indem sie sich nach Übersee absetzen, also machte sich sein Dorf auf zur Küste.

Einen halben Tag später schickten sie die Berserker.

Als sich die Nacht über das Massaker senkte, hatte Voxter eine sehr wichtige Lektion gelernt: Seit dem Beginn von Godolias Vorherrschaft war den Badlands eine solche Angst eingeimpft worden, dass die Leute stets lieber die Flucht wählten, als sich aufzulehnen, und zwar weil sie die Mechas für unbesiegbar hielten. Sie brauchten jemanden, der ihnen bewies, dass das nicht der Fall war.

Also war der sechzehnjährige Voxter mit ein bisschen Sprengstoff in der Tasche losgezogen und hatte ihnen die Stirn geboten. Damit war der Gearbreaker-Widerstand geboren, auf der Basis einer Botschaft sowohl an Godolia als auch an die Badlands: *Wir können uns wehren.*

Ich stehe auf, um dem Türwächter mein Klemmbrett zu reichen, und der silberne Griff von Voxters Stock hakt sich in den Heckklappenspoiler ein.

»Ey! Lass mein Auto ganz, Vox«, schimpft Nova.

Voxter ignoriert sie und richtet den Blick seiner grauen Augen auf mich. Er ist sauer. Mal wieder. »Shindanai ...«

»Sekunde«, sage ich und drehe mich um. Hinter mir sitzt Juniper neben Arsen. Sie haben die Hände in einem Durcheinander aus Kabeln vergraben, das sich über ihren Schoß ergießt, und die Köpfe so dicht zusammengesteckt, dass sich Arsens braune Locken mit Junipers grün gefärbtem Haar vermischen. Zwischen ihren Knien haben sie Phiolen mit bunten Flüssigkeiten geklemmt. Ich schnippe mit den Fingern vor ihnen. »Ich hab euch gesagt, ihr sollt die Finger davon lassen.«

Arsen hebt den Kopf und sieht mich aus seinen großen schwarzen Augen unschuldig an. »Willst du nicht, dass der Zug hochgeht?«

»Nein, ich will, dass ein *Teil* davon hochgeht.«

»Oh«, murmelt er und blickt wieder auf die Kabel. »Ach ja.«

»Lässt du uns raus?«, frage ich den Wächter. »Wir müssen einen Zug erreichen.«

»Shindanai«, setzt Vox erneut an. »Was muss ich da hören? Eins deiner Teammitglieder hat gestern ein anderes aus dem Fenster baumeln lassen?«

Ich zucke mit den Schultern. »Davon höre ich zum ersten Mal.«

Gleichzeitig meldet sich Juniper zu Wort: »Wir hatten eine Matratze unter sie gelegt, Sir.«

Das stimmt, aber da Voxter weiß, dass wir im vierten Stock leben, öffnet er den Mund, um uns anzuschreien.

»Jenny verstößt gerade gegen ihre Suspendierung«, informiere ich ihn, als sich die Torflügel öffnen. Seine Gesichtsfarbe nimmt ein herrliches Purpur an und Nova tritt aufs Gas, sobald der Spalt groß genug ist, dass das Auto gerade so hindurchpasst. Voxter und die Hollows werden hinter uns kleiner, das Rot seiner Wangen verschwimmt mit dem des Herbstlaubs. Ich grinse und winke ihm zu, bevor ich mich wieder hinsetze.

Eine halbe Stunde später lichten sich die Bäume und Nova lenkt den Wagen zwischen den Trümmern zerstörter Gebäude und den kleinen Tälern von Windup-Fußabdrücken hindurch. Wir alle wissen, dass sie gleichzeitig Friedhöfe sind, auch wenn zu feinem Staub zerriebene Knochen nicht wirklich Spuren hinterlassen. Die Landschaft zeugt von längst vergangenen Kämpfen, als die Leute, die sich gegen Godolias Herrschaft auflehnten, zu Mechas aufsahen, die den Himmel verdeckten und die Götter ersetzten, zu denen sie beteten.

Wir alle wurden als Reservisten eines bereits verlorenen Kriegs geboren. Doch nachdem sich der Gearbreaker-Widerstand gegründet hatte, nachdem alle erkannt hatten, dass wir die Fähigkeit besitzen, Gottheiten zu zerlegen, entstand etwas Neues. Etwas, das mich grinsen lässt, statt vor Schmerz zu zucken, wann immer mir ein neues Tattoo aufs Schlüsselbein gestochen wird. Etwas, das verdammt große Ähnlichkeit mit Hoffnung hat.

Auf dem Vordersitz öffnet Nova das Handschuhfach und sucht in ihrer Kassettensammlung nach der richtigen. Sie pustet liebevoll darauf, küsst dann das Plastikgehäuse und schenkt uns im Rückspiegel ein verschlagenes Grinsen, während sie sie ins Radio schiebt.

Die Musik ergießt sich mit wummernden Bässen aus den Lautsprechern und bringt eine laut schreiende Fröhlichkeit mit sich, die so angenehm und erhebend ist, dass ich nicht anders kann, als meinen Kopf auf Milos Schulter zu legen, das stechende Ziehen des Windes an meinen Wangen.

Nach einer Weile wird das Terrain ebener und nichts als loser Staub bedeckt die Erde. Der Horizont teilt die Welt in zwei perfekte Hälften: den blauen Himmel und die braune Erde, auf der es nichts anderes gibt als einen über fünfzig Meter großen Mecha und einen Zug, die sich von Osten nähern.

Theo jubelt und schlägt mit der Hand gegen die Seite des Trucks. »Tritt drauf, Nova!«, schreit er. Der Motor heult auf und wirbelt Wolken aus Staub hinter uns auf. Wir fegen durch die Wüste und brüllen voller Vorfreude, etwas so Waghalsiges und Bedeutendes zu tun.

Wir donnern neben den Schienen her und die Räder verlieren auf den Chrombolzen kurz die Haftung, bevor Nova das Steuer nach rechts reißt und uns in den langen Schatten des Windups schleudert. Mir läuft ein Schauer über den Rücken und ich grinse, als wir alle gleichzeitig unsere Masken aufsetzen und das Funkgerät in meinem Ohr zum Leben erwacht. Dreck, aufgewirbelt von den Füßen des Phönix, schlägt gegen unsere Plastikvisiere.

Noch etwa fünfzig Meter bis zum Ziel. Dreißig. Nova quält den Motor noch mal so richtig, sodass ein Feuerstoß aus dem Auspuff kommt und mir die Luft von der

Beschleunigung aus der Brust gepresst wird. Dann sind es nur noch zehn Meter.

»Kavallerie«, brüllt Arsen in sein Mikro, als der schwarze Lauf eines Maschinengewehrs auf dem Dach des letzten Waggons auftaucht. Das Gesicht des Schützen ist hinter einem kugelsicheren Helm verborgen.

Nova tritt hart auf die Bremse, sodass wir nach vorn geschleudert werden, und nur wenige Meter vor der Motorhaube wird die Erde von einer Salve Kugeln aufgerissen. Die Kugeln nähern sich uns in einer Schneise der Verwüstung und Nova, die in unseren Ohren summt, reißt das Lenkrad nach rechts und legt nach einer Hundertachtziggraddrehung den Rückwärtsgang ein, um in halsbrecherischer Geschwindigkeit rückwärtszufahren, während die Kugeln dort in die Erde einschlagen, wo wir uns gerade noch befunden haben.

»Hals«, sage ich.

»Ja.« Milo legt sein Gewehr an und nimmt sich eine Viertelsekunde, um zu zielen. Dann jagt er dem Schützen eine Kugel in die Kehle.

Der Schütze stürzt nach hinten und vom Zug. Er schlägt auf dem Boden auf und bleibt schnell weit hinter uns zurück. Sein letzter Atemzug wird vom Staub verschluckt.

Wir jagen zwischen dem Zug und dem Phönix dahin und Nova bringt uns so dicht an seine rennenden Füße, wie sie kann. Ich tippe mit den Daumen auf die Knöpfe der Kryohandschuhe und die Schläuche leuchten blau auf.

»Ich bin bereit«, rufe ich und lehne mich mit ausgestreckter Hand dem Phönix entgegen. Sein linker Fuß senkt sich vor uns und stampft mit solcher Wucht auf, dass meine Zähne aufeinandergeschlagen wären, hätte ich sie nicht zusammengebissen. Während sein Fuß auf dem Boden steht, fahre ich mit der Hand über den Knöchel und aus den Ventilen an den Handflächen und Fingern meiner Handschuhe bricht kalte Energie hervor. Das heiße Metall fängt an zu dampfen.

Ich ziehe die Hand zurück, bevor der nächste Schritt des Phönix mich aus dem Truck reißen kann. Gleichzeitig sagt Nova: »Hand!«

Der Himmel verschwindet, als eine rot beschichtete Handfläche sich auf uns senkt und nach dem ganzen Auto greift, um uns in die Wüste zu schleudern.

»Bremsen!«, kreischt Theo.

»Beschleunigen!«, brüllt Juniper.

»Ruhe auf den billigen Plätzen!«, schießt Nova zurück.

»Nova, halt die Geschwindigkeit!« Arsen kramt in seiner Jacke, fischt eine kleine Kugel heraus und wirft sie nach oben. Sie bleibt an der sich herabsenkenden Handfläche kleben und ihr winziges Licht blinkt noch zweimal schwach, bevor sie in einem blendenden Blitz explodiert.

»Eine Haftbombe«, kichert Juniper und wedelt herabregnende Metallsplitter weg.

Sie und Arsen wenden sich den Schienen zu und er zeigt ein »Daumenhoch« über die Schulter. »Bereit, Cap!«

Ihre Sprengladungen sind nie schön, aber bei Junipers hinterhältigen Säuren und Arsens Zerstörungskünsten habe ich keinen Zweifel, dass sie hochgehen werden. Das tun sie immer. Ich gebe Theo ein Zeichen. Er nimmt seine Waffe in die andere Hand und visiert den Bereich des Beins an, den meine Handfläche eine halbe Sekunde lang berührt hat. Das Kryoserum, das ich mit meinem Handschuh injiziert habe, frisst sich unter der Hülle des Windups soeben durch das Eisen und verschlingt auf seinem Weg jedes bisschen Wärme.

Der Kolben von Theos Gewehr trifft den Knöchel und die Hülle zerspringt wie Glas.

»Er lädt seine Waffe auf«, ruft Arsen, als er das plötzliche Surren in der Luft bemerkt.

»Das ist euer Problem, nicht meins. Ich zuerst«, sage ich und beobachte, wie das Bein für den nächsten Schritt des Windups nach vorn schwingt und dabei Rauch aus der Wunde hinter sich herzieht. Auf der anderen Seite flimmert die Luft um die Thermalkanone, während sie sich für den Angriff auflädt. »Du als Zweiter, Xander. June, Arsen, der Zug.«

Ich warte nicht auf ihre Antwort – das muss ich nicht. Der Unterschenkel schwingt zurück und ich werfe mich von der Kante des Pick-ups in die Öffnung. Für den Bruchteil einer Sekunde hänge ich in der Luft, bevor ich im Inneren des Mechas lande.

Allein meinem Instinkt und meinem Muskelgedächtnis ist es zu verdanken, dass ich eine Leitersprosse ergreife, bevor ich gegen die andere Seite des Unterschenkels prallen kann. Ich deaktiviere meine Kryohandschuhe, bevor sie das Metall zerfressen können. Während der Windup einen weiteren Schritt macht, presse ich mich dicht an die Leiter. Die Wucht der Bewegung treibt mir die Luft aus den Lungen. Dann schwingt das Bein zurück und ich erhasche einen flüchtigen Blick auf mein Team und auf Xander, der sich über den Abgrund zwischen uns wirft. Er schafft es durch den aufgerissenen Spalt und packt eine freie Sprosse, bevor er mit mir zusammenstoßen kann.

Er zieht sein Visier und seine Kapuze herunter und blickt schweigend nach oben.

Wir beginnen mit dem Aufstieg.

Überall hängen Drähte, als wir die Hüften erreichen. Wir klettern von der Leiter auf einen Träger, der durch den

Bauchbereich verläuft, und ich lege Xander die Hand auf den Kopf, damit er unten bleibt. Meine Augen suchen nach Bewegungen über uns.

»Geh zur rechten Hüfte«, raune ich. »Warte auf mein Signal und blockier das Beingetriebe.« Er dreht sich um. Ich packe seinen dürren Arm und schiebe mein Visier zurück, damit ich ihm in die Augen sehen kann. »Unseren Infos zufolge gibt es zwei Wachen. Versuch nicht, den Helden zu spielen. Ruf um Hilfe, falls nötig. Dieses Ding wird schnell und heftig zu Boden gehen. Warte nicht auf mich. Wenn du eine Fluchtmöglichkeit siehst, ergreif sie. Das ist ein Befehl.«

Mit seinem üblichen Schweigen nickt der Junge wieder, zieht sich über den Träger zurück, taucht unter einem Vorhang aus Kabeln hindurch und ist verschwunden. Ich erinnere mich noch an die Zeiten, als ich ihn nie aus den Augen ließ, ganz zu schweigen davon, ihn allein durch einen Mecha streunen zu lassen. Nicht unbedingt weil ich Angst hatte, dass er getötet werden könnte, sondern weil es extrem peinlich gewesen wäre, eins meiner Teammitglieder zu verlieren, nachdem ich gerade erst zum Captain ernannt worden war.

Zum Glück habe ich mir inzwischen einen Ruf aufgebaut, der ihnen allen vermittelt, dass es sinnlos ist, zu sterben, denn sollten sie es wagen, ohne meine Erlaubnis zu sterben, würde ich ihnen in die Zwillingshöllen folgen und sie eigenhändig wieder aus den Toren herauszerren.

Ich lege den Kopf in den Nacken, um den Drehmechanismus zu finden, der das linke Bein steuert. Mein Blick gleitet über Muttern, Bolzen und Zahnräder – umgeben von Drahtarterien und Ansammlungen von vor Energie knisternden künstlichen Nerven. Warum Godolia die Mechas so baut, dass ihre Piloten Schmerz empfinden können, ist mir zu hoch, aber ich werde mich nicht beschweren. Das verschafft mir nur weitere Optionen.

Wie ich gelernt habe, haben alle Götter einen Schwachpunkt. Und für den unwahrscheinlichen Fall, dass sie keinen haben, schaffe ich mir einfach einen.

»Hey!«, brüllt jemand. Mein Kopf zuckt nach oben, wo ich zwei Silhouetten entdecke, die weit über mir aufgetaucht sind, die Waffen in ihren Händen zeichnen sich deutlich ab. Primitive, einfallslose Waffen.

»Fangt mich doch, wenn ihr ...« Ich weiche einer Kugel aus, die am Metall der Bauchverkleidung des Mechas abprallt, nur Zentimeter von meinem Ohr entfernt. »... könnt. So ...« Eine weitere Salve. Ich schlinge mir die Arme um den Oberkörper und mein Herz hämmert wild in meiner Brusthöhle, als meine Ferse kurz ins Leere tritt. Sobald ich mich gefangen habe, fahre ich fort: »... *unhöflich.* Drahtficker. Darauf kann ich echt verzichten.«

Ich stehle mich davon, bevor sie wieder das Feuer eröffnen können. Ich verschmelze mit den Schatten und suche mir meinen Weg durch den Flickenteppich dunkler Pfade aus wirbelnden Zahnrädern und zitternden Drähten.

Ich springe über einen Spalt und ducke mich, den Blick in die Dunkelheit über mir gerichtet. *Verzieht euch. Das ist jetzt meine Gottheit.*

Sobald sie außer Hörweite sind, springe ich auf einen vertikalen Träger und nutze die riesigen Bolzen, um den Windup hinaufzuklettern. Die Bewegung des Mechas lässt meine Zähne klappern – wobei das auch vom Adrenalinschub kommen könnte. Jedenfalls presse ich die Zähne zusammen, damit ich mir beim Klettern nicht versehentlich die Zunge abbeiße.

Der Hüftmechanismus surrt über mir, sein gigantischer Kolben pumpt, während der Phönix rennt.

Ich lege eine Hand auf die Plattform, die die Hüfte stützt. Die Kante ist etwa fünfzehn Zentimeter breit. Ich ziehe mich hoch, stemme die Füße dagegen und lehne mich mit dem Rücken an einen Träger. Unter mir droht ein dreißig Meter tiefer Fall durch das gesamte Bein bis zur Fußsohle, wo die Schwerkraft meinen Körper in Millionen Einzelteile zerlegen würde.

Ich schalte die Kryohandschuhe ein und lege sie an eins der Zahnräder. Eis breitet sich unter meinen Fingern aus und kriecht über das Metall und die Eisenzähne. Das Zahnrad wird langsamer.

»Halt!«

Links von mir steht eine Wache gut sechs Meter entfernt auf einem schmalen Träger und hat ihre Waffe auf den Punkt zwischen meinen Augen gerichtet. Ich ziehe die Hand zurück und hebe die Kryohandschuhe über meinen Kopf.

»Hallo«, sage ich. »Wo ist dein Freund?«

»Zieh die Handschuhe aus oder ich schieße.«

Ich sehe ihm ins Gesicht, in dem sich noch reichlich Babyspeck abzeichnet. Er kann nicht viel älter sein als ich.

»Du solltest besser nicht vorbeischießen.«

»Was?«

Ich deute um mich. »Die Kugeln werden von den Wänden zurückprallen, wenn du vorbeischießt. Du solltest vielleicht ein bisschen näher kommen. Ich bin so oder so wehrlos. Bring mich einfach schnell um.«

Er zögert einen Moment lang und seine Finger zucken an der Waffe. Dann, wie es sich für jemanden gehört, der seit seiner Geburt in dem Glauben aufgewachsen ist, dass die Leute aus den Badlands dumme Barbaren sind, kommt er langsam näher. Jetzt muss ich nur noch meine Hand auf den Träger legen, den Kopf zur Seite neigen, um der ersten Kugel zu entgehen, und – wow, auch noch einer zweiten? Ernsthaft? – dann, sobald der Frost sich hineingefressen hat, trete ich zu.

Die Stelle zerspringt und ohne seine stützende Verbindung gibt der mittlere Teil unter seinem Gewicht nach und der Junge fällt durch Drahtstränge, die seinen ausgestreckten Händen keinen Halt bieten. Zwei Sekunden später erklingt ein dumpfes Klatschen.

Ich versteh's ja, wirklich. Nicht jeder hat die Nerven, einem Teenager in den Kopf zu schießen. Aber dafür werde ich ihnen nicht auch noch danken. Ich zögere nicht, nur weil sie es tun. Ich tue, was ich tun muss, und lebe damit, weil es heißt, dass ich weiterhin leben darf.

Ich drehe den Kopf und blicke zurück zur Turbine. »Xander, jetzt!«, rufe ich und mache mich bereit, meine Faust in das langsamer werdende Zahnrad zu rammen.

Nichts passiert.

Die Wache. *Wo ist dein Freund?*

Ich löse mich von der Kante der Hüfte, lege beide Hände um einen Träger und rutsche hinunter. Meine rauen Handschuhe verlangsamen meinen Fall. Ich lass mich in den Bereich fallen, in dem wir uns getrennt haben, und tauche unter dem Vorhang der Drähte durch. Direkt über mir balanciert Xander auf der Kante des Mechanismus der rechten Hüfte und presst den Rücken gegen den Träger, um sein Gewicht abzufangen, genau wie ich es ihm beigebracht habe. Seine Hand umklammert sowohl eine Brechstange als auch seinen anderen Arm. Blut sickert in großen Tropfen durch seine Finger und sammelt sich zu meinen Füßen.

Vor mir steht eine Wache und hat ein Gewehr auf seinen Kopf gerichtet.

Xanders Blick zuckt für den Bruchteil einer Sekunde zu mir, bevor er ihn schnell wieder abwendet.

»Was habe ich übers Angeschossenwerden gesagt?«, fauche ich.

Die Wache reißt den Kopf herum. Die silbernen Strähnen in seinem Haar und Bart schimmern trotz der Dunkelheit um uns. Er ist älter und macht das wahrscheinlich schon eine ganze Weile. Sein zweiter Schuss wird nicht danebengehen.

Warum er noch nicht abgedrückt hat? Er lässt sich Zeit.

Und da nennen die *uns* Barbaren.

Xander sieht wieder zu mir. Der Junge spricht kaum ein Wort, aber trotzdem kann ich ihn stets hören, laut und deutlich. Mit seinem Schweigen sagt er mir: *Ach, fick dich doch.*

Ich rolle mit den Augen und hebe die Hände. »Du kannst ihn gehen lassen«, erkläre ich der Wache.

Er lächelt. Es könnte fast väterlich sein, wenn man das Gewehr in seiner Hand und die Blutspritzer meines Teammitglieds auf seinen Stiefelspitzen ignoriert. »Willst du seinen Platz einnehmen, Frostbringer?«

»Ach, du hast also von mir gehört?«

»Allerdings«, sagt er. »Die Kleine, die vor ein paar Jahren über minderwertige Technologie gestolpert ist und jetzt glaubt, sie könnte es mit Godolia aufnehmen.«

Ich verlagere mein Gewicht, als die Bewegungen des Phönix plötzlich unberechenbar werden. Es kann gut sein, dass mein Team inzwischen im Kreis durch die Wüste gejagt wird. Noch wahrscheinlicher ist, dass Theo mit Nova streitet, wer fahren darf, und Milo versucht, sie beide umzubringen, sodass der Pilot, der sie verfolgt, völlig verwirrt und orientierungslos ist. Ich wünschte, ich könnte sagen, dass das zum Plan gehört, aber in erster Linie sind sie einfach nur Idioten. Ich wünschte auch, ich wüsste das alles nicht aus Erfahrung.

Ich zucke mit der Schulter. »Wenigstens habe ich hohe Ziele. Was würde es über mein Selbstwertgefühl sagen, wenn ich etwas Nutzloses sein wollte, wie ein ... Priester?« Ich überlege. »Oder eine Windup-Wache.«

»Hat dir nie einer erklärt, dass den Helden zu spielen das Unvermeidliche nur hinauszögert?«, fragt die Wache und richtet den Gewehrlauf von Xander auf mich. Ich seufze erleichtert auf. »Irgendwelche letzten Worte?«

»Ja. Bin ich so richtig berühmt in Godolia?«

Er grinst schief. »Ja, du und die anderen Gearbreaker sind ein ganz schönes Ärgernis. Hast du je versucht, Fleischmatsch von der Sohle eines Windup-Stiefels zu kratzen? Wie ich höre, ist das ganz schön zeitaufwendig.«

»Kann ich mir denken. Dich zu töten dagegen nicht.«

»Das würd ich zu gern sehen, Kleine.«

Ich kann mir ein Lächeln nicht verkneifen. »Nein, würdest du nicht.«

Ich spreize die Finger.

Die Adern meiner Handschuhe blitzen blau auf, dann weiß und ein zuckender Lichtfunke bricht aus den Handflächenventilen hervor. Wie ein Komet fliegt das Serum durch die Luft und seine gleißende Helligkeit ist schmerzhaft anzusehen in der Dunkelheit im Inneren des Mechas. Der Strahl trifft die Wache an der Schulter und das Licht dringt in seinen neuen Wirt ein. Während sich die Schatten wieder über den Raum senken, sehe ich, wie sein Finger heftig zuckt: Er versucht, den Abzug zu betätigen. Aber vergeblich. Das Eis hat bereits sein Werk getan.

Ich schlendere zu ihm und betrachte die Furcht, die seinen Blick trübt. Ich habe diesen Ausdruck wieder und wieder gesehen. Als ich jünger war, habe ich in den schmerzverzerrten Zügen nach einer Spur meiner eigenen Schuld gesucht. Doch jedes Mal fand ich nicht das Geringste. Das macht mich nicht zu einem schlechten Menschen. Es bedeutet nur, dass niemand, der Godolia dient, auch nur einen Funken meines Mitleids verdient.

»Weißt du, das Problem an ›minderwertiger Technologie‹ ist, sie tut trotzdem scheiße weh«, flüstere ich und lege meinen Handschuh auf seine Schulter. Bei meiner Berührung rauscht das Kryoserum durch seine Adern und verschlingt jedes bisschen Wärme. »Aber nur anfangs. Keine Sorge. Das Folgende wirst du nicht mehr spüren.«

Ich drücke zu und er zerbricht unter meinen Fingerspitzen, sein letzter Atemzug gefroren in seinen Lungen.

Ich blicke zu Xander hoch. »Worauf wartest du? Eine Parade?«

Der Junge macht eine beeindruckend beleidigende Geste. Blut verklebt sein schwarzes Haar.

Ich wische Brocken der Wache von meinem Overall und befördere den Rest von ihm mit einem Tritt vom Träger. »Jaja. Gehen wir. Wir sind eh schon spät dran.«

5

ERIS

Ich deaktiviere die Handschuhe, bevor Milo meine Hand ergreift und mir aus dem Windup hilft. Xander steht bereits wieder auf festem Boden und wirkt ein bisschen zu selbstgefällig, während Juniper und Arsen sich um seine Schusswunde kümmern. Ihre Gesichter sind mit schwarzen Aschespuren beschmiert. Unter uns rührt sich der Phönix nicht mehr, seine Glieder liegen unnatürlich verrenkt im Sand. Sein Kopf, beide Augen gesprungen und dunkel, ruht auf seiner Schulter. Der Pilot steckt noch darin, allem Anschein nach hat er sich beim Aufprall das Genick gebrochen. Hoffentlich wurde er auch noch von ein paar schönen großen Glasscherben durchbohrt, nur zur Sicherheit.

Ich schiebe Milos Visier hoch und ziehe an seiner Kapuze, bis er sich weit genug vorgebeugt hat, dass ich ihn küssen kann. Den Lauf seines Gewehrs, das er sich über die Schulter gehängt hat, dicht an meiner Schläfe.

»Sind alle in Sicherheit?«, frage ich, nachdem ich mich von ihm gelöst und mich umgedreht habe. Jenseits des

Oberschenkels des Windups hat Nova eine Waggontür aufgestoßen und erscheint mit einem schwarzen Klumpen in der Hand.

»Das ist langweilig!«, verkündet sie und wirft die Kohle weg. Sie prallt ohne Folgen an der Lackierung des Phönix ab. Nova stützt ihre Hände an ihrem Rücken ab, um zu uns aufzusehen. »Oh, gut, ihr lebt noch.«

Theo, der über die Überreste des Windups spaziert ist, rutscht am Stiefel herunter und landet hart vor ihr. Sie rümpft die Nase über den aufgewirbelten Staub.

»Das verdanken wir nicht deinem irren Fahrstil«, höhnt er und sein sommersprossiges Gesicht verzieht sich zu einem Grinsen.

Nova legt ihre Hände an seine Brust und schubst ihn. »Von wegen, Sumpfhirn. Meine Fahrkünste sind erstklassig. Lande du erst mal einen sauberen Schuss, *dann* kannst du reden. Ich könnte das besser als du.«

»Ach ja? Versuch's doch, Prinzessin«, schnauzt er, zieht seine Pistole aus dem Holster und lässt sie vor ihrer Nase baumeln. Als sie danach greifen will, reißt er die Hand hoch, woraufhin sie ihm das Knie in den Bauch rammt und sein Gewehr packt, als er sich krümmt.

»Verreck doch!«, kreischt sie, als er sich aufrichtet und sich ihren zappelnden Körper über die Schulter geworfen hat.

Hach ja, das dürfte mal wieder ein Fall von gebrochenen Armen und halber Erblindung werden. Aber ich kann bestens fahren und schießen, also lasse ich sie kämpfen und springe auf den sicheren Boden, wo Juniper gerade damit fertig ist, Xanders Arm zu verbinden.

»Gut gemacht, Kleiner«, sage ich und erhalte ein steifes Nicken als Antwort. »June, Arsen, ist im Zug alles glattgelaufen?«

»Alles bestens«, erwidern sie gleichzeitig.

»Gut. Ein Aufräumteam sollte bald hier sein, um die Fracht einzusammeln«, sage ich und beobachte, wie Nova sich durch die Haare fährt, wobei die Kohle an ihren Händen schwarze Strähnen im Blond hinterlässt. Theo kniet vornübergebeugt auf dem Boden und liegt mit dem Kopf im Sand – offenbar hat Nova sich mit einem Tiefschlag befreit. »Verschwinden wir von hier.«

Alle steigen in den Pick-up, Nova auf den Fahrersitz und der Rest von uns auf die Ladefläche. Milos Bein schmiegt sich wieder an meins. Theo, der sich schnell erholt hat, trommelt mit den Fingern gegen die dreckige Seitenwand und summt, als der Motor zum Leben erwacht. In der Nähe glitzern Teile der Landschaft, wo der Sand zu frischem Glas geschmolzen wurde – Spuren des Phönix-Angriffs.

»Ihr hattet keine großen Schwierigkeiten, oder?«, fragt Milo.

Ich zucke mit den Schultern. »Wie immer ein Kinderspiel. Und ihr?«

Das Auto macht einen Satz vorwärts, vollführt einen U-Turn und bleibt dann plötzlich stehen. Auf dem Fahrersitz atmet Nova scharf ein, aus ihrem Gesicht im Rückspiegel ist jegliche Farbe gewichen.

»Äh ... Leute?«, ruft sie und wir alle sehen auf.

»Oh Scheiße«, flucht Theo.

Vor uns liegt der Kopf des Phönix und funkelt uns aus einem glühenden Auge an.

»Theo, Milo«, brülle ich, als mich plötzliche Angst durchfährt. Sie sind sofort hellwach. »Seht zu, ob ihr freies Schussfeld auf den Piloten habt. Nova, bring uns hier weg.«

Der Motor heult auf und das Auto rast auf zwei Reifen am Knie des Windups vorbei. Wir kommen gerade an der Taille vorbei, als der Mecha einen Arm – ohne Hand – unter seinem zerstörten Körper hervorzieht, Drähte ergießen sich aus dem aufgerissenen Metall. Der Arm fällt direkt vor uns herunter und versperrt uns den Weg. Nova driftet zur Seite, um einen Frontalzusammenstoß zu vermeiden.

Der Windup erhebt sich auf seinem Handgelenkstumpf und zieht seinen anderen Arm hinter seinem Rücken hervor. Jemand links von mir feuert einen Schuss ab, gefolgt von jemandem rechts von mir, und kurz herrscht Stille in meinem Kopf, die von einer schwachen, hoffnungsvollen Stimme zerrissen wird: *Wir leben.*

Beide Iriden zersplittern und Glas regnet herab. Die perfekten Schüsse erfüllen mich mit Stolz, bevor ich erkenne, dass der Mecha sich immer noch bewegt.

Die Thermalkanone landet hart im Sand, der Boden unter uns erbebt und reißt weit genug auf, um das gesamte Auto zu verschlingen.

Der Pilot hat vermutlich nur noch ein paar Sekunden zu leben, aber er muss nur einen letzten Gedanken aussenden.

Aus dem Schlund der Kanone schießt eine orange Flamme hervor.

»Oh *Scheiße*«, kreischt Theo.

Die Flamme brüllt und heiße Luft versengt unsere Gesichter. Staub wirbelt um uns herum auf.

»Ich komm nicht weg!«, ruft Nova. Plötzlich fliegt die Tür auf und sie lässt sich neben den Reifen fallen. »Die Reifen haben sich festgefressen!«

»Schwing deinen Arsch wieder ins Auto und setzt alle eure Visiere auf!«, brülle ich und springe auf. Mit einem einzelnen Knopfdruck aktiviere ich die Macht in meinen Händen und lasse das Kryoserum durch die Adern der Handschuhe strömen.

Über uns klafft der Lauf der Waffe auf wie ein Schlund. Eine orange Zunge zuckt wütend darin. Sie hält uns für ihre nächste Mahlzeit und verschlingt so viele Leben, wie sie will, genau wie es Godolia seit Jahrzehnten tut.

Ich lege meine Handflächen aneinander, um das Serum in meine Hände fließen zu lassen, dann balle ich die Fäuste. Eisnadeln dringen zwischen meinen Fingern hervor und bilden Tentakel in der Luft aus. Meine Wut brennt nicht heiß wie bei so vielen anderen. Aber sie ist nicht minder zerstörerisch.

Frostbringer. Mächtiger als der Winter.

Zwischen meinen Handflächen schießt eine Säule blauer Energie hervor und zuckt durch die Luft wie ein Blitz aus einer Gewitterwolke. Einen winzigen Moment lang windet er sich herrlich ungehindert durch die Luft, bevor er auf die Flamme des Phönix trifft, die auf das Serum reagiert wie ein Ballon auf eine Nadel: Die Flamme dehnt sich um den Eintrittspunkt aus und zerspringt dann.

Dampf wirbelt von der Kanone auf und trifft mich mit solcher Wucht, dass ich den Halt verliere und gegen Milo geschleudert werde.

Ein paar Minuten lang ist alles dunkel. Ich deaktiviere die Handschuhe und reiße mir das Visier vom Kopf.

»Ihr seid besser alle noch am Leben«, rufe ich, erhalte aber nur Husten als Antwort.

Milos vertraute Finger finden meine Handfläche und schließen sich fest darum. Ich taste seinen Arm entlang zu seinem Gesicht und stelle fest, dass alles noch an seinem Platz ist.

»Eris«, sagt er, »du bist unglaublich, weißt du das?«

»Äh, ja. Ich hab gerade das Feuer eines Phönix unschädlich gemacht.«

»Du machst es einem echt nicht einfach, dir Komplimente zu machen.«

»Dieses Recht musst du dir erst verdienen, Soldat.«

Eine Pause entsteht. Jemand rührt sich auf dem Fahrersitz.

»Macht ihr rum?«, fragt Nova.

»Klar, du Perversling«, sagt Milo, lässt aber meine Hand nicht los.

Ich taste mich weiter vor und finde Arsen, Juniper und Theo, die gegeneinander gesackt sind. Sie beben vor unterdrücktem Lachen.

»Worüber lacht ihr?«, schnauze ich.

»Ich ...«, setzt Theo an und nimmt sich einen Augenblick, um zu Atem zu kommen. »Ich hab noch nie gehört, wie Nova die Nerven verliert.«

»Du kleiner Wichser!«, knurrt sie. »Wenn ich dich sehen könnte, würd ich dir in den Arsch treten!«

Ich ignoriere sie und taste mich weiter. »Xander? Sag was. Es kann auch stumm sein, wenn du willst. Ich muss nur wissen, dass du noch da bist, Kleiner.«

Alle werden so still wie der Dampf, der uns einhüllt. Mir wird eiskalt.

»Xander?«, rufe ich, meine Stimme von plötzlicher Panik erfüllt. »Sag was, irgendwas, bitte. Wir müssen nur wissen, dass du noch lebst, okay?«

Schweigen. Mein Herz setzt einen Schlag aus und hat Mühe, wieder in Gang zu kommen.

»Er ist hier!«, sagt Milo, seine Gestalt ist nicht mehr als eine schwache Silhouette.

Ich krieche zu ihm und strecke vorsichtig eine Hand aus. Meine Fingerspitzen berühren Xanders hohle Wange. »Heilige

Scheiße«, stöhne ich und umklammere sein Gesicht. »X, warum sagst du denn nichts?«

Der Junge bleibt stumm. Ich fahre seine Wange hinunter zu seinem Kiefer. Sein Kinn ist zum Himmel erhoben.

Auch ich sehe auf. Weit über uns ist die Sonne auf einen einzigen glimmenden Punkt reduziert. Die Strahlen schaffen es kaum, den Dunst zu durchdringen. Vor dem Wolkenhimmel zeichnet sich die Silhouette eines riesigen Adlers ab, seine gewaltigen Flügel ausgebreitet und in den Wind gestellt.

Dann dreht er ab und die Federn glänzen metallisch.

Das ist kein Vogel.

Ein zartes Muster aus Eisenschuppen, die von der markanten Stirn eines Ritterhelms nach hinten verlaufen. Die Sonne verschwindet komplett und hinter dem geschwungenen Gittervisier glühen zwei rote Koronen.

»Walküre«, raunt Xander.

Etwas schneidet durch die Luft über uns, dunkel wie die Höllen und locker zweimal so lang wie der Truck. Während es vorbeigleitet, reißt es den Dunst mit sich. Der Windup wird vollständig sichtbar. Das in Eisen gefasste Schwert schwebt in einer ruhigen Hand über dem Boden und seidenfeine Dampfschwaden umgeben die schwarze Klinge. Er starrt auf die Erde, auf die Sterblichen, die es wagen, seinen Blick zu erwidern.

Ich atme unsicher ein und erhebe mich. Richte meinen Blick auf das Antlitz der Walküre, hinter dem ein Pilot steht, durch dessen Adern sich Drähte schlängeln. Und der völlig vergessen hat, wie klein er eigentlich ist.

Ich klettere über die Motorhaube auf den handlosen Arm des Phönix. Meine Landung lässt die Metallhülle vibrieren. Milo schüttelt den Kopf, als ich mich zu meinem Team umdrehe. »Eris«, flüstert er. »Nicht.«

»Gearbreaker«, sage ich, doch es klingt verzerrt. Die Angst schnürt mir die Kehle zu und raubt mir den Atem. »Gearbreaker, das ist ein Befehl von eurem Kommandanten. Milo ist jetzt euer amtierender Captain. Versuch es so gut zu machen wie ich, okay?«

»Eris ...«

Mein Name aus seinem Mund, so sanft, als er seine Lippen verlässt, das ist ... lächerlich. So lächerlich, dass meine Wangen glühen und mir die Hitze zu Kopf steigt.

»Ich ...«, murmele ich mit erstickter Stimme. *Ich will nach Hause.* Ich will im Gemeinschaftsraum sein, mich in den staubigen, widerlichen Möbeln verkriechen, mit dem knisternden Kamin und meiner Familie streitender Idioten um mich herum, die meine Drohungen hinnehmen, wie es niemand sonst könnte.

Aber dafür ist jetzt keine Zeit. Jetzt kann ich nur eiskalt sein.

»Ich werde dieses verdammte Ding töten«, erkläre ich, weil Hass einfach ist und mein Hass größer ist als ich. Er lässt mich den Rücken straffen. Die Worte verlassen meinen Mund, scharfkantig wie ein Schwert. »Dafür kann ich allerdings kein Publikum gebrauchen. Nova, bring sie hier weg.«

Eine Pause entsteht. Ich begegne dem Blick ihrer grünen Augen hinter der dreckigen Windschutzscheibe und starre sie eindringlich an. Sie nickt. »Alles klar«, flüstert sie und legt zögerlich die Finger ums Lenkrad.

Die Reifen drehen ein paarmal im Sand durch, bevor sie greifen und der Wagen zurückrollt. Der Windup erwacht aus seiner amüsierten, hochmütigen Starre. Er schwingt das Schwert durch die Luft. Nova fährt Schlangenlinien und die Eisenspitze kratzt über den Lack – fast hätte sie sie umgeworfen, bevor sie sich in den Unterarm des Phönix gräbt. Ich springe zurück, spreize die Finger in den Kryohandschuhen und schicke einen Eisblitz aus, der das Schwert an der Hülle festschweißt, wenn auch nur für ein paar wenige, aber entscheidende Augenblicke.

Milo klammert sich an die Klappe der Ladefläche, sein Gesicht kreidebleich.

»Verschwindet!«, brülle ich. Kurz darauf wirbeln sie eine Staubwolke auf.

Die Walküre dreht sich mit erschreckender Geschwindigkeit um, schneller als jeder andere Windup. Ihre Klauen greifen nach dem Truck. Ich hebe die Hände und lande einen Treffer an ihrer linken Schulter. Sie taumelt nur einen Schritt zurück, aber das verschafft Nova genug Zeit, um am Zug vorbeizukommen.

Und dann sind sie weg, in Sicherheit, und das macht es leichter, sich abzuwenden.

Oder zu sterben, denke ich trocken und stelle mich der Walküre in ihrem eigenen Schatten.

Ich male mir die winzige, schwache Person aus, die im Inneren dieser künstlichen Gestalt festgeschnallt ist, trunken von ihrem eigenen verzerrten Machtgefühl, der Wahnvorstellung, dass sie mehr als nur ein einfacher Mensch ist.

»Du willst mich?«, rufe ich und balle die Hände zu Fäusten.

Das Serum tropft zwischen meinen Fingern hindurch und rinnt über meine Haut wie harmlose Tränen. Das Eis weiß, dass es mir nichts anhaben darf.

»Dann komm und hol mich.«

6

SONA

Der Arm fällt klirrend zu Boden und ich drehe mich, um den Kopf abzuschneiden.

Durchtrennte Drähte sprühen protestierend Funken und der kopflose Trainingsautomat sackt zu Boden. Ich wische mit der Fingerspitze das Maschinenöl von meiner Klinge und lasse die Schultern kreisen. Mein Shirt klebt schweißnass an meinem Rücken.

»Weiter«, sage ich in den Raum und ein Spiegel an der gegenüberliegenden Wand teilt sich. Ein weiterer Automat erscheint mit dem Schwert in der Hand aus der dunklen Öffnung. Er verbeugt sich, doch ich erwidere es nicht. Ein unangenehmes Gefühl macht sich in meinem Magen breit, als ich zusehe, wie sich sein gesichtsloser Kopf zum Boden neigt, weil seine Programmierung ihn zur Unterwürfigkeit zwingt. Er richtet sich auf und greift an, als die Tür hinter mir sich öffnet.

»Verdammt, Steelcrest, du weißt schon, dass die Dinger teuer sind, oder?«, ruft eine Stimme.

Ich ducke mich unter einem Schlag des Automaten hindurch und ramme meine Schulter in seine Körpermitte. Während er zurücktaumelt, werfe ich einen Blick in den Spiegel. Drei Walküren betreten den Raum, ihre Militärjacken gut gestärkt.

»Guten Abend«, grüße ich. Der Automat nutzt die Gelegenheit, um meinen Knöchel zu packen, mich zu Boden zu reißen und einen Fuß auf meine Schulter zu stellen. Ich recke das Kinn, um die Piloten anzusehen – Victoria, Wendy, Linel –, als der Automat sein Schwert hebt.

Es sinkt auf meine Kehle zu, doch die Stahlspitze küsst nur eisig meine Haut, bevor der Automat sich daran erinnert, dass er mich nicht töten darf. Ich schlage die Klinge weg und treibe meine eigene in seine Brust.

Ich wälze ihn von mir runter und stehe auf, während ich mir Öl von Wange und Schulter wische.

Die Überreste meiner Abendbeschäftigung liegen zwischen mir und den anderen Piloten: Einzelteile von Trainingsautomaten sind überall auf dem Boden verstreut, Getriebeflüssigkeit sickert in die Bodenmatten ein und hier und da zischt ein durchtrenntes Kabel. Vorsichtig bahnen sie sich ihren Weg durch das Chaos auf mich zu.

»Schätzchen, diese *Augenklappe*«, stöhnt Victoria, ihr rotes und ihr grünes Auge weit aufgerissen. Sie bohrt ihren Finger in meine Schläfe, an der sich der Stoff spannt, den ich in den frühen Morgenstunden aus meinem Bettlaken gerissen habe. »Was soll das?«

Ich ziehe den Stoff weg und zucke mit den Schultern, als die Welt wieder in Rot versinkt. »Ich bin's einfach nur gewohnt, in Farbe zu trainieren.«

Wendy rümpft die Nase. »Und offensichtlich auch mit schlechter Tiefenwahrnehmung.«

Ich deute vage auf das Chaos um uns. »Offensichtlich.«

Victoria lacht hell, legt mir einen Arm um die Schultern und zieht mich an sich. Ich lasse es zu, auch wenn ich weiß, die Geste ist alles andere als freundlich gemeint. Seit meinem ersten Testlauf sind ein paar Wochen vergangen und nicht alle Walküren haben mich freundlich aufgenommen. Die meisten mussten sich ihren Platz in der Einheit erarbeiten und sie hassen die Vorstellung, dass ich eine von ihnen bin, obwohl ich gerade frisch von der Akademie komme.

Ich hasse es, dass sie denken, ich sei eine von ihnen.

»Ach, Bellsona«, seufzt Victoria, »du bist schon seltsam.«

»Deine Nägel graben sich in meine Seite«, bemerke ich und reibe an einem Getriebeölfleck an meinem Ärmel.

»Du wirst nicht lange durchhalten, wenn du nicht mal ein bisschen Schmerz verkraftest«, flötet Linel und tritt einen losen Automatenkopf durch den Raum. Wendy packt zwei Automaten am Hals und wirft sie zur Seite, um Platz zu schaffen.

Ich beobachte sie und lasse zu, dass Victoria mir blaue Flecken in die Seite gräbt, die ich nicht spüren kann. *Das ist kein Schmerz.* Wendy packt mein Handgelenk und schleudert mich auf die freigeräumte Matte. Linels zuckersüßes Lachen hallt durch den Raum. Er ergreift ein Übungsschwert und wirft es Victoria zu, die es in der Luft auffängt und mit geübter Hand die Spitze auf mich richtet. *Ihr habt überhaupt keine Vorstellung von Schmerz.*

»Kämpfen wir?«, frage ich.

»Ein goldenes Sternchen für Bellsona«, kichert Victoria und geht in Stellung.

»Warum?«

»Warum?« Sie blickt zu Wendy und Linel, die an der Seitenlinie glucksen.

»Ich will nur sehen, wie sich die Topschülerin der Akademie so schlägt«, sagt sie. Es klingt unaufrichtig.

»Mangelt es dir an Selbstvertrauen?« Ich beuge mich vor und füge leise hinzu: »Soll ich dich gewinnen lassen?«

Es war ein Witz. Ich finde ihn lustig, aber keiner der anderen lacht. Victorias Lächeln erstirbt. »En garde«, knurrt sie.

Ich starre ihre Klinge an. Der Ring meines Auges ist die einzige deutliche Spiegelung in dem glatten Metall.

Die Akademie gestattet uns, einen gewissen Grad an Menschlichkeit zu behalten, weil wir durch Leidenschaft die Vernunft, die uns zögern lässt, ignorieren.

Normalerweise ist Victoria eine erfahrene Schwertkämpferin, die leichtfüßig und geschmeidig die Position wechseln kann. Aber ihre Gefühle machen ihre Hiebe unsauber und ihr Gesicht ist von Wut verzerrt.

Ein direkter Abwehrschlag lässt sie stolpern und bevor sie sich aufrichten kann, trifft meine Faust ihren Wangenknochen.

Wenn Victoria ausgeschickt wird, einen Ort zu säubern, leistet sie effiziente Arbeit. Sie hegt keinerlei Gefühle für die Bewohner der Badlands, da ist dann nichts von der Wut, die jetzt in ihr brodelt. Sie verschwendet kaum einen Gedanken an sie.

Mit einem frustrierten Aufstöhnen lässt sie sich auf die Matte fallen, ihre Wangen tiefrot. Sie sieht erst auf, als ich ihr die Spitze meiner Klinge unters Kinn lege.

In dieser Gestalt wäre ihr Tod schmerzlos.

»Danke für den Kampf, Schätzchen«, sage ich und senke das Schwert. Sobald die Bedrohung vorüber ist, treten Linel und Wendy vor, packen meine Handgelenke und entwinden die Waffe meinem Griff. Sie verdrehen mir die Hände auf den Rücken, während Victoria sich sammelt und mit der

Fingerspitze ihr Kinn berührt. Als sie sie zurückzieht, hat sich Blut unter dem Nagel gesammelt.

»Glaubst du«, presst sie hervor, das Schwert umklammernd, »dass du besser bist als wir? Nur weil du jünger bist und unfair kämpfst?«

Sie deutet auf ihren Wangenknochen, auf dem, damit rechne ich, ein herrlich dunkelviolettes Veilchen erblühen wird. Ich blicke zu den beiden, die meine Handgelenke festhalten.

»Entschuldigung. Das war unfair von mir«, sage ich trocken und halte inne, als mir einfällt, dass ich vergessen habe zu essen. »Wisst ihr, ob die Kantine noch offen hat?«

»Du weißt, wir könnten dir jederzeit die Arme brechen, oder?«, knurrt Linel.

Ich zucke so gut ich kann mit den Schultern. »Ist ja nicht so, als würd's wehtun.«

Victoria öffnet den Mund, um mir etwas Giftiges entgegenzuspucken, doch da sind Schritte aus dem Flur zu hören.

»Lasst sie los«, befiehlt sie und die anderen tun es.

Ich massiere meine Hände, um wieder Gefühl in den Fingern zu bekommen, als Rose' sommersprossiges Gesicht in der Tür erscheint. Ihre Walküre-Jacke hängt lose um ihre Ellbogen, statt ordnungsgemäß auf ihren Schultern zu sitzen. Ihr Name passt zu den Locken, die ihr Gesicht einrahmen, jede ist tiefrot – selbst wenn ich nicht beide Augen geöffnet habe –, was zur natürlichen Rötung ihrer blassen Wangen mit den Grübchen passt.

»Heilige Scheiße, was ist denn mit dir passiert?«, stutzt Rose und starrt Victoria an. Sie schüttelt den Kopf. »Bestimmt hattest du es nicht anders verdient. Wie dem auch sei, Jonathan ist auf dem Rückweg. Er hat über Funk gesagt, dass etwas ...

etwas passiert ist, während er auf einen Notruf reagiert hat. Ihr solltet besser mitkommen und euch das ansehen.«

Der Rest der Walküre-Einheit wartet vor der raumhohen Hydrauliktür in der Ostwand des Windup-Hangars auf uns. Die Tür öffnet sich und offenbart den unterirdischen Gang, der sich unter Godolia erstreckt und den Mechas ermöglicht, die Badlands zu betreten, ohne das Leben in der Stadt zu stören. Aus dem Betonschlund hören wir dröhnende Schritte, die den Boden unter uns erzittern lassen.

Rose stupst einen Piloten an, der seine Jacke über die Schulter geworfen hat. »Hey, Jole, hast du eine Ahnung, was los ist?«

Er schüttelt den Kopf, hält den Blick aber stur auf die Tür gerichtet. »Seit zehn Minuten herrscht Funkstille.«

Riley, das Mädchen, das neben ihm steht, kneift Jole in den Arm. »Sei doch mal für zwei Sekunden still«, heischt sie. »Das gilt für euch alle! Seid still. Hört doch …«

Sie legt den Kopf schräg und eine Haarsträhne löst sich hinter ihrem Ohr und fällt auf ihre dunkelbraune Wange. Der Rest der Walküren verstummt auf ihre Rüge hin, was das Herannahen des Windups umso deutlicher hervortreten lässt.

Ich kenne den Klang meiner eigenen Schritte. Sie sind dem nicht mal ansatzweise ähnlich. Was bedeutet, dass etwas in Lucindos Windup kaputt ist.

»Es ist das Bein«, verkündet Riley und nickt nachdrücklich. »Jonathan belastet das linke stärker als das rechte.«

Victoria lacht. »Du weißt schon, in welcher Mecha-Einheit du bist, oder?«

»Ich weiß, was ich höre, Vic«, flüstert Riley und deutet den Gang hinunter. »Da kommt er!«

Wieder verstummen alle. Der Windup biegt um die Ecke. Auf die Entfernung ist er nicht mehr als ein kleiner Schemen, der wankt, während er sich nähert. Rose legt eine Hand über die zusammengekniffenen Augen, um ihr Gesicht vor der grellen Deckenbeleuchtung abzuschirmen.

»Was zum Fick?«, murmelt sie. »Ist das ... *Eis*?«

Der Windup tritt ins Licht. Eigentlich stolpert er eher hinein. Der Mecha hat Schlagseite, er schont sein rechtes Bein, wie Riley vorhergesagt hat. Das Neonlicht bricht sich an Rissen in dem Eis, das die Stahlhaut bedeckt. Eisdornen fressen sich wie Rost ins Metall und sammeln sich an den verbogenen Stücken um den Spalt, der in der rechten Beinschiene klafft. Am Schwert, das magnetisch zwischen den Schulterblättern befestigt ist, funkeln Eiskristalle, die triumphierend vom schwarzen Eisen aufragen.

Hinter dem gesprungenen Visier starrt uns ein einzelnes leuchtendes Auge an.

»Er bricht gleich zusammen«, stellt Jole fest und als er bemerkt, dass sein Erstaunen seine Stimme auf ein Flüstern reduziert hat, dreht er sich zu den anderen Walküren, legt die Hände an den Mund und ruft: »Er bricht zusammen! Zurück!«

Lucindo schafft noch einen letzten, schmerzerfüllten Schritt in den Hangar, bevor das rechte Bein unter seinem Gewicht zersplittert. Die Walküre bricht in die Knie und fängt sich mit einer Hand ab, bevor sie die Piloten erschlagen kann, die nicht schnell genug auf Joles Warnung reagiert haben.

Die andere Hand greift mit zitternden Fingern nach dem Visier, dessen Gitter teilweise herausgeschnitten wurde, und reißt es ab. Ein Mechaniker hechtet nach links, als die

Metallplatte zu Boden kracht und den Beton aufsprengt. Die Hand des Mechas fährt über seinen Unterarm, was darauf hindeutet, dass Lucindo im Inneren die Kabel löst, die ihn mit dem Nervensystem des Windups verbinden. Das einzelne Auge erlischt.

Ein paar Sekunden lang ist alles still. Die Walküre kauert über uns wie eine seltsame Gottheit, die unseren Schrecken betrachtet.

Dann zerspringt die rechte Iris und einen Augenblick später erscheint Lucindos Körper. Er landet wenig anmutig, bleibt aber stehen und streckt eine Hand aus, um sich an einem Bolzen des Handgelenks abzufangen.

»Sie ist noch drin«, krächzt er. Der jungenhafte erste Eindruck, den ich von ihm hatte, verblasst, als er sich über das linke Auge wischt, um das Blut zu entfernen. Ein humorloses Lachen, düster und brüchig, entringt sich seinen aufgesprungenen Lippen. »Die Gearbreaker. Mein Bein ... Ich glaube ...«

Ich habe mich der Hand der Walküre genähert und als er zusammenbricht, bin ich da, um ihn aufzufangen. Jole und Rose sind an meiner Seite. Ich lege meine Finger an seinen Hals, um seinen Puls zu fühlen. Seine Augen öffnen sich wieder.

»Tut höllisch weh ...«, murmelt er, bevor er den Kopf schüttelt. »Nein ... es *hat* wehgetan. Jetzt nicht mehr.« Er nickt zu dem halb blinden Mecha über uns. »Phantomschmerz – weißt du noch, was ich dir erzählt habe, Sona?«

»Natürlich, Sir«, antworte ich sofort, obwohl sich alles in meinem Kopf dreht. Was könnte das getan haben? Was wäre zu so was *fähig*?

Ich reiße meinen Blick von Lucindos blutigem Gesicht los und wende mich jemandem zu, der aus dem Riss im Knöchel der Walküre erschienen ist und über die gezackte Kante auf den Unterschenkel springt. Dunkle Augen suchen den Raum ab, ihr Blick gleitet über ein Dutzend brandneuer Mechas, die wie Statuen im Hangar stehen, sowie die versammelten Piloten.

Das Mädchen richtet sich auf und das Neonlicht schimmert auf seinem kurzen Haar.

»Ach«, sagt sie. »*Scheiße.*«

Und dann klettert sie die Walküre hinauf.

Es ist lächerlich.

Ich kann nicht wegsehen.

Ich sehe zu, wie eine Handvoll Piloten das Bein hochklettert, um sie zu verfolgen. Mir entgeht nicht, dass sich ihre Mundwinkel zu einem Grinsen verziehen.

Kurz darauf passiert etwas Seltsames – ihre Hände werden von Licht umhüllt, auf den Handflächen zuckt Elektrizität und dann entlädt sich das Licht, schießt von ihr weg, jagt durch die Luft und verschwindet in der Schulter eines Piloten. Er stößt einen erschrockenen Schrei aus und stolpert zurück, bis sein Fuß ins Leere tritt und er zu Boden stürzt – wo sein Arm in eine Million unregelmäßiger Teile zerspringt.

Ich lege meinen Kopf schräg, reiße meinen Blick von dem kreischenden Piloten los und richte ihn wieder auf das Mädchen. Ich schließe mein linkes Auge.

Ihr Haar ist rabenschwarz und ihre Augen, die bezaubernd glitzern und strahlen, sogar noch dunkler. In ihrem Gesicht zeichnet sich eine beeindruckend hartnäckige Wut ab – eine so finstere Ausstrahlung habe ich in meinem ganzen Leben noch nicht gesehen. Sie ballt ihre Fäuste und strafft ihre Schultern in einer steifen, aber stolzen Haltung.

Als ich ihrem Blick begegne, der noch bösartiger lodert als das künstliche Licht, das mir aufgezwungen wurde, vergesse ich mich und atme scharf ein.

Ich bin nicht sicher, ob es nur die Tatsache ist, dass sie die Fähigkeit besitzt, ganz allein eine Walküre auszuschalten, oder die Frechheit, einen Piloten vor den Augen von zwanzig seiner Kameraden anzugreifen, und das mit einem Lächeln im Gesicht, oder dass sie die erste Gearbreaker ist, die ich je zu Gesicht bekommen habe, und damit genau die Zerstörung repräsentiert, die auch ich verkörpern möchte – aber sie ist das schönste Mädchen, das ich je gesehen habe.

Bei all dem Lärm hat sich jeder im Windup-Hangar in diesen Bereich begeben. Wachen sind mit Waffen im Anschlag aufgetaucht und zielen auf das Mädchen, dem die Wildheit ins Gesicht geschrieben steht. Erneut hebt sie die Hände, doch dieses Mal entringt sich ihren Fingern nichts weiter als ein paar obszöne Gesten.

»Ach ja? Fickt euch alle!«, ruft sie. »Kommt und holt mich!«

Neben mir schüttelt Jole den Kopf. »Sie muss doch wissen, dass sie nicht entkommen kann.«

Rose zuckt mit den Schultern und streicht über Lucindos Haar, um getrocknetes Blut herauszupulen. »Gearbreaker. Die denken, sie könnten es mit der ganzen Welt aufnehmen.«

»Habt ihr gesehen, was sie mit mir gemacht hat?«, hustet Lucindo und reckt das Kinn. »Ganz allein. Der Notruf kam von einem Phönix. Als ich dort ankam, war der Mecha bereits tot. Der Pilot auch. Und sie winkte ihrem Team zum Abschied und rief mir zu, ich solle sie holen kommen. Ich dachte, sie wäre verrückt, aber dann …«

Das Mädchen stößt einen erstickten Schrei aus, als einer der Piloten sie umreißt und ihr einen Schlag in die Rippen versetzt, während sie beide zu Boden gehen. Es gelingt ihm, ihr Handgelenk gegen den Oberschenkel der Walküre zu drücken, und er holt zu einem weiteren Schlag aus. Sie treibt ihm das Knie in den Bauch, blinzelt nicht mal, als seine Spucke ihr Gesicht trifft, und rammt ihm den Kopf gegen die Nase.

Als der Pilot sich zurückzieht, legt sie die Handflächen unter sein Kinn und sein Wutschrei schrumpft auf einen einzigen Ton, bevor er ganz verstummt. Selbst von hier aus kann ich sehen, wie das Licht in seinem Auge erlischt, und das Knurren des Mädchens nimmt einen fast noch lieblicheren Ton an, als sie zum selben Schluss kommt. Bevor sie ihn jedoch von sich stoßen und auf die Beine kommen kann, trifft der Kolben eines Gewehrs ihre Schläfe. Ihre dunklen Augen rollen in ihren Kopf zurück, als sie zusammenbricht. Ihre Hand fällt von dem toten Piloten ab und hängt schlaff über die Kante des Windups.

Selbst in ihrer Bewusstlosigkeit sind ihre Züge noch wutverzerrt.

»Wer ist sie nur?«, flüstere ich.

»Ein echter Dorn in Godolias Auge«, murmelt Lucindo und beobachtet, wie die Wache sich das Mädchen über die Schulter schwingt. »Mit vierzehn hat sie ihr eigenes Kommando übernommen, hat davor aber schon jahrelang mitgemischt. Angeblich hat sie ein Paar Kryohandschuhe gefunden und so modifiziert, dass sie sogar genug Energie haben, um einem Phönix die Hitze zu entziehen. Das Kopfgeld, das auf sie ausgesetzt ist, ist schwindelerregend, aber offensichtlich gerechtfertigt.«

Ich schüttle den Kopf, um die Tatsache zu verbergen, dass mir das Herz bis zum Hals schlägt.

»Ja, aber wie ist ihr *Name*?«

»Keine Ahnung. Man nennt sie *Frostbringer*«, sagt er und grinst plötzlich. Wir alle sehen ihn verstört an.

Er schlägt Rose' Hand weg und dreht den Kopf, um noch einen letzten Blick auf das Mädchen zu werfen, bevor sie und die Wache in der erstaunten Menge verschwinden. »Wir haben eine, Walküren. Eine Gearbreaker – und sie wird uns alles erzählen.«

7

ERIS

Moment, was …?

Ich versuche, meine Augen zu öffnen. *Oh Götter.* Zu hell. Verschwommene Gestalten schimmern um mich herum. Diese dummen Kinder. Ich bin wieder auf dem Sofa eingeschlafen. Nova pikt mich mit einem spitzen Fingernagel in die Rippen. Arsen kneift mir fest in die Wangen. Ich will nach ihnen schlagen, aber ich glaube nicht, dass meine Hände sich bewegen. Mir geht's nicht gut. Nicht mal ansatzweise. Instinktiv fahre ich mir mit der Zunge über die Zähne, um sicherzugehen, dass noch jeder staubtrockene Zahn da ist, wo er hingehört. Ich kann mich allerdings nicht erinnern, wie viele ich ursprünglich hatte.

Moment …

Ich blinzle im plötzlichen Licht und mit einem Mal bricht die Situation mit erdrückender Klarheit über mich herein. Ich denke darüber nach, ob ich bereit bin zu sterben. Wie immer lautet die Antwort: *Nicht wirklich*, was *nicht wirklich* hilfreich ist, also tue ich stattdessen etwas tatsächlich Hilfreiches – ich bohre meine Finger in die linke Augenhöhle der Person, die mir am nächsten ist, und reiße ihr das Auge raus.

Ein scharfes, sauberes Ploppen ertönt. Die herunterbaumelnden Drähte sind blutig – und eklig –, also wickle ich mir die Kabel um die Finger und ziehe. Sie reißen und ein einzelner Funke blitzt an dem durchtrennten Kupfer auf. Die Pupille erlischt in meiner Handfläche.

Meine Glieder werden auf den Tisch gedrückt. Die einäugige Pilotin, die über mir steht, starrt mich unbeeindruckt an. Mit dem Finger wischt sie sich das Blut ab, das aus der leeren Augenhöhle tropft. Ihr anderes Auge ist grün wie die Wälder der Hollows im Hochsommer. Ich hätte mir auch das holen sollen.

»Dämliche Gearbreaker«, flüstert die Pilotin, nur leicht verärgert. Sie nickt ihren Kameraden zu, den zwei anderen Piloten, die meine Arme auf den Tisch drücken. »Ich muss mir ein neues Auge besorgen. Seht zu, dass sie bekommt, was sie verdient.«

»Natürlich«, flötet der Junge zu meiner Rechten, obwohl sich die Türen längst hinter ihr geschlossen haben.

Die Pilotin zu meiner Linken kichert. »Natürlich«, äfft sie nach. Seine blassen Wangen erröten. Ein seltsamer Anblick, ich wusste nicht, dass Bots erröten können.

»Was ist denn?«, schnauzt er.

Das Mädchen prustet. »Komm schon, Linel. Genauso gut könntest du sie Königin Victoria nennen und ihr deine unsterbliche Liebe gestehen.«

Er zieht die Augenbrauen zusammen und seine Wangen werden noch röter. »Wendy, tu uns allen einen Gefallen und halt ein einziges Mal die Fresse.«

Ich mache mir, so gut ich kann, ein Bild vom Raum, während die beiden zanken. Die Wand mit der Tür ist die einzige, die nicht aus Spiegeln besteht. Vermutlich sind es Einwegspiegel. Die einzige Lichtquelle ist eine einzelne Neonröhre, deren Hitze auf mich herabstrahlt und vom Metall der Tischplatte zurückgeworfen wird. Mir bricht der Schweiß auf der Stirn aus und ich schmecke Kohlenstaub im Mund, vom Zugüberfall, wie mir klar wird. Es scheint, als wäre es erst wenige Minuten her.

»Gebt mir meine Handschuhe«, knurre ich und die beiden hören auf zu streiten, um mich irritiert anzusehen. Ich habe dem Gesicht eines Bots noch nie so viel Aufmerksamkeit geschenkt. So aus der Nähe sehen sie unangenehm menschlich aus.

»Was denn, die hier?«, fragt der Junge aalglatt und hält sie hoch. Er drückt sie achtlos zusammen und quetscht die Adern ab. Ich habe das Gefühl, dass seine Hände sich um meine Kehle schließen.

»Gib sie her«, fauche ich und Wendy stößt ein Lachen aus.

»Sonst was? Willst du uns auch die Augen ausreißen?«

»Oh, das werde ich.«

Wieder lacht Wendy, aber dieses Mal ist da ein dunkler Unterton und sie wirft dem Jungen einen entschlossenen Blick zu. Dann bewegt sich ihre Hand und eine Metallklammer schließt sich um mein Handgelenk. Bevor ich reagieren kann, macht Linel dasselbe auf der anderen Seite. Ich versuche, mich zu bewegen, spüre aber nur, wie sich das Blut in meinen Fingerspitzen staut und die Haut unter dem Druck blau anläuft.

»Sieh sie dir an, wie sie sich wehrt«, raunt der Junge. Mit einem Mal wirkt er nicht mehr kindisch oder verlegen, die Röte ist aus seinen Wangen gewichen. Jetzt grinst er, ein widerlicher Anblick. »Wie in den Höllen ist es ihr gelungen, Lucindo fast zu erledigen?«

»*Fast?*«, schnaube ich. »Sag das der Walküre, die ich schlaff auf eurem Hangarboden zurückgelassen habe.«

»Äh-äh«, mahnt Wendy, als ich versuche, ihr meine Stirn gegen den Kiefer zu rammen. Sie legt ihren Unterarm auf meine Kehle und drückt meinen Kopf zurück. Ich kriege keine Luft. Das Auge gleitet mir aus den Fingern und hinterlässt einen klebrigen Film auf meiner Handfläche. In fieberhafter Verzweiflung denke ich: *Ich will hier nicht sterben.*

Wendy zieht sich zurück. Während ich nach Luft schnappe, kneift mir Linel in die Hand. »Was steht hier?«, fragt er fröhlich und schielt auf die verschmierten Buchstaben. »›Bei Fund: Begraben.‹«

»Das ist von Starbreach, ihr Arschlöcher«, knurre ich. Jenny würde es lieben, dass ich ihren Decknamen als Drohung verwende. »Und sie wird diesen ganzen Laden auseinandernehmen, wenn ihr mir auch nur ein Haar krümmt.«

»Bezweifle ich«, sagt Wendy und ihr langes dunkles Haar fällt auf meine Schulter, als sie den Kopf neigt, um den Text auf meiner Hand zu lesen. Ein schmales Lächeln verzieht ihre Mundwinkel. »Und wo genau soll diese Starbreach herkommen?«

Ich sammle Speichel und spucke ihr auf die Wange.

Das Grinsen breitet sich über ihr gesamtes Gesicht aus und vertieft sich. Meine Panik wächst. Ich will, dass sie sich beide abwenden, dass ihre schrecklichen Augen in ihren Schädeln explodieren.

Wendy holt etwas aus ihrer Tasche – zwei kleine Messer mit glänzenden Holzgriffen, als wären sie Teil eines Tafelbestecks. Eins reicht sie Linel.

»Deine Leute mögen Zahnräder, was?«, flüstert Wendy und legt den Kopf schräg. »Wie wär's mit ein paar neuen?«

Mir stockt der Atem in der Brust und in einem kurzen, selbstsüchtigen Moment der Schwäche wünsche ich mir, die anderen wären bei mir. Dann würde sich der Raum weniger kalt anfühlen und ich wäre nicht allein, während ich mitten in den Horrorgeschichten stecke, die man kleinen Gearbreakern über die Grausamkeit Godolias erzählt.

Linel packt mein Handgelenk. »Du hättest dich nicht mit den Walküren anlegen sollen, Frostbringer.«

Die Klinge drückt gegen meine Haut und dringt ein.

Es sind keine Geschichten mehr.

Ein Schrei steigt in meiner Kehle auf. Ich zwinge ihn zurück, versuche, ihn in meiner Brust zu ersticken, doch sobald Wendy auch auf ihrer Seite anfängt, kann ich ihn nicht mehr zurückhalten.

Sei tapfer, flehe ich mich selbst an, als mir Tränen in den Augen brennen und mir die Sicht auf den Raum und die schneidenden, gierigen Klingen nehmen. *Bitte, im Namen der Götter, sei tapfer und steh das durch.*

»Hast du was zu sagen, Frostbringer?«, säuselt Wendy und ihre Stimme scheint von weit her zu kommen.

Drahtficker, kreische ich, doch es kommt kein Wort heraus, nur ein weiterer unverständlicher Schrei.

Oberflächliche Schnitte, rede ich mir ein, als sie fertig sind. Doch die Angst sitzt immer noch tief. Das ist erst der Anfang. So wird der Rest meines Lebens aussehen, so kurz es auch sein mag.

Bin ich schon tot?

Blut tropft in unregelmäßigen Abständen von meinen Unterarmen auf den Boden. Meine Hände sind kalt. Es erinnert mich an die Wirkung meiner Handschuhe, an das Geräusch zersplitternden Metalls.

Nein, bist du nicht. Hör auf, so eine Drama-Queen zu sein.

Die Stimme in meinem Kopf klingt wie Jenny.

Ich zähle die Tropfen. Mache mir gedankliche Notizen. Gebe jedem von ihnen ein düsteres Versprechen mit.

Das wird mich nicht umbringen.

Das wird mich nicht umbringen, und das bedeutet, dass ich sie dafür bezahlen lassen kann.

8

SONA

»Wir sind hier, um zu feiern«, verkündet Lucindo am Kopf des Tischs. Die Spinnen haben die Schnitte auf seinem Gesicht zu ein paar oberflächlichen Narben verblassen lassen und Stockwerke unter uns wird seine Walküre mit neuem Chrom, Eisen und Glas versehen. Frostbringers gesamte Arbeit wird zunichte gemacht, als wäre nichts gewesen. »Die Gefangennahme eines Gearbreakers gestern, aber wichtiger noch …«

Rose klaubt einen Klecks Schlagsahne von ihrem Teller, beugt sich über mich hinweg und schmiert sie ihm auf die Stirn. Der Speisesaal erbebt unter dem brüllenden Lachen der Walküren.

Lucindo schnappt sich eine Serviette. »Du bist aus der Einheit verbannt, Rose.«

»Darf ich wenigstens erst noch meinen Kuchen essen?«, fragt sie.

»Nein.« Lucindo greift danach, doch Rose reißt ihren Teller weg, nimmt das Dessert in die Hand und sperrt den Mund auf, um es sich ganz hineinzuschieben. »So. Verdammt. *Gut*«, seufzt sie, die Mundwinkel voller Krümel.

Ich nehme einen Bissen von meinem eigenen Kuchen, während die anderen sich beruhigen, und behalte ihn solange ich kann auf der Zunge. An der Akademie war den Schülern nur selten Zucker gestattet, außer am Himmelstag – dem Fest zum Jahresende –, aber die Naschkatze hat man mir nie ganz austreiben können. Ich gebe meiner Mutter die Schuld. Immer roch die ganze Küche nach frisch frittierten Yakgwa, wenn ein Geburtstag bevorstand und wir genug Honig im Schrank hatten. Das Gebäck wurde mit der Unterseite einer Tasse in Form einer Blüte gepresst.

Jole, der rechts von Rose sitzt, muss meine Glückseligkeit bemerkt haben, denn er schiebt seinen Teller neben meinen und löffelt seine Sahne auf meinen Kuchen.

»Wie ich gerade sagen wollte«, setzt Lucindo mit geröteten Wangen an, als er wieder auf seinem Platz sitzt, »ist der wahre Grund für unsere Feier, dass Sona, unsere jüngste Walküre, heute ihre allererste Mission erfolgreich – und perfekt, wie ich hinzufügen möchte – abgeschlossen hat!«

Er grinst mich an. Mein Blick wandert über seinen Mund und die Falten um seine Augen. Mir bleibt der Kuchen im Hals stecken.

»Auf viele weitere!«, prostet Rose mir zu.

Um den Esstisch herum folgen alle Piloten ihrem Beispiel. Sogar Victoria, die am anderen Ende mit Linel und Wendy zusammensitzt, erhebt ihr Glas in meine Richtung, wenn auch mit säuerlicher Miene. Alle Augen ruhen auf mir, die roten Iriden dringen in mich und werden vom Silber der Tassen reflektiert.

»Auf viele weitere!«, rufen sie.

Heute war ich ein fantastischer Soldat.

Jetzt will ich deswegen nur noch heulen und nie wieder aufhören. Ich will an meinem Kuchen ersticken. Ich habe das seltsame, heftige Bedürfnis, meine Gabel zu verschlucken, zu spüren, wie sich das Metall in meiner Kehle verklemmt und sich die Zinken in mein weiches Fleisch graben. Ich kann keinen Schmerz empfinden, aber ich kann mir etwas suchen, an dem ich mich abreagieren kann.

Ich weine nicht. Ich kultiviere das Brennen hinter meinen Augen, bis es verklingt. Ich muss mir keine Sorgen machen, dass mir der Atem stockt, nicht wenn die winzigen Filter, die im Fleisch meiner Kehle sitzen, um meine Zellen mit Sauerstoff zu versorgen, so viel effizienter arbeiten als meine Lungen.

Die verwundbarste Stelle eines jeden bemannten Windups ist der Pilot. Damals im Springflutkrieg wurden Schlachten oft an Gewässern ausgetragen, damit die automatisierten Mechas des Feindes die Windups von Godolia unter die Wasseroberfläche ziehen und ihre Augen eindrücken konnten, sodass die Gottheiten nur mit den Armen rudern konnten, während ihre kleineren Versionen, die Piloten, ertranken. Bei Schlachten auf dem Trockenen fluteten Godolias Gegner das Gelände mit Giftgas und schickten ihre Windups allein mit dem Ziel los, mit den Mechas Godolias zu kämpfen und dabei zu explodieren, um einen Hüllenbruch zu verursachen. Die Piloten atmeten, und so starben sie. Es hieß, die Erfindung der Sauerstoffversorgungstechnologie hätte das Blatt gewendet. Solange sie nicht atmeten, spielte es keine Rolle, wenn ihre Körper wie Stoffpuppen unter Wasser herumgeschleudert oder ihre Mechas von giftigen Dämpfen eingehüllt wurden. Solange die Piloten bei Bewusstsein und über die Kabel verbunden waren, konnten sie kämpfen. Und das taten sie. Und sie gewannen.

Und so gibt es nun, ohne das Heben und Senken meiner Brust, ein verräterisches Anzeichen weniger für meine Panik.

»Erzähl uns davon«, bittet Jole einige Zeit später, als die meisten der Walküren schon ziemlich angetrunken sind, einschließlich Rose. Sie summt und wiegt sich zwischen uns vor und zurück.

»Oh ja!«, ruft sie und packt meinen Arm. Ihr Blick ist unkoordiniert, aber ihre Augen strahlen. »Erzähl!«

»Es war nur Begleitschutz«, antworte ich und widerstehe dem Drang, vor ihrer Berührung zurückzuweichen. »Wie bei all euren ersten Einsätzen.«

»Aber die wenigsten haben bei ihrem ersten Einsatz gegen Starbreach gekämpft«, sagt Lucindo und lehnt sich mit diesem trägen Lächeln, das nie zu verschwinden scheint, auf seinem Stuhl zurück.

Als ich spreche, ist meine Stimme gesenkt. »Sie könnte noch am Leben sein.«

Lucindo gluckst. »Nicht so bescheiden, Sona.«

Unter dem Tisch verkrampfen sich meine Hände ineinander.

Ich bin nicht bescheiden, weil es keinen Grund gibt, bescheiden zu sein – ich empfinde keinerlei Stolz auf das, was ich heute getan habe. Nur die Übelkeit, die mir den Magen umdreht, und meine Schuld.

»Ich bin nach Norden gegangen.« Rose lehnt sich gegen Jole. Lucindo beugt sich gespannt vor. Die anderen Walküren unterbrechen ihre Gespräche, um zuzuhören. Ich will tief durchatmen, aber das wäre verräterisch, sinnlos. Das Modul, das in meiner Kehle sitzt, schickt Luft durch meine Stimmbänder, wann immer ich sprechen will. »Zu einem Versorgungsdorf, Franconia, am Hana-Fluss. Ich sollte eine Schwebebarke mit Frischwasser begleiten.«

Was eigentlich harmlos geklungen hatte.

Bis die Schwebebarke den Fluss verließ, das Deck mit Stahlfässern beladen, und ein Annäherungsalarm in meinem Sichtfeld aufleuchtete.

Ich drehte mich gerade rechtzeitig um, um einen Truck voller Gearbreaker zu sehen, der um die Biegung des Flusses kam und direkt auf mich zuschoss – sowie eine junge Frau mit zwei Fäusten aus Licht, deren Haar von einem unergründlichen Schwarz war –, bevor die Barke explodierte und ich halb über den Fluss geschleudert wurde.

»Auf der Barke war nicht ein Tropfen Frischwasser«, erkläre ich in die Stille hinein. »Nur Benzin.«

Von Flammen umhüllt durchbrach die Walküre die Wasseroberfläche.

In meinem Kopf prallte mein anderer Körper gegen das Glas meiner Augen. Mit einem Ruck kam ich zu mir, als die Kabel aus meinen Armen gerissen wurden. Der Mecha sank mit dem Kopf voran und ich dachte in dem Augenblick: *Das wäre gar kein so schlechter Abgang.*

Wären da nicht die Gearbreaker am Ufer gewesen – die Gearbreaker, die wussten, dass ich nicht ertrinken würde, dass ich nicht ertrinken konnte, die mir folgen würden, um zu beenden, was sie begonnen hatten.

Will ich hier sterben? Ich blickte in das tiefe Wasser, das nur Zentimeter von meinen Fingerspitzen entfernt gegen die Augen meines Mechas drückte. Betrachtete die Kabel, die sich um meine Arme gewickelt hatten, lauschte dem Ächzen der Metallhülle und spürte das dunkle, hohle Reißen in meiner Brust – *Götter, nein, ich kann hier nicht sterben, nicht wenn das das Letzte ist, was ich fühle. Ich werde das nicht mit mir ins Jenseits nehmen, ich werde nicht …*

Es war eine besonders beeindruckende Erkenntnis: So sterbe ich. Ich werde mich nie vom Einfluss der Akademie oder von Godolias Vision lossagen können. Ich werde als ihr Eigentum sterben.

Es lag nicht mehr in meiner Hand.

Vielleicht hatte es das nie.

Ich blickte durch die Augen der Walküre und sah, dass wir den Grund des Flusses erreicht hatten. Das Wasser wirbelte unter meinen Fingerspitzen. Hier unten war es dunkel wie in finsterster Nacht. Und zur Abwechslung mal still.

Und plötzlich ruhte Frostbringers Blick wieder auf mir, dieser wütende, eisige Blick, als wäre sie diejenige, die angriff, als wäre dies *ihr* Schlachtfeld und ich der Eindringling. Dieser einzelne Blick versprach Zerstörung und er versprach Hass, und ohne es zu bemerken, verknüpfte ich meinen eigenen Schwur mit ihrem Blick: Ich mag als ihr Eigentum sterben, aber ich werde sie verdammt noch mal mit ins Verderben stürzen.

Aber nicht, wenn ich auf dem Grund des Flusses starb, im Kopf eines Mechas, während eine Gearbreaker kam, um mir das Genick zu brechen.

»Ich habe mich verbunden«, flüstere ich. »Ich spürte, wie meine Füße das Ufer berührten, und hob rechtzeitig den Kopf, um zu sehen, wie Starbreachs Team aus dem Auto stieg. Sie hob die Hände und dieses ... dieses Licht brach daraus hervor, über ihr Gesicht, über ihr Team hinweg ...«

Und sie war *fantastisch.* Wildes Grinsen, loderndes schwarzes Haar, ein Schlachtruf auf den Lippen. Sie wirkte so ... glücklich. Wann war ich das letzte Mal glücklich gewesen?

Kannst du es sehen? Fünfzig Meter Stahl, Eisen und Draht, flammende Augen in meinem Kopf, meine Züge gestaltet, um nichts als Boshaftigkeit auszudrücken, um Massaker anzurichten. *Kannst du sehen, dass* das *nicht ich bin?*

»Und dann ...« Meine Hand legt sich auf meine Rippen unter meiner neuen Walküre-Jacke. »Dann kochte ich.«

Ich hatte seit Wochen keinen Schmerz empfunden und angefangen, ihn zu vermissen.

Dann stand Starbreach vor mir und ich konnte mich an nichts anderes erinnern als an die sengende Hitze, die sich in meine Seite grub.

»Ich weiß immer noch nicht, was es war. Was sie mit mir gemacht hat.«

»Das weiß niemand«, sagt Lucindo betrübt und verschränkt die Hände hinter dem Kopf. Sein Blick wirkt entrückt, verträumt. »Wie viel Glück muss ein staubiges Kind aus den Badlands haben, dass es Magma-Technologie wie diese in die Finger kriegt?«

Ich nehme mir einen Moment, mir auszumalen, wie ich ihm meinen Teller über den Schädel ziehe, bevor ich fortfahre: »Ich habe mich in den Fluss gezogen.« Wasser spülte über meinen Kopf hinweg. Ich verspürte schockierende Kälte an meinen Wangen. Die versengten Platten an meiner Seite zischten und glühten. »Der Schmerz war erträglich, als meine Knie im Flussbett aufkamen. Ich legte meine Handflächen zusammen und drehte mich beim Auftauchen, sodass ich das Ufer mit Wasser flutete.«

»Und sie ertranken?«, fragt Jole aufgeregt. Er hat das Kinn in Rose' Locken gestützt.

»Sie sind geflohen.« Ihre Körper wurden vom Wasser über das Ufer gespült, wie winzige Ameisen, die von einem Regenschauer erfasst wurden. »Der Fahrer kämpfte gegen die Welle an und sammelte sein Team ein, während die Reifen im Flusswasser durchdrehten.«

»Reifen«, schnaubt Riley auf der anderen Seite des Tischs. Ihre Wangen sind gerötet von was auch immer in ihrem leeren Becher gewesen ist. »Was für ein *Witz.*«

»Er hat sie alle eingesammelt. Sie lagen triefnass auf der Ladefläche, als ich mich aus dem Fluss zog. Außer Starbreach, die gegen einen der Felsen geprallt war, die überall am Ufer aufragten. Der Fahrer blieb gut drei Meter entfernt stehen. Sie riefen nach ihr. Ich glaube, sie hat etwas geantwortet, sich aber nicht von der Stelle gerührt.« Ich verschweige, dass sie meinen Schatten angespuckt hatte, sobald er auf ihren Kopf gefallen war. »Ihr Team sprang aus dem Auto, packte sie und zog sie in Sicherheit.«

Sobald Starbreach im Truck war, richtete ich mich zu voller Größe auf. Mit der Sonne im Rücken war mein Schatten so lang, dass er das Versorgungsdorf auf der anderen Flussseite verdunkelte.

Fahrt. Die Köpfe im Nacken, ihre Gesichter in das Glühen meiner Augen gebadet, rührten sich die Gearbreaker nicht. *Bitte fahrt.*

Der Motor heulte auf. Aber das war kein Rückzug – es war ein Angriff. Starbreachs Hände zitterten an ihren Seiten und kein Licht oder Schatten, die ich hätte werfen können, hätte mit dem Glühen mithalten können, das ihre Hände einhüllte. Ich hatte ... Angst.

Nicht nur vor ihr.

Um sie.

»Bevor sie die Hände heben konnte, senkte ich meine.« Ich lächle über die Lüge, die schwer auf meiner Zunge liegt. »Es war ganz leicht – das Auto plattzudrücken und das ganze Ding in den Fluss zu werfen. Ich wünschte nur, sie hätten sich stärker gewehrt.« Ich zeichne Kreise auf die Tischplatte und suche nach Splittern, die sich in meine Haut bohren könnten, finde aber keine. »Ich hatte keine Gelegenheit, dieses schicke Schwert zu benutzen.«

Linel gackert. »Das ist *brutal*, Steelcrest.«

Victoria rammt Linel grob die Faust in die Schulter und schiebt sich vom Tisch zurück.

»Mach dir nichts draus, Vic«, ruft Rose ihr hinterher. »Die Geschichte hat sie bloß schockiert!«

»Nee«, sagt Jole und rollt mit den Augen. »Man könnte den Mond vom Himmel holen und es würde Vic kein müdes Lächeln entlocken.«

»Mir ist langweilig«, erwidert Victoria leichthin, bleibt aber auf der Schwelle des Speisesaals stehen.

Der Anblick ist plötzlich so eigenartig. Wie sie da im Türrahmen steht, der Kronleuchter, der die überdrehten Walküren in ein sanftes Licht taucht, Servietten und leere Teller, die sich auf dem großen Tisch stapeln. Rose' Finger auf meinem Ärmel, ein entspanntes Lächeln im Gesicht. Joles Hand, die kameradschaftlich auf meiner Schulter liegt. Diese Szene hat etwas Intimes an sich. Etwas Gemütliches, das etwas in mir zerspringen lässt. *Familienessen*, hat Lucindo gesagt, als er mich in meinem Zimmer abgeholt hat.

Als meine Lehrer verkündeten, dass ich ins Windup-Programm aufgenommen worden war, hatte ich gelächelt, ihre Hände geschüttelt – und meinen Magen entleert, sobald ich allein in meinem Zimmer gewesen war. Aus Hass auf sie, aus Hass auf mich selbst und auf die Tatsache, dass meine Waghalsigkeit und Naivität mich für immer an diese Nation und meinen Traum von ihrer Zerstörung gefesselt hatten, und aus Hass auf das, was ich werden würde, um das zu erreichen.

Und dann erwachte ich nach der Operation. Ich startete meinen Windup. Und für einen kurzen, strahlenden, glücklichen Moment hatte ich gedacht, es wäre das alles wert gewesen. Dass ich so meine Eltern würde rächen können. Dass ich mich so selbst rächen könnte.

Aber ich war seit Wochen hier. Ich hatte unruhig geschlafen, von Albträumen geplagt und war mit dem Gefühl erwacht, zu ersticken. Ich hätte schwören können, dass mir der Kohlenstaub aus Silvertwin in den Rachen gestopft worden war. Ich war aufgeschreckt, wieder neun Jahre alt, auf aufgerissenen Händen und gebrochenen Knien durch die Minen des Dorfs kriechend hatte ich nach oben geblickt, wo die Erde über uns allen aufgerissen worden war, um den sternenübersäten Kosmos und die Gottheiten zu offenbaren, die mit purpurfarben glimmenden Augen aus dem Himmel herabstarrten.

Seit Wochen weiß ich, dass ich herrlichen, schockierenden, schrecklichen Schaden anrichten kann, und seit Wochen weiß ich, dass es nicht genug ist. Ich bin nur ein Mädchen. Ich habe nur einen Windup. Und ich war so trunken von dem alleinigen *Gedanken* an Macht, dass ich zuließ, dass man mich zu dem hier gemacht hat.

Jetzt sitze ich an einem Tisch mit meinen Feinden.

Mit meiner verfluchten *Familie.*

Victorias Blick fällt auf mich. Der Wangenknochen, dem ich gestern einen Hieb versetzt habe, ist so unversehrt wie Lucindos Gesicht. »Aber ich muss zugeben, Bellsona«, sagt sie, »es ist wahrlich eine unglaubliche Geschichte.«

Würde ich atmen, würde mir unter ihrem Starren die Luft wegbleiben. *Sie kann es unmöglich wissen.* »Danke.«

Sie nickt und geht.

Lucindo rollt mit den Augen. »Sie ist ein echtes Engelchen, was?«

»Nein«, murmele ich. »Sie ist bloß ein Miststück.«

Jole kichert und stößt mit Rose an. »Darauf trinke ich, Steelcrest.«

»Steelcrest sollte besser ihre Zunge hüten«, knurrt Wendy auf der anderen Seite des Tischs. Linel zu ihrer Linken ist angespannt wie ein geprügelter Hund.

Riley schlägt sich auf den Oberschenkel. »Oh, ein Kampf ist ja *so* überfällig!«

Lucindo hüstelt und versucht, ein Mindestmaß an Autorität aufzubringen. »Walküren, wir sind hier, um zu feiern, schon vergessen?«

»Och, will der Captain etwa einen Toast aussprechen?«, fragt Rose und klimpert mit den Wimpern, das Kinn kokett aufgestützt.

»Ähm, nein ...«

»Verdiene ich etwa keinen Toast?«, hake ich nach.

Es war nur ein Scherz, aber Lucindos Wangen laufen noch röter an. Er kommt unsicher auf die Füße und seine Hand droht, sein Glas umzustoßen, bevor er es zu fassen bekommt. Er erhebt es und stammelt: »Oh, äh, na... natürlich! Auf Sonas erste Mission und ihre spektakuläre Hinrichtung von Starbreach!«

Ich lächle, als alle ihre Gläser erheben, und trinke meinen ersten Schluck des Abends. *Auf Starbreach.* Auf den schockierten, wütenden Ausdruck auf ihrem Gesicht, als ihr Team nach Luft schnappend auftauchte, die Brille lose um den Hals hängend, während die Strömung des Flusses sie davontrug. Ihr Truck versank unter ihr im schäumenden Wasser – nicht zerquetscht, nur wie ein Stein fallen gelassen. Aus einer zumutbaren, nicht tödlichen Höhe.

Ich werde kein Killer werden. Nicht, solange ich es verhindern kann.

»Und natürlich auf Frostbringer«, fügt Lucindo hinzu und ein neuer Ausdruck schleicht sich auf sein Gesicht. Sein albernes Lächeln wirkt jetzt alles andere als freundlich. Er zuckt mit den Schultern, eine fast schon schüchterne Geste, aber seine Worte sind scharf wie Messer. »Möge sie einknicken.«

»Ist sie schon eingeknickt?«, frage ich, als der Jubel verstummt ist.

»Die Höchsten haben beschlossen, ihr ein bisschen Zeit zu lassen, bevor die eigentliche Befragung beginnt.« Lucindo seufzt wehmütig.

»Gnädig.«

»Keine Sorge, Cap«, flötet Wendy und wuschelt Linel durch die Haare. »Wir haben ihr ein paar Schläge verpasst, weißt du noch? Im Namen der Walküren.«

Lucindos Stimmung hellt sich ein wenig auf. »Offiziell weiß ich davon nichts. Keiner von euch weiß davon.«

»Sie wird nicht reden«, erklärt Jole geradeheraus. »Eine Gearbreaker, die dieses Titels würdig ist, knickt nicht ein.«

»Zyniker«, spottet Rose.

»Und wenn sie nicht einknickt?«, frage ich. »Was dann?«

»Rate mal«, erwidert Lucindo.

»Hinrichtung?«

»Och, du bist so *naiv*«, gurrt Rose und kneift mir in die Wange. »Nee. Schon mal von Korruption gehört?«

Das Wort legt sich eisig um meine Kehle. »Natürlich. Aber das ist unmöglich.«

»Oh, es ist möglich«, versichert mir Lucindo. »Es dauert nur eine Weile, jemanden, na ja, umzuprogrammieren. Die

Erinnerungen auszulöschen und durch neue zu ersetzen, und dann – Tada! – erhält man brandneue Loyalitäten.«

Verfluchte Höchste.

Natürlich können die Herrscher von Godolia nicht anders, als ein Mädchen auf links zu krempeln, wenn es sich weigert, seine Freunde abzuschlachten.

»Allerdings ist der ganze Prozess verdammt schmerzhaft«, fügt Jole hinzu und nippt beiläufig an seinem Glas. »Hab ich zumindest gehört. Der Schock allein tötet die meisten von ihnen.«

Meine Finger erstarren auf der Tischplatte. »Ihnen?«

»Ja«, sagt Lucindo und dieses Mal erreicht das Lächeln seine Augen. »Frostbringer ist nicht unsere erste gefangene Gearbreaker, weißt du.«

»Wie dem auch sei«, seufzt Rose, stützt das Kinn auf und sieht mich an. Dabei schwankt sie. Offenbar aus Gewohnheit streckt Jole die Hand aus, um sie zu stützen. »Alsooo, Sona, Süße. Wie hast du dich eingelebt?«

»Rose ist nach der Mod-Operation durchgedreht«, wirft Jole ein.

Ohne sich umzudrehen, rammt sie ihm die Faust in die Schulter. »Ich kann nicht fassen, dass ich dir das je erzählt hab. Aber ja, Sona, es stimmt. Ich mein, die Zugangsklappen, diese ganze Sache mit dem Licht, das sie uns in die Augenhöhle treiben – eine Menge Piloten drehen anfangs durch, wie Jole es so eloquent verpackt hat. Wir sind immer hier, wenn du jemanden zum Reden brauchst, okay?«

Ich starre sie an. Am liebsten würde ich auf der Stelle laut loslachen. Doch in ihrem und auch in Joles Gesicht steht eine solche Aufrichtigkeit … Als ich den Blick zu den anderen Walküren hebe, sind alle verstummt und nicken einhellig.

Mein Gesicht fängt an zu glühen und ich weiß nicht, warum.

»Okay«, presse ich hervor. »Danke.«

Ein Pilot namens Killian ergreift das Wort. »Du bist wirklich erstaunlich, Sona. In deinem Alter gleich zu den Walküren zu kommen.«

»Die meisten von uns wurden aus weniger angesehenen Einheiten hierher befördert«, sagt Yosh mit einem Schulterzucken. »Ich komme von den Paladinen. Linel und Killian von den Phönixen. Vic auch. Riley und Wendy von den Berserkern und Jole und Rose von den Phantomen.«

Jole stupst mit seinem an Rose' Ellbogen. »Japp. So haben wir uns kennengelernt.«

Ich unterdrücke das eisige Schaudern, das mich überkommt, als ich das Wort Phantome höre: Mechas mit vollkommen schwarzer Metallaußenhaut und federverstärkten Beinen, die mit der allerneuesten schockabsorbierenden Technik ausgestattet sind, um ihre Schritte völlig geräuschlos zu machen. Sie treten nur nachts in Aktion, wenn ihre Gestalt mit der Dunkelheit verschmilzt, und halten ganz still, bis die Zeit zum Angriff gekommen ist. Wenn ihre Opfer dann aufblicken, glauben sie wirklich, die Nacht sei zersprungen und die Fragmente würden sich als einzelne Einheiten bewegen. Sie erkennen nicht, was da über sie hereinbricht, bis es zu spät ist.

In Silvertwin bekamen die meisten Leute nicht mal die Chance, zu erkennen, was sie umbrachte.

Es ist eine schreckliche Erinnerung, eine von der sie nicht wissen, dass ich sie habe, also verdränge ich sie. Als ich aufblicke, liegt ein ehrfürchtiges Lächeln auf meinem Gesicht. Ich bin beeindruckt von meinen Kameraden. Ich habe keine Angst vor meinen Freunden.

Ich habe keine Angst.

»Ihr habt also alle verschiedene Windups gesteuert?«

Rose rollt mit den Augen. »Sicher. Aber wenn ich die Chance gehabt hätte, von Anfang an eine Walküre zu sein, hätte ich sie ergriffen, ganz ehrlich.«

»Wusstest du schon immer, dass du Pilotin werden wolltest?«, fragt Killian. »Oder haben deine Eltern dich weggeschickt, als du zwölf geworden bist?«

»Weder noch«, sage ich. »Ich bin eine Waise.«

»Gut gemacht, Killian«, grummelt Yosh.

Danke für dein Mitgefühl. Dass meine Familie abgeschlachtet wurde, verdanke ich deiner Nation. Ich zucke mit den Schultern. »Es hat sich alles zum Guten gewendet, nicht wahr? Hier zu sein, mit euch ...«

Rose legt ihre Hand auf meine, verschränkt ihre mit meinen Fingern und drückt sie sanft. Ich stelle mit Schrecken fest, dass ich trotz meiner düsteren Gedanken unter ihrer Fürsorge erröte.

»Das ist so süß von dir«, sagt sie.

»Oh, Sona, du bist ein echter Softie, was?«, stichelt Jole.

Vorsichtig entwinde ich ihr meine Finger. »Es ist nur eine Schande, dass ich nie die Erfahrung machen werde, einen anderen Windup zu steuern.«

»Warum solltest du das wollen?«, neckt Lucindo und verschränkt die Hände hinter dem Kopf. »Wir haben dich doch nicht etwa schon vergrault, oder?«

Rose lacht. »Wir sind die Elite, Sona, und ich habe hier den Spaß meines Lebens. Wir haben das beste Stockwerk, die besten Mechas, den besten, narzisstischsten Platz bei der Himmelstagsparade ...« Mit einer schwungvollen Bewegung schüttelt sie ihre aufgekrempelten Jackenärmel aus. »Den besten Schneider.«

»Du würdest also nicht wechseln wollen?«, fragt Jole mit erhobener Augenbraue.

»Oh bitte«, entgegnet sie. »In welche Einheit denn? Wenn sie mich je versetzen wollen, müssen sie schon meine Leiche aus der Walküre zerren.«

Um den Tisch herum erhebt sich zustimmendes Gemurmel. Jole lehnt sich mit einem Grinsen im Gesicht zurück und verschränkt die Hände hinter dem Kopf. »Und wenn die Gerüchte stimmen?«

»Jole«, raunt Lucindo und schüttelt den Kopf.

Rose rollt wieder mit den Augen. »Oh bitte. Du glaubst auch jedes Gerücht, das in der Akademie die Runde macht. Du lebst geradezu dafür.«

»Welche Gerüchte?«, frage ich.

»Nichts weiter«, antwortet sie aalglatt und boxt dann Jole gegen die Schulter. »Schäm dich, dass du ihr Hoffnungen gemacht hast!«

Jole ignoriert sie und sieht mir über ihren Kopf hinweg in die Augen. »Weißt du, Sona, es gibt Gerede über ein neues Mecha-Model, das ins Windup-Programm aufgenommen werden soll. Es wird noch elitärer sein als die Walküren und einige der Piloten werden wahrscheinlich aus unserer Einheit handverlesen werden.«

»Na und?«, faucht Rose. »Besitzt du denn gar keine Loyalität, Jole?«

»Oh bitte«, gurrt Jole und sein Lächeln erstirbt. »Erzähl mir nicht, du würdest eine hübsche Klinge nicht im Handumdrehen gegen ein Paar Flügel eintauschen.«

Ich rucke nach vorn. »Ein Paar *was*?«

»Siehst du? *Deshalb* wird die neue Einheit so elitär sein. Verdammte Flügel, Mann. Die Piloten werden *fliegen* können.

Schnappen sich Drohnen, Flugzeuge, Raketen und all den anderen Scheiß der übrigen Nationen direkt aus dem Himmel. Und der *Name* erst! Götter, sie werden *Erzengel* heißen. Ist das nicht der geilste Scheiß, den du je gehört hast?«

Im Raum bricht aufgeregtes Geplapper aus, jeder Pilot ist ganz aus dem Häuschen bei der Vorstellung, mit einem neuen brutalen Spielzeug spielen zu dürfen.

»Sieh sie dir an«, faucht Rose. »Sie zittert vor Aufregung, du Vollidiot. Sona, das ist nur ein Gerücht. Mach dir keine Hoffnungen, Kleine. Du bist auch so bestens gerüstet, um jede Menge Schaden anzurichten, keine Sorge.«

Ich stähle mich innerlich, bevor sie wohlwollend meine Schulter tätschelt, während sie weiter mit Jole schimpft. Ich will ihr jeden Finger einzeln ausreißen.

»Es ist ja eh nur ein Gerücht.« Mit einem entspannten Lächeln auf den Lippen blicke ich zu Lucindo. »Da ist nichts dran. Darüber werde ich mir nicht den Kopf zerbrechen.«

Eine Pause entsteht.

»Du bist so schrecklich still, Jonathan«, bemerkt Jole.

Dann senkt sich Stille über den Raum. Lucindos Mundwinkel zuckt, dann fängt er sich.

»Ich kann das nicht bestätigen«, sagt er und schenkt sich den letzten Rest Wein ein. Er nimmt einen bedächtigen Schluck. Dann breitet sich ein Grinsen auf seinem Gesicht aus. »Aber wohl auch nicht abstreiten.«

Jole klappt der Kiefer herunter. »Heilige ...«

»Scheiße«, raunt Rose.

Erzengel.

Sie können sich nicht mit der Erde zufriedengeben, jetzt wollen sie auch noch den Himmel erobern. Als wäre die Luft nicht ohnehin schon so sehr von Godolias Macht durchdrungen, dass ich mich nicht bewegen kann. Als hätte ich nicht schon genug Angst, wann immer ich einen Blick in den Himmel riskiere.

Druck baut sich in meiner Handfläche auf und meine Fingernägel graben sich in die Haut. Ich blicke nach unten und sehe, dass Blut auf meine Hose rinnt.

Wie kann ich dagegen ankämpfen?

Wie kann *irgendjemand* dagegen ankämpfen?

Ich bemerke, dass mein Blick aufs Fenster gerichtet ist. Draußen hüllt Dunkelheit die Wolken ein und plötzlich denke ich an die gefangene Gearbreaker. Das grausame Funkeln ihrer nachtschwarzen Augen, die sich in meine bohren, während sie Blitze in Händen hält und mit ihrem Knurren Donner ausatmet.

Sie steht inmitten des Chaos, wütend und herrlich rachsüchtig, und sie weicht nicht zurück. Sie zuckt nicht mal.

Wunderschöne Gedanken.

Meine Nägel lösen sich aus meinen Handflächen. Ich drehe die Hände um und stille die Blutung, indem ich sie auf meine Hose drücke.

Wunderschöne, zerstörerische Gedanken.

9

ERIS

Über mir teilten sich die Titanhandflächen des Berserkers in einen Garten aus Hunderten winzigen Ventilen.

OhGötterichwerdedefinitivdefinitivhiersterben…

Die Luft war erfüllt vom Zischen von Schüssen.

Scheiße. Ich legte mir die Hände schützend über den Kopf und die Kugeln gruben sich in das Gras um meinen flach auf den Boden gepressten Körper. Die Erde barst, riss auf und mir flog Staub in Ohren und Mund. *Scheiße, scheiße, scheiße …*

Jenny, mein Teamkapitän, trug ihre übliche Miene zur Schau, während sie sich zwischen den Schritten des Mechas hindurchwand – ein strahlendes Grinsen, das dem Funkeln der Hülle des Berserkers Konkurrenz machen konnte. Nur ganz kurz hielt sie an meiner Seite an, gerade lange genug, um mich auf die Füße zu ziehen.

»Keiner in meinem Team stirbt auf dem Bauch liegend«, brüllte sie und packte mich fester, bis ich zufriedenstellend nickte. »Gut. Du kommst mit mir rein.«

Eins unserer Teammitglieder rief eine Warnung, bevor ein Schuss über das Feld pfiff und eine tiefe Kerbe in das Schienbein des Berserkers sprengte.

Dann bot sich mir folgendes Bild: Meine Schwester, ohnehin schon strotzend vor Arroganz, stand mit stolzgeschwellter Brust und einem teuflischen Feixen da, verstärkt noch durch ihr hochmütig vorgerecktes Kinn, und eine Gottheit kniete vor ihr.

Jenny stürmte vorwärts, meinen Arm in ihrem eisernen Griff umklammert. Sie ließ mich los, um auf den Windup zu springen, und wirbelte herum, um mir hinaufzuhelfen.

Ihre Hand fuhr über meine Stirn und zog mir die neue Schweißerbrille über die Augen.

»Jetzt siehst du aus wie eine echte Gearbreaker«, erklärte Jenny.

»Ich seh aus wie ein zehnjähriger Dreckspatz«, schimpfte ich.

»Du bist schon zehn?«

»Meine Götter, ja. Und jetzt *stirb.*«

»Das ist die richtige Einstellung!« Ihre dunklen Augen funkelten, als sie grinsend nach oben sah.

Ich folgte ihrem Beispiel und bemerkte, dass die Sonne verschwunden war, ersetzt durch einen hässlichen Chromkopf, der mit purpurnen Augen auf uns herabstarrte.

»Ganz recht, Arschloch!«, schrie sie zu ihm hinauf. »Du bist erledigt!«

»Er hat dich gehört, Jen.«

»Darum ging es«, stellte sie klar und dann, als der Berserker nach uns griff, schob sie mich durch die Öffnung.

Instinktiv klammerte ich mich an eine Leitersprosse. Dann kletterte ich und eine neue Form des Hochgefühls kontrollierte meine Bewegungen. Unter uns waren uns zwei der Finger des Mechas, dick wie Baumstämme, in das Bein gefolgt und tasteten sich vor.

Jenny spuckte ihm auf die Fingerknöchel, wischte sich mit dem Handrücken über die Lippen und bedeutete mir mit einem Nicken, weiterzuklettern.

Ich schaffte es aus dem Oberschenkel in die Hüfte und steckte meinen Kopf durch die Öffnung. Der Stiefel einer Wache traf mich am Nasenrücken.

Ich verlor den Halt, und dann war ich im freien Fall – vollkommen verzweifelt bei dem Gedanken, dass meine Leiche nicht eine einzige Tätowierung aufweisen würde …

Bis Jenny mein Handgelenk packte.

Sie riss ihren Blick von meinem los und sah nach oben, wo die Wache ihr Gewehr auf uns gerichtet hatte. Sie musste sich mit einer Hand an der Leiter festhalten, während sie mich mit der anderen sicherte, und hatte keine Chance, ihre eigene Pistole zu erreichen.

Ich allerdings schon. Meine Hand schoss nach oben. Ich riss sie aus ihrem Hosenbund und landete einen sauberen Treffer ins Schlüsselbein der Wache. Sein Finger zuckte am Abzug. Die Kugel zischte harmlos durch die Luft an meinem Hals vorbei, prallte an den tastenden Fingern des Mechas ab und flog aus der Öffnung.

Über uns schwankte die Wache eine Sekunde am Abgrund, bevor sie umkippte und in die Tiefe stürzte. Im Fallen streiften ihre Hände meine Kapuze.

Er schlug auf den Fingern des Mechas auf, die ihn umklammerten und sich zurückzogen.

»Deine Nase ist gebrochen«, teilte Jenny mir mit, sobald wir aus dem Bein heraus waren. Sie hatte sich nur einen

Moment gegönnt, um meinen Zustand zu überprüfen, bevor der Blick ihrer schwarzen Augen wieder nach oben glitt. »Aber das war ein guter Schuss, Kleine. Jetzt hätte ich gern meine Waffe wieder.«

Kommentarlos reichte ich ihr ihre Pistole, weil ich befürchtete, loszuheulen, wenn ich den Mund aufmachte. Dann beobachtete ich, wie sie auf einen der Eisenträger kletterte. Ihre Bronzeschere erschien in ihrer Hand, sie führte ein Bündel Kabel zwischen die Klingen und schnitt es durch. Das freigelegte Kupfer glänzte.

»Gleitet wie durch Butter«, sagte sie und warf mir einen Blick zu. »Siehst du, Eris? Kein Grund, sich von diesen Dingern einschüchtern zu lassen.« Sie gestikulierte wild in der Luft herum. »Sie sind gebaut, um Angst zu verbreiten, wenn man sie also nicht mehr fürchtet, gewinnt man die Oberhand.«

Sie hob den Blick und schob sich die Brille in die Stirn, um besser sehen zu können. Dann zielte sie mit ihrer Pistole, ein Schuss zerriss die Luft und eine Wache fiel von oben an mir vorbei in den Schacht des Beins.

Jenny wandte sich wieder ihrer Arbeit zu. Um sie herum sprühten die Drähte Funken und erstarben dann. Das Summen der Elektrizität verstummte und die Zahnräder verlangsamten sich und blieben schließlich ganz stehen. Stille erfüllte die Luft, nur dass etwas immer noch surrte – ich konnte es in meinen Fingerspitzen fühlen, in jedem meiner Zähne. Mein Herz hatte noch nie so schnell geschlagen.

Es fühlte sich fast an wie ein *neues* Herz.

Jenny kletterte herunter, landete geräuschlos wie eine getigerte Katze und stieß mir gegen die Schulter. »Jetzt verfall hier nicht in Schockstarre.«

Ich wusste nicht, was ich sagen sollte. Wie ich in einfache Worte fassen sollte, wie sehr meine Nase wehtat und wie verängstigt ich war. Aber auch wie mir das hier das Gefühl gab, mehr als nur ein Mensch zu sein, wie sehr mir das Geräusch von Dingen, die durch meine Hand kaputtgingen, gefiel ... und dass das einfach *das Beste auf der Welt* war ...

Doch alles, was ich im ruhigsten Tonfall, den ich zustande bringen konnte, sagte, war: »Was jetzt?«

Jenny grinste wieder und blickte nach oben in die Stille. »Jetzt holen wir uns den Piloten.«

Heute ist das die Geschichte, die ich auswähle, um sie ihnen zu erzählen, während sie mich foltern. Mein erster Kill.

Ich presse sie zwischen zusammengebissenen Zähnen hervor, zwischen Schluchzern, die sich mir entringen, Fragment für Fragment, tausche echte Namen gegen gefürchtete Decknamen, Schmerz gegen eine strahlende Erinnerung. Mir bedeutet es alles, doch ihnen sagt es nichts.

Ich beachte euch Wichser nicht mal mehr. Ich bin nicht mal hier.

»Wo ist das Lager der Gearbreaker, Frostbringer?«

Heute ist es Eiswasser.

Anscheinend haben sogar Bots einen Sinn für Humor.

Sie ziehen mich von dem Metalleimer zurück und halten meine Arme hinter meinem Rücken fest. Ich zittere so heftig, dass es sich auf sie überträgt. Als ich es bemerke, erfasst mich ein dümmlicher Anflug von Selbstvertrauen – oder vielleicht auch einfach Verzweiflung – und ich stemme mich auf die Füße.

Ich werfe mein Gewicht nach links, reiße einen Arm los und ramme sofort meinen Ellbogen in die Nase der Wache. Er weicht zurück – ich denke: *Das war eine gute Idee –*, dann wirft er sich nach vorn – *oh, na ja, vielleicht doch nicht …*

Sein Knie trifft eine empfindliche Stelle in meinem Bauch, während die andere Wache mich festhält.

Als ich würge, lässt sie mich fallen. Sie sehen zu, wie ich meine Ration aus einem Löffel Wasser und Haferbrei auf den Boden erbreche.

Oh Götter, denke ich und eine humorlose, seltsame Aufregung erfasst mich, *ich werde definitiv hier sterben.*

»Jetzt fühl ich mich besser«, sage ich und wische mir mit dem Handrücken die Galle von den Lippen. »Wir können weitermachen.«

10

SONA

Am nächsten Morgen ist der Himmel grau. Meine Finger sanft über mein linkes Auge gelegt tappe ich durch die stillen Flure des Stockwerks der Walküren und habe mich – mal wieder – in dem Labyrinth verlaufen. Ein gewundener Gang mit den Schlafräumen und eine Bibliothek im Westen, ein Pool, eine Sauna und ein Dampfbad im Norden, dazwischen drei Aufenthaltsräume. Grau ist so weit oben, noch über den Etagen der Akademie, eine Seltenheit. Den Wolken gefällt unser Eindringen normalerweise nicht und sie halten sich fern.

Es gibt auch eine herrliche Küche mit Arbeitsplatten voller süßer Frühstücksteilchen. Irgendwo. *Wo in den Höllen ...?*

Ich biege um eine Ecke und renne Victoria um.

Fast. Sie streckt gerade rechtzeitig die Hand aus, um zu verhindern, dass wir mit den Köpfen zusammenstoßen. Ihr Blick wandert von meiner rechten Gesichtshälfte zur linken, wo meine Fingerspitzen mein Augenlid zuhalten. Ich senke die Hand, mir ihres Griffs an meinem Ärmel nur allzu bewusst.

»Weißt du, wo die Küche ist?«, frage ich.

Victoria kichert. »Du bist schon seit Wochen hier, Schätzchen.«

»Das neue Auge steht dir viel besser«, sage ich.

Jetzt lässt sie mich los. Mit der nun freien Hand wirft sie sich das helle Haar über die Schulter und dreht sich um. »Vorsicht«, schnaubt sie und ihr Mundwinkel zuckt, »das war fast schon ein Kompliment.«

Ich folge ihr um ein paar weitere Ecken, bis wir die Küche erreichen. Jole lümmelt auf einem der Hocker am Tresen, schläft tief und fest und seine Wange ruht auf Rose' Ellbogen. Auf dem Tresen liegt neben einer dampfenden Tasse Tee ihre Walküre-Jacke mit dem Futter nach außen. Im Stoff der Tasche ist ein großer Riss. In der Hand hält sie eine Nadel mit einem dunklen Faden.

»Morgen«, ruft sie, ohne den Blick von ihrer Näharbeit zu nehmen. Die Tatsache, dass ihr Daumen blutet, nachdem sie die Nadel mehrfach hineingerammt hat, macht deutlich, dass sie noch nie im Leben genäht hat. Ihre Hand sticht ungeschickt zu und wieder trifft die Nadel ihren Daumen. Kein Muskel zuckt in ihrer konzentrierten Miene.

Ich nehme mir ein Teilchen, das dick mit glasierten Früchten belegt ist. »Guten Morgen.«

»Wie war dein Einsatz, Vic?«, fragt Rose.

»Wir müssen nicht reden!«, entgegnet Victoria, schenkt sich einen Kaffee ein und geht.

»Okay, tschüssi«, ruft Rose ihr hinterher, während ich mich auf dem letzten freien Platz neben ihr niederlasse. »Ich glaube, sie wird langsam warm mit dir, Sona.«

»Ich verzichte«, sage ich und beiße in mein Teilchen. Unter seinem kupferfarbenen Augenlid kann ich das Glühen von

Joles linker Pupille sehen, ganz schwach, als könnte die Haut an dieser Stelle erröten.

»Ich glaube, sie hat von Anfang an ein Auge auf dich geworfen, und das will was heißen«, fährt Rose fort. »Also versöhnt euch endlich. Und dann macht rum.«

»Ich werde in meinem Zimmer essen.«

»Was denn, ist sie nicht dein Typ?«, ruft Rose mir nach. »Nach dem heutigen Einsatz könnte sie sich sogar als dein Ritter in glänzender Rüstung qualifizieren!«

Ich hebe eine Augenbraue und bleibe in der Tür stehen. Meine Worte werden von Teig und Zucker gedämpft. »Ach ja? Und wieso das?«

»Sie steht auf Mädchen, wie du vielleicht ...«

»Ich meinte das mit dem Ritter, Rose.«

»Ach.« Sie nippt an ihrem Tee. »Vic wurde heute Morgen losgeschickt, um in Franconia aufzuräumen.«

Das Teilchen gleitet mir aus den Fingern und fällt zu Boden.

Sie bemerkt es nicht. Ihr Blut befleckt den Tresen.

»Was meinst du mit ›aufräumen‹?«, frage ich vorsichtig.

»Du weißt schon.« Sie sieht von ihrer Näharbeit auf und grinst fröhlich. Mit dem Daumen fährt sie sich langsam von einem Ohr zum anderen über den Hals. »Großreinemachen.«

Von Sonnenaufgang bis Sonnenuntergang waren sie unter der Erde. Da niemand entbehrt werden konnte, um auf die Kinder aufzupassen, die zu jung zum Arbeiten waren, wurden sie von ihren Eltern mit in die Minen genommen. Tag für Tag plünderten wir die Erde, hackten und gruben ihre Kruste auf, bis jede Menschenseele mit Kohlenstaub bedeckt war, der sich auf unsere vom fehlenden Sonnenlicht ausgebleichte Haut legte.

Todmüde, staubbedeckt und annähernd auf Haut und Knochen reduziert schlurften Silvertwins Bewohner wie Geister aus ihren Häusern zu den Minen und zurück, für immer gefesselt an das Gestein, um Godolias kaum zu erreichende Quoten zu erfüllen. Sie erhaschten bloß einen flüchtigen Blick auf die letzten Strahlen der Sonne, bevor diese hinter dem Horizont verschwand – ein sichelförmiges ringelblumengelbes Schimmern, das die Schatten der gekerbten Blätter der Platanen in die Länge zog. Außer bei Sonnenauf- und -untergang sah Silvertwin stets einen in Dunkelheit gehüllten Himmel.

Godolia war sich dessen bewusst, denn sie hatten es erschaffen, hatten bestimmt, wie unser Leben aussehen würde. Also wussten sie auch, dass sie das Phantom schicken mussten.

Der Zug hatte genug Kohle, Eisen, Kupfer und Zink geladen, um die Gier Godolias für diesen Monat zu befriedigen, doch am Morgen mussten wir feststellen, dass er in der Nacht nicht abgefahren war. Es war ein automatisierter Transport – die Schienen verbanden die umliegenden Dörfer und plünderten ihre Ressourcen, bevor sie sich Godolia zuwandten – und niemand besaß das Wissen, um die Technik zu reparieren.

Ignoranterweise fürchteten wir uns nicht vor den möglichen Konsequenzen, weil wir unsere Quote nicht erfüllt hatten, wir wussten ja, dass es nicht unsere Schuld war. Wir machten wie gewohnt weiter, als wäre Godolia bekannt für seine Freundlichkeit und sein Verständnis. Als hätte es nicht vor Jahrzehnten die Bewohner der Badlands – jene, die zufällig innerhalb der Grenzen der Nationen lebten, die den Springflutkrieg verloren hatten – gezwungen, ihre Versorgungsdörfer zu besiedeln.

Im Morgengrauen schickten sie die Windups, während die Ausgänge verstopft waren von den erschöpften Körpern, die zu den Fahrstühlen schlurften.

Wir dachten, es sei ein Erdbeben.

Und wir gerieten in Panik.

Tausende Füße trampelten durcheinander, als alle auf den Ausgang zudrängten. Die Angst, die sie erfasst hatte, verdrängte jeden Gedanken an die Neunjährige, die von ihren Füße zertrampelt wurde.

Irgendwann gab meine Kniescheibe unter ihrem Gewicht nach und brach. Nur die Erde hörte meine Schreie und schleuderte im Gegenzug Dreckklumpen in meinen Mund, die mir die Kehle verstopften und zwischen meinen Zähnen stecken blieben.

In der Nähe war einer der Vogelkäfige zerbrochen, sein Drahtgehäuse war eingedrückt wie eine Eierschale. Ich konnte das Glänzen in den schwarzen Augen des Kanarienvogels sehen, die in ihren Höhlen zuckten, als wäre auch er klug genug, Angst zu haben. Dann senkte sich ein Stiefel auf ihn und das Geräusch der zarten Knochen, die brachen, drang an meine Ohren – es klang wie das Knistern von Anzündholz in einem warmen Ofen.

Irgendwie gelang es mir, mich auf die Seite zu rollen und meinen Rücken gegen die Wand aus verdichteter Erde zu pressen.

Und dann: »*Bellsona! Bellsona!*«

Mein Name, abgehackt, von Husten unterbrochen.

Als ich meinen Blick nach oben richtete, sah ich einen himmlischen, unerreichbaren grauen Lichtpunkt, der den Ausgang markierte. Sah, wie sich ein Riss durch die Decke zog, ein Spalt so lang wie mein Oberkörper und gezackt wie die Klinge eines Sägemessers.

Mein Name, der durch den Gang hüpfte, den Lippen meiner Eltern entrissen.

»Bell...«

Die Erde brach ein, Staub und Kohle begruben meine Sinne, erstickten die Schreie von jedem, der neben mir gestürzt war.

Ein paar benommene Minuten lang dachte ich, nach allem, was wir der Erde genommen hatten, wäre sie nun endlich erwacht, um sich etwas zurückzuholen.

Doch nachdem meine Tränen den Dreck aus meinen Augen gespült hatten, als ich geblinzelt hatte und mich dabei ertappte, wie ich auf die Risse in der Höhlendecke starrte, durch die frische Nachtluft hereindrang, erkannte ich die Wahrheit. Ich sah seine Bewegungen durch die Spalten und spürte, wie mir der Atem in der Brust stockte. Doch dafür war nicht die Erde verantwortlich.

Ein Paladin mit seinem gewaltigen Gewicht hatte sich über der ausgehöhlten Erde positioniert und einfach ein paar Schritte gemacht. Ein paar mühelose Schritte und meine ganze Welt war eingestürzt. Auch ohne Sonnenlicht funkelte die Metallhülle und die Beinschienen knarrten, als er einen weiteren Schritt machte und aus meinem Sichtfeld verschwand.

Beweg dich.

Erneut bebte die Erde und wieder wurden der Luft Schreie entrissen, als weitere von uns von der schwarzen Erde begraben wurden.

Du musst dich bewegen.

Mein gebrochenes Bein hinter mir herziehend hievte ich mich auf einen Brocken herabgestürzter Erde. Das Adrenalin reduzierte meine Welt auf kleine Bewegungen und meine Gedanken allein auf die Flucht. *Zwäng dich durch die engsten Ritzen. Ignorier den gesplitterten Stein, der dir die Haut aufreißt.*

Ignorier die Leichen unter dir. Ignorier die abgebrochenen Fingernägel, den Geschmack von Blut auf den Lippen, das Gellen der Schreie, das immer noch an deinen Ohren zerrt.

Klettere, befahl mir die Panik. Mein Körper gehorchte. Die Angst legte sich wie eine Schlinge um meinen Hals und zog mich an die Oberfläche. Das hier würde nicht mein Grab werden. Ich weigerte mich, in einem von uns selbst ausgehobenen Grab zu sterben.

Ich zog mich über die Kante und brach auf dem Rücken liegend zusammen, saugte begierig die saubere Luft ein, während die Welt sich drehte. Gras strich über meine Schultern. Der Äther zog wie Watte über meinen Kopf. Rechts von mir, im Platanenwald, säuselten die Blätter fröhlich im Wind.

Oh. Meine Finger zuckten auf der kühlen Erde. *Ich träume.*

Plötzlich wurde ich auf die Füße gezogen und der Schmerz in meinem Bein ließ schwarze Flecken über den Sternenhimmel tanzen. Als ich herumwirbelte, lag eine Hand auf meinem Handgelenk und zog mich auf die Bäume zu. Sobald wir im Blätterwerk verschwunden waren, drehte sich die Person um und legte eine Handfläche an meine Wange.

»Bist du verletzt?«, fragte der Mann atemlos und ich erkannte ihn vage als den Kanarienvogelzüchter. In seinen hellen Augen schimmerten Tränen. »*Bellsona*, bist du verletzt?«

Beim Klang meines Namens drehte sich mir der Magen um. Ich schlug seine Hand weg, um mich auf den Waldboden zu übergeben.

Ich träume, erinnerte ich mich anschließend, dann richtete ich mich auf und erinnerte auch ihn: »Ajeossi. Das ist nur ein Traum.«

Er legte mir die Hand auf die Schulter und schüttelte mich, bis meine Zähne klapperten.

Kreischend wich ich zurück und er schlug mir eine Hand vor den Mund.

Blut tropfte von meinen abgebrochenen Fingernägeln, mein Knie stand in einem unnatürlichen Winkel ab. Schmerz war etwas Erdendes, verfestigte den Moment, kauterisierte ihn zu etwas Realem.

Meine Lippen bewegten sich unter seinen Fingern. »Wo sind meine Eltern?«

Ich sah, wie sein Blick zurück zum Eingang der Höhle wanderte, während er nach einer überzeugenden Lüge suchte. Der Schlund der Erde spuckte Staubwolken aus und in ihnen bewegten sich kaum zu erkennende Silhouetten: andere Überlebende. Er sah mich wieder an und versuchte zu lächeln.

»Ich werde nach deinen Eltern suchen«, sagte er und seine Stimme brach. Er schluckte schwer und setzte noch mal an. »Ich werde bei der Mine nach deinen Eltern suchen. Du bleibst hier, okay? Ich bin gleich zurück.«

Wortlos sah ich zu, wie seine Gestalt auf den Schlund zuwankte. Er trat einen Schritt aus den Bäumen heraus.

Und dann ließ die Nacht ihre Hüllen fallen.

Der Himmel bewegte sich und plötzlich flog der Kanarienvogelzüchter durch die Luft, seine Beine ruderten hilflos und ein Schrei entrang sich seiner Kehle. Einen Augenblick später prallte sein Körper auf den Boden. Er hatte keine Flügel, aber seine Armen waren ausgebreitet wie die des Kanarienvogels. Blut sickerte aus seinen geöffneten, zuckenden Lippen.

Die Nacht machte einen weiteren Schritt und durch die Lücken zwischen den Bäumen erkannte ich, wie ihre Hand in den Schlund der Mine griff und eine weitere Gestalt herauszog. Ein weiterer Schrei erklang und wieder folgte das Knacken von Knochen. Dieses Mal zuckte die Person am Boden, ihre Glieder standen in seltsamen Winkeln ab. Der Mecha nahm es zur Kenntnis und machte sich wieder ans Werk.

Platt wie die Platanenblätter und rot gesprenkelt. Ich brach auf dem weichen Waldboden zusammen, doch da ich nichts mehr im Magen hatte, konnte ich nur trocken würgen.

Und dann kroch ich.

Moos hinterließ Flecken auf meinem zerrissenen Shirt und meine Finger tasteten blind nach den Knoten flacher Wurzeln, an denen ich mich noch ein paar Zentimeter vorwärtsziehen konnte, ein paar Zentimeter weiter weg von den Windups. Ich wusste nicht, wo ich hinwollte.

Nach gefühlten Stunden griffen meine Finger ins Leere. Der Boden hatte aufgehört. Ich schob meine Hand über die Kante, dann meinen Unterarm. Vor mir war nur noch freie Luft.

Ich wusste nicht, ob mich jenseits der Kante eine Vertiefung von ein paar Metern erwartete oder ein bodenloser Abgrund.

Eine Viertelsekunde war ich schwerelos, dann schlug meine Brust auf einer harten, unebenen Oberfläche auf. Ich musste nicht warten, bis der Schmerz nachließ, um meine Umgebung zu erkennen – ich war mit dem Geruch und dem rauen, kreideartigen Gefühl der Rückstände an den Fingern aufgewachsen. Ich war in einem der Waggons gelandet, der bis oben hin voll Kohle war.

Einige Zeit später weckten mich Stimmen, die ich nicht erkannte. Ich hatte mich auf der Kohle zusammengerollt und meine Haut war schwarz wie verbranntes Fleisch. Die Sonne ging auf und ein strahlend blauer Himmel wand sich durch das grüne Blätterdach wie ein Fluss durch zerklüftete Ufer. Ich konnte mich nicht erinnern, wann ich zuletzt einen klaren Tag gesehen hatte.

Der Anblick war unerträglich. Ich musste mich von dem Strahlen abwenden und die Augen schließen.

Unter mir plauderten die Techniker aus Godolia über durchgebrannte Kabel und durchgeschmorte Leiterplatten.

Ich rührte mich nicht und gab keinen Laut von mir. Kohlenstaub verklebte mir die Kehle und ich konnte nicht sprechen.

Der Zug setzte sich in Bewegung. Die nächsten Stunden sah ich zu, wie der Himmel über mir vorbeizog, gesprenkelt mit kleinen, bauschigen Wolken, die neben der Komplexität des Nachthimmels verblassten. Irgendwann erschien ein Windup und joggte neben dem Zug her. Seine Stahlhülle funkelte wie frischer Tau. Ich wartete darauf, dass er mich entdecken, aufheben und dem Horizont entgegenschleudern würde.

Er sah nicht einmal nach unten. Schließlich zog er sich zurück und mit einem Mal war der Himmel bewölkt, heißer Dampf legte sich auf meine Wangen. Über mir reckten sich hohe Fabriktürme wie die Finger betender Hände dem Himmel entgegen. Wir waren in Godolia angekommen.

Als der Zug schließlich stehen blieb, wartete ich nicht darauf, auf der Kohle entdeckt zu werden. Ich zog mich hoch, rollte mich über die Kante, verfehlte aber die Leiter und lag einige Augenblicke lang benommen auf dem Kies, bis die Erde aufgehört hatte, sich zu drehen. So schnell ich nur irgendwie konnte, stolperte ich auf die nächste Gasse zu. Ich weiß nicht, was passiert wäre, wenn jemand in meine Richtung geblickt und mich entdeckt hätte, mit Kohlenstaub bedeckt und humpelnd. Vielleicht hätte man mich nach meinem Namen gefragt und hätte bei meiner Antwort den Akzent der Badlands gehört.

Das folgende Jahr verbrachte ich damit, durch das komplexe Labyrinth Godolias zu wandern. Obwohl seine Straßen so gewunden und verwirrend wie die Minen Silvertwins waren, fehlte ihnen deren natürliche Schönheit und der Trost, den ich empfunden hatte, wenn ich mich in die engen Höhlen gekuschelt hatte. Die Stadt war dreckig und so künstlich wie die Windups – eine schöne, glänzende Oberfläche, unter der ein absolut grotesker Kern lauerte.

Ich lernte schnell, mich vom Osten der Stadt fernzuhalten, wo sich die Bordelle drängten, und brachte mir bei, im Sitzen zu schlafen, um jederzeit aufwachen und wegrennen zu können. Nachts zogen Herumtreiber mit scharfen Zungen und noch schärferen Waffen durch die Gassen und suchten nach Kindern, die sie sich schnappen und an den Höchstbietenden verkaufen konnten.

Natürlich musste ich auch das Kämpfen lernen.

Aufgrund meines Beins war das besonders schwierig. Durch meine ungeschickte Bandagierung war es nicht richtig verheilt. Nahkampftechniken, die gängigste Verteidigung derer, die von weggeworfenen Essensresten lebten, nützten mir nichts. Ich brauchte eine Fähigkeit, die es mir ermöglichte, meine Angreifer auf sicherem Abstand zu halten, und da ich kein Geld für eine Schusswaffe hatte, trug ich eine Metallstange bei mir, die ich von einer verlassenen Baustelle gestohlen hatte.

Mit meinem verdrehten Bein war mein Kampfstil nicht anmutig, und ehrenhaft war er auch nicht. Wann immer mich auch nur das geringste Geräusch nachts weckte, Schritte oder etwas so Unschuldiges wie ein Lachen, duckte ich mich hinter die nächste Ecke und wartete, bis sie in Reichweite waren. Ich wartete nicht lange genug, um zu sehen, ob derjenige mir etwas antun wollte. Das konnte ich nicht riskieren. Wenn ich nicht mit voller Kraft zuschlug und jedem, der es wagte, mich zu wecken, etwas brach, hätte ich verschleppt werden und bei Morgengrauen in die falsche Seide eines Bordells gesteckt worden sein können. Meine einzigen Vorteile waren das Überraschungsmoment und die Stille. Genau genommen sprach ich in diesem ganzen schrecklichen Jahr kaum ein Wort und als die Verantwortlichen der Akademie mich fanden, hatte ich fast vergessen, wie man sprach.

Sie waren nett zu mir, anfangs.

Sie richteten sogar mein Bein, sodass es mein Gewicht wieder richtig trug. Heilten die Narben an meinen Fingerspitzen, die zurückgeblieben waren, nachdem ich mich aus der Erde gezogen hatte.

Sie wollten, dass ich gesund war.

Einsatzbereit.

Als ich endlich sein Zimmer finde – diese Bude ist ein verdammtes Labyrinth –, bin ich kurz davor, in Panik auszubrechen.

Ich könnte hier und jetzt die Kontrolle verlieren, anfangen zu schreien, zu schluchzen. All die Jahre, in denen ich vorsichtig war, versteinert, lösen sich in Wohlgefallen auf.

Meine Knöchel hämmern zu schnell gegen die Tür, zu oft, aber ich kann nicht aufhören. Meine andere Hand ist in meiner Tasche vergraben und verdreht den Stoffstreifen, den ich dort aufbewahre, um mein Auge abzudecken. Ich wickele ihn um meine Finger, bis mein Puls unter jedem Nagel pocht.

»Lucindo«, rufe ich und jeder Buchstabe klingt brüchig. »Mach auf. Mach die götterverdammte Tür auf!«

Als er öffnet, schiebe ich mich an ihm vorbei in den Raum und drehe eine kleine Runde, aus keinem anderen Grund, als dass meine Füße nicht stillstehen können. Sie wollen *rennen.*

»Sona, was …?«, setzt er an, mein Name begleitet von einem überraschten Lächeln, das genauso schnell jedoch wieder erstirbt, als er den Ausdruck auf meinem Gesicht sieht. Die Wildheit, die es verzerrt.

Ich muss völlig wahnsinnig aussehen. Als wäre ich nicht ich selbst. Aber das ist das erste Mal seit Jahren, dass ich vor einem anderen ganz ich selbst bin.

Verängstigt.

»Was ist in Franconia passiert?«, flüstere ich.

Sein Haar glitzert feucht, Wasser läuft an seinen Schläfen herab. Er hat ein Handtuch um den Hals hängen und seine Hände legen sich um die Enden, während er mich irritiert mustert. Der Spiegel an der Badezimmertür hinter ihm ist angelaufen.

»Dasselbe, was allen passiert, die den Gearbreakern helfen«, sagt er mit einem Schulterzucken. »Früher oder später.«

Eine Dusche.

Er hat eine Walküre losgeschickt, um ein Dorf auszulöschen, und dann ist er *duschen* gegangen.

Ich mache einen Schritt auf ihn zu. Meine Hände sind zu Fäusten verkrampft, die Nägel graben frische Wunden in meine Handflächen. Ich hätte zulassen sollen, dass Starbreach es beendet. Ich hätte zulassen sollen, dass sie mich auseinandernimmt.

Es hat Victoria wahrscheinlich nur ein paar Minuten gekostet. *Ein paar Minuten*, um die Zahl der Toten, die auf mein Konto gehen, von null in die Hunderte schnellen zu lassen.

Die Leben wie vieler Unschuldiger hat Lucindo genommen?

Wie viele wird er mir anhängen – kleine Geschenke, mit einem Lächeln überreicht, ein Schulterklopfen mit dem Versprechen auf mehr?

Ich mache einen weiteren Schritt. Ich stehe direkt vor ihm, sehe zu ihm auf und mein Herz schlägt mir bis zum Hals.

Ich strecke die Hand nach seinem Hals aus ...

Und lege meine Arme um ihn, drücke meine Wange an sein Kinn.

»Danke«, flüstere ich. Das Wasser läuft von seinem Kiefer über meine Wange.

Er legt die Arme um meinen Rücken. »Das war doch gar nichts, Sona, wirklich.«

Gar nichts.

Ich ziehe mich zurück, wische mir mit dem Kragen meines Shirts die Tränen aus den Augen. »Lass mich als Wiedergutmachung etwas für die Walküren tun«, murmele ich mit erstickter Stimme. »Irgendwie helfen.«

Lucindo grinst. »Ja? Wie denn?«

Ich begegne seinem Blick und halte ihn für einen langen, bedeutungsschweren Moment. »Lass mich mit der Gearbreaker reden.«

Er stößt ein Lachen aus und tritt einen Schritt zurück. »Was?«

»Ich kann sie zum Reden bringen. Sie brechen.« Er fängt wieder an zu lachen und ich lege meine Hand auf seinen Ärmel. »Ich bin wütend, Lucindo. Auf das, was sie tun. Und dass sie glauben, ihre Taten hätten keine Konsequenzen. Sie glauben, sie könnten stehlen und töten. Es würde keine Rolle spielen. Das macht mich *krank.*« Meine Finger krümmen sich und zerknittern den schwarzen Stoff. »Ich werde nett sein. Sanft, verstehst du – sie erwartet Gewalt, darauf ist sie vorbereitet. Ich denke ... ich denke, jemanden wie mich wird sie nicht erwarten. Ich werde ihr die Informationen entlocken, Stück für Stück. Und wir werden sie nutzen, um sie alle zu vernichten.«

Lucindo lacht nicht mehr, aber er grinst. Ich lasse ihn. Ich lasse ihn diese Grausamkeit genießen, die er für seine hält. Über meine Lippen ist nicht eine einzige Lüge gekommen. Ich beobachte, wie sich diese Grübchen wie Einschusslöcher in seine Wangen graben.

11

ERIS

Leider wache ich irgendwann auf.

Bestandsaufnahme: Kopfschmerz pocht hinter jeder Schläfe. Auf meinen Wangen klebt so viel Salz, dass sich die Haut anfühlt, als würde sie gleich aufreißen. Ein leicht beunruhigendes Zittern hat meine Glieder erfasst, dessen Ursache ich nicht verorten kann – Hunger, Durst, der Blutverlust oder … Trommelwirbel … eine aufregende Mischung aus allen drei.

Stimmung: beschissen.

Aber das kann man mir ja wohl kaum verdenken.

Zu Hause heitert mich mein Team gern mit einem Spiel auf, das sie liebevoll »Wir machen Eris so wütend wie möglich, aber nicht so wütend, dass sie einen von uns umbringt« nennen. Dabei haben sie schon Kleber auf meine Kaffeetasse geschmiert, meine Schweißerbrille gestohlen und nur gegen Lösegeld wieder rausgerückt, den Feueralarm ausgelöst – um dann schreiend wie die Idioten auf den Sofakissen zu tanzen, während die Sprinkler den Teppich durchgeweicht haben – und in meinem Namen überschwängliche Fanbriefe an Jenny geschickt.

Kleine Psychos.

Meine Augenwinkel brennen.

Ich werde sie wirklich nie wiedersehen, oder?

Kleine.

Götterverdammte.

Mistkerle.

Ich wollte sie nicht haben, nicht wirklich.

Voxter wandte sich vom Bürofenster ab, seine Augen schiefergrau wie die Gewitterwolken, die über den Himmel zogen. Ich blätterte durch einen Stapel Unterlagen, las jeden fett gedruckten Namen, jede ausufernde, lächerliche Ausführung darunter.

»Also?«, sagte er schroff.

»Ich habe ein paar Bedenken.«

»Muss ich dich erinnern, Shindanai, dass der Rat dir in deinem jungen Alter die Ehre zuteilwerden lässt ...«

»Jaja, ich fühle mich zutiefst geehrt.« Ich ziehe ein paar Seiten heraus, sechs insgesamt, und lege sie in einer ordentlichen Reihe auf den Tisch zwischen uns. »Hat Jen mich eine tickende Zeitbombe genannt? Gerade sie sollte so was nicht sagen.«

Er seufzte und setzte sich. Seine gestärkte Canvasjacke schlug Falten um die Schultern. »Deine Schwester befürwortet deine Beförderung.«

»Und was soll das dann? Sollen alle Problemkinder der Gearbreaker auf einmal in die Luft fliegen?«

Er zögerte. Ich rückte die Zettel zurecht, sodass sie genau auf Kante lagen.

»Xander Yoon«, las ich vor. »Elf Jahre. Ist erst seit ein paar Monaten dabei, aber sein Captain hat darum gebeten – nein *gefleht* –, dass er in ein anderes Team versetzt wird. Ganz reizendes Kind, wie ich sehe. Gibt nur wüste Drohungen von sich, wenn er denn überhaupt mal spricht. Sein Team hat seit Wochen nicht mehr ruhig geschlafen. Der ist ja eine ganz großartige Unterstützung.«

Lautstark schob ich seine Akte wieder in den Stapel, um Voxters Antwort zu unterbinden, und ging zum nächsten Blatt über.

»Arsen Theifson«, las ich vor und fuhr mit dem Finger seinen Namen nach. »Dreizehn, Sprengstoffexperte. Scheint ein kleines Problem mit dem Zuhören zu haben. Hat versehentlich den Oberschenkel eines Windups hochgejagt, bevor sein Team aus dem Explosionsradius war und – oh, *und* hat es fast mit den Splittern geblendet. Das gibt Bonuspunkte.«

»Eris …«

»Juniper Drake«, fuhr ich fort. »Zwölf. Chemikerin. Expertin für Säuren. Eins von ihren Gebräuen war so stark, dass es sich erst durch seine Phiole und dann durch den Truck ihres Teams gefressen hat, natürlich während sie auf der Flucht waren. Mitten durch die Kolben und die Benzinleitung. Beeindruckend.«

»Miss Shindanai …«

»Nova Atlantiades, dreizehn. Versierte Scharfschützin und Nahkämpferin, wie der Rest von ihnen, wie ich vermute. Aber sie sitzt lieber am Steuer und fährt Windups gern schwindlig, bis einer aus ihrem Team fast unter dem Fuß eines Mechas gelandet wäre. Das klingt echt *spaßig*.«

Ich musste nicht aufsehen, um zu wissen, dass Voxters Mundwinkel angespannt waren. Ich wendete mich den letzten beiden Akten zu.

»Milo und Theo Vanguard, vierzehn und dreizehn, Brüder. Revolverhelden. Theo schießt gern zuerst und stellt dann Fragen – oder einfacher ausgedrückt, er ist schießwütig. Vergisst manchmal, seine Waffe zu sichern, und erwischt gelegentlich das Ohr seines Captains mit einem versehentlich gelösten Schuss. Ich frage mich, ob er das hingekriegt hätte, wenn er tatsächlich gezielt hätte.« Ich betrachtete wieder die Unterlagen. »Ich sehe nicht, was dieser Milo auf dem Kerbholz hat.«

»Nichts«, erwiderte Voxter. »Wir dachten, es wäre gut, wenn du jemanden in deinem Alter im Team hättest. Außerdem weigert er sich, von seinem Bruder getrennt zu werden.«

Ich legte alle Akten sorgfältig wieder auf einen ordentlichen Stapel, dann schob ich ihn über den Schreibtisch. »Er klingt langweilig. Und besitzergreifend.«

Im Prinzip war James Voxter uralt, aber soweit ich sagen konnte, sah er immer noch genauso aus wie in meiner Kindheit: die unbeugsame Stirn, die unebene Brandnarbe auf seiner rechten Wange, die Falten um seine Augen, die man vermutlich nicht mal mit einem heißen Bügeleisen hätte glätten können.

»Du würdest das nicht so lustig finden, wenn du wüsstest, womit wir es heutzutage zu tun haben, alter Mann.«

Einen Augenblick schwieg er, dann raunte er: »Du klingst genau wie deine Eltern.«

Erst flammte der Ärger auf, dann die Wut. »Ah. Hat das bei Jenny auch funktioniert?«

»Sie kannte sie länger als du. Ich musste mich weniger anstrengen.«

Ich verfiel in Schweigen, biss mir auf die Lippe, schluckte die Worte hinunter. Aber ich konnte nicht sauer auf ihn sein, weil er die Wahrheit sagte: »Sie liebten den Kampf. Liebten das Adrenalin, wie die meisten Irren, die hier rumrennen. Sie wurden es leid. Und sie …«

»Wurden niedergetrampelt, ich weiß«, zischte ich angespannt. »Es war ein ehrenvoller Tod. Ein Gearbreaker-Tod.«

»Genau darauf will ich hinaus, Eris. Sie haben nicht nachgegeben. Sie sind standhaft geblieben und statt wegzulaufen haben sie gelernt, im Chaos zu funktionieren. Es zu ihrem Vorteil zu nutzen. Jenny hat dieselbe Fähigkeit.«

»Heftiger Scheiß.«

Er stand auf und schob den Papierstapel wieder zurück zu mir. »Du hast noch viel zu lernen, und das kannst du nicht allein tun. Auch wenn du das vielleicht glaubst.«

»Und warum nicht?«, schoss ich zurück.

Mit dem Fingerknöchel tippte er auf die Unterlagen. »Weil du etwas brauchst, für das du kämpfen kannst.«

Mein Blick wanderte nach unten. Zum Kopf der Seite, auf der in fetten Lettern stand: ERIS SHINDANAIS GEARBREAKER-TEAM.

Mein Team. Mein Arsenal tickender Zeitbomben.

»Na schön«, sagte ich, nahm den Papierstapel und drückte ihn mir an die Brust. »Aber ich werde sie nicht mögen.«

Im Einwegspiegel beobachte ich, wie meine Zunge sich zwischen meinen Zähnen windet. Der metallische Geschmack von Blut brennt in meiner Kehle.

Ich hoffe, ihr seid glücklich, denke ich bei mir. *Ich tue das für euch, und werd nicht mal damit angeben können.*

Und dann steht plötzlich die Tür offen und eine Hand legt sich fest auf meinen Mund.

Ich ziehe meine Zunge ein und beiße zu. Der Geschmack des Bluts meines Angreifers ersetzt den meines eigenen. Der Griff lockert sich nicht.

Ich verdrehe die Augen nach oben. Zwei Augen starren von dort zurück, eins rot und lodernd, das andere ein tiefes Haselnussbraun. Eine kastanienbraune Strähne fällt ihr ins Gesicht, während sich die Stille ausdehnt.

»Hallo«, sagt sie leise. »Würde es dir was ausmachen, meine Hand loszulassen?«

Ich beiße fester zu.

Der Bot blinzelt, dann reißt er unbeeindruckt die Hand weg.

Ich spucke den Hautfetzen aus, während sie einen langen Stoffstreifen aus der Tasche zieht und ihre Hand verbindet. Sofort breitet sich ein roter Fleck auf dem Stoff aus.

Sie geht durch den Raum und tippt gegen jede verspiegelte Wand. Das Glas nimmt ein undurchsichtiges Schwarz an. Kurz bin ich erleichtert – mein Gesicht ist blutüberströmt und der Anblick verstärkt nur die Stimme in meinem Kopf, die ständig wiederholt: *Du wirst sterben* –, bis mir klar wird, was das bedeuten könnte.

»Damit ist der Raum schallisoliert«, erklärt sie. Abgesehen von dem Roboterauge und der militärischen Pilotenjacke wirkt sie nicht wie eine Henkerin. Sie ist groß, hat dunkelbraune Locken, die ihr um die Schultern fallen, und helle Haut mit Sommersprossen auf der kleinen Stupsnase. Neugierig zieht sie die Bandage zurück, als sie merkt, dass das Blut heraustropft, und blinzelt überrascht, als das das Tropfen nur beschleunigt. »Hier drin gibt es auch keine Kameras. Manchmal bevorzugen sie es, möglichst wenige Zeugen zu haben.«

Sie spricht mit einem reinen Godolia-Akzent, der in meinen Ohren zu geschmeidig ist – die S-Laute sind weich und zischend, die Ks präzise abgehackt, die Silben sorgfältig geformt.

Ihre Fingerknöchel sind von harten, glatten Schwielen überzogen. Mein Blick bleibt an ihrer Militärjacke hängen. Die dunkle Ärmelmanschette färbt sich schnell dunkelrot. Ich hätte nie gedacht, dass sie bei den Walküren einen Teenager aufnehmen würden. Hätte nie gedacht, dass jemand in ihrem Alter abgebrüht genug sein könnte.

»Ich hasse dich und ich werde dich töten«, sage ich.

Der Bot tritt vor und ich presse ein tiefes, grollendes Knurren durch zusammengebissene Zähne. Wenn Godolia die Bewohner der Badlands für Tiere hält, bin ich ein tollwütiges.

Doch als sie an meine Seite tritt, zucke ich unwillkürlich zusammen.

Der Bot beugt sich über mich, die verbundene Hand links von mir auf den Tisch gestützt. Mit der anderen Hand fährt sie mir sanft über den Haaransatz. Sie zieht die Strähnen aus dem verkrusteten Blut an dem Schnitt an meiner Stirn und ich beiße mir auf die Lippe, als sie sich lösen, unterdrücke aber ein Zittern. *Sie wird mich blenden.* Der Bot wird mich blenden, wie ich es mit ihrer Freundin getan habe, nur dass ich den Schmerz komplett spüren werde. Ich mache mich darauf gefasst, dass die Welt in Dunkelheit versinkt.

»Hast du dir das zugezogen, als du die Walküre erledigt hast?«, flüstert sie. »Mehr nicht?«

»Fass mich nicht an«, sage ich und hasse, dass die Worte nur krächzend herauskommen, hasse meine Feigheit, meine

Angst. Ich liege wieder flach auf dem Feld, erbebe zusammen mit dem Gras, während die Kugeln des Berserkers die Erde aufreißen, und warte darauf, dass mich jemand auf die Füße zieht. Aber Jenny ist nicht hier. Ich werde allein sterben.

Ihre Hand zieht sich von meinem Gesicht zurück und die Wärme ihrer Fingerspitzen schwebt über meinem linken Unterarm, in den der andere Bot seine Messerspitze getrieben hat. Das hineingeschnitzte Muster ist von getrocknetem Blut überzogen, sodass man nicht erkennen kann, was es sein soll.

»Tiere«, zischt sie, die dichten Augenbrauen zusammengezogen.

»Drahtficker«, sage ich zur Decke. Ich bin gerade erst aufgewacht und schon erschöpft. Die meisten Gearbreaker werden nicht alt, doch in diesem Moment, unter dem grellen Licht der Glühbirne, fühle ich mich uralt. Als könnte ich ein ganzes Jahr durchschlafen und würde immer noch mit Schmerzen aufwachen. Ich schließe die Augen. »Nur zu, mach mit mir, was immer du willst. Mir ist heute nicht nach Reden.«

»Vielleicht kann ich deine Meinung ändern«, sagt sie.

Meine Gedanken sind zu träge, um mir eine schnippische Antwort auszudenken, und ich drifte bereits weg, bevor mir etwas einfällt.

Und dann öffnet sich mit einem Klicken die Klammer an meinem rechten Handgelenk.

Ich öffne die Augen, während sie sich über die andere Fessel beugt.

»Mein Name«, sagt sie und eine Spur von Aufregung beschleunigt ihre Worte, »ist Sona Steelcrest. Ich ... Ich glaube, wir können einander helfen.«

Ich setze mich auf. Warte darauf, dass die schwarzen Punkte, die vor meinen Augen tanzen, verschwinden. Ich reibe meine

Handflächen gegen meine Wangen, um mich zu sammeln. Die ungeschickt in die Haut geritzten Zahnräder starren mich von beiden Armen traurig an, umgeben von einem stechenden Schmerz. Ich erinnere mich wieder an die düsteren Versprechen, die ich mit ihnen verbunden habe. Für jeden Tropfen Blut, den sie mir genommen haben, werde ich tausend von ihrem vergießen.

»Du bist so dumm, Sona Steelcrest«, knurre ich und stoße mich vom Tisch ab.

Ineinander verkeilt landen wir auf dem Boden. Meine Faust saust auf ihre Nase zu. Sie dreht das Kinn und meine Fingerknöchel verfangen sich in ihrem Haar – *weich* –, bevor sie den Boden treffen – *nicht weich*. Ich beiße die Zähne zusammen und werfe mein Gewicht nach vorn, drücke meinen freien Arm gegen ihre Kehle. Wortlos öffnet sie den Mund, ihr Blick zuckt über mein Gesicht, während ich darauf warte, dass die kleinen Muskeln einer nach dem anderen nachgeben – Piloten können nicht ersticken, aber man kann sie verletzen.

Mit einer Drehung zieht sie ihre Beine unter mir hervor und rammt mir das Knie in den Bauch. Sie kriecht geduckt weg, während ich zurücktaumle, bis sie mit dem Rücken an die Tür stößt.

Ursprünglich wurden wir ausgebildet, Windups zu zerlegen, doch als die Akademie reagierte und Wachen ein allgegenwärtiges Ärgernis wurden, mussten wir lernen, auch gegen Menschen zu kämpfen. Jenny war achtzehn, als ich ihrem Team zugeteilt wurde, acht Jahre älter als ich, und trotzdem zögerte sie nicht, mich zu Boden zu schicken. Mehrfach.

»Denkst du, Godolia interessiert es, dass du ein Kind bist?«, hatte sie gebrüllt und beobachtet, wie ich auf die Füße kam, nur um mich gleich wieder zu Boden zu stoßen. »Die Höchsten, die Mechas, die Bots – sie reißen dich ohne Gewissensbisse in Stücke. *Steh auf.*« Ich stand auf und sie warf mich wieder um. »Du schlägst noch mal zu, hart und schnell. Du bist eine Gearbreaker, Eris, und das heißt, wenn du mit dem Rücken zur Wand stehst, gehst du *durch die Wand.*«

»Frostbringer«, zischt der Bot. Sie hat nur ein Auge geöffnet. »Bitte, ich muss mit dir reden.«

Ich atme ein und balle die Hände zu Fäusten. »Dann rede.«

Ich werfe mich auf sie. Der Bot prallt mit der Wirbelsäule gegen die Tür. Ich erwarte, dass sie vor Schreck beide Augen aufreißt, aber wenn überhaupt kneift sie das linke nur noch fester zusammen. Falten zeichnen sich auf ihrer Stirn ab. Ich treibe ihr meine Faust in die Rippen, einmal, zweimal. Beim dritten Mal erzittert etwas unter der Haut, das Gefühl überträgt sich auf meine Fingerknöchel.

Doch ihr Gesicht zuckt nicht mal, die Hände hat sie immer noch beruhigend ausgestreckt. *Fühl etwas,* irgendwas, *du verdammter Roboter!* Ich lande einen Treffer an ihrem Wangenknochen und ihre Beine geben nach. Sie stolpert wieder gegen die Tür und ich ramme ihr mein Knie in den Bauch, bevor ich sie am Kragen packe. Mit der anderen Faust hole ich bis zu meinem Ohr aus und verpasse ihr einen weiteren Schlag auf die Nase, der mich mit einem neuerlichen befriedigenden Krachen belohnt.

Der Blick ihres einen Auges findet meinen. Die Haut an ihrem Wangenknochen färbt sich bereits dunkel und schwillt an, verwandelt ihr Auge in einen Halbmond. Plötzlich zögere ich. Meine Finger sind immer noch in den Stoff ihres Shirts gekrallt, meine Faust erhoben, doch ich erstarre. Jennys Stimme tanzt um mein Ohr: *Jetzt holen wir uns den Piloten.*

»Du bist fantastisch, Frostbringer«, krächzt sie und lässt endlich die Hände schlaff an ihren Seiten hängen. Die Bandage löst sich und landet in einem Haufen auf dem Boden. »Und … Und wunderschön. Selbst in Rot. Aber so bist du mir lieber, in diesen Farben.«

Ich zucke zurück und meine Augen verengen sich. Sie hat das Kinn hoch erhoben. Ich ziehe den Stoff enger um ihren Hals.

»Das ist ja wohl ein Witz.« Ich lache, aber es ist alles andere als unbeschwert.

Sie schüttelt den Kopf, so gut sie kann. »Du«, sagt sie und lässt ihren Blick über mein Gesicht gleiten, »hast von der Zerstörung einer *Walküre* nur einen winzigen Kratzer davongetragen. Du … Wir können einander helfen.«

Ich öffne den Mund und ihre Hand schließt sich um meinen Unterarm. Sie ist wärmer, als ich es bei einem Piloten für möglich gehalten hätte. Als wäre da nichts Kaltes unter ihrer Haut.

»Du kannst mir helfen zu *fliehen*«, raunt sie. »Du kannst mir helfen, *Godolia zu zerstören.*«

Ein Lachen steigt in meiner Kehle auf. »Und du kannst verrecken, du v…«

Ihre Fingernägel graben sich plötzlich so fest in mein Handgelenk, dass ich zusammenzucke. Ich reiße mich von dem neuen Ausdruck, der auf ihrem Gesicht steht, los. Diesen Blick kenne ich nur zu gut, ich habe ihn zahllose Male auf meinem eigenen gefühlt, zu gleichen Teilen wild und panisch. Aus welchem Grund auch immer ist der Bot in diesem Moment ein verwundetes Tier, das in die Enge getrieben wurde.

»Was haben sie dir angetan, Frostbringer?«, zischt sie. Ihr Tonfall ist leise, aber härter als zuvor. Das kommt mir seltsam vor. Und dann erkenne ich, warum – der Godolia-Akzent ist verschwunden, ersetzt durch … etwas Vertrautes. Das an zu Hause erinnert. Was spielt sie für ein Spiel? »In dir steckt Wut, Gearbreaker, eine *herrliche* Wut. Ich habe gesehen, wie sie in deiner Brust gelodert hat, als du den Mecha gekillt hast, und sie treibt dich auch jetzt an, befeuert diesen … diesen Hass auf mich. Also frage ich dich: Was haben sie dir angetan? Haben sie deine Familie getötet, wie sie es bei mir getan haben? Haben sie dich in etwas Schreckliches, etwas Mächtiges verwandelt? Und war es das wert?«

Wie sie es bei mir getan haben? Ich zögere mit erhobener Faust, lasse sie sinken.

Und dann … *atmet* sie auf.

Meine Gedanken richten sich wieder in die richtigen Bahnen aus, auf den Kampf, darauf, ihr meine Faust gegen die Nase zu rammen, gegen die Zähne, noch mal das köstliche Gefühl zu spüren, wie die Knochen nachgeben. Sie hat recht – ich bin wütend, rasend vor Wut, und zwar ständig, und wisst ihr, was? Es hilft.

Dann beugt sie sich vor und ihre Lippen bewegen sich. Die Worte ergeben keinen Sinn, bis sie verklungen sind und sich Stille zwischen uns senkt. Als das Verstehen einsetzt, schreien sie mich gerade zu an.

Sind aber gleichzeitig ganz leise.

»Wie tötet man einen Gott?«

Ich kenne die Antwort auf diese Frage schon immer. Ich spreche sie laut aus, weil jeder sie kennen sollte. »Von innen heraus.«

Sie lächelt. Ich mache mich bereit.

Ihre Hand lässt mein Handgelenk los und fällt schlaff an ihre Seite. Sie ist mit einem Mal völlig ungeschützt, mir bieten sich eine Million Stellen, um meine Faust darin zu vergraben.

»Dann zerstör mich«, murmelt der Bot, kurz bevor ich aushole. Der Schauder, den ihre Worte bei mir auslösen, lässt mich erstarren. »Wenn du mir nicht hilfst zu entkommen, nimm mich auseinander. Dauerhaft. Sie haben mich in Einzelteile zerlegt, nur um sie, so oft sie wollten, wieder zusammenzuflicken. Und ich habe es *zugelassen*, weil mich mein Rachedurst geblendet hat, mein Machthunger, sodass sie mich schließlich zu dem gemacht haben, was mich meiner Heimat entrissen hat. Doch sie haben mir keine wirkliche Macht gegeben. Ich … Ich wollte nie ein Verräter sein. Ich wollte nur wie du sein, Gearbreaker.«

Ihre beiden Augen füllen sich mit Tränen. Eine große rollt über ihre anschwellende Wange und fällt auf den Boden. Schnell wischt sie die Tränenspur weg.

»Ich hasse Rot und ich hasse meinen Herzschlag und ich hasse es, *so* zu sein. Ihr Soldat. Ihr Gott. Ich muss die Farbe zurückholen, die mir dieses Auge genommen hat, das die Welt widerlich verfärbt, meine Gedanken aus dem Summen zurückholen, diesem *verdammten Summen*, weil … weil ich mich weigere, es so enden zu lassen.« Ihre Stimme ist erstickt, kaum mehr als ein Flüstern und auch wenn sie weint, befeuert Wut ihre Worte. Und sie ist bodenlos. »Ich werde nicht in einem Windup sterben. Ich werde nicht sterben, während ich ihre Befehle befolge, und ich werde nicht als ihr Beschützer sterben. Ich werde als Mensch sterben oder ich werde gar nicht sterben.«

Ich stehe ganz still da, während mein Verstand aussetzt, völlig verwirrt von ihren Worten. Ich starre auf die Tränen, von denen ich nicht wusste, dass sie dazu fähig ist. Ich starre *sie* an, wie sie blutet, mit geschwollenem Gesicht und weint, und in meinem Kopf meldet sich Jennys Stimme: *Hol dir den Piloten. Hol dir den Piloten.*

»Du brauchst einen Weg hier raus. Ich brauche einen Ort, an den ich fliehen kann.« Ihr eines gutes Auge ist auf mich gerichtet und das Haselnussbraun verwandelt sich in einen dunkleren Ton, wie von umgegrabener Erde, als sie den Kopf aus dem Licht senkt. »Helfen wir einander? Oder sterben wir hier, nur zwei weitere unbedeutende Mädchen aus den Badlands, die sich zu den anderen gesellen?«

»Ich bin *nicht* unbedeutend!«

»Ich auch nicht«, grollt sie. »Also *zeigen* wir es ihnen.«

Ich weiche zurück und fahre mir durchs Haar. Das ist Wahnsinn. »Du bist nicht aus den Badlands. Du bist nur irgendein armes Kind, das sein ganzes Leben an Godolias Auspuff genuckelt hat. Ich bin überrascht, dass kein Rauch aus deinem Mund aufsteigt, wenn du ihn aufmachst. Das ist ... nur ein weiterer Trick. Eine neue Befragungstechnik, eine traurige Geschichte, um mich weichzukochen ...«

»Ist es deswegen?« Sie öffnet ihr linkes Auge und eine rote Korona strahlt mir entgegen. Ihr Kiefer ist angespannt, als wollte sie ihn vom Zittern abhalten. »Glaubst du mir deshalb nicht?«

Ich lache trocken. »Es hilft jedenfalls nicht.«

Eine kleine Furche bildet sich zwischen den Augenbrauen des Bots. »Und wie wäre es mit der Aussicht auf eine Alternative?«

Ihre Stimme hat sich verändert, ist wieder ordentlich verpackt in diesen Godolia-Akzent. Es fühlt sich an, als wäre die Luft im Raum schwerer geworden, als braue sich ein Sturm zusammen. Meine Angst, die kurz durch Verwirrung ersetzt worden war, meldet sich zurück. Mit einem Mal bin ich mir des Bluts an ihren Händen überdeutlich bewusst, und des Schimmerns ihrer Walküre-Jacke im Licht.

»Alternative?«

»Ich bin die Letzte, die dich befragen soll. Wenn ich scheitere, gehen sie zum Korruptionsprozess über.« Sie sucht in meinem Gesicht nach einer Reaktion, als ich nicht antworte. »Also was bleibt dir?«

Vieles bleibt mir. Blutergüsse überziehen meine Fingerknöchel, aber ein paar Hautstellen sind noch unversehrt. So viel Potenzial. So viel Zerstörung, die ich verursachen könnte, so viele Möglichkeiten, gewalttätig zu werden. So viele Gelegenheiten, Jenny stolz zu machen.

Sie reißen dich ohne Gewissensbisse in Stücke.

»Du bist zu gut, um wahr zu sein«, flüstere ich und der Gedanke lässt mich verwundet zurück. Ich sinke zu Boden und meine Finger kratzen über die dreckigen Fliesen – es kümmert mich kaum, wie armselig ich wirken muss. Juniper hat mir vor ein paar Tagen die Nägel schwarz lackiert, wie sie es Dutzende Male zuvor getan hat, und die Erinnerung an ihre kleine, vernarbte Hand, die meine hält, erschreckt mich jetzt. Ich kann dieses Gefühl jetzt nicht gebrauchen, weil es sich zu real, warm und sicher anfühlt – der Geruch des Gemeinschaftsraums nach altem Papier, vermischt mit dem chemischen Geruch des Nagellacks, das Kreischen der anderen, die auf dem staubigen Teppich miteinander ringen …

Das ist alles ein Scherz. Eine Wahnvorstellung. Ich werde nicht nach Hause zurückkehren. Ich werde nie wieder nach Hause zurückkehren.

Ein Paar Stiefel erscheint vor meinen Händen. Mein Blick wandert an den langen Beinen hinauf zu der Jacke, zu dem Gesicht, das meinem zugewendet ist. In Kombination mit dem glühenden Auge ist es schwer zu beurteilen, aber ihre Züge scheinen sanfter geworden zu sein.

»Ich bin kein guter Mensch«, sagt sie.

Ich blinzle. Sie hat zwei Sommersprossen auf der linken Seite ihrer Nase, vier auf der rechten. Die Wangen sind mit getrocknetem Salz überzogen. Sie ist hübsch, bemerke ich, was ein seltsamer Gedanke ist, weil ich wirklich nicht sagen kann, ob sie gleich anfangen wird zu weinen oder mir eine verpasst.

Und ich denke bei mir: *Scheiß drauf.*

»Was hast du noch mal gesagt, wie du heißt?«

Es entsteht eine kurze überraschte Pause, bevor sie antwortet: »Sona. Ich bevorzuge Sona. Ich glaube nicht, dass ich deinen Namen schon gehört habe.«

»Und das wirst du auch nicht.«

Ein Lächeln huscht über ihre Lippen. »Ich schätze, es spielt keine Rolle. Ich brauche ohnehin nur Frostbringer.«

12

SONA

Meine Hand fühlt sich kalt an. Die Gearbreaker muss mehr Haut weggerissen haben, als ich gedacht hätte.

Ich schließe die Tür der Arrestzelle hinter mir und hebe den Arm, um Lucindo davon abzuhalten, an mir vorbeizuschlüpfen und sie aus den Angeln zu reißen. Der Ausdruck auf seinem Gesicht ist ziemlich befriedigend. Wut flackert darin auf, als er mein geschwollenes Gesicht sieht. Offensichtlich sorgt er sich um mich, wie um all seine kleinen Walküren.

»Keiner greift meine Einheit an!«, knurrt er und hält in seinem Toben inne, um mich mit lodernden Augen anzusehen.

»Ich gebe zu, sie war vielleicht ein bisschen feindselig.«

Mit den Fingern streicht er mir das Haar hinters Ohr und kommt näher, um den Bluterguss auf meinem Wangen zu begutachten. Ich stehe vollkommen still, die Hände hinter dem Rücken verschränkt, während er mein Gesicht befühlt.

»Wir zeigen uns gnädig und sie tut so was?«, zischt er. »Wo hat sie dich sonst noch ...?«

»Ich bin am Leben, oder? Sie hatte die Chance, mich zu töten, und hat sie nicht ergriffen. Ich würde sagen, das war ein Schritt in die richtige Richtung.«

Seine Miene verändert sich bei meinen Worten und kurz denke ich, dass sein lächerlicher Beschützerinstinkt die Oberhand gewinnt und er an mir vorbeistürmt und meine einzige Chance auf Rache auf den Fliesen ausbluten lässt.

Dann entspannen sich seine Schultern und er tritt einen Schritt zurück. Lucindo kratzt sich mit gerunzelter Stirn am Nacken. »Das gefällt mir nicht. Diese Nettigkeit. Das hat sie nicht verdient.«

Sie verdient nichts hiervon, denke ich bei mir, doch seine finstere Miene weckt Panik in meiner Brust. Er wird mich von dieser Sache abziehen, mir verbieten, sie wiederzusehen. Und ich ... ich will sie wiedersehen.

»Morgen«, sage ich mit überraschend fester Stimme, »werde ich etwas Schlimmeres tun. Etwas, das ihr Angst macht.«

Ich unterstreiche meine Worte mit einem Lächeln und er erwidert es, denn er hält mich für durchtrieben und so gefalle ich ihm.

»Kannst du mir vertrauen?«, frage ich ihn. Ich bin aufrichtig neugierig. »Kannst du darauf vertrauen, dass ich das hinkriege?«

Er schüttelt den Kopf und reißt resigniert die Hände hoch. »Na schön, in Ordnung. Natürlich kann ich das. Es ist eben einfach mein Job, mir Sorgen zu machen.«

Ich nehme seine Hand, in erster Linie, um zu sehen, wie er reagiert. »Danke, Jonathan. Das bedeutet mir viel.«

Er rollt mit den Augen, vielleicht um von der Röte abzulenken, die in seine Wangen gestiegen ist.

Mein Grinsen wird breiter. Nur ein mit Drähten vollgestopfter Trottel.

13

SONA

Sobald ich am nächsten Morgen die Spiegel verdunkelt habe, legt sich ihre Hand um meinen Kragen. Sie stößt mich gegen das Glas und hat die Faust erhoben, um mir die Nase zu zertrümmern.

Die Hand neben ihrem Kiefer zurückgezogen, zögert sie und ich begegne ihrem finsteren Blick mit meinem rechten Auge, das linke habe ich fest zugekniffen. Sie hat wunderschöne Augen – schwarz wie die Nacht, umrahmt von fedrigen Wimpern und mit deutlichen, dunklen Ringen.

»Also?«, fragt sie nach ein paar Sekunden des Schweigens.

»Was?«, erwidere ich dümmlich.

Ihre Mundwinkel verziehen sich. Die Finger um meinen Kragen packen ein bisschen fester zu.

»Oh. *Oh.*« Ich senke das Kinn. Sie ist gute fünfzehn Zentimeter kleiner als ich. »Du willst, dass ich zusammenzucke?«

Ihr Daumen streicht über die Haut an meinem Hals. »Und wirst du?«

»Wirst du mich schlagen?«

»Habe ich noch nicht entschieden.«

»Tja, denk drüber nach.« Ich werfe noch einen Blick auf die Ringe unter ihren Augen. »Aber setz dich dabei. Du kannst kaum stehen.«

Sie schnaubt und lässt mein Shirt los. Der zusammengeballte Stoff glättet sich wieder. Sie schwingt sich auf den Tisch und verschränkt die Arme. »Es ist vielleicht schockierend für dich, aber es schläft sich hier drin nicht besonders gut.«

Trotzdem vibriert sie immer noch vor gefährlicher Energie, ihre Augen funkeln bösartig und diese herrlich finstere Miene verzieht ihre Lippen und erfüllt meine Brust mit einem seltsamen Flattern.

»Ich habe ein paar Sachen für dich.«

»Meine Handschuhe?«, fragt sie aufgeregt und beugt sich vor.

»Noch nicht.« Ich strecke ihr das feuchte Tuch in meiner Hand entgegen und krame in meiner Tasche nach dem anderen Gegenstand.

Sie starrt das Tuch an. »Wie großzügig«, bemerkt sie trocken.

Ich zucke mit den Schultern. »Kein Problem, mir gefällt das Blut auf deinen Wangen. Und der Ruß.«

Sie nimmt das Tuch und wischt sich über den Kiefer. »Also«, sagt sie, »was ist das?«

Mit der Phiole in der Hand trete ich an den Tisch. Ich ziehe den Plastikkorken ab und schütte die runde Spinnenkapsel auf die Tischplatte. Sie rollt ein paar Zentimeter weit, bevor sie an meinen Fingern liegen bleibt. Als ich draufdrücke, erwacht die Spinne und die dünnen Beinchen lösen sich von ihrem Metallkörper. Ich tippe ihr auf den Kopf, um sie umzudrehen, und ihre Beine trippeln mit einem scharfen Klicken über die glatte Oberfläche.

Frostbringer zuckt zurück. »Was in den Höllen …?«

»Schon gut«, sage ich und lasse die Spinne auf meine Handfläche klettern. »Nur ein kleines Stärkungsmittel.«

»Wirkst du deshalb heute so fit und strahlend?«, knurrt sie.

»Ja. Freut mich, dass du es bemerkt hast.«

Ich halte ihr meine Hand entgegen und bedeute ihr, mir ihre hinzustrecken. Sie regt sich nicht, also nähere ich mich, ergreife vorsichtig ihr Handgelenk und setze die Spinne neben der verletzten Haut auf ihrem Unterarm ab. Mit glühenden Augen scannt das Gerät die unversehrten Bereiche und spinnt dann frische, blasse Haut, die es über die aufgerissenen Stellen legt.

Ich atme tief durch. »Frostbringer …«

»Wann kriege ich eigentlich meine Handschuhe wieder?« Die Gearbreaker lässt langsam ihr Handgelenk kreisen und ihr Blick gleitet über die neue Haut.

Ich nehme die Spinne weg und setze sie auf den anderen Unterarm. »Wenn wir aufbrechen.«

»Kannst du nicht einfach in den Raum spazieren, in dem sie die Habseligkeiten der Gefangenen aufbewahren, und sie holen? Diese Walküre-Jacke muss dir doch hier alle Türen öffnen.«

»Tut sie. Aber ich werde sie erst besorgen, wenn du sie brauchst.«

Die Spinne beendet ihre Arbeit und zögerlich packt sie sie mit den Fingerspitzen und setzt sie sich auf die Wange. Sie schließt das Auge, als das künstliche Wesen zu dem Schnitt an ihrem Haaransatz klettert. Es beugt den Kopf über die Wunde und spinnt einen dünnen Faden darüber. »Und warum das?«

»Du gierst praktisch danach. Du würdest mich auf der Stelle einfrieren.«

Die Gearbreaker grinst, ein nervöser, unsicherer Ausdruck, der eher wie eine Grimasse wirkt. »Vertraust du mir etwa nicht?«

»Ich vertraue deiner Angst.«

Sie hält inne. Die Spinne entdeckt keine weiteren Wunden und erstarrt auf ihrem Kopf. »Ich schätze, du bist wohl nicht so dumm, wie du aussiehst.«

Ich atme noch mal durch, eine Hand um meine Brust geschlungen, um zu fühlen, wie sich meine Rippen heben. »Morgen Abend werde ich meinem Vorgesetzten sagen, dass du nicht einknicken wirst und dass sie dich für den Korruptionsprozess abholen sollen.«

Ihre Miene ist ausdruckslos, während ihre Fingerspitzen die neue Haut an ihren Knöcheln betasten. »Ich nehm alles zurück.«

Ich massiere mir die Nasenwurzel. »Frostbringer ...«

Sie stößt ein Lachen aus und gleitet vom Tisch. Ihre Füße landen hart auf dem Boden. Sie wandert durch den Raum und murmelt leise vor sich hin. »Ich wusste es, götterverdammt ... hat 'ne Schraube locker ...«

Ich stelle mich ihr in den Weg. Sie bleibt stehen und sieht mich mit funkelnden Augen an. »Ich habe dich kämpfen sehen«, sage ich. »In diesem gesamten Flügel gibt es keine Kameras, damit sie mit dir machen können, was sie wollen. Nur der Flur, der zu den Fahrstühlen führt, wird überwacht. Der Gang, an dem diese Zelle liegt, mündet direkt in ihn – wenn sie dich holen, hast du bis zum Ende dieses Gangs Zeit, sie auszuschalten.«

»Ach ja?«

»Du öffnest den Lüftungsschacht neben diesem Raum. Der Trainingsraum ist zwei Stockwerke tiefer. Dort können wir uns treffen. Und dort gebe ich dir deine Handschuhe. Dann begeben wir uns zu den Fahrstühlen und von dort in den Windup-Hangar.« Aufmerksam studiere ich ihr Gesicht. »Wir verschwinden in einem Mecha. Ich habe eine Mission morgen.«

»Brillant. Und was, wenn, sagen wir, jemand auf einer anderen Etage zusteigt?«

»Wenn ich dir die Kryohandschuhe gebe, bekommst du auch eine Jacke von einer der Windup-Einheiten. Solange du den Mund hältst, wird niemand was merken.«

»Und die Kameras?«

»Ich ... verbinde dir das linke Auge und ich denke, es wäre auch gut, wenn du den Kragen aufstellst.«

»Willst du mich verarschen, Bot?«, fragt sie ungläubig. »Das ist der Plan? Mich in eine Jacke zu stecken und zu hoffen, dass mich keiner erkennt?«

»Wenn du deinen Teil erfüllst und die ausgeschalteten Wachen in diesen Raum verfrachtest, wird keiner wagen, zu hinterfragen, ob du vielleicht an einem Ort sein könntest, an dem du nichts zu suchen hast«, erwidere ich und weiß, dass es stimmt. »Denn das würde bedeuten, die Autorität der Akademie infrage zu stellen, und das würde niemand in Godolia wagen.«

»Außer dir.«

»Außer *uns*. Denk einfach nur daran, unter *keinen* Umständen den Mund aufzumachen. Dein Akzent würde dich verraten.«

»Ich kann mit Godolia-Akzent sprechen«, schnaubt die Gearbreaker.

»Ach ja?«, dränge ich. »Dann lass mal hören.«

»Wir werden definitiv sterben und dieser Plan beinhaltet viel zu viele Ungewissheiten«, sagt sie und ihre Zunge schleift jedes Wort. »Genial, oder, Bot?«

»Annehmbar«, entgegne ich unverblümt. »Aber wenn du das S so überbetonst, klingst du wie eine Puffmutter.«

Sie rollt mit den Augen und schiebt sich an mir vorbei, um ihre nervösen Runden fortzusetzen. »Und du klingst, als würdest du mit dem Präsidenten reden. So förmlich und artikuliert.«

»Es gibt keinen Präsidenten in Godolia.«

»Den Höchsten. Mir doch egal.«

»Mein Godolia-Akzent ist perfekt, Gearbreaker.«

»Perfekt vielleicht«, überlegt sie. »Aber du klingst trotzdem, als hättest du 'ne Schnecke verschluckt.«

Hitze steigt mir in die Wangen.

»Der Plan ist beschissen«, fügt sie hinzu.

Einen Augenblick lang herrscht Schweigen. »Ich bin offen für Vorschläge«, sage ich mit trockener Kehle.

»Heilige Höllen ... du weißt *selbst*, dass er beschissen ist!«

Ich wirble zu ihr herum. »Ich weiß, sie werden dich wahrscheinlich in ein paar Tagen der Korruption unterziehen, egal was ich ihnen erzähle, und das wird sehr viel mehr wehtun, als wenn sie dich auf der Flucht erschießen.«

Sie lässt sich von dem knurrenden Unterton in meiner Stimme nicht beeindrucken, sondern starrt mich nur einen bedeutungsschweren Moment lang an. »Du weißt, er ist beschissen.«

Die Gearbreaker sagt das so direkt, dass ich innehalte, und dabei erkenne ich, wie lustig die ganze Sache eigentlich ist. Natürlich weiß ich nicht, was ich tue. Natürlich ist dieser Plan ein einziger Witz, vielleicht bin auch ich einer. Hilflos zucke ich mit den Schultern. »Ich weiß, er ist beschissen.«

Sie zieht die Nase kraus. In ihrer rechten Augenbraue hat sie eine winzige Narbe, die nur sichtbar ist, wenn sie nicht im Stirnrunzeln ihrer finsteren Miene verschwindet. Für einen kurzen Moment sehe ich sie aufblitzen, bevor das unnachgiebige Funkeln zurückkehrt. Sie wendet sich den geschwärzten Spiegeln zu. Ich öffne mein anderes Auge, damit sie sehen kann, wie es ihr Spiegelbild durchbohrt.

Als ich spreche, ist meine Stimme so hart wie kalter Stahl. »Wenn ich dir deine Handschuhe gebe, wirst du sie nicht gegen mich richten, Frostbringer, denn egal wie friedlich ich gerade wirken mag, du sollst wissen, dass ich mich in einem Kampf bestens verteidigen kann. Selbst gegen jemanden wie dich.«

Ihr Spiegelbild wirkt wie eine Silhouette hinter dichtem Smog. Ich kann den Ausdruck auf ihrem Gesicht nicht erkennen und trete einen Schritt näher.

»Wenn du vom Plan abweichst, wenn du mich hier *zurücklässt* …«, sage ich und unterbreche mich dann, als ich das Zittern in meiner Stimme höre.

Meine Hände gleiten in meine Taschen und meine Finger zucken, als würden sie nach der nicht vorhandenen Bandage suchen. Heute Morgen habe ich mich gezwungen, keine anzufertigen.

Ich bin wirklich zu paranoid. Die Akademie hätte diese Gedanken mühelos aus unserem Geist entfernen können, während wir für die Mod-Operation schliefen. Aber das haben sie nicht. Sie haben unsere Furcht intakt gelassen, damit wir *sie* fürchten können.

Doch sie haben meinen Hass unterschätzt, oder besser gesagt, sie haben nicht mal in Betracht gezogen, dass er existieren könnte. Sie dachten, sie hätten mir Angst eingeimpft, doch stattdessen haben sie Hass geweckt, ein schwelendes Feuer entfacht.

Ich werde sie meine Angst nicht sehen lassen. Aber ich werde ihnen die Flammen zeigen.

»Wenn du vom Plan abweichst, löse ich selbst den Alarm aus«, höre ich mich sagen. »Ich werde zusehen, wie sie dich mitnehmen und mit dir machen, was immer sie wollen. Wir verschwinden zusammen von hier, Frostbringer, oder wir sterben hier zusammen. Du hast die Wahl.«

Mit einem eisigen Lächeln dreht sie sich um. »Und ich dachte schon, du wärst irgendein Glitch im Windup-Programm. Vielleicht stimmt das sogar. Aber auf jeden Fall bist du genauso herzlos wie jeder andere Bot da draußen.«

Ich nehme die Spinne von ihrem Kopf und zerdrücke sie zwischen meinen Fingern. »Darauf kannst du dich verlassen.« Ich wische mir die Flüssigkeiten an der Hose ab. Dies ist der Teil, vor dem ich mich gefürchtet habe. »Jetzt komm. Ich soll versuchen, dir ... Angst einzujagen mit einer Tour durch den Windup-Hangar. Sei dir ... Sei dir einfach bewusst, es ist bald vorbei. Und ...«

Ich breche ab. Frostbringer hebt eine Augenbraue. »Spuck's schon aus.«

»Und ... denk bitte nicht schlecht von mir.« In meiner Tasche gräbt sich mein Zeigefinger in die Beuge meines Daumens. Die Röte in meinen Wangen ist so heftig, dass sie ein Eigengewicht zu haben scheint. »Schlechter, als du es sowieso schon tust.«

»Ich ... Oh«, sagt sie und verbirgt ihre Überraschung schnell hinter einem neuerlichen Augenrollen. »Oh bitte, Glitch. Seh ich so aus, als würde ich mich schnell fürchten?«

14

ERIS

In der Nacht bevor ich das Kommando über mein eigenes Team übernahm, schlich sich Jenny in mein Zimmer, wahrscheinlich um mich im Schlaf zu ermorden.

»Mach schon«, grummelte ich und vergrub mich in der Decke, um dem Licht aus dem Flur zu entgehen.

Sie packte meine Schulter und warf mich auf den Rücken, ihre nachtschwarzen Augen zu Halbmonden verengt. Sie lehnte sich halb über das Bett, sodass unsere Nasen sich berührten, und grinste breit. Ich stählte mich.

Dann strich mir Jenny untypisch sanft über die Stirn.

»Komm mit«, sagte sie und packte mein Handgelenk. Schon waren wir auf den Beinen und rannten die Treppe hinunter und raus in die kalte Nacht. Wir rasten in die Wälder, die an die Hollows grenzen. Tote Blätter knisterten unter unseren Füßen und kalter Schlamm sammelte sich zwischen meinen Zehen.

»Eris«, sagte sie, als wir anhielten. Sie war von unserem Sprint nicht im Geringsten außer Atem. Ich dagegen klappte neben ihr zusammen. »Alle großen Teams wurden von Gearbreakern mit Namen angeführt.«

»Sag bloß, Jenny«, keuchte ich und sie rammte mir den Handballen gegen die Schläfe, allerdings nur leicht, sodass ich nur einen halben Schritt zurücktaumelte.

»Ich meinte Decknamen, du kleine Mistratte«, seufzte sie. »Du weißt schon, Hookplunge, Pandora, Jumpscare, Artemassacre, Starbreach, all diese Legenden.«

Ich nickte. Diese Gearbreaker-Mythen waren in unserer Geschichte verankert. Erzählungen von ihrer Tapferkeit und ihrer Stärke wurden uns wie Kriegsschreie eingetrichtert.

»Warte«, erkannte ich. »Ich glaube, von Starbreach habe ich noch nie gehört.«

Grinsend griff sie in ihre Tasche und zog ein Paar schwarzer Handschuhe heraus, die mit orangen Drähten umwickelt waren. Geschickt zog sie sie an.

Jenny wandte sich dem Wald zu und ihre Finger zuckten. Sie hatte die Schultern gestrafft, um der Nacht zu trotzen, eine Haltung, die eine Runde Applaus oder eine tiefe Verbeugung der Kapitulation einzufordern schien.

Ein seltsames Gefühl ergriff mich, als würden Nadeln über meine Wirbelsäule tanzen. Während die Kälte aus meinen Wangen wich, dachte ich: *Okay, da bin ich mal gespannt.*

Jennys Hände begannen zu glühen. Ihre Schultern hoben sich mit einem Seufzen und ihr schwarzes Haar glänzte im Mondschein.

»Oh Höllen«, sagte sie und hob die Hände. »Ich bin so verdammt clever.«

Doch nichts passierte. Nach einem Moment ließ Jenny die Hände sinken und ihr Grinsen wurde noch breiter. Meine Aufregung ließ nach. *Ich glaube, die ist wirklich durch.*

Dann zog sie mich zur Seite.

Vor uns schwankten die Bäume und fielen um. Äste brachen auf dem Boden und dunkler Rauch stieg aus der Bruchstelle auf. Flammenadern zogen sich durch den Stamm und die Luft darum herum waberte, als wollte sie einatmen.

Sie drehte sich zu mir und das Glühen an ihren Händen verblasste. Nachdem sie in ihrer Gesäßtasche gekramt hatte, zog sie ein weiteres Paar Handschuhe hervor, diese waren mit blauen Leitungen umwickelt. Sie hielt sie mir hin und ein Frösteln durchfuhr mich, das nichts mit den einstelligen Temperaturen zu tun hatte.

»Oh nein«, sagte ich.

Jenny beugte sich zu mir und stülpte mir die Handschuhe über. »Keine Sorge. Ich habe dafür gesorgt, dass die Handschuhe auf unsere DNA codiert sind. Die Seren erkennen uns. Sie werden uns nichts tun. Warum sollten sie? Warum sollten sie es *wagen*? Ich bin ihr verdammter *Gott*. Ich …«

»Du bist betrunken.«

»Ich bin jung, ich bin ein Genie und die Welt ist sowieso am Arsch. Kannst du einfach die Klappe halten?« Sie zurrte sie fest um meine Hände. »Ich habe etwas Großartiges geschaffen.«

Ich senkte den Kopf, um die Handschuhe zu betrachten. Ihr Finger glitt unter mein Kinn, um es anzuheben, damit ich ihr in die Augen sah. Ihr Lächeln war verschwunden, doch hinter ihren Augen war noch etwas davon zu erahnen.

»Eris, ich habe dich zu dem gemacht, was du bist. Von Kopf bis Fuß. Das Team, das unter deinem Kommando landet, tut mir jetzt schon leid.«

»Jen …«

Mit dem Finger stach sie auf mein Brustbein ein. »Ich habe dich zu dem gemacht, was du bist«, wiederholte sie mit gesenkter Stimme, dem Knurren eines Jagdhunds. »Ich habe dich stark gemacht und ich habe dich clever gemacht und ich habe dafür gesorgt, dass du gefürchtet werden wirst.« Ihre Hände fuhren von meinen Schultern über meine Arme und dann ergriffen sie meine Hände. »Ich habe dich so gemacht, dass jeder verfluchte Pilot und Höchste und Windup, der das Pech hat, dir zu begegnen, nur einen Blick auf dich werfen und spüren wird, wie ihm das Blut in den Adern gefriert. Ich habe diese Handschuhe gemacht, Eris. Ich habe sie als Werkzeuge geschaffen, mehr nicht. *Dich* habe ich als Waffe geschaffen. Und du wirst immer meine größte Schöpfung sein.«

Sie zog mich an sich und schmiegte ihre Wange an mein Haar. Sie hatte mich nicht mehr umarmt, seit wir Kinder gewesen waren, und vielleicht nicht mal dann. Ihr dunkles Haar wehte mir ins Gesicht. Sie roch nach Asche und Moos und Eis.

»Ich will, dass du da draußen vorsichtig bist«, flüsterte sie und ihre Arme zitterten. Sie hatte anscheinend keine Ahnung, wie man Trost spendete. »Sei furchtlos und Furcht einflößend und vollkommen waghalsig, aber vergiss nicht, dass du keine Erlaubnis hast zu sterben.« Ihre Hände glitten von meinen Schultern und ich spürte, wie sie einen ihrer Handschuhe auszog. Ihre bloßen Finger strichen zögerlich und zärtlich durch mein Haar. »Mach ihnen die Höllen heiß, Eris. Meine kleine Schwester. Meine kleine Frostbringer.«

Warum ich an diesen emotionalen, liebevollen schwesterlichen Moment denke? Sollte dieser Fluchtversuch mich nicht umbringen, wird Jenny es ganz sicher tun.

Zumindest ließ der Gedanke die Fesseln an meinen Handgelenken, die kleine Ansammlung der Wachen, die mich während Sonas kleiner Tour umgaben, und die Armee der Mechas vor mir ein bisschen weniger real und ein bisschen mehr wie einen Scherz erscheinen. *Du denkst, damit kannst du mir Angst machen, Glitch? Das kenne ich schon mein ganzes Leben.*

Die großen, schmalen Augen halb geschlossen, sodass ein roter Halbmond hinter einem Augenlid leuchtete, führte Sona uns zwischen den Reihen der Mechas im Windup-Hangar hindurch. Wir kamen an Farbwolken vorbei, die ihnen einen neuen, bösartigen Anstrich verpassten, an hüllenlosen Gerüsten, in denen es von Drähten und Arbeitern wimmelte, an stählernen Schuhsohlen, die von der letzten Mission uneben waren, verbeult von den Knochen. Ihre Miene blieb die ganze Zeit gleichgültig, fast schon gelangweilt, während sie unterwegs Variationen von: *So werden wir deine ganze Familie abschlachten*, wiederholte. Als wir vor den Phantomen standen, erkannte ich, dass man ihre Gefühle nicht in ihrem Gesicht ablesen konnte, sondern an ihren Händen.

Sie blutete. Die Fingernägel hatten sich in die Haut gegraben und rund um ihre Nägel war die Haut rot gefärbt. Sie beachtete es kaum. Schob einfach die Hände in die Taschen ihrer Walküre-Jacke, bevor sie sich umdrehte und zögerte, als sie erkannte, dass ich es bemerkt hatte.

Ihre Hände verraten sie, nicht ihre Augen.

Stell dir vor, sie zu töten, flehte ich mich an. *Stell dir vor, wie sich Drähte aus den offenen Wunden ergießen, denn so wird es enden, so* muss *es enden …*

Aber etwas in ihren Augen – selbst dem, das die Akademie ihr spendiert hatte – war vertraut. Es war derselbe Ausdruck, der bei meinem ersten Kill auf meinem Gesicht gelegen hatte, auch wenn ich versuchte, das zu verdrängen. *Sie trägt meine Angst mit sich herum.*

Selbst jetzt, wieder sicher in meiner Zelle, kriege ich sie nicht aus dem Kopf.

Ich fahre mir durchs Haar und zerre achtlos an den Knoten. Ich weiß nicht, was ich von dem Bot halten soll. Glitch. Sona. Es könnte eine ausgeklügelte Lüge sein – der Plan, ihre Tränen, ihre Geschichte. Wir entkommen und ich bringe sie in die Hollows. Sie ruft ihre Freunde und tötet meine.

Aber ich habe keine andere Wahl.

Eine andere Chance werde ich nicht bekommen.

Ich betrachte mein Spiegelbild, das sich in jedem Spiegel abzeichnet, wenn sie nicht da ist, um sie zu verdunkeln. Ich bemerke die dunklen Ringe unter meinen Augen. Sie sind so tief in mein Gesicht gegraben, dass es wirkt, als seien sie hineingeätzt. Getrocknetes Blut klebt immer noch an meinem Haaransatz und meinem Kragen. Die Adern in meiner Wange schimmern violett durch die Haut.

Nach der Tour, als wir wieder allein in der Zelle waren, ging Sona den Plan noch mal durch und ließ mich dann allein, um ein bisschen zu schlafen. Ich werde nicht schlafen. Stattdessen gehe ich im Zimmer auf und ab. Ich knabbere an dem kalten Essen, das sie mir hingestellt haben. Ich denke an mein Team und Jenny. Anfangs hänge ich nur Erinnerungen nach, aber schließlich male ich mir die Zukunft aus, nachdem ich entkommen bin.

Meine Lippen teilen sich zu einem Lächeln. Milo wird durchdrehen, wenn er mich sieht. Er wird mich an den Schultern packen und an sich ziehen. *Haben sie dir wehgetan?* Ich schlage seine Hand weg und dränge mich an ihm vorbei.

Glaubst du wirklich, ich würde sie so nah an mich ranlassen? Willst du mich beleidigen?

Ich jage lächerlich simplen und langweiligen Fantasien nach, alltägliche Dinge, von denen mir nicht mal klar war, dass ich sie vermisse, bis ich sie von meinem Platz auf dem Tisch aus auf den Fliesen vor mir sehe. Theo und Nova, die miteinander streiten, leichte Klapse, die sich schnell zu richtigen Schlägen und Blutergüssen steigern. Xander und Juniper, die ihre intensiven Schachspiele spielen, Arsen, der durch den Besprechungsraum tigert, Möbel umstößt und laut brüllt, um ihre Aufmerksamkeit zu erregen. Milo, der bei all dem ruhig bleibt und schweigend die Seiten eines zerschlissenen Taschenbuchs umblättert. Gelegentlich sieht er auf und sein Blick begegnet meinem mit einem schiefen Lächeln – und diesen Grübchen.

Ich ersticke diese Gedanken im Keim, sobald sie aufkommen. Sie haben etwas Gefährliches an sich – sie sind zu tröstlich, zu echt und haben zu viel von einem Versprechen.

Nach Stunden der Leere – es muss inzwischen Tag sein – lege ich mich auf den Tisch, ziehe die Knie an und presse mir die Handballen auf die Augen, bis ich Sterne sehe. Jennys Stimme dröhnt wieder durch meinen Kopf. Was in den Höllen soll ich tun, wenn Sona die Wahrheit sagt? Sie in die Hollows bringen und zusehen, wie sie erschossen wird, sobald sie sie entdecken? Würde ich mich vor sie stellen, selbst wenn ich ihre Geschichte zu hundert Prozent glauben würde?

An diesem Punkt wäre es das Einfachste, sie zu töten. Für uns beide.

Götter, ist die leise. Als ich die Hände von meinem Gesicht nehme, sehe ich, wie Glitch bereits die Spiegel verdunkelt. Sobald sie fertig ist, schließt sich ihr eines Auge.

»Mir ist langweilig«, sage ich und setze mich auf. Ich lasse meine Fingergelenke knacken. Das muss ich heute schon hundertmal gemacht haben und es knackt schon lange nichts mehr. »Es gibt nichts zu tun.«

Sie blinzelt. »Du sitzt im Gefängnis und das Einzige, worüber du dich beschwerst, ist Langeweile?«

»Natürlich nicht. Soll ich dir eine Liste machen?«

»Ich verzichte.«

Ich hüpfe vom Tisch. »Hast du meine Handschuhe?«

»Ja.«

»Und auch meine Brille?«

»Warum?«, fragt Glitch so gleichmütig wie immer. »Du siehst auch ohne gut aus.«

»Was ein Kompliment ... Gehst du immer so ran?«

Sie legt den Kopf schräg und eine Locke fällt über ihre Schulter. »Ich versuche bloß, mich auf die Fakten zu konzentrieren.«

»Soll das ein Witz sein?«

»Nein.«

Aus irgendeinem Grund lässt mich das zurückschrecken. »Warum bist du hier?«

»Das ist jetzt der Moment, in dem ich erkenne, dass du ein hoffnungsloser Fall bist. Nachher gehe ich zu meinem Captain und sage ihm genau das.« Mit einem Schlag sind alle Worte aus meinem Kopf verdrängt, zurück bleibt nur Angst. Meine Stille ermöglicht es ihr fortzufahren: »Meine Mission startet in ein paar Stunden und ich muss es richtig timen, damit wir uns treffen können und du nicht aus Versehen während des Korruptionsprozesses stirbst.«

»Danke dafür«, sage ich schwach. »Können wir bis dahin nicht einfach schweigend dastehen?«

»Redest du nicht gern mit mir, Frostbringer?«

»Ich würde sagen, ungefähr so gern wie du mit mir.«

»Eigentlich genieße ich unsere Gespräche.«

»Liegt das an meiner beeindruckenden Persönlichkeit?« Ihre Mundwinkel zucken. »Ich wusste es. Wer hätte gedacht, dass ein Bot so feinfühlig sein kann?«

»Das ist es nicht«, erwidert Glitch und plötzlich tritt sie einen Schritt näher.

Ich hatte mich fast entspannt, doch nun raubt mir eine kalte, wilde Furcht meinen nächsten Herzschlag. Ihre Finger zeichnen meinen Shirtkragen nach, die andere Hand ruht auf der Tischkante und ich denke: *Das war's. Du optimistischer Trottel. Ein Mädchen mit Rehaugen tischt dir eine traurige Geschichte auf und du fällst drauf rein. Du verdienst es nicht anders.*

Doch Glitch zieht nur mein Shirt ein paar Zentimeter runter, um mein Schlüsselbein und die siebenundachtzig tätowierten Zahnräder, die in zwei Reihen daran entlang verlaufen, zu entblößen. Es sollten achtundachtzig sein. Gierig wandert ihr Blick über die Tattoos.

»Weißt du, jedes Mal, wenn ich dich sehe ...«, sagt Glitch und ihre Stimme ist zu einem gefährlichen Flüstern gesenkt. Schweißperlen kitzeln in meinem Nacken. Ein neuer Ausdruck zeichnet sich auf ihrem Gesicht ab – eine beängstigend ruhige Entschlossenheit. Mit dem Daumen tippt sie leicht auf eins der Zahnräder, nur einmal, ebenso flüchtig wie mein Zucken. »... sehe ich Godolia niederbrennen. Ich sehe Asche und verbogenes Metall um den Krater, wo es einst gestanden hat. Ich sehe seinen Schandfleck von jeder einzelnen Karte getilgt, seinen

Namen aus den Geschichtsbüchern gestrichen und seinen Ruf nicht einfach nur ruiniert, sondern vernichtet. Und ich sehe jeden Höchsten, jeden treuen Piloten, jeden Windup mit ihm sterben.«

Glitch lässt mein Shirt los und streicht sich die Haare hinter die Ohren. Ihr Auge ist fest auf mich gerichtet, das andere glüht hinter dem geschlossenen Lid, als wollte es sich hindurchbrennen, um mein erschrockenes Gesicht zu sehen.

»Ich sehe Frieden, wenn ich dich ansehe, Frostbringer«, sagt Glitch mit einem hübschen Lächeln.

Ich kann bloß einen halben Schritt zurückweichen, bevor mein Rücken gegen die Kante des Tischs stößt. Ich kann immer noch ihre Berührung an meinem Schlüsselbein fühlen, wie ihr Finger über die Zahnräder tanzt.

»Du ... Du klingst ...«, stammle ich und ringe nach Worten. *Irre. Sadistisch. Gewalttätig. Dämonisch.* Nervös fahre ich mir durch die Haare. »Götter. Du klingst wie eine Gearbreaker.«

Kurz erfüllt Stille die Luft zwischen uns und ich könnte schwören, wir beide erröten zur gleichen Zeit. Ich hätte das nicht sagen sollen, aber ich kann es nicht zurücknehmen.

Der Ausdruck in ihren Augen – es ist derselbe wie in den Gesichtern meines Teams, wenn ein Mecha in die Knie geht. Ein Ausdruck wilden Kampfgeists, wie wenn man über dem gefallenen Gegner steht, spürt, wie der eigene Herzschlag berauschend durch jede Ader pulsiert, und dann erkennt, wie nah man dem Tod war. Doch irgendwie ist man immer noch *da* und hat *gewonnen.*

»Erinnerst du dich an den Plan?«, raunt Glitch schnell und zerstreut damit meine Gedanken. Eine ihrer Hände ist tief in ihrer Jackentasche vergraben und durch den Stoff sehe ich ihre Finger sich bewegen.

Ich nicke. »Ja. Ich habe bis zum Ende des Gangs, um die Wachen auszuschalten. Nachdem ich sie hierhergeschleift habe, steige ich in den Schacht, krieche bis zur Abzweigung und dann nach … nach …«

»Nach links«, erinnert mich Glitch.

»Richtig, links«, sage ich. »Und dann geradeaus, bis ich den Wartungsschacht erreiche. Die Leiter runter, dann krieche ich durch die zweite Öffnung, an der ich vorbeikomme. Weiter bis zur zweiten Abzweigung. Die sollte mich zu eurem Trainingsraum führen.«

»Dritte Abzweigung, Frostbringer.«

Ich schüttle den Kopf. »Richtig, die dritte.«

Ich überlege einen Moment, dann streife ich die Träger meines Overalls ab, nehme den Saum meines Shirts in die Hand und reiße einen Streifen heraus.

»Erste links«, murmele ich und halte den Stoff über mein linkes Handgelenk. »Dritte Abzweigung.«

Ich verknote den Stoff dreimal und binde ihn mir dann um. Mit einer Hand ist das gar nicht so einfach und ich fummle daran herum, bis Glitchs Finger plötzlich mein Handgelenk packen und den Knoten festziehen. Ohne nachzudenken, ergreife ich ihren Ärmel, bevor sie zurücktreten kann.

»Ist es zu fest?«, fragt sie und ihre besorgte Miene schnürt mir die Kehle zu. Ich lasse ihre Jacke los und schüttle den Kopf.

»Das … Das wird funktionieren, oder?«, frage ich und hasse, wie schwach meine Stimme klingt, dieses offensichtliche Bedürfnis, ihre Bestätigung hören zu müssen.

Ich bekomme keine. »Nein. Wir werden wahrscheinlich beide sterben.«

Ich lache trocken. »Du weißt echt, wie man jemanden aufbaut, Bot.«

»Wäre es dir lieber, wenn ich es schönrede?«, erwidert sie leise. »Hör zu, Gearbreaker – Frostbringer, was immer dir lieber ist –, ich werde dich nicht über die Gefahren belügen. Ich werde sie nicht im Detail aufzählen oder darauf hinweisen, wie grausam sie enden könnten, denn das wissen wir beide nur zu genau. Aber sind dir die Konsequenzen wichtiger als die Flucht? Wichtiger, als als du selbst zu sterben? Wenn wir sterben, dann mit gezogenen Waffen. Mit unserem letzten Atemzug werden wir Godolias Namen verfluchen und so viele seiner Lakaien mit in den Tod nehmen, wie wir können. Unsere letzten Worte werden voller Zorn und Hass sein, erfüllt von dem *Widerstand*, den sie glauben, ausgemerzt zu haben. Also frage ich dich noch mal, Frostbringer, wäre es dir lieber, wenn ich es schönrede? Oder gefällt es dir besser, wenn ich dich daran erinnere, dass wir, egal wie das hier ausgeht, nicht als ihr Eigentum sterben werden?«

Oh Götter, wie sie mich ansieht. Ich verberge, dass mein Herz plötzlich höherschlägt, indem ich die Träger meines Overalls wieder über meine Schultern ziehe und über das Armband streiche, das Sona mir umgebunden hat.

»Ich habe ein Geschenk für dich«, sagt sie, zieht etwas von ihrem Gürtel und legt es auf den Tisch. Es ist ein Messer mit einem verzierten Griff – von derselben Art wie die, mit denen die Piloten mir in die Arme geschnitten haben. Kurz blitzt ein Bild vor meinem geistigen Auge auf – Sona an einem Esstisch, umgeben von Walküren. Sie schneiden ihr Essen mit ebendiesen Messern, reichen das Salz herum …

Dann richten sich ihre beiden Augen auf mich, eins rot, das andere ein dunkles, sattes Haselnussbraun. Beide groß, geformt wie Halbmonde – von einem dichten ölschwarzen Wimpernkranz umgeben. Und das Bild verblasst.

»Was denn?«, schnauze ich und warte auf einen weiteren missglückten Ermutigungsversuch. »Was ist?«

»Es ist nur ... du kannst mir voll und ganz vertrauen, wenn du willst«, murmelt sie. »Vertrau meiner Angst, wie ich deiner vertraue, wenn das einfacher ist.«

»Einfacher wobei?«

»Bei der Flucht. Es gibt nicht überall Feinde.« Wieder hält sie inne, dann schüttelt sie den Kopf. »Und wenn das vorbei ist ...«

»Was? Sind wir Freunde?«

»Werden wir am Leben sein«, berichtigt sie und streicht mit einer Hand über den anderen Unterarm, wo sich unter dem Jackenärmel die Zugangsklappe befindet. Die Geste ist so flüchtig, dass ich mir nicht mal sicher bin, ob sie sich ihrer bewusst ist. »Ich schätze, es liegt an dir, ob ich es auch bleibe.«

Ich weiß, worauf sie hinauswill. Sie wird verbunden sein, ihr echter Körper hilflos. Ich mit meinen Handschuhen bin dagegen alles andere als hilflos.

Ich blicke auf das Messer, dessen glatter Griff im Licht schimmert. Die Klinge schwebt über der Tischplatte. Wir spiegeln uns teilweise im Metall. Ein unvollständiges Bild. Nichts ist zu sehen von ihrem Mod-Auge oder der Walküre-Jacke um ihre Schultern. Nur ein Mädchen, das mich unsicher anstarrt, ein Bruchstück eines dreckigen Gesichts und ein Messer auf dem Tisch.

»Glitch?«

»Ja?«, fragt sie und in ihrer Stimme liegt keine Spur eines Zweifels, als sie auf den lächerlichen Spitznamen reagiert, den ich ihr verpasst habe.

»Eris«, sage ich und bringe Jennys Stimme in meinem Kopf zum Schweigen. Ich schlucke schwer. »Mein Name ist Eris.«

Eine Pause entsteht, dann umspielt ein kleines Lächeln ihre Lippen, und dieses Mal lässt es mir nicht das Blut in den Adern gefrieren.

»Eris«, wiederholt sie, um meinen Namen auszuprobieren.

Es klingt nicht so sanft, wie wenn Milo ihn sagt, aber sie spricht ihn vorsichtig aus. Als könnte er ihr in die Zunge schneiden, wenn sie ihn falsch ausspricht.

Dann sagt sie: »Eris, könntest du mir bitte hart ins Gesicht schlagen?«

15

SONA

0900

Ihr Name ist Eris.

Ich wiederhole ihn wieder und wieder in meinem Kopf, als hätte ich Angst, die Erinnerung an den Augenblick zu verlieren, als ihre finstere Miene einen winzigen Riss bekam, während ihre Augen in diesem flüchtigen Moment in mein verhasstes Auge blickten und dem Blick standhielten, als wäre es nicht widerlich und unnatürlich.

Ich werde Lucindo ihren Namen nicht verraten, noch werde ich ihn irgendjemandem sonst gegenüber erwähnen, bis wir aus dieser götterverlassenen Stadt raus sind. Godolia soll sie nur als Gearbreaker oder Frostbringer kennen. Sie sollen nur die Bedrohung kennen, die in diesen Namen mitschwingt. Sie sollen die Decknamen verdammen und dämonisieren. Aber den Namen Eris werden sie nicht besitzen.

Ich finde Lucindo im Gemeinschaftsraum der Walküren. Er wirft einen Blick in mein Gesicht und ist sofort auf den Füßen, hechtet über die Rückenlehne der Couch, um meinen Arm zu ergreifen und mich zu sich umzudrehen.

»Was ...?«, setzt er an.

»Ich bin gescheitert«, platze ich mit fester Stimme heraus. Mein Blick ist auf seine Stiefel gesenkt. Ich schäme mich. »Frostbringer, ich hab's versucht ... Sie weigert sich ...«

»Sona ...« Jetzt legt er seine andere Hand um meinen freien Arm und drückt zu. *Fass mich nicht an, du widerliche Pest.* »Du hast dein Bestes gegeben.«

»Ich brauche eine Spinne«, flüstere ich und dränge mich an ihm vorbei. Die langen Gänge sind mit Fotos und Gemälden dekoriert, hinter Glas gepressten Blumen und Spiegeln mit aufwendigen Rahmen. Als ich an einem von ihnen vorbeigehe, erhasche ich einen Blick auf den Riss in meiner Wange – und auch auf Lucindo, der dicht hinter mir herschleicht. »Es geht mir gut, Lucindo.«

»Sie wird der Korruption unterzogen werden«, versichert er mir. »Sie sollen den Prozess umgehend einleiten.«

»Sie wird sterben.«

»Du denkst, sie ist nicht stark genug, um zu überleben?«

Ich bleibe stehen und wirble herum. »Ich denke, auch nach allem, was sie getan hat, ist sie nur ein übermütiges Kind. Sie redet, als würde sie über allem stehen, aber sie ist nur ein Mädchen aus den Badlands, das vergessen hat, wie klein es eigentlich ist. Ich hoffe nur, dass die Korruption ihr ein bisschen Vernunft eintrichtern wird, bevor sie stirbt.«

Lucindo lächelt plötzlich. »Und ich hatte schon befürchtet, du hättest eine Schwäche für die Gearbreaker entwickelt, Sona.«

Gute Götter! Ich würde mit den Augen rollen, wenn ich denken würde, es würde irgendwas bewirken. Wir reden davon, ein Mädchen zu ermorden, und er findet trotzdem noch eine Gelegenheit, um mit mir zu flirten. Ich schere mich nicht genug um ihn, um ihn aufzuklären, dass ich a) nie Interesse an Jungs hatte und b) vorhabe, seine ganze Nation in Schutt und Asche zu legen. Stattdessen bin ich fies und beobachte bloß, wie er trotzdem noch eine Art von Zuneigung herausliest. Es ist so vorhersehbar.

»Nicht mehr als du für mich«, erwidere ich spöttisch. Doch Lucindo ist einfach gestrickt und seine Wangen erröten. Wenn ich die Farben erkennen könnte, wäre seine vermutlich eine Ansammlung von Pastelltönen – blassrosa Haut, zyanblaue Augen und milchweißes Haar.

»Was genau soll das heißen?«, bringt er hervor.

»Sagen wir einfach, gar nichts, damit ich in Ruhe ein bisschen trainieren kann.« Ich werfe einen flüchtigen Blick auf seine durch die aufgerollten Ärmel seiner Jacke entblößten Unterarme und die Zugangsklappen, die in beide eingelassen sind. Ich habe schon zuvor darüber nachgedacht, ihm die silbernen Schalen herauszureißen, nur als Experiment, um zu sehen, wie viel Blut er verlieren würde. Wenn er es überleben würde, könnte ich es vielleicht auch.

»Spricht man so mit dem Captain seiner Einheit, Soldat?«

»Hm, dann sag mir, wie hättest du denn gern, dass ich mit dir spreche, *Captain*?«, erwidere ich mit gesenkter Stimme, während ich meinen Fantasien nachhänge. »Wenn du dich nach lieblichen Worten sehnst, empfehle ich den Bordellbezirk.«

»Du verletzt mich, Sona Steelcrest.«

»Und dabei habe ich dich nicht mal angerührt, und das habe ich auch nicht vor.«

Lucindo grinst und hebt eine Hand, um sich über den Hinterkopf zu streichen, während er über mir aufragt.

»Bist du bereit für deine Mission?«

»Natürlich.«

»Gut«, sagt er und zögert. Mit einem Mal legt sich eine kalte Furcht um meine Wirbelsäule. »Ich, äh ... ich musste Victoria als deine Begleitung abstellen.«

Meine Maske verrutscht. »Was? Warum? Ich führe immer noch nur Testmissionen aus. Es ist nur ein weiterer Begleitschutz. Ich brauche keinen ...«

»Gestern Nacht wurden Gearbreaker in dem Gebiet gesehen, in das du entsendet wirst.« Er schüttelt den Kopf. »Sona ...«

»Und du weißt, dass ich damit beim letzten Mal auch klargekommen bin!«

»Ja, aber ...« Er bricht ab und ein schuldbewusster Ausdruck huscht über sein Gesicht.

»Denken die Höchsten, dass die Worte der Gearbreaker mir den Kopf verdreht haben? Zweifeln sie meine Loyalität an?«, frage ich und mein Verstand rast. »Denkst *du* das?«

»Natürlich nicht!«

»Dann zieh sie von meiner Mission ab!«

»Das ist nicht meine Entscheidung, Sona ...«

Ich lasse ihn im Gang stehen, meine Füße finden alleine den Weg zu meinem Schlafraum und meine Hände das Laken. Ich packe die ausgefranste Kante, reiße einen weiteren Streifen heraus und stecke ihn in die Tasche. Bevor ich das Zimmer verlasse, werfe ich mir meine Tasche über die Schulter, schaffe es irgendwie zum Fahrstuhl und dann in den richtigen Trainingsraum. Ich schaffe es gerade so, den Reißverschluss meiner Walküre-Jacke zu öffnen. Mir läuft der Schweiß im

Nacken herunter und der Spiegel erhellt unangenehm den Raum. *Du musst dich zusammenreißen und …*

Nachdem ich meine Hände aus den Ärmeln befreit habe, halte ich inne und hebe sie ins Licht.

Zittere ich?

Mit den Fingern fahre ich über die Knöchel der anderen Hand.

Wie könnte ich nicht zittern?

Mein Herzschlag beschleunigt sich und mit ihm auch das Summen. Meine Fingernägel graben sich in meine Seiten und suchen nach einer unsichtbaren Naht. Aber da ist nichts, nur ich – summend, glühend. Ich gebe bloß vor, nach Luft zu schnappen. Ich bin nicht unerschütterlich oder diszipliniert. Ich bin ein Kind, das heute töten muss, und ich fürchte mich vor mir selbst.

Ich habe solche Angst, aber sie erlauben mir nicht mal zu zittern.

»Bring mir einen Automaten«, presse ich durch zusammengebissene Zähne hervor und zwinge mich, mein Trainingsschwert zu umklammern. Es gibt nichts Vertrauteres auf der Welt als dessen Gewicht, den Griff und wie er sich in meine Handfläche schmiegt, als würde man einem alten Freund die Hand schütteln. Wenn ich denn alte Freunde hätte.

Der Spiegel, der die hintere Wand einnimmt, teilt sich in der Mitte und offenbart einen schmalen Gang. Darin stehen Reihen von Automaten. Der erste hebt seinen Kopf.

Meine Haltung ist schwach, meine Reaktionszeit fürchterlich. Der vernichtende Schlag ist zu ungeschickt ausgeführt, zu viel rohe Kraft und zu wenig Kontrolle. Bevor ich den nächsten Automaten rufe, zerre ich den Stoffstreifen aus meiner Jackentasche, binde ihn um meinen Kopf – er ist nicht lang genug, um ihn zweimal herumzuwickeln – und verknote ihn hinter meinem rechten Ohr. Farbe dringt in die Welt. Dunkelblau in die Bodenmatte und ein bösartiges Silber in die Klingen der Trainingsschwerter.

Der zweite geht schneller zu Boden, der dritte einfacher.

Als der vierte angreift, erregt eine Bewegung an der Tür meine Aufmerksamkeit. *Nein!* Unsere Klingen kreuzen sich, aber ich verliere den Halt und lande auf dem Boden. Sein Knie zielt nach meiner Brust. Er kann mich nicht töten, aber er kann mich durchaus niederschlagen.

Dann ist Rose da und drängt ihn mit bloßen Händen zurück, während sie mit einem fröhlichen Lachen johlt: »Ja, verpiss dich, du rostiger Sack Bolzen.«

Er fährt zurück und holt aus. Sie duckt sich unter seiner Klinge hinweg und landet einen Roundhouse-Kick gegen seine Seite. Dann schnappt sie sich das fallen gelassene Schwert eines Automaten und trennt ihm mit einem sauberen Schnitt den Kopf vom Hals.

Sie dreht sich um und ihre Locken fallen ihr ins Gesicht, als sie sich über mich beugt. In ihrer anderen Hand hält sie behutsam eine krabbelnde Spinne.

»Ich hab gehört, du brauchst die hier«, sagt Rose und Lachfältchen bilden sich um ihre Augen. »Trainingspartner gefällig?«

16

ERIS

0945

Das Messer wandert in meinen Stiefel.

Erst als die Wachen kommen und mir die Hände hinter dem Rücken fesseln, erkenne ich, dass das eine blöde Idee war.

»Könnt ihr mich nicht andersrum fesseln?«, frage ich. Mehr als *Wir werden dich sowieso umbringen* können sie sowieso nicht antworten und das steht ohnehin im Raum. Doch mir schlägt nur Schweigen entgegen. »Ihr könntet wenigstens antworten.« Die Tür wirkt plötzlich verdächtig wie ein Grabstein. Der Gang ist lächerlich kurz, wenn ich mich recht erinnere. Schweißperlen stehen mir im Nacken. »Ich werde nicht gehen, bis ihr irgendwas sagt!«

Eine weibliche Wache mit rasiertem Schädel schubst mich auf die Tür zu und knurrt: »Schnauze.«

»Okay, vielleicht doch was anderes.«

Sie schubst mich erneut, härter dieses Mal, ich stolpere und lande ungeschickt auf der Schulter, weil ich mich nicht mit den Händen abfangen kann. Ich drehe den Kopf, sodass meine Wange auf dem Boden liegt und seufze. Das wird wohl einer dieser ganz speziellen Tage.

»Steh auf«, bellt die andere Wache, packt mich hinten am Shirt und zieht mich auf die Knie. Ich werfe einen Blick nach rechts, bemerke, dass er der mit den Handschellenschlüsseln ist, und ramme ihm meine Stirn in den Schritt.

»Hey, mir hat das auch keinen Spaß gemacht«, sage ich, als er sich zusammenkrümmt, bevor mir die dritte Wache die Faust gegen die Schläfe donnert. Meine Sicht stottert – *ergibt das überhaupt Sinn? Ich bin mir nicht sicher* – und er vergräbt seine Hand in meinem Kragen und hebt mich hoch.

»Nicht«, warnt Glatzkopf, als meine Zehen über den Boden schleifen. »Sie wird der Korruption unterzogen werden und das wird sehr viel mehr wehtun als alles, was du tun könntest.«

»Na ja, du könntest es probieren«, keuche ich und spucke Nummer drei ins Gesicht. Kurz packt er fester zu, sein Gesicht läuft rot an, doch dann, mit beeindruckender Selbstbeherrschung, lösen sich seine Finger aus dem Stoff.

»Weißt du, Starbreach hatte auch so ein Mundwerk wie du«, knurrt er. Seine Hand legt sich um meinen Arm und er zerrt mich auf die Tür zu. »Ist ihr ebenfalls nicht gut bekommen.«

Mein ganzer Körper wird eiskalt.

»Was?«, murmle ich, als wir den Flur betreten.

Schlüsselträger vergräbt seine Hand in meinem Haar und reißt meinen Kopf zurück. »Plattgewalzt und ertrunken, sie und ihr ganzes Team.«

»Schätze, es war wohl doch ’ne gute Idee, die Kleine zur Walküre zu machen.« Glatzkopf lacht. »Ich hab gehört, sie hat die Ufer regelrecht rot gefärbt.«

»Nein«, hauche ich. Glitch würde nicht ... Sie hat gesagt ... Sona hat gesagt ... *Nein.*

Jenny.

Jenny soll *tot* sein? Das ergibt keinen Sinn. Es passt nicht zu ihr.

Bitte nicht.

Wir sind vierzig Schritte vom Ende des Gangs entfernt. Nummer drei und Schlüsselträger halten mich an den Armen fest. Glatzkopf geht einen Schritt vor uns.

»Och, der kleinen Gearbreaker kommen die Tränen«, gurrt Nummer drei. Ich drehe mich um und spucke ihm erneut ins Gesicht.

Er zuckt zurück. Ich hebe das Bein und ramme meine Ferse seitlich gegen Schlüsselträgers Knie.

Mit einem Schrei sackt er zusammen, seine Hand löst sich von meinem Arm und ich verlagere mein Gewicht, um ihm mein Knie gegen die Nase zu rammen. Sein Kopf wird zurückgeworfen und seine Glieder erschlaffen.

»Steh auf, du Idiot«, ruft Glatzkopf, während Nummer drei mich mit einem Knurren zurückreißt. Er öffnet den Mund, um etwas zu sagen, und ich spucke ihm zum dritten Mal ins Gesicht. Das wird wirklich nie langweilig.

Während er mich mit einer Hand festhält, schiebt er mich mit der anderen zurück, damit er genug Raum hat, um zuzuschlagen. Ich lasse mich fallen – zu der Wache am Boden. Der Schlag rauscht über meinen Kopf hinweg. Mit den Fingern taste ich hinter mir – Stoff, Stoff, Gürtel – und als er mich wieder auf die Beine zieht, liegen die Schlüssel in meiner

Handfläche. Der erste passt nicht – merke: Der ist für die Zellentür –, doch bevor ich den nächsten ausprobieren kann, treffen seine Knöchel meinen Mund. Ich kann spüren, wie die Lippe aufplatzt, und wie eine Art karmischer Ausgleich passt der nächste Schlüssel am Bund und die Handschellen fallen von mir ab.

Ich fange sie auf, bevor sie auf dem Boden landen können. Ich wickle ihre Kette um meine Finger und treibe der Wache einen Schlag in die Rippen, dann einen in seinen Bauch und zuletzt lande ich einen Aufwärtshaken gegen sein Kinn. Er stöhnt und tastet nach der Waffe an seiner Hüfte. Gleichzeitig stürzt sich Glatzkopf auf mich. In ihrer Hand ist plötzlich ein Schlagstock aufgetaucht. Er streift meinen Hals. Ich höre ein Summen und schmecke Metall – ein Elektroschocker, ernsthaft? Mit dem Fuß zermalme ich die Hand von Nummer drei an der Wand. Glatzkopfs Stiefel trifft meine Seite. Mit einem Stöhnen breche ich in die Knie, lege drei Finger um den Ring einer Handschelle und schleudere den anderen gegen Nummer dreis Schläfe. Der verdreht die Augen, sinkt gegen die Wand und rührt sich nicht mehr.

Glatzkopf wirft sich auf mich. Mit dem Knie fixiert sie meine Schulter am Boden und hebt den Schlagstock, um ihn mir über den Schädel zu ziehen. Ich zucke weg, sodass er nur meine Schläfe erwischt. Der Schmerz hüllt die Stelle in ein Netz aus Dornen – und ich muss feststellen, dass ich nichts sehen kann.

Meine Augen sind zusammengekrampft. Ich kann mich nicht bewegen, meine Finger sind an meinen Seiten ausgestreckt, die Zehen steif in meinen Schuhen. Panik erfasst mich und schnürt mir die Luft ab. *Das war's. Ich habe versagt und jetzt werde ich …*

»Götterverdammt«, grummelt Glatzkopf und ihre Stiefelspitze gräbt sich in meine Seite. Ich höre ein Schlurfen, dann gleiten Hände unter meine Arme und heben mein totes Gewicht vom Boden auf.

Sie denkt, ich wäre bewusstlos.

Sie zieht mich. Meine Fersen schleifen über den Boden, das Gummi quietscht auf den Fliesen. Wie viele Schritte sind es noch mal bis zum Ende des Gangs? Wie viele haben wir schon zurückgelegt?

Beweg dich, verdammt.

Aber ich kann nichts spüren, außer den Tränen auf meinen Wangen.

Meine Schwester ist tot.

Sie ist tot und Sona hat sie getötet. Sona, die zwei Stockwerke unter mir auf mich wartet, die mein Handgelenk ergriffen hat, als würde es ihr etwas bedeuten, als könnte ich ihr etwas bedeuten.

Sie muss dafür bezahlen.

Meine Finger zucken an meinen Seiten.

Sie wird dafür bezahlen.

Ich winde mich, sodass die Wache mich nicht mehr festhalten kann, drehe mich und komme auf die Füße.

Mit dem Messer in der Hand.

Glatzkopfs Mund bildet ein winziges O und die Klinge dringt in ihr Fleisch.

Ein paar Zentimeter dringt sie mühelos ein, dann trifft sie auf etwas Härteres. Ich ziehe das Messer heraus und die Wächterin bricht zusammen.

Immer noch etwas benommen und ein wenig desorientiert ziehe ich die Wachen eine nach der anderen zurück zu meiner Zelle und verschließe die Tür. Dann drehe ich mich um. Der

Gang ist voller Blut. Es zieht sich in langen Streifen über die Fliesen. Besprenkelt die Wände, ist über meine Hände und den Türknauf verteilt. Halbherzig wische ich ihn mit dem Ärmel sauber. Gegen den Rest kann ich nicht viel tun, aber das ist ja nichts Neues.

Ich ziehe das Gitter vom Lüftungsschacht und schiebe mich hinein, krieche bis zur ersten Abzweigung. Der Stoff ist an meinem linken Handgelenk – ich biege nach links ab. Der Wartungsschacht liegt dunkel vor mir, erstreckt sich Millionen Stockwerke in die Tiefe, oder vielleicht auch nur hundert, aber wenn ich falle, macht das keinen großen Unterschied. Ich packe die Leiter, passiere die erste Öffnung und gleite in die nächste. Krieche weiter. Drei Knoten – die dritte Abzweigung.

Mein Shirt klebt schweißnass an meinem Rücken. Meine Hände klatschen auf das Metall und hinterlassen rote Abdrücke mit beschlagenen Schemen darum. Vor mir dringt das schnelle, klirrende Aufeinanderprallen von Schwertern durch den Schacht.

Es wird passieren, sobald ich sicher aus dieser götterverlassenen Stadt raus bin, bevor sie den Mecha ausschalten kann und erkennt, was vor sich geht. Ein weiteres Zahnrad für mich, ein Pilot weniger, der noch jemanden aus meiner Familie töten kann. Eine klassische Win-win-Situation.

Ich erreiche das Ende des Schachts und spähe in einen Raum, der mit mechanischen Körperteilen übersät ist. Sona streift mit erhobenem Schwert in langsamen Kreisen durch den Raum. Die dunklen Locken hat sie zurückgebunden und einen Stoffstreifen um den Kopf gewickelt.

Mein Blick folgt dem sauberen, gekonnten Hieb von Sonas Klinge, doch dann erkenne ich, dass noch jemand im Zimmer ist.

Als könnte die Panik sprechen, als hätte ich mir nicht die Hände vor den Mund geschlagen, dreht sich die andere Pilotin um.

Und sieht mir direkt in die Augen.

17
SONA

1000

»Ich hab schon gehört, dass du eine Augenklappe benutzt«, plaudert Rose und nimmt sich ein Trainingsschwert. Die Spinne, die sie dort platziert hat, wuselt über meine Wange. »Vic hat darüber gemotzt, aber, hey, offensichtlich funktioniert es für dich.«

»Ich …« *Kann dich hier nicht gebrauchen. Bitte, im Namen der Götter, geh.* »Ich trainiere normalerweise allein.«

Unwillkürlich wandert mein Auge zu dem kleinen Gitter, das in der Ecke des Raums verschraubt ist. Eris sollte inzwischen in den Schächten und auf dem Weg zu mir sein. Sie geht davon aus, dass ich allein bin. Wird sie die Flucht ergreifen, wenn sie zwei statt einer Pilotin entdeckt?

Wenn sie nicht längst geflohen ist, obwohl sie ihre Handschuhe nicht hat. Oder vielleicht ist sie in einem Gang falsch abgebogen und tausend anderen Piloten in die Arme gerannt.

Oder sie ist längst tot und dieser ganze Plan war von Anfang an zum Scheitern verurteilt. Es war kindisch und dumm, zu glauben, dass ich je von hier *entkommen* könnte.

»Wo bleibt da der Spaß?«, fragt Rose und tritt abgeschlagene Automatenglieder beiseite, um in Position zu gehen.

»Rose«, sage ich angespannt und pflücke die Spinne von meiner Wange. Meine Knöchel um den Schwertgriff treten weiß hervor. »Ich wäre wirklich lieber allein.«

»Ich hab gehört, dass Vic mit dir ausrückt. Das ist echt ein Tiefschlag, aber keine der Walküren glaubt daran. Dass die Gearbreaker dir den Kopf verdreht hat, meine ich. Ich ganz bestimmt nicht, ich denke nur ... ich denke, dass du ein herzallerliebster Mensch bist, Sona.« Sie hält inne, um mich anzustrahlen, und dreht das Schwert gedankenverloren in der Hand. »Na ja, vielleicht denkt Vic was Schlechteres als das, aber das liegt nur daran, dass sie sich erst der komplizierteren Gefühle bewusst werden muss, die sie für dich hegt. Das musst du ihr nachsehen.«

»Victoria ...« Ich unterbreche mich und schüttle den Kopf. Ich kann jetzt nicht darüber reden. Sie muss *gehen.* Ich muss gemein sein, sogar grausam, damit sie endlich geht. Es spielt keine Rolle, ich werde sie ohnehin nicht wiedersehen.

Aber es ist *Rose.* Die süße, fröhliche, fürsorgliche Rose.

Und sie greift bereits an.

Gerade rechtzeitig reiße ich meine Klinge hoch. Sie prallt gegen ihre und wir stehen Nase an Nase voreinander. Ich kann die Sommersprossen auf ihren Wangen zählen. Sie grinst immer noch.

»Oh, du bist *gut*«, flötet sie, während wir uns in dem Raum umkreisen, der von Roboterteilen übersät ist. Unsere Schuhsohlen bleiben im verschütteten Öl kleben. Sie plaudert beim Kämpfen und summt in den Pausen dazwischen. Sie ist leichtfüßig und ihre Hiebe sind gekonnt platziert. Nur Lucindo ist ihr in unserer Einheit überlegen. Dreimal legt mir Rose ihr Schwert an den Hals und jedes Mal lacht sie hell auf, bevor sie es zurückzieht und sich wieder in Position begibt. Sie will mich nicht verletzen. Sie will mich unterrichten.

Mit einem Kloß im Hals zwinge ich mich, sie anzusehen, als wir wieder anfangen. Nicht ihr rechtes Auge mit seinem tiefen, warmen Braun, sondern das linke, rot glühende. Ich hasse diese Farbe. Ich hasse Godolia. Ich hasse all die Piloten, die sich fröhlich ihre Haut mit Drähten haben spicken lassen, um Marionetten der Akademie zu werden. Ich hasse sie.

Ich muss.

Ich schlage zu. Rose pariert mit einem Grinsen und sagt: »Oh, ich wollte dich noch fragen ...«

Sie erstarrt.

Es scheint ganz langsam zu passieren, ihr Kopf geht nach oben und die Pause ist gerade lange genug, damit die Angst die Leere ausfüllen und sich festsetzen kann.

»Ich glaube ...«, raunt sie. Ihr Blick ist auf das Gitter gerichtet. »Ich glaube, ich hab jemanden im Lüftungsschacht gesehen.«

»Du versuchst nur, mich abzulenken«, sage ich geschmeidig. Durch meine Adern fließt Eiswasser und kurz gestatte ich meinem Blick, über das Gitter zu huschen. Eris ist nicht da, aber sie könnte gerade noch da gewesen sein, eine Fremde gesehen und sich versteckt haben. Aber Rose entgeht nichts.

»Nein!«, presst sie hervor und macht einen Schritt nach vorn. »Ich habe jemanden gesehen. Gib mir eine Sekunde ...«

Ich sehe zu, wie sie die Wand erreicht und sich auf die Zehenspitzen stellt. Sie ist gerade groß genug, um über die Kante des Gitters zu spähen. Ein leises Stöhnen entringt sich ihren Lippen.

Meine Füße sind in Bewegung.

»Es ist die Gearbreaker! Sona, hol …«

Rose dreht sich zu mir um und ich ziehe ihr die Klinge über den Hals.

Die Haut öffnet sich viel zu leicht, der Vorgang vollzieht sich zu glatt, zu still. Ihre Hände umklammern die Wunde und Blut rinnt über ihre schlanken Finger und tropft in dicken Tränen auf ihre Ärmel. Sie stolpert nach vorn und ich kann erkennen, wie ihre Lippen meinen Namen formen. Ihre Stimme wäre von Entsetzen gefärbt, wenn das Blut sie nicht ersticken würde.

Ich rühre mich nicht, denke, dass sie zusammenbrechen wird, bevor sie mich erreichen kann, oder dass ich selbst zusammenbreche, wenn ich versuchen würde zu fliehen, aber egal, sie ist plötzlich viel zu nah und sie ist zu hilflos, ihre Sturheit und Stärke sind unerklärlich, als sie ihren Hals loslässt, um nach dem Kragen meines Shirts zu greifen – und es ist alles *zu viel.* Ich spüre, wie sich ihre Wärme über mich ergießt, als sie sich näher zieht, um sich auf den Füßen zu halten, und ohne nachzudenken, schubse ich sie mit aller Kraft, die ich aufbringen kann, zurück.

Rose zuckt auf dem Boden, eine Blutlache bildet sich um ihren Hals und das Rot breitet sich unter ihrem Körper aus wie die Flügel eines Kanarienvogels. Irgendwie bewegen sich ihre Lippen noch immer und formen meinen Namen. *Hilf mir, Sona. Warum, Sona?*

»Jetzt stirb endlich«, hauche ich – ein Wunsch, ein Flehen.

Und dann, als hätte sie nur auf meine Erlaubnis gewartet, breitet sich die rote Lache nicht weiter aus. Ihre Augen erlöschen, das Glühen wird schwächer, bis es fast farblos ist, und doch ruht ihr Blick immer noch auf mir.

»Komm raus, Frostbringer«, rufe ich. Meine Stimme zittert unüberhörbar. Armselig, mitleiderregend. »Wir dürfen keine Zeit mehr verschwenden.«

Erst passiert nichts und einen Augenblick lang fürchte ich, dass sie die Flucht ergriffen hat. Doch dann taucht eine Hand aus der Dunkelheit auf und drückt gegen das Gitter. Sie schützt ihren Kopf mit den Armen und rollt sich bei der Landung ab. In der nächsten Sekunde steht sie vor mir.

Mit einer blutverschmierten Hand streicht sie sich das Haar aus dem Gesicht. Sie hat eine blutige Lippe und ihre Wangen sind gerötet. »Wer …?«

Ich schüttle den Kopf. Es spielt keine Rolle, es darf keine Rolle spielen.

Aus der Tasche hole ich die gestohlene Berserker-Jacke, in die ich Eris' Habseligkeiten gewickelt habe. Ich halte sie ihr hin.

»Du zitterst«, informiert sie mich.

»Tue ich nicht«, entgegne ich und drücke ihr die Jacke gegen die Brust. Ich ziehe meine Hände zurück und betrachte jeden Finger. Auch wenn es unmöglich ist, sie hat recht. Meine Hände zittern. »Das … Das sollte gar nicht mehr möglich sein.«

Eris zieht die Jacke an. Sie hängt lose um ihre Gestalt, aber es wird gehen. Sie zieht sich die Schweißerbrille über den Kopf, sodass die Gläser auf ihrer Stirn ruhen, dann streift sie die Handschuhe über. Ein Seufzen entringt sich ihren Lippen, sobald sie fest sitzen – fast ein Ausdruck von Seligkeit, als wäre sie endlich wieder auf vertrautem Terrain.

Ich lasse mein Schwert fallen.

»Ich sag doch«, meint Eris und etwas huscht über ihr Gesicht, das ich nicht deuten kann, »du bist ein Glitch.«

18

ERIS

1025

Ich glaube nicht, dass Sona bemerkt hat, wie sie zusammengezuckt ist, als ich auf dem Boden gelandet bin. Ich glaube auch nicht, dass sie sich des Ausdrucks auf ihrem Gesicht bewusst ist, des Zitterns ihrer Lippe, der feinen Risse in ihrer einstudierten Haltung. Ihr Shirt ist vorn völlig durchnässt, das grüne Material schwarz verfärbt. Nur an ihrem rechten Handgelenk, ihren Fingern und der silbernen Klinge offenbart das Blut seine wirkliche Farbe. Ihre Locken bauschen sich um den Stoffstreifen, den sie sich ums Haar gewickelt hat, und feine Härchen kleben auf ihrer schweißnassen Stirn.

Mit einem Mal bemerke ich, wie jung sie ist, wie jung wir beide sind. Nur zwei Mädchen, zu Tode verängstigt, die ihre Hände noch vor dem Mittag in Blut gebadet haben.

»War das dein erster Mord?«, frage ich, zurre meine Handschuhe – oh, meine wunderbaren Handschuhe – um meine

Handgelenke fest und setze die mit Leder gepolsterte Schweißerbrille auf. Die Berserker-Jacke ist etwas enttäuschend, aber es ist die beste Tarnung, da es die größte Windup-Einheit ist.

Ich warte auf ihre Lüge. Dass sie nickt und einfach sagt: *Ich habe noch nie getötet und deshalb kannst du mir vertrauen.* Doch stattdessen begegnet sie meinem Blick und es liegt kein Triumph darin, keine stählerne Entschlossenheit, nur ein so beständiger und trauriger und verletzter Blick, dass er etwas in mir berührt.

»Nein«, sagt Sona. »Ich habe schon sehr viele getötet.«

»Oh«, mache ich nur, weil es darauf einfach keine andere Antwort gibt.

Ein paar Sekunden lang rührt sie sich nicht, starrt nur die tote Pilotin an. Dann in einer einzigen, flüssigen Bewegung zieht sie sich das blutige Shirt über den Kopf. Ich gaffe, bevor ich erkenne, dass das das Letzte ist, was ich tun sollte, und den Blick abwende, während sie sich mit der Zunge die Finger befeuchtet und mit ihrer Spucke die roten Punkte wegwischt, die sich über ihr Schlüsselbein ziehen. Sobald sie sauber ist, zieht sie den Reißverschluss ihrer Walküre-Jacke bis zum Hals hoch.

»Wir müssen los«, drängt sie und wirft das Shirt auf den Boden. »Die medizinische Augenklappe ist in deiner Tasche.«

»Das wird nicht funktionieren«, sage ich, noch während ich mir die Augenklappe aufklebe. Ich ziehe die Haare heraus, die unter dem Tape hängen geblieben sind.

Ruhig wickelt Sona die Bandage um ihren Kopf ab und knüllt sie zu einem Ball zusammen, bevor sie sie wegpackt.

»Das sagtest du bereits«, meint sie und wendet sich zur Tür. »Komm.«

Ich balle die Hände zu Fäusten, spüre, wie die Adern der Kryohandschuhe sich spannen, und vergrabe sie tief in meinen

Taschen. Indem ich ihre Macht verberge, merke ich, wie sich ein Teil meiner Unsicherheit auflöst.

Ich folge Sona aus dem Trainingsraum und den Flur hinunter. Nachdem sie den Fahrstuhlknopf gedrückt hat, warten wir. Ihre Miene ist so entschlossen, dass ich mich frage, ob zu den Modifikationen auch gehört, das Gesicht mit Stahlplatten zu überziehen.

Als sich die Fahrstuhltüren öffnen, zuckt sie nicht mal mit der Wimper, bevor sie über die Schwelle tritt, ganz so, als hätte sie nicht auch den Anflug von Panik verspürt, weil fünf andere Piloten im Aufzug stehen.

»Kommst du?«, fragt Sona. »Es ist mehr als genug Platz.«

Sie verschmilzt *so nahtlos* mit ihnen. Oh, *ha*, und du weißt auch, warum – du absoluter *Vollidiot*. Vielleicht weil sie eine von ihnen *ist*. Das könnte es erklären. Gute Götter, was in den Höllen *tue* ich hier …?

Wo in den Höllen sollte ich sonst hin?

Und dann stehe ich auch schon neben ihr und zu schnell schließen sich die Fahrstuhltüren und ihr leises Klicken klingt wie der letzte Nagel zu meinem Sarg. Oh Götter, ich *atme*. Die übergroße Jacke mag ausreichen, um das Heben und Senken meiner Brust zu verbergen, aber die anderen sollten in der Lage sein, meinen hämmernden Herzschlag zu hören. Jennys Stimme dröhnt in meinen Ohren: *Hol dir den Piloten, hol dir den Piloten, hol …*

Sonas Hand gleitet über meinen Unterarm, so sanft und schnell, dass mir die Geste fast entgangen wäre. Doch selbst durch den Jackenärmel kann ich ihre Wärme spüren, ihre Absicht. Es ist eine Ermutigung, ein Trost, der von jemandem wie ihr unmöglich kommen können sollte. Und doch muss ich feststellen, dass ich tief und langsam durchatmen kann.

Trotzdem musst du sie umbringen.

Der Fahrstuhl hält an und öffnet sich offenbar in eine Cafeteria. Lange Tischreihen erstrecken sich unter einer Fensterreihe. Graues Licht strömt in den überfüllten Raum. Überall sind Windup-Jacken, Piloten mit glühenden Augen, die von Lachfältchen eingerahmt werden. In den Händen halten sie Brot und Zugangsklappen ziehen sich über ihre Unterarme. Jemand am vordersten Tisch grinst in seine Tasse. Plötzlich riecht es nach Kaffee und Zimttoast, ein erschreckend angenehmer Duft verglichen mit der nach Bleiche riechenden Luft im Fahrstuhl.

Alle außer uns verlassen den Aufzug. Selbst in dem nun leeren Raum schweigen wir, als könnten Worte die dünne Blase des Glücks der Dummen, die uns umgibt, zum Platzen bringen.

Als der Fahrstuhl wieder anhält, tritt sie strammen Schrittes heraus. Ich unterdrücke ein Schaudern, während ich ihr durch den Windup-Hangar folge. Das ist im wahrsten Sinne des Wortes die Hölle der Gearbreaker. Allein die Zahl der glänzenden Windups – mit ihrer unversehrten Haut und den Augen, die über meinem Kopf zu glühen scheinen – lässt einen düsteren Gedanken in mir aufsteigen, denselben, der in jedem schlummert, der die Hollows sein Zuhause nennt: Egal wie viele Mechas wir auseinandernehmen, egal wie viele Tattoos wir uns in die Haut stechen, es wird immer neue Windups geben.

Dreißig Schritte vor mir bleibt sie am Fuß einer der Walküren stehen. *Ihrer* Walküre. Sona beugte sich zur Seite des goldenen Stiefels, um mit ihrem linken Auge das Schloss zu deaktivieren. Als die Tür aufgleitet, dreht sie sich zu mir um und hebt die Hand, um mich an ihr vorbeizuwinken. Dann erstarrt sie und ihr Blick gleitet nach links.

Ich verstehe sofort, was los ist. Ich drehe mich nach rechts, schlüpfe zwischen zwei andere Mechas und blicke über meine Schulter. Die Pilotin, die sich hinter mir genähert hat, geht ein paar Meter entfernt an mir vorbei. Mit jedem ihrer energischen Schritte wippt ihr blassgoldenes Haar. Sie geht direkt auf Sona zu, die den Mund öffnet, um sie zu begrüßen, doch die Pilotin drängt sie gegen den Mecha.

Mein Herz hämmert in meiner Brust, doch ich zwinge mich zu gleichmäßigen Schritten, während ich so nah herangehe, wie ich es wage. Ich ziehe die Berserker-Jacke enger um mich und stelle mich hinter den Knöchel der Walküre, die neben Sonas steht.

»... Blut *überall*«, zischt die Pilotin und ihr Finger bohrt sich in Glitchs Brust. Glitch sieht sie an, ihre Miene ist völlig ausdruckslos, abgesehen von dem gefährlichen Funkeln in ihren Augen. »Wo in den Höllen ist die Gearbreaker, Bellsona?«

Hohe Wangenknochen, hochgewachsen, Porzellanteint, eine Iris, neben deren Jadegrün sogar die Eichen in den Hollows im Hochsommer verblassen würden. Ich suche nach dem Namen der Pilotin. *Victoria.*

Ich habe ihr das Auge ausgerissen und jetzt hat sie ein strahlendes neues und ist bereit, Sona den Kopf abzureißen.

Scheiße.

»Und woher soll ich das wissen?«, flüstert Sona und ihr Blick senkt sich auf Victorias Hand, die ihren Ärmel gepackt hat.

»Du hast dich auf die Gelegenheit gestürzt, Frostbringer zu befragen, und jetzt richtet sie zufällig gerade rechtzeitig vor deiner Mission ein Blutbad an? Ich glaube kaum.« Ein eisiges Lachen verzerrt ihre Worte und ihre Gewissheit lässt mich schaudern. Ja, sie hat's erfasst. Hundert Prozent. »Du hast uns was *vorgespielt*, Schätzchen. Und zwar seit die Akademie dich auf deinem hohen Ross in diese Einheit geschickt hat. Du zögerst, ich sehe es. Wahrscheinlich hast du auch Starbreach nicht getötet. Du hast nicht das Zeug dazu.«

Ein neuer Ausdruck schleicht sich auf Sonas Gesicht, einer, den ich selbst heute schon hundertmal auf meinen eigenen Zügen gespürt habe: das Verlangen, etwas zu schlagen. Ich erwarte, dass er in einer Sekunde verschwunden sein wird, dass diese unfassbare Selbstkontrolle ihn zu Staub zermahlt. Stattdessen bricht er hervor. Sie richtet sich auf, packt Victorias Arm und zieht sie zu sich.

»Und du bist ein eifersüchtiges Kind«, grollt Glitch in Victorias Gesicht. Ein grausames Lächeln umspielt ihr linkes Auge. »Es ist so traurig, mit anzusehen, und so nervig. Ich küsse nicht den Boden, auf dem du gehst, also muss ich dich und alles, wofür du stehst, zerstören wollen, ja? Lass dich nicht täuschen, Victoria. Ich bin eine verdammt gute Pilotin und eine höllisch gute Schwertkämpferin und ich könnte dir so einiges antun. Aber das werde ich nicht. Ich verbeuge mich nicht oder werfe mich auf die Knie oder weiche zurück und das macht dich krank, aber sei beruhigt. Ich hasse dich nicht. Du bist mir einfach völlig gleichgültig.«

Man muss Victoria zugutehalten, dass sie dieser absolut vernichtenden Rede mit einem eigenen Aufflackern von Wut begegnet. »Du weichst nicht vor mir zurück? Schön. Ich bin dir egal? Sogar noch besser. Aber wenn sie dich mit Lob überschütten, wenn sie über deine Geschichten jubeln, wenn sie sich dir nähern – dann windest du dich, Schätzchen. Der einzige Grund, warum du nicht vor mir zurückschreckst, ist, weil ich die Einzige hier bin, die dich nicht anbetet.«

»Sehe ich aus, als würde ich vor irgendwas zurückschrecken?«, knurrt Glitch.

In diesem Moment erkennen beide, wie nah sie sich sind.

Glitch blinzelt. Als Victoria ihre Lippen auf ihre presst, blinzelt sie erneut.

Dann schließen sich ihre Augen, ihre langen, dunklen Wimpern ruhen auf ihren Wangen. An ihrer Seite deutet ihre Hand auf die Tür.

Kurz bevor ich im Windup verschwinde, legt Victoria Sona die Hand an die Wange.

Ich klettere, mein rasendes Herz treibt mich die Leitersprossen hinauf.

Wahrscheinlich hast du auch Starbreach nicht getötet.

Könnte das stimmen?

Kann ich das Risiko eingehen?

Allein im Kopf des Mechas zu sein ist unheimlich. Wann immer ich bisher an diesem Ort war, hatte sich der Raum mir bereits ergeben, Teile waren beschädigt, zertrümmert oder von Eis überzogen gewesen. Und mittendrin der blutende Pilot, der sich entweder in seinem falschen Körper wand oder bereits schlaff in seinen Kabeln hing.

Ein paar Minuten später taucht Glitch auf der Leiter auf und ich kann die Worte nicht zurückhalten. »Das hat ja ganz schön gedauert.«

Sie streicht sich das Haar hinter die Ohren, während sie an mir vorbeigeht. »Du bist diejenige, die dieses Chaos im Flur vor den Arrestzellen hinterlassen hat.«

»Du hast mir das Messer gegeben«, schieße ich zurück, reiße die medizinische Augenklappe ab und werfe sie auf den Boden. »Was dachtest du denn, was ich damit machen würde?«

Glitch betritt den runden Bereich aus blauem Pilotenglas und sein Glühen wirft die Schatten ihrer Wimpern auf ihre Stirn.

»Victoria begleitet mich auf der Mission.«

Meine Hände gleiten aus den Taschen. »Höllen. Was wirst du …?«

»Was ich tun muss.« Ihr Tonfall ist eisig. »Was immer ich tun muss.«

Sie drückt mit ihrem Daumen auf ihren Unterarm und die Zugangsklappe springt auf und offenbart eine glatte metallische Vertiefung, wo sich Blut und Knochen und Adern befinden sollten. Während ich darauf starre, spüre ich, wie sie mir einen Blick zuwirft, bevor sie sich abwendet.

Eins nach dem anderen schließt sie die Kabel an und bei jeder neuen Verbindung beben ihre Schultern. Die Kabel ergießen sich über ihre Arme, hängen in der Luft und winden sich dann wieder auf ihren Anschlussmechanismus zu, von dem ich weiß, dass er sich mit den Bewegungen und Drehungen des Piloten mitbewegt, damit die Kabel sich nicht verheddern oder sich um ihn wickeln, während er kämpft.

Sona zögert vor dem letzten Kabel, sie rollt es zwischen den Fingern. »Sobald wir aus der Stadt sind«, sagt sie, »wirst du nach unten klettern und die Wachen ausschalten. Sie sollten in ein paar Minuten eintreffen – zu dritt. Sie werden nicht damit rechnen, dass du von oben kommst.«

Ich nicke. Das hatte ich schon erwartet.

Sona fährt mit dem Daumen über den Stecker des Kabels und starrt ihn an. »Könntest du vorsichtig sein? Jetzt werde ich es fühlen können.«

»Warum …« Unsicher unterbreche ich mich. Ihre Stimme ist spröde wie Eis, birgt aber keine Wut, eher Scham. »Warum hat die Akademie es so eingerichtet, dass die Piloten Schmerz empfinden? Während sie verbunden sind?«

Es ist eine lächerliche Frage. Godolia ist einfach nur um der Grausamkeit halber grausam.

Sona zuckt mit den Schultern. »Such dir was aus. Vielleicht damit wir motiviert bleiben. Ein Beleg für die technische Überlegenheit von Godolia.«

»Und was glaubst du?«

Sie lächelt bitter. Es ist eine Maske, wie meistens bei ihr, wie ich festgestellt habe.

»Für sie ist das alles nur ein großer Witz«, grummelt sie und starrt weiter auf das nicht angeschlossene Kabel. »Sie nehmen uns unseren Schmerz, stopfen uns mit Drähten voll und sagen uns, wir sollen unsere Evolution feiern. Dann geben sie uns das Schmerzempfinden zurück, wenn wir gerade einen Anflug echter Macht verspüren. Stellen sicher, dass wir, selbst wenn wir Göttern gleichen, immer noch Fehler haben, die uns angreifbar machen. Die Höchsten sorgen dafür, dass alle Piloten wie kopflose Hühner rumrennen. Sie lassen uns glauben, nur weil wir uns noch bewegen können, muss das bedeuten, dass wir noch am Leben sind, obwohl uns eigentlich längst die Köpfe abgeschlagen wurden.«

»Was meinst du damit?«

Sie tippt mit dem Stecker des Kabels an den Rand der silbernen Vertiefung. »Sie wollen, dass wir Angst haben.«

Ich grinse. »Was wäre das Leben ohne ein bisschen Angst?«

»Ich will nur …« Ihre Stimme bricht. Es kommt so plötzlich, dass mein Lächeln erstirbt, doch Glitch bemerkt es nicht, als sie mich wieder ansieht. Silberne Sterne zieren ihre Jacke. Sie hat den Kopf erhoben, doch ihre Schultern sind angespannt, während sie auf den Stromstoß wartet. »Ich will nur atmen können.«

Ihre Locken werden vom dem Licht, das durch die Augen der Walküre fällt, von diesen rot gefärbten Strahlen, in Brand gesteckt. Erst als ihr Kopf gegen ihre Schulter sackt, bemerke ich, dass es still geworden ist. Nicht im Raum, sondern in meinem Kopf. Meine Gedanken verlangsamen sich und kommen zum Erliegen, außer einem: *Ich will dich nicht töten.*

19

SONA

Victoria bewegt sich sicher neben mir, Schulter an Schulter auf dem gefrorenen Weg unter unseren Beinschienen. Windböen teilen den Schnee in eisige Vorhänge und durch sie glühen Victorias Augen hinter dem Visier.

Jenseits der Hügelkuppe erstreckt sich der Winterward-See. Hundertzehn Kilometer nördlich von Godolia erhebt sich der zerklüftete Kamm des Iolite-Gebirges hinter dem Wald und der Ansammlung der Lichter und Holzhäuser, die das Ufer des Sees säumen – ein Beleg für das Vertrauen der Stadt darauf, dass das Wasser für immer gefroren bleiben wird, wie es seit Jahrzehnten der Fall ist. Die Schwebebarke ist von hier aus ebenfalls sichtbar: ein großes, quadratisches Gefährt, auf dem sich schwere Eisencontainer türmen. Vermutlich ist jeder Container randvoll gepackt mit Holzstapeln, Fässern mit Prickelbeeren, großen Würfeln aus Zucker und massiven Eisblöcken, die zu sauberem, gereinigtem Wasser geschmolzen werden, eine Seltenheit in Godolia.

»Götterverdammt«, grummelt Victoria. Die Funkverbindung überträgt ihre Stimme direkt an mein Ohr, als würde sie nur wenige Zentimeter entfernt stehen. »Was dauert da so lange?«

Ein Beobachter würde denken, wir wären perfekte Duplikate, fünfundfünfzig Meter hohe Mechas, Zwillingstötungsmaschinen. Der Unterschied ist, in meinem Brustkorb flattert mein Herz wie eine Eule im Käfig. Sie müssen meinen Herzschlag noch in der Akademie hören.

»Du könntest einfach die Aussicht genießen«, sage ich und spüre, wie meine echten Lippen aufeinandertreffen. Es ist ein seltsames Gefühl – der Klang meiner Stimme, der in meinem eigenen Kopf widerhallt, und wie mir die Worte von der Zunge rollen, während ich gleichzeitig weiß, dass der Mund der Walküre unbeweglich ist. Zwei Körper, zwei bis ins kleinste Detail unterschiedliche Dinge, abgesehen von dem Verstand, der beide verbindet.

Obwohl sich auch der gespalten anfühlt.

Das ist nicht mein Körper. Das sind nicht meine Hände, ohne die Narben. Stahl, der sich auf einen bloßen Gedanken hin bewegt. Meine Haut ist nicht unempfindlich gegen die Kälte. Mein Kopf berührt nicht den Himmel.

Aber es fühlt sich so an.

Und es fühlt sich *gut* an.

»Endlich«, stöhnt Victoria – die Hülle der Schwebebarke beginnt zu glühen, als die Technik erwacht, damit sie vom Eis abheben kann. Trotz ihres hohen Gewichts steigt sie schnell auf und gleitet geschmeidig etwa drei Meter über dem Eis, während sie auf Winterward zusteuert.

Ich hoffe, dass Eris nicht von einem der Träger zu stürzen droht, als Victoria und ich uns umdrehen und den Hang zu dem schmalen Kanal hinabsteigen, an dem wir die Barke in Empfang nehmen sollen.

»Jole hat nächste Woche Geburtstag.«

»Ach?«

»Rose wird dich bitten, ihr zu helfen, eine lächerlich aufwendige Torte zu backen. Ich hab Nein gesagt, weil ich nicht will, und sie meinte, sie wollte dich fragen, weil du so *liebenswert* und *nett* bist. Ihre Worte, nicht meine.«

Mein Puls rauscht in meinen Ohren. Mein Schweigen ist verräterisch.

»Was denn, Schätzchen, keine schlagfertige Antwort?«

Das feuchte Blubbern, mit dem Rose versucht hat, ihre letzten Worte hervorzubringen. Der dumpfe Laut, mit dem ihr Körper auf der Matte aufgeschlagen ist. »Ich …«

Etwas packt mich am Knöchel und die zugefrorene Erde rauscht mir entgegen.

Instinktiv ziehe ich den Kopf ein. Eine halbe Sekunde liegt mein Schwert flach auf dem Boden, während ich mich abrolle. Im nächsten Moment habe ich mein Bein herumgeschwungen und einen Halbkreis in den Schnee gezeichnet, um mich umzudrehen und aufzurichten, sodass ich in die Richtung blicke, aus der wir gekommen sind. In meinem Kopf wird das rechte Knie des anderen Körpers gegen den kalten Glasboden gedrückt, das linke Bein ist immer noch in der Drehbewegung ausgestreckt. Mit einer Hand stütze ich mich ab, während die andere nach hinten nach dem Griff meines Schwerts langt.

Ein dickes Stahlkabel erstreckt sich sieben Meter über dem Boden über den Weg. Die Enden sind an zwei Prickelholzstämmen verankert, die sich auf der Lichtung gegenüberstehen.

Der Wind heult um meine Metallhülle und am Gitter meines Visiers haben sich Eiszapfen gebildet. Ich wische sie beiseite. Mir dreht sich der Magen um. *Götter, Eris, bitte hab dich an irgendwas festgehalten.*

»Ein Stolperdraht«, grollt Victoria. Sie kommt auf die Beine, die Klinge bereits in der Hand. Sie zeichnet sich dunkel und scharf gegen den weichen Schnee ab, der sich um uns sammelt. Ihre Augen funkeln bedrohlich hinter ihrem Visier. »Gearbreaker.«

Ihr Kopf schnellt nach rechts und im nächsten Augenblick bricht eine Salve von Schüssen aus dem Dickicht hervor. Die Stille der schneebedeckten Landschaft wird vom Kreischen der Kugeln zerrissen. Victoria hält sich den Arm vor die Augen, sodass die Schüsse daran abprallen und sich in den Boden bohren. Der gefrorene Weg zersplittert in einen Himmel aus winzigen, gezackten Sternen.

Ohne zu zögern, begibt sich Victoria geschmeidig in Kampfposition und schwingt ihr Schwert in geringer Höhe durch die Luft.

Ein paar Sekunden lang hüllt der Schnee Winterward wieder in Stille, unterbrochen nur von Victorias leisem Knurren. Dann geben die Prickelholzbäume ein leises Ächzen von sich, das fast wie ein Gähnen klingt, und stürzen um. Auf drei Metern Höhe knicken die Bäume ab. Ihre Schneehauben hüllen den Wald in dichten Dunst und verbergen ihren Sturz.

Aus dem Schleier erklingen die erschrockenen Rufe der Gearbreaker.

»Ich hab euch«, flötet Victoria.

Bei ihrem Tonfall sehe ich ihr Gesicht deutlich vor mir – die Zähne zu einem blitzenden, bösartigen Grinsen gebleckt, die Augen funkelnd, die blonden Brauen vor Aufregung hochgezogen. Sie tastet durch die umgestürzten Bäume und wedelt den Schnee weg. Einen Moment später zieht sie die

Hand zurück und die Schreie ihrer Ziele dröhnen lauter als ihre Stimme in meinem Kopf, lauter als mein eigener Herzschlag. Sie hält einen Pick-up in den Fingern, der Fahrer ist auf dem Fahrersitz angeschnallt, fünf weitere Gearbreaker sitzen auf der offenen Ladefläche, die Gesichter ihrem zugewandt.

Sie haben aufgehört zu schreien.

Das Geräusch wird ersetzt durch Victorias Heulen, so schrill und durchdringend, als könnte es Furchen in meinen Schädel reißen. Ihr Schwert fällt in die Schneewehe neben dem Weg, ihre rechte Hand zuckt zu ihrer Schulter und die Finger umklammern die durchlöcherte Schulterplatte.

»Was ist das?«, keucht sie in meinem Ohr. »Was ...?«

Sie schreit erneut und sackt auf ein Knie. Das Metall wirft zwischen ihren Fingern Blasen. Sie zieht die Hand zurück. Eine dünne Schicht schwarzen Schleims klebt an ihrer Handfläche.

Auf der Ladefläche des Trucks hat sich eine Gearbreaker erhoben. Ein Grinsen liegt in ihrem Gesicht, so strahlend wie der Schnee um uns herum. Die Adern an ihren Händen glühen.

Victoria kippt ihre Handfläche. Ein dreißig Meter tiefer Sturz. Ich sehe nicht hin, wie die Gearbreaker auf dem Boden aufschlagen. Ich kann nicht, weil Victoria sich erhebt und mich ansieht. Selbst jetzt noch, in dieser Gestalt, schickt der Anblick einer Walküre Panik durch meine Adern.

Sie lacht trocken und unzufrieden. »Du hast Starbreach nicht getötet.«

Neben dem Weg rührt sich etwas. Das Auto hat die Verwehung aus tiefem Pulverschnee getroffen. In ihrem Inneren glimmt ein Funke auf und wird größer.

»Du auch nicht.«

Victoria zielt auf die Gearbreaker und ich folge ihrer Bewegung.

Im Gegensatz zu Rose nimmt sie den Hieb nicht schweigend hin. Als meine Klinge sich in ihre Seite bohrt, ist ihr Schrei in meinem Kopf so laut, dass er zu einem greifbaren, schweren Dorn wird. Ich treibe mein Schwert tiefer in sie hinein, als wir beide auf den Weg stürzen. Ihre Hülle faltet sich zu zerklüfteten Zacken.

Aber egal wie durchdringend ihre Schreie sind, der Schmerz allein wird sie nicht umbringen. Ich greife nach ihrem Visier, nach dem kleinen Piloten, der dahinter verborgen ist.

Victoria bringt ihr Knie unter mich, stemmt ihr Bein gegen meinen Bauch und drängt mich zurück. Mühsam komme ich auf die Beine. Ihr schneidendes, animalisches Knurren ertönt wieder und ich reiße den Kopf hoch, um zu sehen, wie sie mein Schwert aus ihren Rippen zieht.

»Was in den Höllen hast du getan?«, brüllt sie und umklammert die Klinge. Ich werfe einen schnellen Blick zu ihrem Schwert, das in der Schneewehe liegt, doch sie bemerkt es und tritt mir in den Weg. »Oh, du hast dir von Frostbringer gründlich den Kopf verdrehen lassen. Du bist schwach, ich wusste es. Dafür wirst du ... du wirst ... du wirst brennen, Bellsona!«

Meine Hände ballen sich an meinen Seiten. »Besser als für *sie* zu sterben.«

Ich drehe mich weg, als sie zustößt, und die Spitze meines Schwerts zieht eine saubere, flache Furche über meine Schulterblätter. Ein stechender Schmerz explodiert – süßer, *echter* Schmerz – und ich ducke mich unter ihrem nächsten Hieb weg und hechte auf die Schneewehe zu. Sie wirbelt herum, um mir zu folgen, doch ich habe ihr Schwert bereits in der Hand und der nächste Schlag trifft mein Schwert. Metall kreischt auf Metall und unsere Klingen verkeilen sich in einer Pattsituation ineinander. Unsere Gesichter sind sich so nah, dass ich ihre unzusammenhängenden Drohungen hören könnte, selbst wenn wir keine Funkverbindung hätten.

»Du kannst mich nicht besiegen«, zischt sie und ihre Klinge kommt näher. Das Eis ignoriert mein Flehen, mir Halt zu geben.

»Wäre nicht das erste Mal.«

Sie stößt ein bellendes Lachen aus. »Da habe ich mich zurückgehalten.«

Ich muss fast schnauben. Gnade ist wirklich nicht ihr Ding. »Warum?«

»Was *denkst* du denn, Sona?«

Ich merke, wie ich den Halt verliere. Gleichzeitig höre ich den Schmerz in ihrer Stimme, der aus dem Mund von jemandem wie ihr so verstörend klingt. Ich verdränge diese Gedanken und werfe mein Gewicht nach vorn, sodass ich mit der Stirn gegen ihre pralle. Während sie zurücktaumelt, strecke ich die Hand aus und greife nach ihrem Visier. Ich werfe es zur Seite und schlage nach ihrer Brust. Sie wehrt den Hieb ab und springt zurück. Dann schlägt sie zurück. Ich pariere. Wieder kreischt das Metall auf.

»Sie werden dich nie so akzeptieren, wie du bist«, höhnt Victoria und schleudert mich mit einer Drehbewegung an sich vorbei auf den gefrorenen Kanal zu. In der Drehung reiße ich mein Schwert hoch und wehre ihren nächsten Hieb ab. Er zwingt mich einen weiteren Schritt zurück und auf dem glatten Eis drohe ich, den Halt zu verlieren. »Du wirst nie eine von ihnen sein.«

Sie täuscht einen Angriff vor und als ich ihn blocken will, fährt ihr Schwert über meinen Oberschenkel und macht mit der Rüstung dort kurzen Prozess. Ich sinke auf ein Knie und kann ihren nächsten Hieb gerade noch abfangen. Ihre Klinge gleitet über meine, bis die Griffe aufeinanderprallen.

»Du hättest so viel erreichen können«, ätzt sie. Ihre Augen sind so nah, dass ihr Strahlen mir Tränen in meine treibt. »Eine Legende werden. Eine Gottheit. Du hättest eine Familie haben können.«

Ich reiße meinen Blick von ihr los und stehe auf. Mit einem Tritt gegen ihr Becken will ich mich von ihr befreien.

Ich *hatte* eine Familie.

Ich suche keine neue.

Ihre Hiebe werden unkoordiniert und brutal. Sie kommen so schnell, dass ich zwischen meinen Paraden keinen Angriff wagen kann. Sie zwingt mich den Hang hinunter und ihr Angriff vereinnahmt mich so, dass ich nicht bemerke, dass wir den Kanal erreicht haben, bis mein Stiefel das glatte, gefrorene Ufer trifft.

Ich rutsche aus. Meine freie Hand zuckt nach hinten, um meinen Sturz abzufangen, die andere ist viel zu langsam, um den nächsten Schlag abzuwehren. Ihre Klinge schneidet durch mein Handgelenk und mein Schwert landet klirrend auf dem Eis, meine abgetrennte Hand umklammert noch den Griff.

Der Schmerz ist nicht echt, er ist nicht echt – ein Schrei entringt sich meiner Kehle. Victoria richtet ihre Klinge auf meine Kehle. Sie beugt sich näher heran, ragt über mir auf, während ich vor ihr knie, meine verbliebene Hand hinter mir aufgestützt. Ich stelle mir vor, dass die Miene der Walküre ein perfektes Spiegelbild ihrer eigenen ist, bis hin zu der Andeutung eines Grinsens.

»Mach, was du willst, Bellsona«, gurrt sie und legt ihren Kopf schräg. »Verteufle Godolia, die Akademie, wen immer und was immer du willst. Aber diese Mods sind so aufwendig und wunderschön in deinem Inneren verankert – sie bleiben für immer. Du bist für immer dazu verdammt, eine Pilotin zu sein, und selbst im Tod wird Godolia noch in dir sein. Du wirst nie frei von ihnen sein.«

Ich höre ihr Grinsen genauso wie die Wahrheit und dieses Grauen ringt mir die nächsten Worte ab. »Verschwinde aus meinem Kopf!«, schreie ich und es liegt mehr von meiner wahren Wut und meinem wahren Schmerz darin, als ich je erwartet hätte, einem anderen Piloten zu offenbaren. »*Verschwinde aus meinem Kopf!*«

»En garde, Bellsona«, flötet Victoria.

Die Klinge an meine Kehle gepresst, greift sie nach meinem Visier und reißt es mühelos weg. Dann dringt ihr Finger in mein Auge ein und ich spüre, wie Glassplitter meine echten Wangen streifen.

Das tut nicht weh.

Alles andere schon.

Victoria tastet nach mir, ihre Finger winden sich in meiner Augenhöhle. Sie dringt sowohl physisch als auch geistig in meinen Kopf ein. Ihr abgehacktes Lachen ist wie eine Schlinge um meinen Hals.

Ich nehme meinen letzten Atemzug.

Kälte erfüllt meine Brust.

Victoria schreit und reißt die Hand zurück. Durch das Auge, das sie nicht ausgestochen hat, sehe ich, dass sich Eis auf ihren Fingerspitzen gebildet hat. Es wächst wie Weinranken, eine

Art Fäulnis. Fäden aus Eis überziehen ihre Handschuhe, dann ihr Handgelenk. Schockiert ballt sie die Hand und ein tiefer Riss bildet sich. Sie schreit wieder.

»Was ist das?«, heult sie und stolpert zurück. Die Klinge weicht von meinem Hals. Ich taumle zurück, sobald die Bedrohung verschwunden ist, und mein echter Körper prallt gegen etwas Festes.

»Götter«, grollt Eris. »Kann man dich nicht eine verdammte Minute allein lassen?«

20

ERIS

Die Wachen waren offenbar nie im herrlich beängstigenden Hamsterrad eines rollenden Mechas gefangen. Aber ich habe keine Zeit, die Spritzer ihrer Überreste an den Innenseiten der Walküre zu bewundern, denn irgendwo über mir schreit Glitch.

Beim Klettern habe ich nur einen Gedanken: *Ich hab Angst, ich hab Angst, ich hab Angst.*

»Verschwinde aus meinem Kopf!« Sie blutet. Sie fleht. In der Leere des Kopfes ist es nicht nur ein Schrei, er spaltet sich auf, wird zurückgeworfen und verstärkt sich zu etwas viel Schlimmerem. »*Verschwinde aus meinem Kopf!*«

Der Mecha hat Schlagseite, der Boden kippt unter unseren Füßen. Metallfinger, die größer sind als ich, tasten sich durch den Raum. Das alles interessiert mich nicht – *darf* es nicht. Sie ist auf den Knien, aus einem Dutzend Wunden rinnt Blut auf ihre Wange. Dicke Tränen kullern über ihre Wangen. Bis sie ihren Kiefer erreichen, sind sie blutrot. Sie hat Glas in ihren Locken.

Ein weiterer ohrenbetäubender Schrei ertönt. Von der Art, die in meinem Kopf nachhallen wird, bis ich sterbe.

Ich erwecke die Macht in meinen Händen und setze sie frei. Gerade als sich Eisnadeln auf dem Metall bilden, zieht sich die Hand zurück und reinweißes Licht strömt herein.

Glitch kommt auf die Füße und stolpert zurück. Ich schalte die Handschuhe ab und packe sie an den Schultern. Fange sie auf.

»Götter«, grolle ich. »Kann man dich nicht eine verdammte Minute allein lassen?«

Sie zittert unter meinen Händen und es liegt nicht an der Kälte. Der Wind, der durch das zerbrochene Fenster pfeift, trägt Eiskristalle herein.

»Ich hab mein Schwert verloren«, bringt sie schwach hervor.

Fast hätte ich mit den Augen gerollt. »Dann halt still, damit ich vernünftig zielen kann.«

Ich lasse sie los und verlasse die Glasplattform, die Daumen auf den Knöpfen der Handschuhe. Das Serum erwacht zum Leben, blaues Licht jagt meine Arme hinauf.

Trotz ihrer zerstörten linken Hand hält die andere Walküre ihr Langschwert fest in der Hand. Ein Lächeln zuckt über meine Lippen. Sie denkt, sie kann mich besiegen. Dass sie *uns* besiegen kann.

Ich presse meine Fäuste zusammen. Das Serum blubbert zwischen meinen Fingern.

Die Walküre bewegt sich. Ein Fuß beschreibt einen Bogen auf dem Eis, das Schwert hebt sich für einen mächtigen Abwärtshieb und das Serum schießt aus meinen Händen. Es bricht aus dem zerbrochenen Auge, fegt durch die eisige Luft und trifft ihre Schulter.

Das Eis treibt das Metall in gezackten Sternformen auseinander. Das Schwert entgleitet ihr und kracht klirrend aufs Eis. Der Mecha schwankt.

Mein Atem bildet Wölkchen beim Ausatmen. *War's das? Habe ich das wirklich überlebt?*

Dann ertönt zu meiner Linken eine Art Knurren. Der Wind nimmt zu.

Ich drehe mich gerade rechtzeitig um, um zu sehen, dass Glitch losrennt. Der Glasboden dreht sich unter ihren schnellen Schritten. Die plötzliche Bewegung lässt mich straucheln. Eine halbe Sekunde später sind wir neben der anderen Walküre und Glitchs Kopf senkt sich, sodass der Boden unter mir wegkippt. Ihre Hand greift nach der leeren Luft. Draußen packt die gepanzerte Hand ihrer Walküre den Mecha am Nacken.

Ein weiterer animalischer Schrei entringt sich ihren Lippen. Glitch stößt den Arm vor und rammt den Kopf des Windups durch das Eis.

Die gewaltigen Glieder zucken ungelenk auf dem Boden und wirbeln Eis auf, das der Wind gierig mit sich reißt. Glitch lässt nicht locker. Ihre Hand zittert nicht.

Piloten können nicht ertrinken, aber sie können erfrieren.

Der Mecha hört auf, wild um sich zu schlagen.

Mein Herz nicht.

Glitch erhebt sich und steht ganz still, die Schultern zurück, eine Hand leicht erhoben. Tränen stehen ihr in den Augen, sonst nichts. Ich beobachte, wie sie einatmet.

Es ist wieder still.

Ich bin nicht für Stille gemacht. Nicht dafür, sanft zu sein. Das kann ich mir nicht leisten.

Ich strecke die Hände nach ihr aus. Sie glühen.

Jetzt holen wir uns den Piloten.

Ihre Arme legen sich um meine Schultern. Sie zieht mich an sich.

Sie kann mich nicht sehen. Wie …?

»Danke«, murmelt Glitch mit tränenerstickter Stimme.

Ich bin erstarrt. Meine Hände schweben nur Zentimeter von ihrer Haut entfernt. Sie muss spüren, wie die Kälte sie streift. Ihre Arme schließen sich fester um mich, ihr Kinn ruht auf meinem Kopf. Sie ist warm. Trotz der Nieten und Drähte in ihren Adern. Trotz der Schneeflocken. Als sie einatmet, schaben ihre Rippen über meine. »Danke, Eris.«

Meine Hände sacken herunter.

Sie zittert. Und dann schreit sie wieder.

»Mein Bein …«, setzt sie an und ihre Knie geben nach. Ohne nachzudenken, deaktiviere ich die Handschuhe und packe sie unter den Armen. Einer ist schlaff, der andere tastet blind nach den richtigen Kabeln. Sie schließt ihre Faust fest um alle und reißt mit einem Ruck daran. Ein weiterer Schrei ertönt und mir schnürt sich die Brust zusammen.

»Eris … die linken Kabel … bitte«, fleht sie.

Ich nicke, auch wenn sie es nicht sehen kann, und meine Hand wandert ihren Arm hinunter, bis meine Finger die Kabel finden. Ich ziehe fest, um sie zu lösen. Die Verzweiflung lässt keinen Raum für Feinfühligkeit.

Als ich aufblicke, sehe ich, dass die Leere aus ihrem Blick weicht. Ihre Augen sind geschwollen und rote Adern durchziehen das glänzende Weiß.

»Geht's dir gut?«, krächzt sie.

»Scheiße, hab ich das richtig gemacht?«, frage ich gleichzeitig und lasse die Kabel los.

Und da bricht die Erkenntnis über mich herein. Wir sind frei. Wir sind *sicher*. Ich lache auf einmal und sie starrt mich an, als hätte ich den Verstand verloren – und vielleicht steht mir das nach diesem ganzen Scheiß auch einfach zu. Ich grinse und das Glücksgefühl verdrängt jeglichen gesunden Menschenverstand, den ich noch besitze. Ich lege meine Hände an ihre Wangen, die unter dem Blut aus irgendeinem Grund rosig sind.

»Du bist irre«, sage ich mit einem entschiedenen Nicken. »Definitiv ein Glitch.«

Kurz meine ich, einen Anflug von Hitze in ihrer Haut zu spüren, bevor sie meine Hände wegschiebt.

»Wir sollten verschwinden, bevor der Windup zusammenbricht.«

»Zusammenbricht?«

Sie dreht sich um und zeigt steif aus dem zerbrochenen Auge. »Kennst du die zufällig?«

Unten, wo das Eis die Baumgrenze berührt, kommt eine Gruppe auf uns zu. Sie wird von einem Mädchen mit mitternachtschwarzem Haar angeführt. Um ihre Finger züngelt ein oranges Glühen. Ein wildes Grinsen umspielt ihre Lippen, strahlend und lebhaft bildet es einen scharfen Kontrast zu ihren undeutbaren Augen, die hinter den schwarzen Gläsern ihrer Schweißerbrille verborgen sind. Natürlich bin ich zu weit weg, um solche Details auszumachen, aber das muss ich auch nicht. Ich würde diese nervige Präsenz überall erkennen.

Sie lebt.

Natürlich lebt sie.

»Oh Scheiße«, raune ich. »Ich steck mächtig in Schwierigkeiten.«

Als wir den Windup verlassen, sind wir beide schweißgebadet. Glitchs Locken kleben an ihren Wangen und ich sehe, wie ihre Finger nach dem Reißverschluss ihrer Jacke tasten. Sie verharren kurz dort, bevor sie den Arm wieder sinken lässt. Ihr Shirt ist noch in Godolia, getränkt mit dem Blut der anderen Pilotin.

Sie bleibt stehen und dreht sich um. Etwa zehn Meter entfernt ergießt sich das Gold der rechten Beinschiene ihrer Walküre in dicken Tropfen aus einem geschmolzenen Krater direkt unterhalb des Knies. Kein Wunder, dass sie gestrauchelt ist. Jennys Serum sollte bald erlöschen, aber erst nachdem die gesamte geschwächte Stützkonstruktion des Windups zusammengebrochen ist. Wir müssen vom Eis runter, bevor seine Masse es zerbricht und wir alle im Wasser landen.

»Alles okay?«, frage ich, als Glitchs Blick zu ihren schwieligen Handflächen wandert, auf denen sich tiefrote Blasen gebildet haben. Meine Handschuhe haben mich vor der sengenden Hitze, die Jennys Serum durch die gesamte Konstruktion gesandt hat, bewahrt, aber Glitch hat sich ungeschützt an den Sprossen festgehalten.

Sie zuckt mit den Schultern. »Ist ja nicht so, als würde es wehtun.« Sie hat sich wieder den Stofffetzen vors Auge gebunden.

Ich kann genau den Moment ausmachen, in dem Jenny mich erkennt. Ihr fällt fast die Kinnlade herunter und sie bleibt stehen. Ihr Team – die Leute, mit denen ich aufgewachsen bin, die ich allein an der Stimme erkennen könnte – folgt ihrem Beispiel.

»Eris?«, staunt Nolan und seine blauen Augen werden groß. Er senkt den Lauf seiner Waffe Richtung Eis, als er stehen bleibt. »Wir dachten, du wärst tot!«

»Ich wusste es.« Gwen nickt, wirbelt zu Zamaya herum und wippt auf den Zehenspitzen. Die beiden Waffen in den

Holstern an ihrer Hüfte hüpfen mit ihr. »Seung, meine Süßigkeiten, bitte.«

Seung zieht ein in Wachspapier gewickeltes Toffee aus der Tasche und legt es in Gwens wartende Hand. Natürlich haben sie Wetten auf mich abgeschlossen. Warum sollten sie auch mit dem Wetten aufhören, nur weil ich tot sein könnte?

Mein Blick wandert langsam zu Jenny, zu den steifen Schultern, die ihre nächsten Pläne quasi schon herausschreien, zu den dunklen Augen, von denen ich weiß, dass sie hinter ihrer Brille von mir zu der Pilotin links hinter mir und wieder zu mir blicken, immer hin und her.

Meine Füße bewegen sich instinktiv. Ich stelle mich zwischen Jenny und Glitch und in diesem Moment stellen sich mir die Nackenhaare auf. Wie vor einem Gewitter. Wie vor einem Kampf.

»Hey, Jen«, sage ich und versuche mich an einem Lächeln. Mit einem plötzlichen Knurren vertreibt sie es von meinem Gesicht. Während einem Kampf behält Jenny ihr Grinsen immer bei, selbst wenn – nein, *gerade* wenn – sie in einer besonders mordlüsternen Stimmung ist. Natürlich setzt mein Herz also kurz aus, als sich ihre Miene verändert.

»Geh von dem Bot weg, Eris«, fordert sie knapp.

»Jen, ich kann dir alles erklären, *versprochen*. Sie war nicht nur meine Fluchtmöglichkeit, ich war auch ihre. Sie ist nicht wie die anderen Piloten. Sie ist aus den Badlands. Sie ist wie wir.«

Für einen kurzen Augenblick denke ich, meine Worte dringen zu ihr durch. Jenny streift ihre Brille ab.

»Oh, Eris«, sagt sie leise. Das Magmaserum in den Adern ihrer Handschuhe erwacht. »Was in den Höllen haben sie mit dir gemacht?«

»Jenny …«

Ich kriege kaum mit, wie sie losrennt, und als ich es erkenne, hat sie mich schon aufs Eis geschleudert und ihre Hand zielt auf Glitchs Gesicht. Mit einem Tritt reiße ich ihr die Beine unter dem Körper weg, sodass sie nach hinten stürzt. Doch kaum hat sie den Boden berührt, steht sie auch schon wieder und greift mich an. Ich packe ihre Handgelenke mit beiden Händen, ziehe sie zu mir heran und zwinge sie, mir in die Augen zu sehen. Meine Finger ruhen auf ihren glühenden Handflächen, aber es tut nicht weh, genauso wenig wie mein Serum ihr etwas anhaben kann. Sie hat unsere Handschuhe so entworfen, dass sie uns beide erkennen, weil sie so verdammt clever ist. Was auch bedeutet, dass sie definitiv kreativ genug ist, um andere Wege zu finden, mir wehzutun.

»Ich weiß, ich *weiß* … es klingt verrückt, aber hör mir einfach zu!«

In ihren Augen lodert schwarzes Feuer und ihr Kopf wirbelt zu Glitch herum, die einen halben Meter zurückgestolpert ist.

»Ihr habt ihren Kopf durch den Mixer gedreht, stimmt's?«, faucht Jenny. Sie befreit ihre Hände und schickt mich wieder aufs Eis. »Du wirst mir später noch danken, Eris.«

»Ich wurde nicht umgekrempelt!«, schreie ich, komme auf die Füße und dränge mich wieder vor sie.

»Wir kriegen dich wieder hin«, knurrt Jenny und einen schockierenden Moment lang könnte ich schwören, ein Schluchzen in ihrer Stimme zu hören. Ihr Blick gleitet über meine Schulter hinweg. »Packt sie.«

Vier Hände ergreifen meine Arme und zerren mich zurück. Eine Erkenntnis trifft mich und ich senke den Blick auf die spiegelnde Eisfläche. Nolan ist rechts von mir – ich trete ihm kräftig auf den Fuß – und nachdem er mich schreiend losgelassen hat, wirble ich herum und ramme Seung meinen Ellbogen in die Rippen.

»Jenny, jetzt lass mich doch …!«

»Halt.« Die Stimme ist entschlossen, aber gesenkt. Zamaya, Jennys Stellvertreterin. Sprengstoffexpertin.

Ich drehe mich um. Sie steht sechs Meter entfernt und hat einen Pfeil mit Stahlspitze an ihren Bogen gelegt – einen von der explosiven Art, die Jenny extra für sie baut. Zamaya schluckt schwer. Sie hat zwei Zahnradtattoos auf den Wangen, die in ihren Grübchen verschwinden, wenn sie lächelt. Doch jetzt lächelt sie nicht. »Eris, Baby … bitte.«

Nolan und Seung packen erneut meine Arme und halten mich fest. Zamaya zielt an mir und Jenny vorbei auf Glitch.

Der Blick von deren nicht verbundenem Auge wandert von der Pfeilspitze zu mir. »Ich sollte mich besser nicht bewegen, oder?«

»Richtig, Bot«, antwortet Jenny. Sie macht einen Schritt nach vorn, packt meine Handgelenke und hält sie dicht an ihr Gesicht. Ihre Augen sind zu Schlitzen verengt und ihre Daumen streichen über meine Unterarme. »Das ist nicht deine Haut.«

Ich blinzle. Sie berührt die Stellen, die die Spinne geheilt hat, nachdem Wendy und Linel ihren Spaß mit mir hatten. »Das kannst du unmöglich erkennen.«

»Sie haben dich geheilt?«, murmelt sie. »Warum haben sie dich geheilt? Damit sie die Hollows infiltrieren können? Uns von innen heraus zerstören? Godolia liebt es poetisch, was?«

Alles in mir sträubt sich bei dieser Vorstellung und ich öffne den Mund, um ihr das zu sagen, doch dann sehe ich die Tränen in ihren Augen, in denen ihre dunklen Iriden schwimmen, und die Worte bleiben mir in der Kehle stecken.

»Sieh mich an.« Ich drehe meine Hände, um ihre zu ergreifen, und ziehe sie zu mir. »Jenny, sieh mich an, ich bin ich!«

»Warum sollten sie dich dann heilen?«, brüllt sie. »Warum sollten sie dich gehen lassen?«

»Sie haben nichts dergleichen getan. Sie ... Sie haben mir *wehgetan*, Jen.« Meine Stimme bricht, was ich nicht erwartet hatte, und, schlimmer noch, meine Unterlippe zittert. Ich hasse es, vor ihr schwach zu wirken. »Sie haben ... Sie haben mir viel angetan, okay? Aber sie hat mich geheilt. Wir sind zusammen entkommen. *Sie* hat mich gerettet.«

Jenny knurrt und reißt ihre Hände los, dann wendet sie sich wieder Glitch zu. Ihre Handschuhe, die an ihren Seiten zu Fäusten geballt sind, leuchten orange auf.

»Wir werden *dich* retten«, flüstert sie. »Wir machen rückgängig, was sie dir angetan haben.«

Jenny geht auf Glitch zu und trotz ihrer beängstigenden Ruhe weicht Glitch einen Schritt zurück. In einem neuen Anflug von Panik blicke ich von Nolan zu Seung. »Lasst mich los!«

Seung schüttelt den Kopf. »Wir wollen dir nicht wehtun, Eris. Wir halten dich nur aus Jennys Schusslinie.«

Sie wollen mir nicht wehtun. Ich blicke zu Zamaya zurück, die immer noch ihren Bogen erhoben hat. Gwen, ihre Scharfschützin, steht neben ihr, hat ihre Pistole umklammert und ihr Finger ruht am Abzug. Dies sind die furchtlosesten Menschen, die ich kenne, und ihre Hände zittern.

Sie würden mir nie was tun.

Ich winde mich erst und als sich ihr Griff lockert, schreie ich. Jenny dreht sich um und sieht gerade noch, wie Nolan und Seung zögern und mich nicht länger festhalten können. Ihre Warnung erfolgt erst, nachdem ich mich befreit und meine Kryohandschuhe aktiviert habe.

Jenny begegnet meinem Blick mit einer erschreckenden Traurigkeit in den Augen, die ich schon sehr, sehr lange nicht mehr an ihr gesehen habe.

»Wenn du sie umbringen willst«, ich atme durch und stähle meinen Blick, »musst du erst an mir vorbei.«

»Denkst du, das würde ich nicht tun?«, fragt sie leise.

»Nein, würdest du nicht.«

Sie hebt eine Faust. Eine einzelne Träne rollt über ihre Wange. »Dann bist du viel zu weich für diesen Job, Eris.« Sie schluckt schwer. »Aber du warst gut. Eine gute Soldatin. Eine gute Gearbreaker. Nolan, Seung, tretet zurück.«

Ich glaube, erst als sie sich zurückziehen, erkenne ich, wie ernst die Lage ist, wie wahnsinnig ich wirken muss, wie wahnsinnig ich *bin*, mich für eine *Pilotin* einzusetzen, die mich mit großen Augen anstarrt und deren aufgesprungene Lippen sich bewegen. Sie sagt etwas – was sagt sie?

Das Zischen eines Pfeils ertönt.

Er trifft das Eis zwischen Jenny und mir und die Welt vergeht in einem gleißenden Blitz. Ich werde zurückgeworfen, meine Haut schabt über etwas Kaltes, meine Kleidung bleibt am Eis hängen. Ich lande auf der Seite und die Luft wird mir aus der Lunge getrieben.

Jenseits des Rauchs erhebt sich meine Schwester und zeigt mit dem Finger auf Zamaya – die wie üblich gelangweilt wirkt und einen weiteren Pfeil anlegt.

»Du bist zu weit gegangen, Z«, bellt Jenny.

»Ich bin noch nett, Süße«, erwidert sie mit einem Schulterzucken. »Das war ein Warnschuss. Wir haben euer Gezanke schon lange genug ertragen. Erledige einfach endlich den Bot.«

Der Rauch verfliegt. Die Explosion hat Jenny in Sonas Richtung geworfen und ich bin zu weit entfernt, um irgendwas zu unternehmen, zu weit entfernt, um Jens Faust aufzuhalten, bevor sie Glitchs Wange trifft.

Jenny befördert Glitch mit einem Tritt auf den Rücken und baut sich breitbeinig über ihr auf, die Fäuste über den Kopf erhoben, die Adern ihrer Handschuhe aufgeladen.

»Noch irgendwelche letzten Worte, Bot?«, höhnt Jenny.

Sona starrt nach oben, ihre Locken unter ihr ausgebreitet wie ein Kissen. »Na los doch«, sagt sie und reckt das Kinn vor. Ihre Züge sind entspannt, weder Furcht noch Zögern sind zu erkennen. Ihre Finger ruhen auf dem Eis.

Jennys Blick wird schärfer. »Wie war das?«

»Ich kann dir nicht verdenken, dass du mir nicht traust. Und ich habe vor langer Zeit erkannt, dass mir egal ist, wie ich sterbe, solang es nicht in einem Windup oder irgendwo in der Nähe von Godolia ist. Also mach schon, Gearbreaker.«

Dann dreht Sona sich zu mir und sieht mich aus ihrem einen Rehauge an. Ein leichtes Lächeln umspielt ihre Lippen. »Danke, Eris«, sagt sie. »Für alles.«

»Nein …«, flüstere ich, dann steigert sich meine Stimme zu einem Schrei. »Jenny, nicht!«

Jenny starrt auf Sona hinab und an der Anspannung ihrer Schultern und den tiefen Furchen auf ihrer Stirn erkenne ich, wie jedes bisschen Hass, das darunter lauert, alles, was man uns seit unserer Geburt eingetrichtert hat, hervorbricht. Sie hat eine andere Stimme im Kopf, sie gehört demjenigen, der einst zu ihr sagte: *Hol dir den Piloten.* Sie beißt sich auf die Innenseite der Wange.

»Hast du meine Schwester gerettet?«, fragt Jenny. Ich glaube nicht, dass ich je gehört habe, wie sie ihre Stimme zu einem Flüstern gesenkt hat.

»Wir haben einander gerettet.«

»Du dienst nicht Godolia?«

»Jeder dient Godolia auf die ein oder andere Art«, entgegnet Sona, dann ergreifen ihre Finger die Bandage und ziehen sie über ihre Locken. Das rote Glühen ihres Auges flammt auf, als sie gegen die plötzliche Helligkeit anblinzelt. »Und wegen diesem Ding«, fährt sie fort, »werde ich immer seinem Renommee dienen, werde immer die Angst schüren, nach der sie lechzen. Die Akademie hat mich so gemacht. Und das ist der Grund, warum ich Eris angefleht habe, mir bei der Flucht zu helfen.«

Sie grinst glücklich. Jennys Mundwinkel zucken, ihre Fäuste sind immer noch erhoben. Es ist ein bisschen erschreckend zu sehen, wie sich das Blatt gewendet hat: Jen, die versucht, ihre Miene stoisch zu halten, während Sona ihre Zähne zeigt.

»Ich habe vor, sie dafür bezahlen zu lassen. Ich *werde* sie dafür bezahlen lassen.« Sie lacht, ein Ton so hell wie ein Windspiel. Ich verspüre den seltsamen Drang wegzulaufen. »Das heißt, falls du beschließen solltest, mich nicht zu töten.«

»Überzeug mich«, fordert Jenny.

Sona bleibt einen Augenblick stumm. Ihr Lächeln verwandelt sich in etwas weniger Forsches, etwas Verlegeneres. »Ich hoffe, du hast mir inzwischen dafür vergeben, aber ich war es, die dich in den Fluss geworfen hat.«

21

SONA

Jenny sieht aus wie Eris, sogar ihr Gang ist gleich – fast schon arrogant schreitet sie stolz aus, als würde sie ganz Winterward beherrschen. Der Unterschied ist, wenn sie mich ansieht, ist ihr Blick immer noch hart wie Obsidian. Sie schubst mich zu ihrem Truck, wo der Fahrer steif auf dem Vordersitz wartet.

»Du bist verrückt, Jenny«, grummelt er vor sich hin und scheint sich sehr wohl bewusst zu sein, dass er für seine Bemerkung nicht weniger als einen scharfen Seitenhieb ernten wird.

»Und du liebst es«, entgegnet Jenny und verfrachtet mich in eine Ecke der Ladefläche. Eris setzt sich sofort neben mich und knackt mit den Knöcheln. Jenny setzt sich auf die andere Seite und tut es ihr gleich. »Wenn jemand was zu sagen hat, raus damit, damit ich es gebührend ignorieren kann.«

»Sie haben sie umgekrempelt, Jen«, zischt ein Gearbreaker, als der Truck zum Leben erwacht. Er fährt sich mit den behandschuhten Fingern über das gebräunte Gesicht, von den Wangen bis zum Kiefer, den Blick der eleganten, schwarzen Augen in morbider, pantomimischer Traurigkeit gesenkt. »Schade.«

Eris wirft ihm einen giftigen Blick zu. »Umgekrempelt oder nicht, Seung, ich kann dir immer noch die Zähne eintreten.«

»Zumindest klingt sie noch wie Eris«, bemerkt ein anderer Junge. »Auch schade.«

Die Sticheleien scheinen eher der Gewohnheit als echtem Spaß zu entspringen. Finger zucken geräuschlos, aber nicht gerade subtil zu den Waffen.

»Ich vertraue dir mein Leben an«, schießt Eris zurück und muss die Stimme über den Wind erheben. »Da kannst du doch wenigstens meinen Worten vertrauen.«

Eine Gearbreaker mit leuchtend violettem Haar und Tattoos auf den kupferfarbenen Wangen – die Bogenschützin – lacht. Es klingt nicht gerade freundlich. »Baby, deine Worte sind vielleicht nicht mehr als ein einprogrammiertes Drehbuch.«

»Ich tret dir …«

»Schluss«, warnt Jenny und alle im Truck verstummen. Sogar der Wind lässt ein wenig nach. Sie nimmt ihre Brille ab und betrachtet kurz ihr Spiegelbild. Dann sagt sie, ohne aufzublicken: »Du. Angeblich bist du aus den Badlands. Woher?«

»Silvertwin. Das war …«

»Keiner hat das Silvertwin-Massaker überlebt«, beharrt Jenny rundheraus und ich zögere. Ich kann mich nicht erinnern, wann ich zuletzt den Namen meiner Heimatstadt aus dem Mund von jemand anders gehört habe.

Ich schüttle den Kopf. »Sie … Sie haben einen Paladin geschickt, um den Tunnel zum Einsturz zu bringen. Ich konnte rausklettern und … ein Phantom hat den Rest erledigt.«

»Wieso bist du dann am Leben?«, will Jenny wissen. »Wie bist du in Godolia gelandet?«

»Ein Freund der Familie hat mich gefunden«, erkläre ich. »Er wollte Hilfe holen. Und wurde geschnappt. Und fallen gelassen.«

In meiner Tasche wickele ich mir die Bandage um die Hand, löse sie, ziehe sie wieder fest. Wieder und wieder und wieder, schneller und immer schneller, meinem Herzschlag entsprechend. Ich schlucke schwer.

»Ich bin auf einen Güterzug zugekrochen und in unserer Kohlelieferung gelandet. Dort lag ich, bis wir in Godolia angekommen waren. Dann wanderte ich durch die Stadt, bis die Leute von der Akademie mich fanden. Sie haben mich ins Windup-Programm gesteckt. Sie gaben mir Essen, ein Dach über dem Kopf und Kleidung. Einen Windup. Dieses Auge, diese Drähte, die ...«

Erst als Eris mit ihrem Knie gegen meins stößt, bemerke ich, wie schrill meine Stimme geworden ist. Als ich zu ihr schaue, sieht sie auf ihre Hände. Ihre Brille ist irgendwann im Laufe des Tages gesprungen und mein Spiegelbild darin fragmentiert. Meine Wangen sind blutüberströmt von den Schnitten, die ich völlig vergessen habe.

»Sie haben mir das Leben gerettet«, flüstere ich. »Und gleichzeitig haben sie es mir genommen. Sie haben mir alle genommen, die mir wichtig waren.«

Der Wind nimmt wieder zu. Einer der Gearbreaker klatscht langsam in die Hände, seine blasse Haut ist von der Kälte gerötet, doch die rosigen Wangen können nicht über die Grausamkeit hinwegtäuschen, die seine Lippen umspielt. In einem Moment völliger Klarheit erkenne ich, dass er sich vorstellt, mich zu Brei zu schlagen, den er in einer der Schneeverwehungen entsorgt.

»Kennt sie auch Gedichte?«, fragt er trocken, doch sein Applaus verstummt sofort, als Jenny eine Hand hebt.

»Warum haben sie die Windups geschickt?«, fragt sie mit leiser Stimme. »Du hast gesagt, du wärst in eure Lieferung gefallen. Wenn Silvertwin seine Quote erfüllt hatte, warum dann das Massaker?«

»Wir haben sie erfüllt«, sage ich und hasse, wie angespannt meine Stimme klingt. Auch nach all den Jahren noch. Ich spüre, wie die Bandage mir das Blut im Daumen abschnürt. »Etwas stimmte nicht mit der Technik des Zuges. Keiner konnte es reparieren. Die Kohle hat die Stadt nie verlassen, also schickten sie die Windups.«

Zu meinem Entsetzen rinnt mir eine heiße Träne über die Wange. Schnell wische ich sie weg.

»Es war nicht unsere *Schuld*«, flüstere ich.

»Nolan«, bellt Jenny. »Wenn du noch einmal klatschst, bist du tot.«

»Was? Komm schon, Jen, sie ...«

»Sie sagt die Wahrheit«, erwidert Jenny tonlos.

Neben mir rutscht Eris leicht auf ihrem Platz herum. »Ach ja?«

»Ich dachte, du glaubst mir, Frostbringer«, bemerke ich leise.

»Sch... Schon«, antwortet sie. »Ich dachte nur nicht, dass Jenny dir glauben würde. Nicht so einfach. Das tut sie sonst nie.«

»Ich war *da*«, sagt Jenny. »Am Tag danach, nachdem wir gehört hatten, was passiert war. Wir fanden keine Überlebenden.« Sie hielt zwei Finger hoch. »Fußabdrücke von einem Phantom und einem Paladin. Der Minenschacht zusammengebrochen. Doch wir fanden die Versorgungsverzeichnisse und alle Quoten für den Monat waren erfüllt worden. Wir wussten nicht, warum die Windups geschickt worden waren.«

Ich begegne ihrem Blick. »Es gab keinen Grund.«

»Oh, *bitte*«, stöhnt eine andere Gearbreaker. Sie springt auf und hält sich mit einer Hand an der Kante der Ladefläche fest, während sie sich über Eris beugt und mit der anderen mein Handgelenk packt. »*Sieh ihn dir an.* Das Auge geschlossen, als würde er es nicht lieben, er weint, als könnte er Reue empfinden, als könnte er *irgendetwas* empfinden. Du kannst doch nicht wirklich glauben ...«

Jennys Faust landet in der Magengrube der Gearbreaker und lässt sie zurücktaumeln. Nolan fängt sie auf, bevor sie über Bord gehen kann.

»Gwen, du hast noch gelernt, wie man mit einer Pistole umgeht, als ich in Silvertwin war. Diese Leute in den Minen waren so zerquetscht, dass wir sie nicht voneinander trennen konnten. Das Blut ...«

»Jenny«, mahnt Eris nachdrücklich. Ihre Schulter ruht an meiner, sodass sie nur allzu deutlich gespürt hat, wie ich zusammengezuckt bin. Als hätte sie etwas gesagt, dass mir nicht ohnehin längst bewusst war.

Jenny schüttelt den Kopf, dann zeigt sie auf mich. Ich sehe zu Boden, während ihre Blicke ihrer Geste folgen. »Glaubt ihr, jemand, der Godolia treu ergeben ist, selbst ein Spion, würde einfach so einräumen, dass seine geliebte Nation einen Fehler gemacht haben könnte?«

»Ja«, antworten alle auf der Ladefläche wie aus einem Mund.

»Schön, dass ihr alle glaubt, das hier wäre eine Demokratie«, faucht Jenny. »Und dass ihr alle mir jederzeit widersprechen dürftet.«

»Du glaubst ihr also einfach so?«, murmelt Eris.

»Nur ein bisschen«, entgegnet Jenny und streicht sich über die Jacke. Ihr Grinsen kehrt zurück. »Ich glaube an Schulden, Eris. Sie hat dich gerettet. Jetzt ist sie dein Problem.«

Eris schweigt einen Augenblick lang. Ich verbanne alle Emotionen aus meinem Gesicht, bis es so ausdruckslos ist wie der Schnee, damit sie nicht sieht, wie sehr mich ihr Zögern schmerzt.

»Hilf mir, es Voxter zu erklären«, bittet Eris.

»Das kostet dich was.«

»Und was?«

»Ich kriege sie«, sagt Jenny mit einem Nicken in meine Richtung. »Alle Fragen, die mir einfallen. Alle Experimente, die ich mit ihr anstellen kann.«

Eris' finstere Miene ist zurück und die kleine Narbe verschwunden. »Das kann ich nicht entscheiden.«

»Ich denke, das wäre interessant«, fährt Jenny ungerührt fort. »Alle Piloten, die wir gefangen nehmen, meinen immer: ›Ihr könnt mir nichts anhaben, ich spür eh keinen Schmerz‹ und ›Ich werde nicht reden‹. Aushungern, extreme Hitze oder Kälte – damit dauert es zu lange, sie zu brechen, und wenn es dann so weit ist, sind sie trotzdem nicht so zuverlässig, wie ich es gern hätte. Und ich habe so viele Fragen über ihre Technologie und die Mods der Akademie. Aber wenn sie keine Gefangene ist ...«

»Sie ist doch kein Versuchskaninchen«, hält Eris dagegen.

»Was willst du wissen?«, antworte ich gleichzeitig.

Jennys Grinsen wird breiter. »Ich denke, für den Anfang würde ich mir gern dieses Auge ansehen.«

Ich nicke und strecke die Hand danach aus, doch Eris schlägt sie weg.

»Götter, Sona, nicht hier!«

»Oh«, sage ich nur und ziehe die Hand zurück.

»Und wenn sie *doch* ein Spion ist?«, fragt Gwen vorsichtig, als hätte sie Angst, dass Jenny sie wieder schlägt. Und wenn ich Jennys Miene richtig deute, denkt sie ernsthaft darüber nach.

»Dann töte ich sie«, sagt Jenny aalglatt und sieht mir in die Augen, um die Drohung wirken zu lassen. Ich beachte es kaum, während Eris neben mir sich einmal mehr anspannt, bereit, mir zum gefühlt tausendsten Mal an diesem Tag zur Seite zu springen. Der Gedanke lässt die Kälte ein wenig weichen. Sie wird jedoch sofort von einem neuen Schaudern ersetzt. »Und ich töte sie langsam. Schmerz ist natürlich kein Faktor, aber ich kann ihr trotzdem alle Glieder abhacken und sie wie einen Stein am Grund des Sees versenken, neben all den anderen Piloten, die sich nicht fügen wollten.«

»Das ist nur fair«, entgegne ich ebenso ungerührt und meine es auch so.

»Du vertraust ihr also nicht«, brummt Eris. »Du willst sie nur für deine kleinen Experimente.«

»Schwesterherz«, gurrt Jenny. »Wir können nicht alle beim Anblick eines Mädchens mit niedlichen Löckchen und einem niedlichen Akzent schwach werden.«

»Ich habe zwei Walküren und einen Phönix innerhalb weniger Tage ausgeschaltet«, schießt sie zurück. »Das kann man ja wohl kaum schwach nennen.«

»Und doch konntest du nicht allein aus Godolia entkommen«, hält Jenny dagegen.

Eris läuft rot an. »Du willst über gefühlsduselig reden?«, sagt sie und beugt sich vor, um dem Blick ihrer Schwester zu begegnen. »Na schön. Kannst du haben. Kein

Gearbreaker-Team wird je auf eine Walküre angesetzt. Und doch bist du hier in Winterward, wie ich vermute, ohne Auftrag. Du wusstest, dass eine Walküre mich geschnappt hat, also hast du dein Team gezwungen, den ganzen Weg hier raus zu kommen, nur um deinen Ärger an etwas abzureagieren, dass deinem *Schwesterherz* wehgetan hat. Ich bin gerührt, Jen.«

»Du kleine …«

»Aber weißt du, du warst schlampig. Sie haben zwei Walküren geschickt, und wenn ich mir die Beule auf Lucas Stirn so ansehe, würde ich sagen, dass die andere *sehr* kurz davor war, euch alle zu zerquetschen. Bis Sona so nett war, dazwischenzugehen und eure armseligen Hintern zu retten.«

Jennys Wut flammt auf und lodert hell in der Kälte. »Halt an.«

Ihr Befehl wird befolgt. Sie steht auf, packt Eris an den Trägern ihres Overalls und hebt sie mühelos über den Rand der Ladefläche, wie eine Katze, die ihr Junges trägt. Eris schreit auf. Jenny grinst und ruft: »Okay, du kannst losfahren.«

»Lass mich runter!«, kreischt Eris und krallt sich an Jennys Händen fest, während der Truck an Fahrt aufnimmt. Der Wind drückt ihr Haar gegen ihre rechte Gesichtshälfte und ihre Schreie sind eine Mischung aus Angst und Freude. »Oh Götter, bitte lass mich runter!«

»Es ist so schön, dich wiederzuhaben, du kleine Mistratte!«, ruft Jenny ihr zu. Ihr Blick wandert zu mir – und irgendwie weiß ich in diesem Moment, dass sie die größte Gefahr für Godolia ist. »Auch wenn du einen Schoßhund mitgebracht hast.«

Sie verbinden mir natürlich die Augen, nachdem wir aus Winterward raus sind. Erst mal spüre ich nur noch den Wind und den Sand an meinen Wangen, die das leise Gerede um mich herum übertönen. Die Luft ist kalt, aber die Sonne steht hell und klar am Himmel, ein Lichtpunkt durch die Augenbinde.

Irgendwann neige ich den Kopf, um meine Haut zu wärmen, und stelle fest, dass Jenny Eris nicht vom Truck geworfen hat, als meine Wange ihre Schulter berührt. Ich setze mich wieder auf und stammle eine Entschuldigung. Ich weiß, dass sie es ist, weil sie mich nicht wegstößt. Sie beugt sich näher und ihre Lippen berühren mein Ohr, damit ich sie über den Wind hören kann. »Wenn wir zu Hause sind, erwartet uns ein Haufen Ärger.«

Nach ein paar Stunden halten wir an und jemand nimmt mir die Augenbinde ab. Ich halte beide Augen geschlossen, während ich die Mod sorgfältig unter dem Stoffstreifen verberge. Als ich sie wieder öffne, stellt Luca gerade den Motor ab und streckt eine Hand aus dem Fenster, um gegen die Seite des Trucks zu klopfen. Das Eis, das am Metall festgefroren war, ist längst geschmolzen und er beschmiert seine Knöchel mit Schlamm.

»Nett, euch gekannt zu haben«, sagt er und blickt in meine Richtung. »Aber jetzt werden wir alle ans Kreuz genagelt.«

»Wenn es einem von euch nicht gelingt, sich zu befreien, nachdem er an einen Holzpfahl geschlagen wurde, habe ich als euer Captain versagt«, bellt Jenny und springt elegant vom Truck. »Komm schon, Bot. Wir müssen noch ein paar Hürden überwinden, bevor wir uns ausruhen können.«

Meine Stiefel landen auf einem ausgetretenen Betonpfad und Eris folgt mir. Ihr Blick ist auf meine Wange gerichtet, während ich nach oben sehe, wo ein leuchtendes Muster aus Orange und Gelb den aschgrauen Himmel in gezackte Streifen zerteilt. Ich atme ein und rieche Regen, fruchtbaren Boden und saubere Luft, nicht den kanalisationsverseuchten und smoggeschwängerten Gestank, der mich die letzten acht Jahre nicht losgelassen hat.

Eine tätowierte Menge drängt sich auf dem Gelände und alle erstarren, als sie mich erblicken. Die Gearbreaker haben keine Angst vor mir, nicht in dieser Gestalt. Und sie verschwenden ihren Atem auch nicht auf leises Flüstern – von allen Seiten schreien sie ihre Drohungen laut heraus.

Es ist mir egal. Ich kann nicht aufhören, diese verdammten Bäume anzustarren.

»Ach, seid doch alle still!«, brüllt Jenny zurück und ihre Stimme kann die der anderen kaum übertönen. »Macht euch nützlich und weckt Voxter, in welchem Loch auch immer er schlafen mag.«

Ihre Drohungen gehen weiter und ich richte meinen Blick wieder in den Himmel. In Godolia gibt es keine Farben, die die Jahreszeit verraten. Alles ist so voller Smog und so grau, dass selbst der wenige Schneefall aussieht wie Asche aus den Fabriken, bis er die Erde erreicht.

»Wir nennen es die Hollows«, raunt Eris mir zu. »Heute sind auffällig viele Idioten hier.«

Im Vorbeigehen streife ich mit der Hand über die Rinde eines Baumes und meine Fingerspitzen berühren kaltes Moos. »Noch vor drei Stunden wolltest du mich töten.«

»Oh«, sagt sie leiser. »Ich wusste nicht, dass du das gemerkt hast.«

»Du hast deine Meinung geändert.«

»Allerdings.«

»Wirst du sie wieder ändern?«

»Wirst du einfach nur dasitzen, wenn Jenny mich das nächste Mal aus einem Auto baumeln lässt?«

»Jenny und Eris Shindanai!«, dröhnt eine Stimme und augenblicklich ist der gesamte Hof verstummt. »Wo in den Höllen seid ihr gewesen?«

»Winterward«, antwortet Jenny.

»In der Akademie«, antwortet Eris.

Die Menge teilt sich für einen Mann. Seine Miene ist so verkniffen, dass sie die große, dunkle Narbe auf seiner rechten Wange verzerrt. Er bleibt vor dem Truck stehen und stützt sein Gewicht auf einen Stock mit silbernem Griff.

»Winterward? Die Akademie?«, presst er hervor und hat die grauen Augen aufgerissen, während er die Schwestern anstarrt, die sich ein freches Grinsen nicht verkneifen können. Sein Blick wandert zu mir und meiner Jacke und ihm fällt die Kinnlade herunter. »Eine Walküre.«

Ich bemerke nicht, dass sein Stock auf meine Schläfe zurast, bis Eris ihn in der Luft abfängt. Gleichzeitig stellt sich Jenny neben mich und legt mir eine raue Hand um die Schultern. Ich zucke weniger aufgrund der Berührung zusammen, sondern eher aufgrund der Tatsache, dass sie mich nicht zu Boden wirft – was mich jedoch wirklich verstört, ist, dass Jenny ein bisschen aussieht wie meine Mutter, mit den dunklen, gefährlich empfindsamen Augen und dem glatten schwarzen Haar. Allerdings hatte Umma es immer zu zwei Zöpfen zurückgebunden und Sommersprossen auf den Wangen, wohingegen Jenny nur einen Schönheitsfleck neben dem Mund hat. Ich habe meine Locken und meine Größe von meinem Vater geerbt, zusammen mit seinem Humor, den meine Mutter immer als »morbide« bezeichnet hat, während sie ihr schmales Kinn in ihre Hand gestützt hat, damit wir ihr Lächeln nicht bemerken.

»Lass mich erklären, Vox«, beharrt Eris.

»Ihr kennt eure Befehle«, schießt er zurück. »Windup-Piloten ab der Phantom-Klasse aufwärts stehen zu loyal zu Godolia, um befragt zu werden. *Sie werden sofort getötet.*«

»Oh, glaub mir, alter Mann, die hier willst du dir nicht entgehen lassen«, gurrt Jenny mir ins Ohr und drückt leicht meinen Arm. Sie ist ein großes, schlankes Mädchen und ihr Blick fällt von oben gierig auf meine bandagierte Mod. Ihre Finger zucken, als müsste sie sich zurückhalten, sie mir nicht gleich hier und jetzt aus dem Schädel zu reißen, auch wenn ich das sehr viel lieber selbst tun würde.

Jenny läuft mit schnellen Schritten los und packt mich am Ärmel, um mich wie an einer Leine hinter sich herzuziehen. Sie geht direkt auf Voxter zu und statt ihm auszuweichen, schubst sie ihn einfach zur Seite. Ich drehe den Kopf und sehe, wie Eris seinen Stock loslässt, um uns zu folgen. Ihm bleibt nichts anderes übrig, als hinterherzutrotten.

Jenny bleibt vor einem der größeren Gebäude auf einer weiten, halbrunden Lichtung, die von Eichen umgeben ist, stehen, tritt die Tür auf und marschiert hinein. Schweigend zerrt sie mich zwei Treppen hinauf und einen langen Flur entlang. Vor einer großen hölzernen Doppeltür hält sie plötzlich an und drückt mich auf eine Bank. Sie deutet auf den Platz neben mir, als Eris uns erreicht.

»Setz dich«, befiehlt sie und zu meiner Überraschung gehorcht Eris.

Voxter erscheint eine Minute später am Ende des Gangs und wirkt ein bisschen blasser als zuvor. Jenny deutet energisch auf die Tür und winkt ihn ungeduldig heran.

»Du hast meine Mädels umgekrempelt, nicht wahr, Bot?«, knurrt er im Vorbeigehen.

Jenny rollt nur mit den Augen und schiebt ihn in den Raum.

»›Deine Mädels‹?! Du wirst wohl senil, alter Mann«, keift sie. Dann wirbelt sie herum und zeigt auf Eris. »Denk dran, wir haben einen Deal.«

»Wenn du ihn überzeugst«, erwidert Eris.

»Hm. Mir gefällt es nicht, dass du klingst wie ich. Stell das ab, bevor ich zurück bin.«

Die Tür schlägt hinter ihnen zu und plötzlich ist alles still. Eris nimmt ihre Brille ab, die sie um den Hals hängen hatte, und streicht vorsichtig über das zerbrochene Glas.

»Tut mir leid«, höre ich mich selbst sagen. Meine Stimme hallt durch den Flur. »Als ich gegen Victoria gekämpft habe, hätte ich vorsichtiger sein sollen. Ich hätte dich fast umgebracht.«

Eris schüttelt kaum merklich den Kopf. Aus irgendeinem Grund kann ich ihr nicht ins Gesicht sehen, also starre ich auf ihr gebrochenes, verzerrtes Spiegelbild in den Gläsern der Brille.

»›Fast umgebracht‹ zu werden gehört zum Job«, sagt sie leise, dann lässt sie die Brille in ihren Schoß fallen. Ich hebe den Blick und stelle fest, dass sie mich mustert. Sie ist etwas angeschlagen und die Narbe in ihrer Augenbraue glänzt. »Du hast mich gerettet. Und Jenny auch. Obwohl sie sich eher von einer Klippe werfen würde, als das zuzugeben.«

»Du hast mir nie erzählt, dass deine Schwester Starbreach ist.«

»Natürlich nicht. Wann immer ich diesen Namen ausspreche, bläst sich ihr Ego nur weiter auf, selbst wenn sie nicht in Hörweite ist.«

Die Stille ist ohrenbetäubend. Ich richte den Stoffstreifen vor meinem Auge.

»Wir müssen uns was Besseres einfallen lassen, Glitch«, sagt sie.

»Vielleicht lebe ich nicht lange genug, um mir was auszudenken, Gearbreaker.«

»Musst du so einen Scheiß von dir geben?«

»Was denn?«, frage ich lässig und ziehe den Knoten fest.

»Du klingt, als hättest du Todessehnsucht.«

Ich zucke mit einer Schulter. »Ich hinterlasse gern einen bleibenden Eindruck.«

»Du redest ein Zeug«, murmelt sie und zieht ihre Handschuhe aus. Sie faltet sie ordentlich zusammen, schiebt sie dann durch den Riemen ihrer Brille und stopft das kleine Bündel in die Tasche.

»Willst du die behalten?«, frage ich mit einem Blick auf das Berserker-Abzeichen, das an ihrer Schulter sichtbar ist.

Sie schüttelt den Kopf. »Zu groß für mich. Ich geb sie Milo. Er wird das so feiern.«

»Wer ist Milo?«

Ich bemerke ihr Lächeln, bevor sie es verbergen kann, und es ist anders als all die anderen Mikroausdrücke, die sie bisher versucht hat zu verstecken. Es ist fast verschämt und erschreckend sanft, derselbe Ausdruck, der auch über Joles Gesicht gehuscht war, wenn er Rose zum Lachen gebracht hatte oder sie ihn mit einem frechen Blick von der Seite bedacht hatte.

Doch Eris sagt nur: »Du wirst ihn kennenlernen.«

»Ach ja?«

»Und den Rest meines Teams. Xander, June, Nova, Theo, Arsen.«

»Und was dann?«

»Was meinst du mit ›Was dann?‹?«

»Na ja …« Ich breche ab, unsicher, wie meine Worte klingen werden, wenn das alles nur verzweifeltes, hoffnungsvolles Wunschdenken war. »Ich … Ich helfe Jenny gern, so gut ich kann. Fragen, Experimente, alles. Und es ist nicht so, als wäre ich nicht dankbar für alles, was du für mich getan hast, Eris, für jeden Funken Vertrauen, den du in mich hast, aber ich …«

»Glitch, es ist nicht …«

»Ich habe Menschen verletzt, Eris. Ich bin verantwortlich für *so viele Tote* und das … Ich kann damit nicht umgehen.« Meine Finger krampfen sich in meinem Schoß ineinander. »Ich wäre so gern eine Gearbreaker. Aber ich spüre dieses … dieses schreckliche Ding in meinem Inneren. Ich habe es gezüchtet, weil ich diese Form der Kontrolle, diese Wut brauchte, um mich zu betäuben. Ich weiß nicht, ob ich je an den Punkt komme, wo ich es nicht mehr brauche, mich nicht mehr danach sehne. Ich … habe einfach Angst, dass ich niemals gut sein kann.«

Eine Hand mit abgeplatztem schwarzem Nagellack legt sich auf meine und drückt fest zu. »Du musst nicht gut sein. Du musst nur besser sein als das Böse, das du angerichtet hast.«

Einen Herzschlag lang herrscht Stille. Ich bin mir nur allzu bewusst, dass ich kurz davor bin, zum hundertsten Mal heute zu weinen.

»Und wenn ich das nicht kann?«, wispere ich.

»Dann ist das beschissen. Und zwar wahrscheinlich für eine Menge Leute.« Plötzlich steht sie, hat eine Hand in die Hüfte gestemmt und drückt mit der anderen meine Schulter gegen die Lehne der Bank. Erschrocken sehe ich zu ihr auf. »Aber was, wenn du es *kannst*?«

Ein dunkles Feuer lodert um ihre Augen, ein Feuer, von dem ich wetten würde, dass es Godolias höchste Wolkenkratzer vom Horizont tilgen könnte.

»Wirst du deine Meinung ändern?«, frage ich erneut.

Ihre Hand gleitet von meiner Schulter und schwebt vor mir. Sie steht immer noch über mich gebeugt. Ich brauche einen Moment, bevor ich auf ihre Handfläche blicke.

»Wie wär's damit?«, sagt sie. »Ich lass dich leben und du schließt dich meinem Team an. Deal?«

Ich zögere.

»Es ist ein Handschlag, Glitch, kein Feuerwerkskörper.«

Kurz kaue ich auf der Innenseite meiner Wange. »Ich seh aus wie ein Roboter, Eris.«

»Und du knurrst, wenn du kämpfst, und du kämpfst, als würde dein Gegner bereits auf den Knien liegen. Mein Team besteht nur aus Kids wie dir. Tickende Zeitbomben und Wildfänge und Freaks. Glitches. Und Glitches neigen dazu, unberechenbar zu sein. Was bedeutet, dass sie uns nicht kommen sehen.«

Sie kommt näher, und natürlich ist das der Moment, in dem mir die Tränen kommen. Doch in ihrem Gesicht zeichnet sich keinerlei Spott ab. Sie fährt einfach entschlossen fort: »Hey. Ich werde dir nicht versprechen, dass wir Godolia niederbrennen können. Ich werde dir nicht mal versprechen, dass du nach deiner ersten Mission nicht zerquetscht am Boden liegen wirst. Ich werde dir auch keine Rache versprechen. Das kann ich nicht. Aber ich *kann* dir versprechen, dass jeder Mecha, den wir erledigen, ein weiterer Schlag in ihr Gesicht sein wird. Und das erfüllt deine Lungen mit mehr Leben und deinen Atem mit mehr Feuer, als menschenmöglich sein sollte. Also, was sagst du, Sona? Willst du mit mir zusammen ein Ärgernis sein?«

Ich bringe ein winziges Nicken zustande und auf einmal strahlt Eris so sehr, dass ihr Lächeln den schrecklichsten Sturm vertreiben könnte.

Glücklicherweise fliegen die Türen auf, bevor ich mich weiter in dümmliches Geplapper verstricken kann. Jenny stürmt heraus. Sie hat ein breites Grinsen auf dem Gesicht und spricht so schnell wie das Waffenfeuer eines Berserkers. Bevor die Türen sich schließen können, erhasche ich einen Blick auf Voxter, der die Ellbogen auf den Eichenschreibtisch gestützt hat und sich die Schläfen massiert. Der Anblick ist ein wenig befremdlich, weil ich eigentlich angenommen hatte, dass er der Anführer der Gearbreaker wäre.

»Also dann!«, flötet Jenny und drückt Eris ein Papier mit einem goldenen Siegel in die Hand. »Das hier ist ein Freibrief für unseren Bot hier und wird spätestens in einer Stunde überall auf dem Gearbreaker-Campus hängen. Damit habe ich meinen Teil erfüllt und jetzt ...«

»Nicht jetzt«, fällt ihr Eris ins Wort. Sie zerknüllt den Brief und stopft ihn in ihre Tasche. »Glitch und ich hatten einen sehr langen Tag. Und ich habe seit über einer Woche nicht gebadet.«

»Wir hatten einen Deal.«

»Den haben wir noch. Ich bringe sie morgen in dein Labor.«

»Wage es nicht, jetzt einfach ...«

Jennys Wutanfall wird jäh unterbrochen, als Eris sich auf dem Absatz umdreht und ihre Arme um die Schultern ihrer Schwester schlingt. Die Umarmung ist so flüchtig wie der Flügelschlag eines Kolibris, bevor sie sich wieder zurückzieht. Eris streicht sich über die Jacke und steckt dann die Hände in die Taschen.

»Danke, Jenny«, sagt Eris knapp. »Dass du nach mir gesucht hast.«

Zum ersten Mal verengen sich Jennys Augen nicht, als Eris spricht. Sie verzieht jedoch ihre Mundwinkel zu einem wenig überzeugenden Schmollen, wirbelt zur Tür herum und stößt sie mit beiden Händen auf. Voxter ist immer noch in derselben Position zusammengesunken.

»Morgen ganz früh, ihr zwei«, ruft sie, bevor die Tür hinter ihr zuschlägt.

Das schwache Licht des Nachmittags verleiht der stillen Luft eine fast greifbare Textur. Eris dreht sich um und streckt mir wieder die Hand hin. Dieses Mal ergreife ich sie.

Sie hat sich geirrt. Es fühlt sich sehr wohl an wie ein Feuerwerkskörper, wie etwas Gefährliches. Aber so ist Eris. Sie wird sich immer gefährlich anfühlen.

Wir kommen wieder am Hof vorbei, doch obwohl die Gearbreaker immer noch starren, brüllt dieses Mal keiner irgendwelche Drohungen. Es sieht so aus, als lägen sie ihnen auf der Zunge, doch dann sehen sie Eris' Miene – ein Ausdruck, der einen Hurrikan vertreiben könnte. Vor ihr tut sich ein Pfad auf. Alle in ihrer direkten Umgebung weichen vor ihr zurück, um nicht niedergetrampelt zu werden. Und ausgehend von der Härte in ihren Augen würde sie es wohl nicht mal bemerken, wenn sie unter ihren Stiefeln landeten.

Wir betreten ein anderes Gebäude und steigen eine staubige Treppe hinauf. Auf der vierten Etage wählt Eris eine Tür und stößt sie auf.

Der lange Flur ist mit einem verfilzten, von zahllosen Füßen ausgetretenen grauen Teppich ausgelegt. An den blau tapezierten Wänden hängen Fotos und Zeichnungen: das Bild eines

Jungen mit Locken, der ungestüm einen mit Sommersprossen umarmt, eine Handvoll primitiver Strichmännchen, die Beleidigungen schreien, ein Foto von zwei Mädchen, die zusammengekuschelt in einem großen Sessel schlafen, eine einfache Skizze von Eris im Profil, wie sie angestrengt über einem Buch brütet.

Eris zieht ihre Stiefel aus und wirft sie in eine Ecke, wo schon ein ganzer Haufen anderer liegt. Ich folge ihrem Beispiel. Ich habe meine Stiefel nicht mal aufgeschnürt, da ist sie schon weitergegangen und sprintet praktisch zur letzten Tür auf der rechten Seite. Bevor sie eintritt, werden ihre Schritte langsamer und sie zögert, eine Hand an die Wand gestützt.

Ich bleibe hinter ihr stehen und beobachte, wie sich beim Einatmen ihre Schultern heben. Durch die Tür dringen Stimmen in den Flur, klar und laut.

»Alles in Ordnung?«, flüstere ich und sie nickt energisch.

»Ich kann's nur nicht erwarten, ihre Gesichter zu sehen«, murmelt sie.

Eris nickt noch einmal nachdrücklich, stählt sich und streicht ihre Jacke glatt Ein kleines, aufgekratztes Lächeln huscht über ihre Lippen – eine Fröhlichkeit, die sie dieses Mal nicht unterdrücken kann, bevor sie ihre Augen erreicht. Sie biegt um die Ecke, doch ich bleibe wie angewurzelt auf der Schwelle stehen, als ich bemerke, wie sich ihre zuckenden Finger hinter ihrem Rücken zusammenkrampfen.

Dann fängt sie an zu brüllen: *»Was hab ich euch Idioten zu Kerzenwachs auf dem Tisch gesagt?!«*

Todesstille senkt sich über den Raum. Sechs Köpfe drehen sich in ihre Richtung, alle blinzeln träge und ihre Münder öffnen und schließen sich wie bei Goldfischen.

Ein kleines Mädchen mit weißblondem Haar fällt von seinem Platz auf dem dunklen Holztisch und landet flach auf dem Boden. Mit einem Stöhnen hebt sie den Kopf, die erschreckend grünen Augen geweitet und einen beeindruckenden, roten Fleck auf der Stirn.

»Heilige Scheiße«, raunt sie. »Junipers Séance hat funktioniert!«

»Denkst du, mein Geist würde einfach so erscheinen, wenn ihr ihn ruft wie einen Hund?«, spottet Eris und verschränkt die Arme. »Ich bin zutiefst beleidigt.«

Alle bleiben stumm. Eris fährt sich durch die Haare und ihr Blick wandert über ihr Team.

Auf einem Stuhl über dem abgestürzten Mädchen sitzt ein Junge und hat die Beine auf die Sitzfläche gezogen. Seine hochgezogenen Augenbrauen verschwinden hinter einem hellen Pony und über seine Nase und seine Wangen ziehen sich Sommersprossen. Ein Mädchen mit hellgrünen Haaren, das quer auf einem großen Sofa gelümmelt hat, hat Haltung angenommen und dabei den Jungen geweckt, der auf ihrem Schoß geschlafen hat. Seine dunklen Wangen sind mit Ruß verschmiert. Er stützt sich auf die Unterarme und starrt aus untertassengroßen schwarzen Augen. Über ihnen sitzt ein glotzender Junge mit elfenhaften Zügen auf der Sofalehne im Schneidersitz. Im Gegensatz zu seinen dunklen Locken wirkt sein Gesicht extrem blass.

Es ist offensichtlich, dass Eris' Blick ein wenig länger an dem Jungen haften bleibt, der allein im Sessel sitzt. Sein helles Haar ist ordentlich zurückgekämmt und offenbart zwei Reihen von Zahnradtattoos, die sich von seinem Kragen über seinen Kiefer ziehen. Er hält ein zerlesenes Taschenbuch in den von Narben übersäten Händen und starrt uns aus so strahlend blauen Augen an, dass sie fast schon künstlich wirken.

Eris zwingt sich, den Blick abzuwenden. »Ich sagte …«, murmelt sie. »Ich sagte, verschüttet kein Kerzenwa…«

Schon ist er auf den Beinen und das Buch landet auf dem Boden. Dann hat er die Arme um sie geschlungen, so fest, dass es ihren Lippen fast eine Art Schluchzen entringt und ihr Tränen in den Augen stehen.

»Lass mich los«, knurrt Eris halbherzig, während sich ihre Arme um seinen Rücken schließen. »Ich brauch ein Bad … lass mich los.«

Die anderen verlassen ihre Positionen, durchqueren den Raum leise wie Phantome und schließen Eris in ihrer Umarmung ein, bis sie nur noch ein kleiner Tintenklecks inmitten ihrer Glieder ist. Ich stehe auf der Schwelle und sehe zu, wie heiße Tränen über ihre Wangen strömen, höre ihr Schluchzen und ihr panisches Flüstern und erkenne, dass sie krampfhaft die Augen offen halten, als hätten sie Angst, Eris könnte verschwinden, wenn sie auch nur blinzeln.

Ich warte, dass einer von ihnen mich bemerkt, und als die Blonde mich erblickt, versiegen ihre Tränen, als hätte jemand den Hahn zugedreht. Augenblicklich hat sie sich aus der Umarmung gelöst und ist zum Kamin geeilt, wo ein Schürhaken in ihrer Hand aufgetaucht ist. Dann greift sie an.

Ich weiche zur Seite aus und sie stürmt durch die Tür und prallt gegen die gegenüberliegende Wand. Sie taumelt zurück und auf einer ihrer schneeweißen Wangen zeichnet sich ein roter Abdruck ab.

»Nova!«, kreischt Eris, schlägt die Arme ihres Teams beiseite und hechtet zu mir, bevor das Mädchen seine Benommenheit abschütteln kann.

»Heilige Scheiße, ist das eine Pilotin?«, ruft der Junge mit den Sommersprossen und zerstört damit den letzten Rest des

Friedens. Eris breitet die Arme aus und stellt sich ihnen in den Weg.

»Eine Walküre«, raunt der Junge, von dem ich annehme, dass es Milo ist, als sein Blick über meine Jacke gleitet. »Eris ...«

»Seid doch mal für eine götterverdammte Sekunde still!«, bellt sie und sie gehorchen. Sie kramt einen Moment in ihrer Tasche und wirft ihnen dann den Brief zu. »Lest das! Ihr alle!«

Sie stürzen sich alle gleichzeitig darauf. Der Brief wandert zwischen ihren Fingern hin und her und in ihrer Eile reißen sie das Siegel ab und werfen es zur Seite. Streitgespräche flackern auf und ersterben sofort wieder, bis sie sich einigen, sich in einem Halbkreis um den Zettel zu versammeln, halb im Flur, halb im Zimmer, und die Köpfe zusammenstecken, während Milo in der Mitte den Brief glatt streicht. Sie lesen ihn, schütteln den Kopf und lesen ihn noch mal. Und noch mal.

»Das war doch Voxters Siegel, oder?«, murmelt Nova und geht in die Knie, um nach dem weggeworfenen Wachssiegel zu suchen. Sie findet es und wirft es in die wartenden Hände des sommersprossigen Jungen.

»Unmöglich«, raunt er und seine Fingernägel graben sich in das Symbol.

Das grünhaarige Mädchen richtet den Blick seiner dunkelbraunen Augen auf mich. »Ich glaub's«, sagt sie gelassen. »Sie hat nicht diese bösartige Ausstrahlung.«

»Was? Woran machst du das fest? Dass sie uns noch nicht abgeschlachtet hat?«, grummelt der Junge neben ihr, als wäre er noch nicht ganz wach.

Das Mädchen wirft ihm einen langen, ernsten Blick zu und ich werde das Gefühl nicht los, dass er am liebsten den Kopf einziehen oder sich sogar auf die Knie werfen und Entschuldigungen stammeln würde.

»Ich glaub's nicht.« Milos Blick richtet sich auf Eris. »Er hat dich rausgeholt.«

»*Sie*«, korrigiert Eris.

»Eine Walküre, die Godolia nicht treu ergeben ist.«

»Dem Ziel treu ergeben, es niederzubrennen.«

»Du machst dich über mich lustig«, sage ich leise.

»Ich sage doch, das tue ich nicht, Glitch.«

»Oh nein«, stöhnt der Junge mit den Sommersprossen. »Sie hat ihm einen Namen gegeben.«

Eris zieht die Brauen zusammen und deutet steif in den Raum. »Alle rein, *sofort*«, bellt sie und sie gehorchen, huschen wie Feldmäuse auf ihre Plätze. Außer Milo. Er starrt mich noch einige Augenblicke lang an, bevor er ihren Befehl befolgt.

Eris bedeutet mir, einzutreten, dann geht sie im Raum auf und ab und ringt die Hände. Wir alle beobachten sie schweigend. Sie bleibt ein paarmal stehen und ihr Stirnrunzeln vertieft sich, dann setzt sie ihre Runden fort. Erst als Milo sich räuspert, bleibt sie wirklich stehen, wirbelt herum und schlägt mit den Handflächen auf die Tischplatte.

»Hört zu«, ruft sie. »Innerhalb von ein paar Tagen habe ich drei Windups ausgeschaltet, bin aus Godolia entkommen und in die Geschichte eingegangen als einzige Gearbreaker, die je der Gefangenschaft in der Akademie entflohen ist. Ich bin *müde*. Ich habe keine Lust, die Situation zum millionsten Mal heute zu erklären. Ihr habt den Brief gelesen. Jedes Wort darin ist wahr. Und wenn ihr Voxter nicht vertraut, vertraut mir. Und wenn ihr mir nicht vertraut, muss ich davon ausgehen, dass ihr nicht länger Teil dieses Teams sein wollt. *Meines* Teams, wie ich hinzufügen will.«

Sie deutet auf mich und plötzlich bin ich mir meiner Jacke und meines zerkratzten Gesichts und der dreckigen, ausgefransten Bandage, die das Auge verdeckt, das trotz seiner Abdeckung glüht, schmerzlich bewusst.

»Team, das ist Sona Steelcrest, unser neuestes Mitglied. Wenn ich ihr an einem Ort wie Godolia vertrauen konnte, könnt ihr ihr auf Gearbreaker-Grund vertrauen. Und das ist ein Befehl.«

22

ERIS

»Glaubst du, du kannst einfach mit gezogenen Waffen und einem Bot im Schlepptau hier reinplatzen und Befehle erteilen?«

Ich öffne ein Auge, um Nova anzusehen, die wie üblich eine Kante gefunden hat, auf der sie hocken kann – dieses Mal die der Badewanne –, und mit einer Hand Kreise ins Badewasser malt. Juniper sitzt neben ihr, hat ihre Jeans hochgerollt und die Füße im Wasser.

»Kann ich«, sage ich gelassen. »Würdet ihr mir jetzt vielleicht ein bisschen Privatsphäre gönnen?«

»Ich habe Fragen«, schnaubt Nova und zeigt mit dem Daumen über ihre Schulter. In der Ecke beugt sich Sona über einen kleinen Porzellanblock – unser schlechter Scherz von einem Waschbecken – und wischt mit einem feuchten Lappen über die Kratzer in ihrem Gesicht. »Und rede nicht von ›Privatsphäre‹, nachdem du mit *dem* da hier reinspaziert bist.«

»Werd nicht eklig, Nova«, sagt Juniper und wackelt mit den Zehen. Sie lächelt Glitch zu, die es bemerkt, bevor sie sich schnell abwendet. »Ihr Name ist Sona.«

»Ich versteh nicht, warum du das einfach so hinnehmen kannst, June.«

»Neulich warst du noch Feuer und Flamme für eine Séance, für den Fall, dass Eris tot ist.«

»Na, Geister sind ja auch echt und ich rede hier nicht von mir.«

»Dann sieh's mal so, Novs«, flötet Juniper. »Kein Gearbreaker ist je der Gefangenschaft in der Akademie entkommen. Man geht sogar davon aus, dass sie alle einen sehr langsamen, präzise inszenierten und unvorstellbar schmerzhaften Tod gestorben sind. Dieser Gefangenschaft zu entkommen bedarf eines Wunders, und ich glaube, es ist ein Wunder, wenn ein Bot in irgendeiner Form Gefühle oder Reue zeigt, und doch sitzt Sona hier.«

Nova öffnet den Mund, schließt ihn, öffnet ihn wieder und verschränkt die Arme. »Und warum genau sitzt sie hier bei uns …?«

»Weil Eris Angst um mein Leben hatte«, sagt Sona beiläufig. Es sind ihre ersten Worte, seit wir hier drin eingepfercht sind.

Ich versteife mich. »Ich habe nie …«

»Die anderen sind nicht glücklich damit, dass ich Teil deines Teams bin«, fährt sie ungerührt fort und streicht sich eine Locke hinters Ohr, um vorsichtig das Blut an ihrem Kiefer abzutupfen. »Nein … Ich glaube, es waren nur Milo und dieser andere Junge, der ihm ähnlich sieht. Sind sie Brüder? Der Rest … Xander und Arsen, richtig? Sie schienen der Idee, dass ich hierbleibe, gegenüber aufgeschlossener zu sein.«

Sona hält den Lappen unter den Hahn und das Wasser läuft rot heraus, als es ihre Hände erreicht. Sie dreht ihren Kopf, um sich der anderen Seite ihres Gesichts zu widmen.

»Ihr zwei scheint auch nett zu sein«, murmelt sie. »Nova und Juniper. Ich mag die Namen.«

»Ich mache mir keine Sorgen, dass dir was passiert«, sage ich laut, um von Junipers Erröten und Novas Schnauben abzulenken.

»Und dabei war ich so beeindruckt von deiner Scharfsinnigkeit«, entgegnet Sona und lässt den Lappen sinken.

»Autsch«, meint Nova.

»Glitch«, knurre ich und trete nach Novas Hand, damit sie sie aus dem Wasser nimmt. »Ich bin euer Teamkapitän. Ich denke, ich verdiene ein bisschen Respekt.«

Der Anflug eines Grinsens verschwindet so schnell, wie er gekommen ist. »Es ist schwer, deinen autoritären Tonfall ernst zu nehmen, wenn du unter mir sitzt«, bemerkt Sona und fährt sich mit dem kleinen Finger über den Haaransatz. »Und das auch noch nackt.«

»Doppel-Autsch«, flüstert Juniper, während Nova vor Lachen brüllt.

Ich springe aus der Wanne und wickle mir ein Handtuch um, wobei ich fast auf den glatten Fliesen ausrutsche. Sona beobachtet mich und hält meinem Blick stand, bis ich sie erreicht habe, bevor sie sich wieder dem Spiegel zuwendet.

»Keine Sorge«, sagt sie mit stoischer Miene. »Soweit ich gesehen habe, hast du keinen Grund, dich für deinen Körper zu schämen.«

Meine Wangen brennen, und das liegt nicht am Wasserdampf.

»Willst du mich anschreien, weil ich aufmerksam bin?«, fragt Sona unschuldig und das Grinsen umspielt wieder ihre

Lippen. »Du warst es doch, die mich hier reingezerrt hat. Um mich zu beschützen.«

»Ich wollte dich nicht beschützen!«, lüge ich.

»Ach, also wolltest du nur angeben. Ich bin geschmeichelt, Frostbringer.«

Mein Schrei bleibt mir in der Kehle stecken, als Sona die Bandage abwickelt und ihr geschlossenes Auge freilegt, hinter dessen Lid ein perfekter roter Kreis brennt. Hinter mir verstummt das Lachen von Juniper und Nova.

»Ich kann es ihnen nicht verdenken«, sagt Sona leise und faltet den Stoffstreifen ordentlich in ihrem Schoß. »Theo und ... Milo. So heißt er doch, oder? Ich bin überrascht, dass ich nicht auf der Stelle erschossen wurde, als ich die Hollows betreten habe. Dass Jenny und Voxter mich nicht getötet haben. Dass ... Dass du es nicht getan hast, als ich in der Walküre blind und schutzlos war. Obwohl jede Stimme in deinem Kopf dich angeschrien haben muss, es zu tun.«

Bei diesen Worten kann ich plötzlich den Ausdruck auf ihrem Gesicht zuordnen. Es ist derselbe, den ich in meinen Anfangstagen als Gearbreaker hatte, als mir die Aufregung des Kampfs noch nicht vertraut war. Es ist der Ausdruck, den man zwischen den Schlägen hat, in der Zeit zwischen den Kämpfen. Und jetzt sitzt Sona hier, säubert anmutig ihr blutiges Gesicht und wartet auf den Moment, in dem ihre Bemühungen wieder zunichte gemacht werden. Entweder von den hundert Gearbreakern, die sie voller Hass angestarrt haben, oder von Theo oder Milo ...

Oder von mir.

Bevor mein Schweigen zu bedeutungsschwer werden kann, ergreift sie wieder das Wort. »Ich bin überrascht, dass ich wieder Herbstlaub zu sehen bekommen habe oder eine Brise gespürt habe, die nicht aus einem Fabrikschornstein kommt. Und ich bin überrascht, dass ich immer noch aufrecht und mit drei Gearbreakern in einem Badezimmer sitze, das nach Jasmintee riecht, und sie mir noch kein Messer in den Rücken gerammt haben.«

»Nicht *alle* von uns tragen Messer bei sich«, merkt Juniper an und wirft Nova einen vielsagenden Blick zu.

»Sieh mich doch an, Eris«, flüstert Sona. Mit einem Finger zieht sie ihr linkes Augenlid zurück und einen Moment lang sehe ich es: Da ist es wieder, das Bedürfnis, hineinzugreifen und es herauszureißen. »Wie viel Glück kann ich noch haben? Wie viel länger werden die Leute gnädig mit mir sein, wenn man bedenkt, wie ich aussehe, was die Akademie aus mir gemacht hat? Tage? Stunden?«

»Denkst du wirklich, dass sie dich töten werden?«, frage ich Sona sanft. Als hätte ich nicht das Funkeln in Milos und Theos Augen gesehen, als ich den Gemeinschaftsraum verlassen habe, als hätte das nicht ausgereicht, sodass ich im Vorbeigehen nach Sona gegriffen hatte. Als würden die beiden Jungs keine Pistolen im Gürtel tragen und ihr Vertrauen in mich nicht von ihrer Angst vor Godolia und der Grausamkeit seiner Piloten überschattet werden können.

Als hätte sie nicht recht. Als würde ich nicht um ihr Leben fürchten wegen Leuten, für die ich meins geben würde. Und ja, dieser Gedanke schmerzt ein wenig.

»Sie können es versuchen«, erwidert Sona eisig. Sie schließt ihr Auge wieder und dreht den Wasserhahn auf, um die Bandage einzuweichen. »Aber ich bleibe, solang du mich hierhaben willst, Eris.«

Als ich Milo befehle, Sona sein Zimmer zu überlassen, wirft er ihr einen so giftigen Blick zu, dass mir das Herz bis zum Hals schlägt.

Um das klarzustellen: Ich war nach meinem Bad sehr entspannt, kurz davor, mich von Sonas frechen Kommentaren und Novas und Junipers Gekicher zu erholen, und ja, verdammt, der Stress und die Angst der vergangenen Tage hatten endlich angefangen, von mir abzufallen. Und plötzlich steht Milo vor mir, mit einem Knurren auf den Lippen, und zerstört diese zerbrechliche Illusion des Friedens.

Und ich werde wütend.

Ich brülle den Rest meines Teams an, auf die Zimmer zu gehen. Sona ist die Erste, die gehorcht.

Dann schreie ich Milo an und er schreit zurück und wir schreien von einem Ende des Flurs zum anderen. Ich rede von Vertrauen und er von Loyalität, bis heiße Tränen in zwei Strömen über meine Wangen rinnen, genau wie über seine. Wir gehen in mein Zimmer und er schlägt die Tür so fest zu, dass der Boden erbebt. Ich zucke zusammen und er bemerkt es und mit einem Mal herrscht Schweigen.

Ich setze mich auf die Bettkante und er setzt sich neben mich. Ich spiele mit den ausgefransten Enden meiner Steppdecke. Jemand, wahrscheinlich er, hat mein Bettzeug gewaschen, während ich weg war.

Die Stille pulsiert wie ein Herzschlag und zerbricht, als er mir die Tränen wegwischt.

»Haben sie dir wehgetan?«, fragt er heiser.

Sie haben mir wehgetan, denke ich, aber ich will nicht reden, ich will nicht, dass die Schreierei wieder losgeht. Es hat schon zu viel Wut gegeben, zu viel Gewalt, zu viel Lärm. Aber ich darf mir keine Ruhepause erlauben, nicht jetzt, nicht wenn ich die Bedrohung für Sonas Leben noch in seiner Stimme hören kann. Ich befinde mich zwischen zwei Schlägen, alles wegen jemandem, den ich erst vor ein paar Tagen getroffen habe, jemandem, von dem ich sicher war, dass er den nächsten Treffer landen würde. Ein Mädchen, in dessen Zügen so viel Hass steht, vertrauter Hass – *mein* Hass –, der eine Gestalt angenommen hat, die mir Angst macht.

Eine Gestalt, die mich gerettet hat.

Milo legt einen Finger an mein Kinn und hebt es an, dann presst er seine Lippen auf meine. Er bewegt sich langsam. Aber das kann ich nicht. Ich schiebe meine Hand unter sein Shirt. Ich bin zu schwach. Zu verletzlich. Ich küsse seinen Hals. Brauche zu dringend Trost. Seine Hände legen sich um meinen Rücken. Zu verzweifelt, die Angst von meiner Haut zu schrubben, jede schreckliche Vorstellung auszumerzen, wie sie mich hätten auseinandernehmen können. Zu vergessen, was sie mir tatsächlich angetan haben.

Als er durch mein Haar streicht, mich festhält und flüstert: »Du bist zu Hause. Du bist jetzt in Sicherheit«, lasse ich es zu.

Ich bin zu müde, um zu widersprechen.

23

ERIS

Déjà-vu.

Nova steht wieder vor meiner Tür und brüllt, dass der Tag schon vor Ewigkeiten angefangen hat. Ich öffne meine Augen und erblicke den Staub im ersten Tageslicht und die Risse in der Zimmerdecke. Milos Zehen und Atem und Wärme schmiegen sich unter den Decken an mich und er packt mein Handgelenk, als ich mich von ihm entferne.

»Unser Streit ist noch nicht beendet«, erinnere ich ihn.

Er blinzelt ein paarmal, um mich deutlich sehen zu können. »Ach ja?«

»Kommt drauf an. Wie denkst du über den Bot?«

»Dass Godolia dir so den Kopf verdreht hat, dass du nicht mehr weißt, wo oben und unten ist.«

Ich denke kurz darüber nach, dann schwinge ich mein Bein und befördere ihn aus dem Bett. Mit einem befriedigenden *Uff* wird ihm bei der Landung die Luft aus den Lungen getrieben.

Ich schnappe mir die Berserker-Jacke vom Boden und werfe sie ihm über. »Hab ich dir mitgebracht.«

»Das soll ein Witz sein, oder?«

»Der Witz ist, dass du immer noch hier bist. Verschwinde.«

Er grummelt eine Reihe von Flüchen, während er auf die Füße kommt, auf die Tür zustapft und sie aufdrückt. Sona steht im Flur, die Haare stehen ihr um die Ohren und ihre Bandage wild vom Kopf ab. Milo ist von ihrer Anwesenheit so aus dem Konzept gebracht, dass er stehen bleibt.

»Hübsche Jacke«, sagt Sona und deutet mit dem Kopf auf das Bündel in seinen Armen.

Seine Schultern verspannen sich und plötzlich ist er ihr zu nah. Meine Finger graben sich in die Matratze, während ich sie beobachte, bereit, jederzeit einzuschreiten. Sona, die neben ihm genauso klein wirkt wie jeder andere, blickt seelenruhig zu ihm auf.

»Ich kann das Kupfer an dir riechen«, knurrt er.

»Milo!«, fauche ich.

»Und du riechst nach Eris«, erwidert Sona und ihr Blick geht an ihm vorbei in mein Zimmer, wo er meinem begegnet. »Wir sollen doch bei Jenny reinschauen, oder nicht?«

»Sehr richtig«, antworte ich. Milo drängt sich an Sona vorbei und stapft durch den Flur davon. Der Teppich hilft wenig, seine schweren Schritte zu dämpfen.

»Super«, sagt sie ungerührt. »Kann ich mir ein Shirt leihen?«

Ich führe Sona die zehn Treppen zu Jens Labor hinab. Der Raum sieht aus wie immer: das totale Chaos. Große Plastikspulen mit bunten Kabeln, dicke Bündel mottenzerfressenen Isolierschaums und Pappkartons, aus denen aller möglicher Schrott quillt, stapeln sich auf zwei Glastischen, die an der linken Wand stehen.

Jennys Gesicht ist zwischen zwei Spulen vergraben. Sie kramt in den Werkzeugen, die, wie ich weiß, an Haken hinter den Stapeln hängen. Als sie sich aufrichtet, hat sie ein Stück Kupferdraht im Haar, den sie mit dem Bohrer in ihrer Hand vorsichtig befreit.

Sie grinst und springt von der kleinen Trittleiter, die unter ihrem Gewicht bedrohlich geschwankt hat. »Da seid ihr ja!« Ihr Blick wandert hinter mich. »Aber warum hast du das ganze Waisenhaus mitgebracht …?«

Als ich mich umdrehe, sehe ich, dass mein Team uns leise gefolgt ist. Nova salutiert knapp, als sie die dreckige Glastür mit dem Ellbogen zustößt.

»Wir hatten nichts Besseres vor«, sagt Arsen.

»Obwohl ich sicher bin, dass wir irgendwann in nächster Zeit wieder einen Auftrag kriegen werden«, schaltet sich Nova ein. »Also wollten wir sehen, ob Jenny genug vom Bot übrig lässt, dass er sich uns anschließen kann.«

Jenny durchquert den Raum, wirft einen Stapel Stoff beiseite, der auf einem Holzstuhl lag, und klopft auffordernd auf die Sitzfläche.

»Wie viele Glieder brauchst du?«, fragt Jenny, als Sona sich setzt.

»Ich kann ein paar entbehren«, antwortet Sona.

»Auf keinen Fall«, sage ich mit einem Kopfschütteln und ignoriere das Giggeln meines Teams. Nur Milo lacht natürlich nicht. Ich kann spüren, wie er hinter mir lauert wie ein Schatten. »Nur Fragen.«

»Du willst mein Auge, ja?«, fragt Sona und zieht sich die Bandage vom Kopf.

»Ja, ich glaube schon«, haucht Jenny.

Mir fehlen die Worte, als ich beobachte, wie Jenny zu einem der Tische huscht und aus einer der überladenen Kisten ein paar OP-Handschuhe zieht, während Sona behutsam den Stoffstreifen zurück in ihre Tasche steckt.

»Passiert das gerade wirklich?«, fragt Theo und sein Ekel ist nicht zu überhören. Alle scharren mit den Füßen und wollen sich zurückziehen, doch die morbide Faszination hält ihren Blick gefesselt. Kleine Scheißer.

»Glitch, warte.« Ich trete einen Schritt vor. »Du musst das nicht machen …«

Doch dann sieht sie mich aus beiden Augen an. Das linke ist wie ein entzündeter Schnitt, rot und pulsierend. Das Glühen der Windups und die Künstlichkeit Godolias komprimiert in einer einzigen Augenhöhle. Bei diesem Anblick fehlen mir für einen Moment die Worte. Ich versuche, meine Gedanken zu sammeln, um fortzufahren, bevor sie es bemerkt, doch in ihrem Gesicht stehen bereits Scham und Traurigkeit. Sie schaut wieder zu Jenny.

»Fang an«, sagt sie zu ihr.

Zu meiner Überraschung zögert Jenny jedoch. Ihre Augen verengen sich. »Zu einfach …«, brummt sie, ohne sich zu rühren. Ihre ausgestreckte Hand sinkt zu ihrer Hüfte. Sie beugt sich näher zu Sona. »Was für ein Spiel spielst du, Bot?«

Sona lächelt, bezaubernd wie immer, doch was mir das Blut in den Adern gefrieren lässt, ist, wie ihre Finger zu ihrem Auge wandern.

»Ein einfaches«, sagt sie und dann erklingt ein widerliches Ploppen.

Hinter mir unterdrücken Nova und Theo einen Schrei und ich glaube, dass Xander ganz aufhört zu atmen. Ich selbst stolpere einen Schritt zurück, bis meine Schulterblätter Milos Brust berühren, die trotz der Szene, die sich vor uns abspielt, unfassbar unbewegt ist.

Sona ignoriert unseren Schock und wickelt den Kupferdraht, der aus ihrer Augenhöhle hängt, vorsichtig – *bedächtig* – um ihren Finger. Ihre Hand zuckt nach vorn und ein weiteres Ploppen ertönt, dieses Mal begleitet vom boshaften Zischen durchtrennten Drahts.

»Zu einfach«, murmelt sie und greift nach Jennys Handgelenk. »Und zu rot und zu widerlich und zu«, vorsichtig legt sie das Auge, das nun erloschen ist, in Jennys Handfläche, »zerbrechlich. Du solltest die Hand nicht zu fest darum schließen. Und leider ist das die einzige Mod, die sich so leicht entfernen lässt. Die anderen sind ein bisschen tiefer eingepflanzt.«

Sona schiebt die Ärmel ihres Shirts hoch, um die zwei rechteckigen Klappen zu offenbaren, die in ihre Unterarme eingesetzt worden sind. Sie fährt mit dem Daumen über eine von ihnen und drückt dann darauf. Die Abdeckung springt auf und das silberne Innenleben kommt darunter zum Vorschein.

»Dieses Kabel hier führt in meine Radialarterie«, erklärt Sona und schaudert, als sie mit dem Finger an dem Kabel entlangfährt, das unter den Kabelanschlüssen ruht. »Dort teilt es sich in mikroskopisch kleine Stränge auf, die neben meinen Nerven entlanglaufen. Wusstest du, dass der Mensch etwa vierundsiebzig Kilometer Nervenstränge im Körper hat? Wenn man die dazurechnet, die sie hinzugefügt haben, verdoppelt sich das auf hundertachtundvierzig. Hundertachtundvierzig! All diese Technik, diese herrlichen Mods – der wahre Beleg dafür, dass Godolia allen anderen in Genialität und Cleverness überlegen ist –, und die Akademie war so großzügig, sie mir anzuvertrauen. Nur damit ich Schmerz empfinden kann, während ich für sie töte und was immer sie sonst noch von mir verlangen. War das nicht sehr nett von ihnen?«

Ihr einzelnes Auge blickt sich im Raum um, fordert uns auf, ihr zu widersprechen.

»Wusstet ihr, dass die Augen verbunden sind?« Sona streicht sich vorsichtig die Haare aus dem Nacken. »Am Hirnstamm. Die Augenhöhle ist nur ein Stecksockel. In einem Windup kann ich dank der Mod durch beide Augen sehen. Es ist nicht nur eine oberflächliche Spielerei.« Ihre Finger ruhen sanft auf der entblößten Haut. »Es reicht tief.«

Keiner weiß, wie er auf ihre leise, entrückte Stimme, die sich ihren zu einem finsteren Grinsen verzerrten Lippen entringt, reagieren soll, und bald ist das einzige Geräusch im Raum das Lachen von Jenny, das langsam einsetzt.

»Eris nennt dich Glitch, stimmt's? Das ist ein sehr passender Spitzname«, gluckst sie und schüttelt den Kopf.

Jenny tritt an die runde Steinarbeitsfläche in der Mitte des Raums, die deutlich freier ist als die Glastische. Bunte Flüssigkeiten stehen in Reagenzgläsern in ordentlichen Reihen in Plastikständern, versehen mit sich abschälenden Etiketten mit Jennys Handschrift in blauem Filzstift. Bechergläser stehen der Größe nach ineinandergestapelt in einer Holzkiste in der Mitte, auch sie teilweise mit Jennys Handschrift bekritzelt, vermutlich wenn gerade kein Papier zur Hand war. Aus großen Glasflaschen ragen Spiralröhren und darunter sind Notizzettel geschoben, auf denen Dinge stehen wie: *Du kannst das nicht lesen, weil du kein Genie bist.*

Jenny macht es sich auf ihrem Hocker vor einem kleinen Metallwaschbecken bequem. Ich habe schon gesehen, wie sie Stunden über Stunden auf genau diesem Platz verbracht hat, während die Nacht zum Tag und wieder zur Nacht wurde und sie ihre Mixturen und Erfindungen und was auch immer kreierte, von dem sie glaubte, dass es Godolia Angst einjagen könnte.

Jenny nimmt ein kleines, sauberes Gefäß und legt das Auge vorsichtig hinein, dann schüttet sie weniger vorsichtig eine blaue Flüssigkeit hinein und verschließt das Glas mit einem Gummistopfen.

»Wirklich ein passender Spitzname, Glitch«, murmelt Jenny und hält das Glas mit dem Auge ins Licht. Die blaue Flüssigkeit wirft einen blauen Schimmer auf die Fliesen. »Du hast definitiv eine Schraube locker.«

»Hast du vielleicht einen Lappen?«, fragt Sona gelassen.

Jenny befeuchtet einen unter dem Wasserhahn und wirft ihn über ihre Schulter, zusammen mit einer medizinischen Augenklappe und einer Tube Augensalbe, die sie aus einer Schublade holt.

»Kleb das drauf«, befiehlt sie, doch bevor Sona gehorchen kann, springt Jen plötzlich vor und packt ihr Kinn. Sie hebt Sonas Gesicht an und dreht es von einer Seite zur anderen, während ihr Blick die nun leere Augenhöhle untersucht. Ein Summen liegt ihr auf den Lippen.

»Interessant«, murmelt sie. »Titanplatten ... nein ... es muss etwas Leichteres sein ... Lithium vielleicht? Aber das könnte zu Schäden an den äußeren Augenmuskeln führen ... was die Frage aufwirft ... wie tief reicht das? Oder ist es kein Lithium, sondern ...?«

»Jen«, mahne ich.

»Du wirst ganz rot«, bemerkt Jenny und beugt sich vor, bis sich ihre Nasenspitzen fast berühren. »Warum wirst du rot, Glitch?«

»Du bist sehr hübsch«, erwidert Sona, ohne zu zögern. Ich rolle mit den Augen. Sie scheint es zu bemerken und ihr Mundwinkel zuckt nach oben.

»Ah. Ich weiß.« Jenny zieht die Hand zurück und hebt das Glas wieder ins Licht. »Raus, ihr alle«, bellt Jenny. »Ich brauche Zeit für mich. Und wenn ich ihr wäre, würde ich mich auf den Schrottplatz verziehen. Sucht nach einem Glasauge oder einem Augenimplantat oder einer passenden Augenklappe. Vielleicht auch nach einer Waffe, die ihr gefallen könnte.«

»Brauchst du mich sonst für nichts?«, fragt Sona.

Jennys Blick ruht immer noch auf Sonas Auge, dem, das nicht mehr in ihrem Schädel steckt.

»Das hier wird mich eine ganze Weile beschäftigen«, gurrt sie.

Sona hüpft von ihrem Hocker. »Danke, Unnie.«

Jenny blickt von dem Auge auf, um mir ein breites Grinsen zuzuwerfen – obwohl es meinem Dad gefiel, habe ich aufgehört, meine Schwester *Unnie* zu nennen, als sie Gefallen daran fand, mich *kleine Mistratte* zu nennen –, bevor sie sagt: »Halt's Maul und zieh ab.«

Aber ich kann sehen, dass sie zufrieden ist, und ich denke, Sona sieht es auch, als sie mit leichten Schritten zu uns kommt. Die unsicheren Blicke meines Teams wandern über meine Schulter zu ihrer Augenklappe und dem Blut unter ihren Nägeln.

»Alles gut, Sona?«, fragt Arsen mit zitternder Stimme.

»Einfach wundervoll«, antwortet sie und streicht sich unschuldig über den Saum ihres Shirts. Meines Shirts. Ich will es nicht wiederhaben.

»Das war hardcore«, murmelt Theo, als Sona die Treppe hinaufsteigt. Ich bin mir vage bewusst, dass Jenny im Hintergrund immer noch fröhlich vor sich hin summt und das Glas in ihren Händen dreht.

Nova steckt den Kopf durch die Tür, um Sona hinterherzublicken. »Verdammt, warum muss sie so extrem *umwerfend* sein?«, schmachtet sie, bevor sie sich umdreht. »Ist noch jemandem aufgefallen, dass ihre Monologe klingen wie von einem Superschurken?«

»Sie hat ihr götterverdammtes Auge rausgerissen«, raunt Arsen und poppt mit den Lippen, um das Geräusch zu imitieren. »Das verdient ja wohl Respekt, oder nicht?«

»Ist ja nicht so, als würd sie was spüren«, grummelt Milo.

»Und wenn du bis obenhin mit Schmerzmitteln vollgepumpt wärst, könntest du das auch einfach so?«, fragt Juniper freundlich. Sie reibt Xander über den Rücken. Der arme Junge ist immer noch ein bisschen blass um die Nase. »Gehen wir, Eris?«

Ich nicke und fahre mir mit der Hand durch die Haare, während ich dem Nachhall von Sonas Schritten lausche. Sie hat mich angelächelt, als sie mit geröteten Wangen an mir vorbeigegangen ist, und das hat eine Erinnerung wachgerufen: *Ich hasse Rot und ich hasse meinen Herzschlag und ich hasse es, so zu sein.*

Falls ich diese Aussage damals nicht geglaubt habe, jetzt tue ich es definitiv.

24

SONA

Sie umschwirren Eris mit ihren Fragen wie Vögel und sie knurrt sie an, als wollte sie ihnen die Flügel ausreißen. Sie schenken ihr kaum Beachtung. Milo wirft mir tödliche Blicke zu, wann immer er verstohlen in meine Richtung schielt. Es macht mir nichts aus. Eris' Bein drückt gegen meins.

Über den Rand des Trucks beobachte ich, wie die Schatten auf dem Boden weniger werden, als wir die Bäume der Hollows im Staub hinter uns lassen. Als die Straße zunehmend von großen Schlaglöchern durchzogen ist und der Truck nur noch über aufgebrochenen Beton rumpelt, wende ich mich ab. Ich muss die zerstörte Landschaft nicht sehen, um zu wissen, wie sie aussieht, und ich muss auch die Fußabdrücke nicht sehen, um zu wissen, dass sie hier waren. Der Gestank ihres Metalls wird für immer die Luft verpesten.

Aber das Lachen des Teams macht es etwas erträglicher, genauso wie der schreckliche Gesang, mit dem sie die Musik begleiten, die aus Novas offenem Fenster dröhnt. Sie scheint absichtlich durch die Schlaglöcher zu fahren, damit wir in die Luft katapultiert werden.

»Ich mag deine Musik«, rufe ich ihr zu und ich meine es auch so. Ich habe schon ewig keine Musik mehr gehört.

»Endlich jemand mit *Geschmack*«, ruft sie über den Wind zurück. »Ich nenne es den Bot-Kill-Mix.«

»Novs«, zischt Juniper, unterbricht sich aber, als ich anfange zu lachen.

»Also sind es deine Schlachtlieder«, sage ich und spüre, wie der Beat durch meine Wirbelsäule vibriert.

Nova zwinkert mir über den Rückspiegel zu. Ihre Augen funkeln wie Smaragde und ihr Haar ist fast so hell wie frischer Schnee. Sie grinst wild.

»Verdammt ja, genau«, flötet sie und nickt entschlossen.

Zum vielleicht hundertsten Mal, seit ich das Auge rausgenommen habe, betrachte ich Eris' Züge. Ein heller Porzellanteint, in den zwei Obsidiansplitter eingelassen sind, und wildes rabenschwarzes Haar. Sie ist ein Schwarzes Loch mitten in der mittäglichen Welt, ein Akt des Widerstands, ohne dass sie sich dafür anstrengen müsste. Die Tattoos auf ihren Schlüsselbeinen glänzen unter der gleißenden Sonne.

»Wir sind gleich da«, sagt sie und reißt mich aus meinen Gedanken.

»Fahren wir zum Schrottplatz, wie Jenny gesagt hat?«

»Ja. Und er ist genau das, wonach es klingt«, antwortet sie mit einem Schulterzucken. »Nach den ganzen Kämpfen mussten sie die Trümmer und den Schutt irgendwo hinräumen.«

»Und du glaubst wirklich, dass da einfach so ein Glasauge rumfliegt?«

»Ach, Glitch«, seufzt Eris. »Hab ein bisschen Vertrauen.«

»Es ist der Schrottplatz«, haucht Arsen sehnsüchtig.

»Man kann alles finden, wenn man nur gründlich genug sucht«, fügt Juniper hinzu. »Ein Auge wäre nicht das Seltsamste, was wir da gefunden haben.«

Ich höre den Schrottplatz, bevor er in Sichtweite ist. Der Wind pfeift fröhlich um die zerklüfteten Hügel und rauscht durch die schwindelerregenden Stapel der zusammengewürfelten Gegenstände. Ich hatte angenommen, dass der Anblick insgesamt trostlos sein würde, längst vergessene Dinge, denen die Elemente die Farbe geraubt haben. Doch als ich aus dem Auto steige, landen meine Füße auf saftigem Gras und die kühlen Schatten von Blättern fallen auf meine Stiefel.

»Ich hatte keinen Wald erwartet«, murmele ich.

Ich stehe staunend da, wie angewurzelt, und setze mich erst in Bewegung, als jemand mich beim Aussteigen streift. Ich entschuldige mich und als ich ihn ansehe, merke ich, dass sein Blick auf mir ruht. Seine Jacke hängt viel zu weit an ihm herunter. Seine Schultern und seine Schlüsselbeine sind dürr wie Drahtkleiderbügel. Er reagiert nur mit einem leichten Nicken.

»Keiner klettert. Außer Xander«, sagt Eris und deutet mit dem Kopf auf diesen Schatten eines Jungen. »Ich kann drauf verzichten, dass irgendwas unter eurem Gewicht zusammenbricht und ihr darunter begraben werdet. Ich hab keine Lust, eine schwere Leiche zum Truck zurückzuschleppen.«

»Du und deine Motivationsreden«, flötet Nova, die bereits an einem der Stapel steht und die Hand in einer dicken Schicht Moos vergraben hat, das eine rostige Waschmaschine überwuchert hat.

Eris rollt mit den Augen und zieht los. Über die Schulter winkt sie mir zu, ihr zu folgen.

Wir suchen, ohne zu reden. Eris poltert überall herum und weigert sich, sich unauffällig zu verhalten. Manchmal ignoriert sie ihren eigenen Rat, klettert sechs Meter an einem der Haufen hoch, reißt Moos und Schlingpflanzen aus und wirft die uninteressanten Dinge, die sie findet, beiseite.

Erst als sie außer Sichtweite verschwindet – nachdem sie über einen Hügel geklettert und auf der anderen Seite hinabgestiegen ist, weil etwas ihre Aufmerksamkeit erregt hat –, spreche ich. Aber meine Worte gelten nicht ihr.

»Behältst du mich im Auge oder sie?«, frage ich und beuge mich vor, um durch ein großes Loch in einer farbverkrusteten Kiste zu spähen. Ich sehe nichts als Dunkelheit. »Oder ist das eine schlechte Wortwahl?«

»Sehr witzig«, entgegnet Milo und taucht aus dem Schatten eines Baums auf.

Ich lege meine Finger um den Deckel der Kiste und ziehe. Sofort bricht er an den Scharnieren ab. Darunter verbirgt sich nichts weiter als ein silberner Kamm, bei dem die Hälfte der Zinken abgebrochen ist, und eine Kette mit staubverkrusteten blauen Steinen. Ich wickle sie mir um einen Finger und halte sie ins Licht.

»Endlich erkennt jemand meinen Humor an.«

»Glaub ja nicht, dass du einfach in die Hollows marschieren und eine von uns werden kannst, Bot. Und bild dir auch nicht ein, dass du den Rest des Teams täuschen kannst. Sie vertrauen Eris, nicht dir.«

»Aber wenn sie Eris vertrauen, vertrauen sie auch auf ihr Wort, richtig? Wenn ich mir allerdings ansehe, wie du die Hände ballst, gilt das für dich wohl nicht.«

»Natürlich vertraue ich Eris«, keift er. »Ich traue nur dem wie auch immer gearteten Floh nicht, den du ihr in Godolia in den Kopf gesetzt hast. Ich durchschaue dich.«

Vorsichtig berühre ich die medizinische Augenklappe und versuche, mir das hohle Geräusch nicht vorzustellen, das entstehen würde, wenn ich fest draufklopfte.

»Du denkst, ich arbeite für Godolia und führe eine ganze Armee von Windups direkt in die Hollows«, sage ich. Ich spare mir, es wie eine Frage zu formulieren.

»Ich weiß es.«

»Seltsam. Vielleicht habe ich mich selbst mehr geblendet, als ich dachte.«

Ich lasse die Kette fallen – es ist nur billiger Modeschmuck.

»Milo, ich habe heute Morgen rausgesehen und Eichen erblickt, die in den Himmel ragen. Ich habe Junipers tolles grünes Haar gesehen, Theos chaotische Sommersprossen und natürlich Eris' Augen. Die Dinge scheinen hier viel mehr zu strahlen, lebendiger zu sein. Das gefällt mir.«

»Worauf willst du hinaus?«, faucht Milo.

Sein Blick huscht zu dem Schrotthaufen, der über uns beiden aufragt, und seine Ohren lauschen auf Eris' Rückkehr. Ich lege den zerbrochenen Deckel vorsichtig wieder auf die Kiste. Er ist der Einzige im Team, Eris eingeschlossen, der meinem Blick jedes Mal begegnet ist. Es ist eine Geste, die aussagt: *Ich habe keine Angst vor dir*, und sie ist gelogen.

»Wenn das, was du sagst, stimmt, und ich Godolia treu wäre ...«, sage ich und unterbreche als Erste den Blickkontakt. Er scheint einen kleinen, unbedeutenden Sieg zu brauchen, »... hätte ich keine orangen Bäume gesehen, kein grünes Haar oder Kohleaugen. Und das auch nur unter der Bedingung, dass ich überhaupt aufgewacht wäre. Denn Godolia hätte die Höllen über die Hollows hereinbrechen lassen, während wir geschlafen hätten, und gelangweilt zugesehen, wie wir in unseren Betten verbrennen.«

Ich kann mir ein Lächeln nicht verkneifen, als ich sein erschrockenes Gesicht sehe, wodurch sein Hass nur noch mehr angefacht wird. Mir kommt der vage, ermüdende Verdacht, dass ich mir gerade mein eigenes Grab schaufle.

»Hey!«, ruft Eris von oben. »Vertragt ihr euch da unten?«

Sie springt einen Pfad aus scharfen Kanten und fragwürdigen Trittstellen herunter, bis sie auf festem, sicherem Boden landet. Sie öffnet den Mund für eine weitere schlaue Bemerkung, doch dann schnellt ihr Kopf herum.

Milo und ich hören es auch und dann rennen wir alle.

Die friedliche Brise wurde von einem durchdringenden Schrei zerrissen.

Milo streckt den Arm aus, um uns beide aufzuhalten, kurz bevor wir die Lichtung erreichen, auf der das Auto steht, und drängt uns zurück. Wir ducken uns hinter einen Schrotthaufen, hinter dem Xander, Juniper und Arsen bereits mit bebenden Schultern kauern.

»Wir haben ihn kommen sehen«, flüstert Arsen panisch. »June hat eine Warnung gerufen, aber sie kamen nicht weiter als bis zum Auto.«

Unter dem Truck liegen Nova und Theo flach auf dem Bauch und haben sich die Hände vor den Mund geschlagen. Über ihnen streift ein Windup gemütlich durch das Feld, beugt sich über die Stapel, bleibt einen Moment stehen und geht dann zum nächsten weiter. Wenn er sich aufrichtet, streift seine Kopfpanzerung das Herbstlaub.

»Ein Argus«, raune ich. Im Springflutkrieg wurden sie nur als Späher eingesetzt. Aber dank der aerodynamischen Kurven ihrer Rüstung waren sie die schnellsten Windups, bevor die Walküren entwickelt wurden. Die Klingen an ihren Armen konnten genauso mühelos die dicksten

Baumstämme durchtrennen wie ein Rasiermesser die Flügel einer Motte.

Und Haut und Knochen natürlich ebenso problemlos.

»Was in den Höllen macht er mitten im Wald?«, flüstert Juniper.

»Na, picknicken offensichtlich«, schießt Arsen zurück.

»Schätzchen, halt die Klappe.« Ihre Finger graben sich ins Gras. »Verdammt. Er ist so nah an den Hollows, Eris.«

»Milo«, zischt Eris, die den Mecha nicht aus den Augen lässt, während er seine Runden dreht. »Wo ist die Berserker-Jacke?«

»Dachtest du wirklich, dass ich das Ding tragen würde?«, fragt er wütend, doch sein Tonfall wird milder, als er bemerkt, wie blass sie geworden ist.

»Ich hatte es gehofft«, antwortet sie. Sie hat ihre nackten Hände im Schoß verschränkt, um sie vom Zittern abzuhalten. »Ich glaube nämlich, ich habe meine Handschuhe in den Taschen vergessen.«

Milo flucht leise vor sich hin, dann dreht er sich zu den anderen drei Gearbreakern um. »Schnell. Was habt ihr dabei?«

Xander wirft ein Streichholzbriefchen zwischen uns auf den Boden und schüttelt betrübt den Kopf. Arsen packt zwei Handgranaten aus, einen Würfel grauer Knetmasse sowie eine Handvoll winziger, mit Dornen versehener Kugeln. Aus seinem Stiefel zieht er eine Leuchtfackel. Juniper löst ihre Halskette, zieht sie aus ihrem Kragen und präsentiert eine Plastikphiole, die daran baumelt. Vorsichtig legt sie die Phiole auf den Boden und murmelt etwas vor sich hin.

»Du bist ein Engel«, sagt Milo und Juniper seufzt.

»Einfach gesagt ist das Säure. Meine Spezialmischung. Hab ich in der Badewanne gemacht.«

»Hast du nicht«, zischt Eris.

»Das ist mein Baby. Sollte sich durch den Argus fressen, wenn wir ihn richtig treffen.«

»Reicht das denn?«, frage ich skeptisch.

Juniper hebt das Fläschchen wieder auf, hält es auf Augenhöhe und betrachtet es verträumt. »Wenn wir es gleichmäßig an einer Stelle verteilen, sollte es funktionieren.«

Arsen fährt sich durch die Locken. »Und wie in den Höllen sollen wir …?«

Er wird unterbrochen, als Novas scharfes Fluchen die Luft zerreißt. Wir alle springen auf, als der Argus den Truck mühelos mit der Spitze seines schwarzen Metallstiefels umwirft. Im nächsten Moment ist Theo aufgesprungen und zerrt Nova auf die Füße, sie scheint allerdings mehr damit beschäftigt zu sein, dem Windup, der über ihr aufragt, obszöne Gesten zuzuwerfen, als sich in Sicherheit zu bringen. Nur knapp entkommen sie seinem nächsten Schritt und die Erschütterung wirft sie zu Boden.

»Honigtopf!«, schreit Eris, bückt sich und sammelt die mit Dornen versehenen Kugeln auf. »Milo, du gibst June und Arsen Deckung. Xander, Glitch, ihr kommt mit mir.«

Ich folge dem Beispiel der anderen Gearbreaker, sprich, ich befolge Eris' Befehle, ohne Fragen zu stellen. Sie hechtet über den Schrotthaufen, öffnet im Sprung die Hand und wirft die Kugeln auf den Windup. Mit einem klaren Pling treffen sie seine Beine und mit einem Mal ist die Lichtung in Gold gebadet, grelle Funken fliegen durch die Luft. Es dauert nur fünf Sekunden, erzeugt aber eine Wolke, die den Argus zögern lässt, bevor er seinen nächsten Schritt macht, was Nova und Theo Zeit verschafft, zu uns zu gelangen. Eris packt beide am Arm, bevor sie wieder im Wald verschwinden können.

»Was glaubt ihr, wo ihr hinwollt?«, ruft sie. »Wir sind die Ablenkung!«

»Oh Scheiße, Honigtopf«, grummelt Theo und wirbelt auf dem Absatz herum.

»Tja«, sagt Nova durch ihre zusammengepressten Zähne, während sie sich ebenfalls dem Mecha zuwendet. »Wie gut, dass man mich Vier-Messer-Nova nennt.«

Sie denkt kurz nach und betastet ihre Unterarme. »Wie gut, dass man mich Zwei-Messer-Nova nennt«, korrigiert sie sich.

»Eris«, sage ich ruhig, während ich beobachte, wie die Wolke sich auflöst und die beiden roten Augen wieder sichtbar werden. »Darf ich eine Frage stellen?«

»Nur zu, Glitch.«

»Was ist Honigtopf?«

»Wir erwecken den Anschein, als wären wir ... leicht zu zertrampeln.«

»Wir *sind* leicht zu zertrampeln.«

»Dein schwarzer Humor fasziniert mich immer wieder. Hör zu, wir lenken ihn ab, damit June und Arsen den Honig an den Start bringen können.«

»Springt!«, kreischt Nova, kurz bevor der Argus sich auf die Knie sinken lässt und mit dem Arm über das Gras fegt, die Handfläche flach auf den Boden gepresst.

Wir alle springen in einen Schrotthaufen an der Baumgrenze und die Klinge streift wenige Zentimeter unter unseren Füßen vorbei, schneidet sauber durch den Haufen und schickt uns zu Boden. Wundersamerweise endet keiner von uns unter einem Berg rostigen Stahls.

Der Arm hält an und bewegt sich wieder auf uns zu.

»Er kommt zurück!«, warnt Theo.

»Gipfelstürmer!«, bellt Eris und Messer erscheinen in Novas Händen. Sie wirft eins in die Luft, wo Xander es auffängt. Der Arm nähert sich, doch dieses Mal springen Nova und Xander gerade nach oben. Ihnen bleibt nur ein kurzer Moment, um zu verhindern, dass ihnen die Knöchel durchtrennt werden. Sie landen hart auf der Hand des Windups und treiben die Messerspitzen gekonnt in das Handgelenk.

Der Mecha schießt mit einer Geschwindigkeit nach oben, die sie zu Boden schleudern sollte, doch sie halten sich fest. Der Argus hebt seinen Arm auf Augenhöhe und mustert sie. Mehr als ein flüchtiger Blick ist ihm nicht vergönnt – im nächsten Augenblick sind Nova und Xander die Klinge hinaufgerannt und auf die Schulter gesprungen. Sofort finden die Messer neuen Halt in den Gelenken dort. Mir läuft ein Schauer über den Rücken.

»Woher wusstest du, dass das funktioniert?«, staune ich und beobachte, wie der Kopf des Windups suchend herumschwingt. »Er hätte den Arm genauso gut auch einfach an der Seite herunterhängen lassen können.«

Eris grinst. »Eine Sache, die man als Gearbreaker lernt, Glitch, ist, dass die Piloten genauso von ihrer Arroganz gesteuert werden wie von ihren Drähten. Er kann einfach nicht anders, er muss hinsehen und sich selbst daran erinnern, wie weit er uns überragt.«

»Bin ich auch so?«

»Sagte ich nicht, dass du kämpfst, als läge dein Gegner bereits auf den Knien?«

Xander und Nova springen von der Schulter des Argus und klammern sich an seine schleierähnliche Kettenkopfpanzerung. Die großen Kettenglieder sind perfekt zum Klettern geeignet. Gleichzeitig brechen Milo, Arsen und

Juniper hinter ihrem Schrotthaufen hervor und stürmen auf die Lichtung. Arsen hat eine Granate in der Hand und um deren Bauch ist die silberne Aufhängung von Junipers Phiole gewickelt. Zwischen den Kettengliedern quillt die Knetmasse hervor.

»Das wird niemals funktionieren«, stöhnt Theo.

»Erledige deinen Job«, ruft Eris. »Sorg dafür, dass er weiter mit dem Rücken zu ihnen steht!«

»Springt!«, brülle ich und wir hechten zur Seite.

Theo ist dem Aufprall am nächsten. Er wird in den zusammengebrochenen Schrotthaufen geschleudert. Mit einem tiefen Schnitt am Schlüsselbein und einer zerbrochenen Flasche in der Hand taucht er wieder auf. Sie zerplatzt am Oberschenkel des Windups und sofort wühlt er wieder in dem Haufen nach etwas anderem, das er werfen kann.

Nova und Xander sind unter der Kettenpanzerung verschwunden und drücken sich gegen den Vorsprung der Augen des Argus. Ich weiche seinem nächsten Schritt aus, springe in den Schrotthaufen und folge Theos und Eris' Beispiel. Meine Rufe sind genauso laut wie ihre, um die Aufmerksamkeit des Argus auf uns zu halten. Als ich hinter mir nach weiterer Munition suche, ertastet meine Hand etwas Vertrautes und meine Finger schließen sich automatisch um den Griff.

Ich ziehe das Schwert heraus und halte es ins Licht. Mir fällt die Kinnlade herunter.

»Meinst du, das ist gerade der richtige Zeitpunkt, Glitch?«, ruft Eris links von mir.

»Es ist *so hübsch*, Eris.«

»Oh meine Götter.« Sie sieht mich an und ihre nächsten Worte werden von Lachen begleitet. »Oh meine *Götter*, der Ausdruck auf deinem Gesicht.«

Ich stecke das Schwert in meinen Gürtel, als Arsen und Juniper ihre Position verlassen. Arsen wirft Juniper die Granate zu und sie huscht schnell wie ein Fuchs hinter den Windup und springt ab, um die Granate an seinem Knöchel zu befestigen. Als sie davonsprintet, hat ein neues Schmuckstück das ersetzt, das sie gerade aufgegeben hat: der kleine Silberring einer Granate, der an ihrem rechten Zeigefinger steckt.

Wir gehen in Deckung. Die Explosion erschüttert meine Brust und lässt meine Zähne klappern. Fast vergesse ich mich: Das ist eine neue Form der Aufregung, anders als in meinen Straßenkämpfen oder den Trainingsmatches oder als ich das erste Mal mit meiner Walküre verbunden war.

»Theo, Glitch, wir sind dran!«, ruft Eris, während sie von dem Schrotthaufen auf die Lichtung springt. Der Argus ist auf ein Knie gesunken. Das andere Bein ist hinter ihm ausgestreckt und in der Ferse klafft ein beeindruckendes Loch.

Ich folge ihr, als sie das Schienbein hinaufklettert und auf die Öffnung zurennt. Ihr Haar weht hinter ihr her, als sie sich ins Innere duckt, und als ich ihr folge, hat sie bereits das Knie erreicht, von dem aus die Leiter nach oben führt.

Als ich zur Hüfte geklettert bin, muss ich feststellen, dass sie schon wieder vorgeprescht ist. Sie hängt an einem Träger und streckt sich nach der Beinturbine. Hier, wo die Gefahr allgegenwärtig ist und das Adrenalin pumpt und Hunderte von Zahnrädern, die sich in ihren Vertiefungen drehen, nur darauf warten, geerntet zu werden, ist Eris ganz in ihrem Element.

Auf ihrem Gesicht liegt ein Lächeln, frech und boshaft und so lebendig, dass ich den Schatten nicht sehe, der sich aus der Dunkelheit schält.

Alles passiert so schnell. Die erste Kugel geht vorbei und zischt in die Leere des Windups davon, doch die zweite gräbt sich in ihre Schulter. Sie schreit und geht zu Boden. Mir gefriert das Blut in den Adern und ihr Schrei bohrt sich wie ein Eiszapfen in mein Fleisch.

Bevor ich einen klaren Gedanken fassen kann, stehe ich vor ihr und knurre brodelnd vor Zorn. Die Wache hat keine Gelegenheit, neu zu zielen. Das Schwert ist frei, schneidet über seine Finger, zeichnet eine rote Spur in die Luft und schlägt ihm die Waffe aus der Hand. Meine Klinge legt sich unter sein Kinn und zwingt ihn, mir in die Augen zu sehen.

»Wie viele seid ihr?«, zische ich.

»Zwei!«, japst er sofort. Seine Augen sind geweitet, er hat solche Angst vor mir. Doch solang Eris blutend hinter mir liegt, ist mir das egal. »Zwei, einschließlich mir!«

Ich nicke zum Dank. Dann drehe ich die Klinge, treibe die Spitze in seine Kehle, drehe mich um und lasse mich neben Eris zu Boden sinken, während seine Leiche zusammenbricht. Ich schiebe meine Hand unter sie.

»Netter Schwerttrick, Glitch«, stöhnt sie, während ich sie aufrichte. Ihr linker Arm liegt schlaff in ihrem Schoß.

»Ach, Eris«, seufze ich und helfe ihr auf die Füße. Im Aufstehen zuckt sie kurz zusammen, ein Aufflackern von Schmerz, aber so flüchtig, dass ich nicht sicher bin, ob ich es mir nicht eingebildet habe. »Ist es unser Schicksal, uns immer wieder gegenseitig zu retten?«

»Sieht so aus«, presst sie zwischen zusammengebissenen Zähnen hervor. »Wo ist Theo?«

Ich drehe mich um und stelle fest, dass er nicht hinter mir ist, wie ich erwartet hatte. Plötzlich richten sich meine Nackenhaare auf.

»Achtung!«, ruft er von oben und Eris zupft mich am Ärmel, um mich einen halben Meter nach rechts zu lotsen.

Die Wache stürzt so schnell an uns vorbei, dass ihre Uniform nur ein grauer Schemen ist, der schreit und mit den Armen rudert. Einen Augenblick später hören wir das widerliche Knacken, mit dem die Schwerkraft ihren Tribut fordert.

Ich richte meinen Blick nach oben, wo Theo grinsend auf einem Träger hoch über uns hockt und uns ansieht. Er muss sich davongestohlen haben, als die andere Wache ihren Kameraden verraten hatte.

»Jetzt der Pilot?«, ruft er.

Eris nickt. »Ja, wir kommen rauf.«

»Nein«, sage ich entschieden. »Theo, bring Eris hier raus. Ich erledige den Piloten.«

Eris schnaubt, doch ich kann sehen, dass ihr Gesicht schmerzverzerrt ist. Mein Magen krampft und meine Haut glüht und aus unerfindlichen Gründen ist das Unvorstellbare und Unmögliche eingetreten: meine Hände zittern.

»Eris«, sage ich, bevor sie widersprechen kann. »Bitte. Lass mich das machen.«

Sie beißt wieder die Zähne zusammen. »*Ich* bin der Captain dieses Teams, Glitch.«

»Und ich habe höchsten Respekt vor deiner Autorität.«

Eris rollt mit den Augen. »Theo, schwing deinen Arsch hier runter und hilf mir raus.« Sie sieht mich wieder an und ihre Lippen sind zu einem Knurren verzerrt. »Worauf wartest du noch? Einen Abschiedskuss?«

»Ist das ein Angebot?«

»Fahr zu den Höllen.« Ein Herzschlag vergeht. »Sei vorsichtig.«

Bis ich die Leiter gefunden habe, sind sie schon im Oberschenkel verschwunden. Der Windup erzittert wieder, während er sein Schwert auf der Suche nach Gearbreaker-Fleisch zwischen die Bäume und ins Gras stößt. Er wird keins finden. Nicht wenn das Team sich als Einheit bewegt, nicht wenn ihre Stärken so ineinandergreifen und das Vertrauen zwischen ihnen so tief verwurzelt ist, dass Fragen und ein Zögern gar nicht erst entstehen können.

Geräuschlos ziehe ich mich in den Kopf des Argus und beobachte, wie der Pilot vor mir sich zur Seite neigt. Seine Augen sind weit aufgerissen, doch er sieht mich nicht, als ich mich vor ihn stelle, knapp außerhalb des Glasbodens. Ich warte darauf, dass er stillhält, eine kurze Pause macht, dann trete ich vor. Mein Schwert durchtrennt all seine Kabel mit einem Streich.

Der Pilot blinzelt. Ihm steht der Mund offen.

Ich bewege mich ohne Sinn und Verstand. Ohne Ehre. Der erste Schwertstoß hätte völlig ausgereicht – in den Bauch und dann die Klinge leicht drehen. Während er zu Boden geht, gleitet mir das Schwert aus den Händen. Ich ramme ihm meinen Stiefel in die Wunde. Meine Knie landen auf Glas, meine Finger umklammern seine Schultern, meine Knöchel zertrümmern seine Wangenknochen. Er spürt es nicht. Er kann es nicht. Nichts kann seine Taubheit durchdringen.

»Walküre«, krächzt er. An seinen Lippen klebt Blut, an meinen Jackenärmeln klebt Blut.

Er hat Locken und Sommersprossen wie Rose. Ein Auge, das glüht, wie es ihrs einst getan hat.

»Ja«, hauche ich. »Godolias strahlende Hoffnung. Die größte Errungenschaft der Akademie.«

Ich hätte erwartet, dass sich seine Züge schockiert weiten, doch etwas, das ich gesagt habe, lässt ihn grinsen. Jeder einzelne seiner weißen Zähne ist von Blut eingerahmt. Als er lacht, kann ich sie zählen.

»Ihr seid erledigt«, keucht er. »Ihr seid tot.«

Seine Augenlider flattern. Sein Lächeln erstirbt. Angst durchfährt mich wie ein plötzlicher, eisiger Dolchstoß.

Mein Verstand rast. Was macht ein Argus im Wald? Welche Mission könnte er haben?

Sie haben mir die Augen verbunden, aber wir müssen nach Süden gefahren sein – jenseits der Bäume zeichnet sich die Linie der schneebedeckten Berge ab, das Iolite-Gebirge. Welche Städte gibt es in den südlichen Gebirgsausläufern? Die Erzstädte sind tiefer in den Bergen, aber ...

Die Iolite-Zwischenstation.

Über die die Erzstädte ihre Erzeugnisse von den Bergen über die Badlands nach Godolia befördern, ein gewaltiges Maul, das direkt in die Seite des Berges gegraben ist. Aber die Windup-Teile, die dort produziert werden, bekommen für gewöhnlich erst Geleitschutz, wenn der Zug die Baumgrenze passiert hat. Es ist zu schwierig, eine Mecha-Eskorte durch einen Wald zu manövrieren.

Es sei denn ... die Fracht wäre wertvoll genug.

»Bauen sie sie wirklich?«, flüstere ich und schüttle ihn, denn seine Augen schließen sich und ich muss aus seinem Mund hören, dass es nicht so ist. »Bauen sie die Erzengel?«

Er wirkt benommen, seine Haut fühlt sich kalt an und die offensichtliche Panik in meiner Stimme zaubert ihm ein Lächeln aufs Gesicht. Er genießt seine letzten Augenblicke.

»Du und deine dreckigen Gearbreaker«, lallt er euphorisch. »Ihr werdet alle brennen.«

Er erschlafft. Ich erhebe mich und trete zurück. Meine Nerven sind wie von Eis überzogen.

Eris und das Team warten draußen. Außer ihr scheinen sie unverletzt zu sein. Sogar glücklich. Das Fieber des Kampfs brennt noch in ihren Wangen. Als Eris mich ansieht, lächelt sie.

Ihre Miene erstarrt, als ich den Kopf schüttle. Die einfache Bewegung lässt die Welt verschwimmen. Mir wird schwindelig.

Ich kann ihr nicht in die Augen sehen, also senke ich den Blick. Das Blut des Piloten hat Flecken auf meinen Stiefel hinterlassen. Es ist noch warm und hat so ein schönes tiefes Rot. Am liebsten würde ich jetzt loslachen und nie wieder aufhören. »Es gibt da was, das ihr alle wissen solltet.«

25

ERIS

Normalerweise bin ich immer ganz aufgeregt, wenn sich der Gearbreaker-Rat versammelt. Der Captain jedes Teams hat einen Sitz – außer mir, aber das ändert sich, sobald ich achtzehn bin – und Voxter hat den Vorsitz. Um einen halbrunden Tisch im Hof versammelt diskutieren sie wichtige Dinge, die das Leben und das Wohlergehen der Gearbreaker als gesamte, funktionierende Einheit betreffen.

Kleiner Scherz. Sie sind absolute Hitzköpfe.

Jenny droht bei jedem Treffen mindestens fünf verschiedenen Leuten, sie zu erwürgen, und wird auch bei mindestens einem handgreiflich. Die Ader auf Voxters Stirn tritt jedes Mal, wenn jemand spricht, ein bisschen weiter hervor und am Ende ist er heiser vom Schreien. Je nach Situation beteiligen sich die anderen Captains entweder am Gebrüll oder versuchen einfach, es zu überleben.

Mein Team liebt es. Wir machen ein richtiges Fest daraus. Wir sitzen auf einer Picknickdecke und spähen zwischen den

Beinen der anderen versammelten Teams hindurch, haben zwei Tüten Popcorn dabei – eine von Nova (verbrannt) und eine von Theo (essbar) – und Xander seine kleine Tafel, auf der er Punktestände festhalten kann (Beleidigungen Voxter gegenüber, Jennys Drohungen, verbale Kämpfe, Handgreiflichkeiten).

Aber dieses Mal ist es nicht so lustig.

Wir beobachten, wie Sona sich dem halbrunden Tisch nähert, während die Schatten der Blätter über ihre Locken und ihre perfekt gestrafften Schultern tanzen, und lauschen, wie sie wieder und wieder von den Erzengeln berichtet. Wir haben das alles schon mal auf dem Schrottplatz gehört. Obwohl sie wie immer völlig ruhig war, war mir am Ende ihrer Erzählung ein bisschen schlecht. Jetzt, da alle Blicke auf ihr ruhen und ihre Stimme ganz leicht zittert, fühle ich mich unheilbar krank.

Als sie fertig ist, herrscht Schweigen. Ich kann mich nicht erinnern, wann es bei einer Ratsversammlung das letzte Mal still gewesen ist. Die Stille zieht sich zehn Sekunden, zwanzig, dann explodiert sie. Leute fangen an zu schreien, nicht aus Angst oder Panik, sie schreien Sona an – die Pilotin, den sadistischen Feind –, während sie sich Tränen des Frusts von den Wangen wischt, die ihr während ihrer Rede in die Augen getreten sind.

Sie schluckt schwer, dann hebt sie den Kopf. Sie wirkt genauso wütend wie der Rest von ihnen.

»Sie werden ihren Kopf fordern, Eris«, raunt Arsen neben mir.

»Gut«, grummelt Milo.

Ich wirble zu ihm herum, die Augen zu bedrohlichen Schlitzen verengt. »Bist du wirklich so beschränkt, zu glauben, dass das ihr Werk war? Nein, Milo, ich bin wirklich neugierig.

Wann genau hat das kriminelle Genie Sona das eingefädelt? Du weißt schon, während all den Stunden Freizeit, die sie hatte, während sie mich lebend aus der Akademie rausgeholt hat und sich dann mit deinem Scheiß rumschlagen musste.«

Er öffnet den Mund, um etwas zu sagen, doch Theo legt ihm eine Hand auf den Arm. »Geh einfach, Milo.«

Er ist schlau genug, die Warnung seines Bruders zu beherzigen, und wirft mir noch einen ungläubigen Blick zu, bevor er in der Menge verschwindet – eine abziehende Gewitterwolke. Ich schnaube und streiche mir die Haare aus den Augen, dann blicke ich zu Sona. Unter den Captains ist ein weiterer Kleinkrieg ausgebrochen.

»Der Bot denkt …«

»Wir glauben, er …«

»Vorsicht«, schaltet sich Jenny mit einem boshaften Grinsen ein. »Wenn ihr den Bot beleidigt, beleidigt ihr mein Urteilsvermögen.«

»Weil du dich ja noch nie geirrt hast«, knurrt Voxter und nimmt einen Schluck aus seiner Thermosflasche. Ich bin sicher, dass sie mehr als nur Kaffee enthält.

»Tattooparty heute Abend«, teile ich dem Team mit.

»Denkst du, das ist eine gute Idee?«, fragt Arsen skeptisch.

Sona muss bemerkt haben, dass ich sie anstarre, denn ihr Auge richtet sich auf mich. Plötzlich bin ich mir des dumpfen Pochens in meiner Schulter bewusst, verborgen unter zwei Schichten Nähten, Salbe und Bandagen. Xander hat nach dem Kampf auf dem Schrottplatz die Kugel rausgeholt – der Junge hat ein Talent für so was – und jetzt kann ich nur noch an das Knurren auf Sonas Lippen denken, als sie der Wache die Kehle aufgeschlitzt hat.

Sie hat mich jetzt schon zweimal gerettet. Ich liege hinten.

»Und Champagner«, füge ich hinzu. »Champagner gibt es auch.«

Ich hatte nicht mitbekommen, dass Xander seine Tafel heute mitgebracht hat. Jetzt schreibt er eine Sekunde lang etwas, dann hält er sie hoch, damit wir es lesen können: *Volle Punktzahl!*

»Nicht für dich«, warne ich und er schreibt eine Beleidigung, bevor June ihm sanft die Kreide aus den schlanken Fingern windet.

Theo reibt sich den Nacken. »Junhas Team hat den Schlüssel zum Schnapskeller.«

»Dann stehlen wir ihn. Haben wir doch schon öfter gemacht.« Ich blinzle, als mir ein unerwarteter Gedanke kommt, dann schüttle ich den Kopf. »Jetzt geht schon, ihr alle«, zische ich und mache eine vage Geste. Dann dränge ich mich durch die Menge.

In der ersten Reihe zögere ich. Wir dürfen den Halbkreis nicht betreten, es sei denn der Rat gestattet es. »Jenny ...«

Sie sieht mich nicht an. Sie hat sich erhoben und brüllt, begleitet von wilden Gesten, die Bände sprechen und beleidigend sind. »Hey, Sumpfhirn, rede nicht so mit mir oder ...«

»Miss Shindanai ...«

»Schieb dir deine Meinung sonst wo hin, Vox.«

»Jen, hey!«, versuche ich es noch mal lauter.

Sie ignoriert mich. Sie alle ignorieren mich, außer Sona, die immer noch in meine Richtung schaut. Also überquere ich diese idiotische unsichtbare Grenze, die wir nicht übertreten sollen, und stelle mich neben sie.

Tränen schimmern auf ihrer rechten Wange und das Pflaster unter ihrer linken Braue ist an einer Ecke durchnässt. Ich hebe die Hand und wische ihr, ohne nachzudenken, die

Tränenspur mit dem Daumen weg, eine schnelle Bewegung nach oben und zur Seite. Erneut wird es still auf dem Hof. Endlich haben wir die Aufmerksamkeit des Rats.

Ich trockne meine Hände an meinem Shirt und sage dann laut und mit deutlich mehr Selbstbewusstsein, als ich empfinde: »Wir sollten einfach die Teile zerstören.«

Leises Gemurmel bricht auf dem Hof aus.

Voxter räuspert sich. »Auf gar keinen Fall.«

»Wir haben sie schon früher sabotiert«, beharre ich. »Jedes unserer Zahnräder beweist das. Das ist genau dasselbe. Wir zerstören die Teile und ...«

»Und was dann, Shindanai? Wie lange wird es dauern, bis sie neue gebaut haben?«

Meine Wangen brennen. »Was sollen wir denn sonst tun, Vox? Uns zurücklehnen und nichts tun? Das ... Das verschafft uns wenigstens Zeit, uns einen Plan auszudenken!«

»Ja«, bekräftigt Sona. »Bevor sie ein neues Windup-Model einführen, müssen sie den Höchsten erst einen Prototyp vorführen. Sie enthüllen ihn am Ende des Jahres, zum Himmelstag. So sieht es das Protokoll vor. Das ist Tradition. Das ist ihnen heilig. Dieser Argus war unterwegs zur Zwischenstation, um die Teile für den Prototyp zu eskortieren. Sie könnten schon heute Nacht auf den Weg gebracht werden und im Morgengrauen in der Stadt sein.«

Einer der Captains beugt sich vor. »Kein Gearbreaker war bei dem Bot, als der Pilot angeblich von dieser Bedrohung gesprochen hat, richtig? Das könnte alles einfach eine ausgeklügelte Falle sein, um uns alle abzuschlachten.«

Ich mahle mit den Zähnen, schnappe mir Sonas Handgelenk und reiße es hoch. Ihre Handfläche ist immer noch blutig. Sie hatte nicht mal Zeit, sich zu waschen.

»Das hier ist Pilotenblut, von einem Piloten, den *sie* getötet hat, bei einem Kill, bei dem *sie* geholfen hat«, knurre ich. »Sona ist eine Gearbreaker und ihre Treue gehört den Badlands. Wenn Godolia vorgehabt hätte, sie zu benutzen, um uns zu finden und abzuschlachten, hätten sie es inzwischen getan.«

»Das ist nicht unbedingt das, was sie hören wollen, Frostbringer«, flüstert Sona leise.

Ich werfe ihr ein schiefes Lächeln zu. »Ich bin sicher, Milo wollte es auch nicht hören.«

Sie zieht ihre Hand zurück und wirkt verlegen. »Oh. Du hast unsere Unterhaltung heute mitbekommen?«

»Ja. Ich kann mich nur nicht so gewählt ausdrücken wie du.«

Jenny lächelt auf mich herab. Überall um uns herum sind neue Diskussionen ausgebrochen. »Vox sagt Nein, Schwesterherz.«

Ich runzle die Stirn. »Sag ihm, er kann sich …«

»Was ist die Alternative, Vox?«, sagt Jenny stattdessen und ihr Tonfall ist scharf genug, um das Raunen zu durchdringen. »Sie bauen den Erzengel. Die Höchsten segnen ihn ab. Sie bauen Millionen von ihnen und dann können Windups – die bisher zu schwer sind, um auf Schiffen oder mit Flugzeugen transportiert zu werden – die Grenzen des Kontinents und den Ozean überqueren. Wenn Godolia bisher die Welt noch nicht übernommen hat, werden die Erzengel dafür sorgen.«

Vox reibt sich mit einer wettergegerbten, schwieligen Hand die Schläfe. »Shindanai, du hast dich für das Leben dieses Bots, so menschenunwürdig es auch sein mag, eingesetzt und darum gebeten, ihm hier Unterschlupf zu gewähren. Das habe ich gestattet, aber jetzt ist Schluss. Basierend auf seinem Wort allein werde ich kein Gearbreaker-Leben auf einer potenziellen

Selbstmordmission riskieren. So lautet meine Entscheidung. Die Sitzung ist vertagt.«

»Ihr habt nicht abgestimmt«, protestiere ich. »Was für ein Regiment führst du denn bitte hier?«

Er begegnet meinem Blick gelassen, während er sich erhebt. Er schwankt leicht, als er steht, und der Inhalt seiner Thermoskanne, die er fest umklammert hält, schwappt. »Eins, das ich geschaffen habe, Kleine.«

Wut steigt heiß und schnell in meiner Kehle auf und neben mir strafft sich Sona. Als sie dieses Mal das Wort ergreift, zittert ihre Stimme kein bisschen. »Euer mangelnder Selbsterhaltungstrieb ist bemerkenswert.«

Voxter zuckt zusammen und ich muss ein Lachen unterdrücken. »Soll das eine Drohung sein, Bot?«

»Ich bin nett genug, sie an Eris' Stelle auszusprechen.« Glitch sieht mich aus dem Augenwinkel an. »Sonst würdest du sie nie kommen sehen.«

Voxter fällt die Kinnlade herunter und sein Kopf wirbelt zu Jenny herum, die sich ein Lachen kaum verkneifen kann. Um uns herum breitet sich in den Hollows ein Murmeln gackernder Belustigung aus und auch einige Zustimmung. Wenn wir uns bei einem einig sind, dann, dass es sehr unterhaltsam ist, Vox aus der Fassung zu bringen.

»... klingt zumindest wie ein Gearbreaker.«

»Na, wenn Jenny sich für sie verbürgt ...«

»Ich hab gehört, sie hat sich heute Morgen das Auge rausgerissen ...«

»... einzige Überlebende des Silvertwin-Massakers, falls das überhaupt möglich ist ...«

»Unsere Übereinkunft ist hinfällig, Shindanai«, keift Vox Jenny an. Dann hebt er den Kopf und lässt seinen zornigen

Blick über die Menge schweifen. »Ergreift den Bot. Ich will, dass sie bei Anbruch der Nacht im See versenkt ist.«

Jennys Lächeln wird augenblicklich breiter und in einem Tonfall, der zugleich süß wie der Geruch einer Rose und scharf wie ihre Dornen ist, sagt sie: »Ja, klar. Schmeißt sie in den See, in Stücke gehackt und wer weiß, was noch. Dann kommt in mein Labor, wo ihr ihren Platz einnehmen werdet und ich euch auseinandernehme, bis ich etwas finde, das auch nur halb so interessant ist wie sie.«

Ich stoße Sona an und deute mit dem Kinn auf einen Punkt in der Menge. Wir bahnen uns unseren Weg durch den Hof – zum Glück versucht keiner, sie aufzuspießen, außer mit bösen Blicken – und ins Wohnheim. Nach der ersten Treppe bleibt sie stehen.

»Was?«, frage ich und drehe mich um.

Sie starrt mich vom Treppenabsatz aus an und tritt von einem Fuß auf den anderen. »Du glaubst mir doch, oder, Eris?«

Warum sollte ich nicht?, ist das Erste, was mir in den Sinn kommt, aber auf diese Frage gibt es eine Million verschiedene Antworten. Plausible, logische Antworten, mit denen ich jedes Mal ringe, wenn ich sie ansehe. Bei dem Gedanken beiße ich mir auf die Lippe. »Wegen dem Erzengel?«

Sie lacht trocken. »Klar. Wegen dem Engel.«

»Ja, ich glaube dir.« Jetzt trete ich von einem Fuß auf den anderen. Ich bin zwei Stufen über ihr und damit fast so groß wie sie. »Es tut mir leid, dass sie es nicht tun. Ich schätze, du konntest sie nicht *alle* vor der Akademie retten.«

»Ja, das hätte es einfacher gemacht.«

»Dass sie dir vertrauen?«

»Dass sie mich sehen.« Ihre Finger streichen über den Rand ihrer Augenklappe. »Das, was hinter dem hier ist. Hinter allem.«

Ich lehne mich gegen das Metallgeländer. »Was kümmert es dich, ob sie dich sehen?«

»Weil niemand *mich* je sieht!«, sagt Glitch und ihre Stimme bricht. Erschrecken breitete sich auf ihrem Gesicht aus – das hatte sie wohl selbst nicht erwartet. Sie errötet und schüttelt den Kopf. »Tut mir leid, vergiss …«

Eine Stufe, zwei, dann habe ich den Absatz erreicht. Ich habe den Größenvorteil verspielt. Jetzt blicke ich zu ihr auf. »Nein, ich werde nichts vergessen. Schluck nicht runter, was du sagen willst. Raus damit, Glitch.«

»Ich hab mir das selbst angetan, Eris«, murmelt Sona. »Es ist meine Schuld, dass sie mich so sehen, also ist es auch meine Schuld, wenn sie nichts wegen des Erzengels unternehmen. Ich dachte, wenn ich Pilotin werde, könnte ich tun, was du tust, könnte sie von innen heraus vernichten.« Wieder lacht sie humorlos und schüttelt den Kopf. »Ich hatte nur mich selbst, und das habe ich aufgegeben.«

Mit einem Stirnrunzeln mustere ich sie von oben bis unten. »Auf mich wirkt es, als wärst du voll und ganz hier. Genau da, wo du sein solltest.«

Sona antwortet nicht und lacht auch nicht, wie ich gehofft hatte. Ihr Schweigen scheint die Luft erstarren zu lassen. Durch ein Fenster, das auf den Hof hinausgeht, fällt schwaches Nachmittagslicht ins Treppenhaus und Blätter rascheln an der Scheibe. Unsicher zupfe ich an einem losen Faden an der Tasche meines Overalls.

»Fühlt es sich nicht so an, Sona?«, frage ich leise und reiße den Faden ab.

»Ich weiß es nicht«, gesteht sie. Ihr Blick, der zuvor auf die Betonwand gerichtet war, gleitet zu mir und ein Lichtstrahl fällt auf ihre Wange und lässt eine haselnussbraune Locke golden funkeln. Meine Finger erstarren und fühlen sich kalt an. Vielleicht weil alle Wärme in mein Gesicht schießt. »Aber ich fühle mich besser.«

»Gut … ja, okay, gut«, sage ich steif, da mir nichts Besseres einfällt. Ich zwinge mich, meine Hand an meinem Oberschenkel ruhen zu lassen. Ich musste Arsen schon so oft bitten, meine Taschen wieder zusammenzunähen.

»Was werden wir wegen des Erzengels unternehmen, Eris?«, flüstert Sona, während wir weiter die Treppe hinaufsteigen.

»Nicht nichts, so viel ist sicher. Ich wette, Jenny lässt sich was einfallen.«

In diesem Moment poltern Schritte von oben herunter. Novas üblicher Freudenschrei zerreißt die Luft. Eine Sekunde später fegt sie an uns vorbei, ein blonder Schemen, der das Geländer runterrutscht, dicht gefolgt von Theo und Arsen. Ihnen auf den Fersen sind ein paar Jungs aus Junhas Team.

»Gebt ihn zurück!«, kreischt einer von ihnen, bevor die Eingangstür zuschlägt.

Juniper und Xander warten am Eingang zu unseren Zimmern. Xander hält den Schlüssel zum Schnapskeller hoch und reicht ihn mir mit einem kleinen Lächeln.

»Honigtopf?«, vermutet Sona.

»Sie lernt schnell«, bemerkt Juniper und hält uns die Tür auf.

26

SONA

»Das ist eine Party, Glitch«, merkt Nova an.

»Ich weiß.«

»Warum amüsierst du dich dann nicht ein bisschen?«

Sie hockt auf der Armlehne des Sessels, hat die Beine an die Brust gezogen und blickt auf mich herab, während ich dabei bin, meine neue Klinge zu reinigen. Meine nackten Füße auf dem Holzboden des Gemeinschaftsraums werden vom Feuer im Kamin gewärmt. Das Blut, das meine Hände verkrustet hatte, ist abgeschrubbt und meine Handflächen sind sauber und weich.

Ich bin entspannt, rede ich mir ein.

Als würde ich nicht die Stimme dieses Piloten hinter jeder Bemerkung, jedem Lachen hören.

Ich konzentriere mich auf das Schwert in meinen Händen, die Realität seines Gewichts, die Sicherheit, die seinem Metall innewohnt. Winzige Lorbeerblätter zieren die Parierstange und den Korb. Ich fahre mit dem Öllappen über die Länge der Klinge, und beobachte, wie Novas Spiegelbild unter dem Dreck sichtbar wird. »Was lässt dich glauben, ich amüsierte mich nicht?«

Das Schwert muss nur ein wenig geschärft werden, ansonsten ist es tadellos. Eine weitere dieser Undenkbarkeiten, die sich in letzter Zeit zu häufen scheinen. Es ist eine Waffe, die gleichzeitig opulent und lächerlich in ihrer Schönheit ist.

Apropos.

Eris liegt auf dem Tisch des Gemeinschaftsraums und ihre Beine baumeln über den Rand, sie hat den Kopf zur Seite gedreht und liest in einem zerschlissenen Taschenbuch. Juniper beugt sich über sie und ihr grünes Haar verbirgt ihr Gesicht, während sie zum Rhythmus der Musik, die aus den Wandlautsprechern dringt, arbeitet. Die Nadel sticht mit einer Leichtigkeit zu, die für viel Übung spricht.

»Ich kriege vier«, erinnert Eris Juniper und blättert mit dem Daumen um. Einen Augenblick lang bleibt ihr Blick an mir haften, und ich konzentriere mich wieder auf mein Schwert. »Ein Phönix, ein Argus und *zwei* verdammte Walküren.«

»Lass dir das nicht zu Kopf steigen«, mahnt Theo und streicht über sein neues Tattoo.

»Klappe. Das hab ich mir verdient.«

Theos Ärmel ist hochgerollt, sodass man seine Zahnräder sieht, die sich in Spiralen um seine Handgelenke winden. Er war als Erster dran, dann Xander, der die Reihe, die seine Wirbelsäule entlangläuft, erweitert hat. Als Dritte dann Nova, deren Tattoos um ihre Schulterblätter vage an Flügel erinnern. Nach ihr kam Arsen, der sein neues Zahnrad der Sammlung auf seinem rechten Handrücken hinzugefügt hat, dann Juniper, die ihre links hat. Danach Milo und schließlich Eris. Ich habe derweil auf dem Zweiersofa gesessen und meine Klinge gereinigt.

Ihr Blick landet auf mir und die anderen folgen ihrem Beispiel.

Ich falte den Lappen ordentlich in meinem Schoß. »Ja?«

Eris verscheucht Juniper und setzt sich auf, sodass die vier neuen Tattoos entlang ihres Schlüsselbeins sichtbar werden, schwarz wie die Nacht unter der geröteten Haut. Sie markiert die Seite in ihrem Buch mit einem Eselsohr und knallt es auf den Tisch.

»Du bist dran, Glitch.«

»Scheiße nein«, fährt Milo sofort auf.

»Es ist genauso ihr Kill wie unserer«, sagt Arsen.

Nova nimmt den Schokokaramellkeks aus dem Mund und deutet damit auf ihn. »Es ist eine Tattooparty, Milo. Leute. Werden. Tätowiert.«

»Gearbreaker werden tätowiert«, schießt er zurück und erhebt sich von seinem Platz. Eris bleibt im Schneidersitz sitzen und beobachtet die Szene, wie man meinen könnte, mit Desinteresse, wäre da nicht die geballte Faust in ihrem Schoß.

»Ich mag ja blind sein«, überlegt sie, »aber ich hätte schwören können, dass Sona die Letzte war, die aus dem Argus gekommen ist, nachdem er zusammengebrochen war. Frisch mal meine Erinnerung auf, zählen ein zusammengebrochener Windup und ein toter Pilot nicht als Kill?«

»Und die Leute, die für das Zusammenbrechen und Töten verantwortlich sind, sind Gearbreaker, oder nicht?«, fügt Juniper hinzu.

Milo blickt ungläubig von einem zum anderen. »Einfach so hat er euch also alle um den Finger gewickelt? Er kommt aus Godolia, frisch von der Akademie, mit einer lächerlichen, unglaublichen Geschichte und ... Seht ihr nicht, wie er da sitzt? Im Namen der Götter, er schärft seine *Waffe* – macht die

Augen auf! Wollt ihr wirklich warten, bis er uns einen nach dem anderen im Schlaf tötet? Nach der Nummer heute mit dem Erzengel, mit der er uns in ein Gemetzel führen wollte? Bin ich wirklich der Einzige, der erkennt, was hier vorgeht? Nova? Xander?«

Nova schiebt sich den Keks wieder in den Mund und verschränkt die Arme. Xander sieht wieder aus dem Fenster.

»Milo ...«, warnt Theo und erhebt sich. »Du hast sie heute nicht erlebt. Die Wache war sofort tot. Sie hat nicht mal mit der Wimper gezuckt.«

»Du also auch?«, brüllt Milo.

Er stürzt sich mit ausgestreckten Händen auf Theo, als wollte er ihn erwürgen. Unterwegs ändert er seine Meinung, wirbelt stattdessen zu mir herum und drückt mich in den Sessel.

»*Seht ihn euch an*«, tobt er. Ich spüre die Hitze seiner Haut und seine Wut klingelt in meinen Ohren. »Keine Angst, keine Emotionen und doch hat er euch allen den Kopf verdreht. Was in den Höllen ist los mit euch?!«

»Angst wäre in diesem Moment Energieverschwendung, Milo«, sage ich ruhig und werfe einen bedeutungsvollen Blick auf das, was ich in Händen halte. »Wenn du mich umbringen willst, schlage ich vor, du versuchst es, wenn ich unbewaffnet bin.«

»Bei den Zwillingshöllen, Sona«, raunt Nova. »Willst du ihn auch noch provozieren?«

»Er scheint mir provoziert genug zu sein.«

»Piloten wie er töten unsere Leute seit Jahrzehnten! Habt ihr das alle vergessen?«

Eris hüpft vom Tisch. »Und hast du vergessen, dass ich dein Teamcaptain bin?«, bellt sie und ihr scharfer Tonfall lässt alle außer Milo erstarren. »Dass wir einander bedingungslos vertrauen und wenn ich von einer Klippe springen würde, würdest du es verdammt noch mal auch tun, weil meine Taten dir sagen, dass dich da unten ein Netz auffängt? Ich vertraue einem Menschen, von dem wir von klein auf gelernt haben, ihn zu hassen und zu töten, und ich habe es für *dich* getan. Ich habe *alles* riskiert, um zu dir zurückzukommen, Milo! Ich habe mein Leben aufs Spiel gesetzt, weil ich wusste, ich *wusste*, du würdest für mich dasselbe tun. Aber wenn du nicht mal meinem Wort vertrauen kannst, habe ich mich vielleicht die ganze Zeit über geirrt.«

»Eris«, zischt Milo und lässt mich los. Seine Hand landet auf Eris' Handgelenk und er packt zu. Alle im Raum saugen scharf die Luft ein und dunkle Flammen lodern in ihren Augen auf. »*Er ist kein Mensch.*«

»*Sie*«, knurrt Eris und befreit sich aus seinem Griff. »Ja, *sie* ist ein Bot. Ja, *sie* ist eine Pilotin. Und das ist mir scheißegal. Und weißt du, warum? Weil sie eine Gearbreaker durch und durch ist und jeder Gearbreaker, der sich seine Tattoos verdient hat, sollte diese Tatsache würdigen, egal, was sich unter ihrer Haut befindet oder welche Farbe ihre Augen haben oder wie viele sie noch hat, verdammt noch mal.«

Sie schubst ihn zurück und bohrt ihm einen Finger in die Brust, bevor er sich aufrichten kann.

»Und wenn du das *nicht* tust«, faucht sie, »will ich dich nicht in meinem Team.«

»Sie ist dir ernsthaft wichtiger als ich?«, schreit Milo.

»Nein. Ihr Leben ist mir wichtiger als deine Angst.« Eris deutet auf die Tür. »Geh und reg dich ab. Ich will dich heute nicht mehr sehen. Finde irgendwo anders einen Platz zum Schlafen.«

»Ich fass es nicht«, grummelt er und kurz glaube ich, dass er die Hand erheben wird. Doch stattdessen sieht er mich an. »Drahtverseuchte Schlampe.«

»Eris hat ein besseres Händchen für Kosenamen«, sage ich.

Seine Schritte hallen durch den Flur und verstummen ganz plötzlich, als die Tür zum Treppenhaus zuschlägt. Eris wendet sich weiterhin von uns ab.

Dann, nachdem die Stille eisig geworden ist, sagt sie: »Mach die Musik lauter, June.«

Ein Herzschlag vergeht, bevor Juniper sich mit zwei Fingern an die Stirn tippt und salutiert. »Captain.«

»Wo willst du sie hinhaben, Sona?«, fragt Eris atemlos und dreht sich zu mir um.

»Sie?«, erwidere ich verwirrt, während sie ein Paar Einweghandschuhe aus einer Box auf dem Tisch zieht und sie mit großer Geste überstreift.

»Eine Walküre und ein Argus!«, ruft sie aus und ich muss unwillkürlich lächeln, denn obwohl sie verletzt ist, liebt sie diesen Teil, den guten Teil. Sie beugt sich über mich und im Feuerschein, der auf ihre Stirn fällt, ist ihre Narbe sichtbar. Die Musik dröhnt aus den Lautsprechern und der Raum erwacht wieder zum Leben. Nova springt von ihrem Platz auf und reißt Theo aus seiner Trance. Sie wirbelt ihn über den staubigen Teppich, bis er selbst anfängt zu tanzen. Arsen reicht Xander eine angeschlagene Tasse mit Champagner und stößt mit ihm an, während June vor sich hin gluckst und beiden ein Küsschen auf die Wange gibt.

»Wo?«, wiederholt sie, immer noch über mich gebeugt, und ich bin mir nur allzu bewusst, dass ich deswegen vergessen habe zu antworten.

Ich rolle meinen Ärmel hoch. »Hier«, flüstere ich und drücke auf die Zugangsklappe in meinem rechten Unterarm. »Hier will ich sie hinhaben.«

Eris starrt darauf. »Du willst der Akademie echt unter die Nase reiben, dass sie dich mal kann, was, Glitch?«

Ich erröte. »Ist das kindisch?«

Dieses Grinsen. Es geht mir durch und durch. Eris klemmt eine Hand unter meinen Arm und lehnt sie sanft an die Armlehne. »Dann ist es doch gut, dass wir Kinder sind, nicht wahr?«

Ihr Kopf kommt meinem ganz nah, als sie das Antiseptikum aufsprüht. Sie riecht nach heißem Tee, Karamell und dem süßen Champagner, der herumgeht. Ganz anders als Godolia und nach allem, von dem ich nicht wusste, dass ich es mag. Ihr Overall schabt auf dem Teppich, als Eris vor mir niederkniet, eine sterile Nadel zwischen den Fingern balancierend wie ein silberner Faden zwischen ihren schwarzen Nägeln.

»Bereit?«

»Okay.« *Okay.*

Ich spüre nichts. Ich sehe zu, wie die Tinte auf meiner Haut erblüht, gelenkt von ihrer vorsichtigen Hand, beobachte, wie sich kleine Fältchen zwischen ihren Brauen bilden, als sie sich konzentriert, während die anderen um uns herumtanzen und die Nacht gegen das Fenster drängt. Bitte erinnere dich an diesen Moment, genau so wie er ist. Das ist der gute Teil.

Und dieser Teil ist so verdammt gut.

Das Taschenbuch, in dem Eris gelesen hat, liegt vergessen auf dem Tisch. Es ist aufgeschlagen und der Rücken gebrochen. Ein Klebestreifen verläuft an der Kante des Covers entlang.

Ich sehe sie an. »Hast du da ein anderes Cover draufgeklebt?«

Juniper tanzt mit erhobenen Armen vorbei. »Eris tut gern so, als wär ich die Einzige, die eine Vorliebe für Liebesromane hat.«

»Lach nur«, sagt Eris und errötet. »Aber denk dran, dass die Zukunft deiner Haut in meinen Händen liegt.«

Ich recke den Hals, um einen besseren Blick auf das Buch zu erhaschen. »Romantisch.«

»Gefährlich.«

»Dramatisch.«

»Glitch.«

»Frostbringer.«

»Fertig«, erklärt Eris und zieht die Nadel zurück. »Was sagst du?«

Zwei Zahnräder. Klein und perfekt ... und noch etwas anderes. Flaggen, die ein zurückerobertes Territorium markieren. Haut, die ein bisschen weniger ihnen gehört und ein bisschen mehr mir.

»Ich glaube, dein Talent liegt eher im Beleidigen als in der Kunst«, lüge ich.

Ich warte auf ein Schnauben und dass sie ihre Hand wegnimmt. Doch stattdessen packt sie fester zu und kommt mir plötzlich ganz nah. »Und du bist eine bessere Gearbreaker als Pilotin«, sagt Eris leise. »Und das meine ich ernst.«

Es ist ein seltsames Gefühl. Ein unmögliches, atemloses Gefühl. Ich entziehe ihr meinen Arm, bevor ich mich vergesse. Bevor das Verlangen, ihr noch näher zu kommen, noch heftiger wird.

»Ich bin eine verdammt gute Pilotin«, beharre ich.

»Ich weiß«, sagt sie.

Ich habe vor langer Zeit gelernt, hübschen Dingen gegenüber vorsichtig zu sein.

Aber das ... Damit hatte ich nicht gerechnet.

Ich bin wach, als er reinkommt. Ich erschrecke nicht. Schließlich ist das sein Zimmer. Ich hinterfrage es nicht. Ich weiß, weshalb er hier ist.

Das einzige Licht stammt von der schmalen Mondsichel, die zwischen den Vorhängen hereinspäht. Es fällt in einem schmalen Streifen über seine rechte Gesichtshälfte und lässt die hellen Augen unter der zusammengezogenen Stirn aufblitzen, das helle Haar, die gebleckten Zähne und die schwarze Pistole, die er seelenruhig auf mich richtet. Ich schlage die Decke zurück und setze mich auf, den Rücken gegen das Kopfteil des Betts gepresst. Ich werde nicht im Liegen sterben.

»Sie werden den ersten Schuss hören«, sage ich. »Du solltest also besser treffen.«

»Ich schieße nicht daneben«, erwidert Milo gelassen. Die Waffe bleibt ganz ruhig. Ich ziehe die Knie an die Brust.

»Eris wird das nicht …«

»Du wirst ihren Namen nicht aussprechen!«, zischt Milo und plötzlich stürzt er sich auf mich. Die Waffe bohrt sich in meine Schläfe und ich stütze mich mit der Hand an der Matratze ab, um nicht zur Seite zu kippen. »Sie mag dich für ihr kleines Haustier halten oder was auch immer, aber ich werde nicht zulassen, dass sie noch mal verletzt wird!«

»Sie wurde nicht verletzt. Dafür habe *ich* gesorgt.«

»Aber nicht all die anderen Male, Bot«, sagt er. »All die Jahre bevor du da warst. Gebrochene Knochen und aufgeplatzte Lippen und blaue Flecken, die nie verschwinden, sondern nur durch neue ersetzt werden. Alles wegen dir und der Akademie und Godolia.«

»Du willst sie nur beschützen.«

»Vor Plagen wie dir.«

Ich halte inne. »Aha. Aber es geht nicht nur darum. *Du* willst sie beschützen.«

»Hast du Drähte in den Ohren, Bot?«, knurrt er.

Ich schüttle so gut ich eben kann den Kopf. »Nein. Du hasst mich nicht einfach nur für das, was ich bin. Sondern wegen dem, was ich getan habe, für *sie*. *Du* wolltest derjenige sein, der sie aus Godolia rettet. *Du* wolltest den Helden spielen, damit sie dir dankbar ist. Und da liegt deine Selbstsucht begraben. Dein Besitzdenken.«

Dass sich die Waffe tiefer in meine Schläfe bohrt, sagt mir alles, was ich wissen muss. Ich versuche zu lächeln, mit meiner Entdeckung zu spielen. Doch unerwarteterweise verwandelt sich meine Stimme in ein Knurren.

»Du glaubst, dass ich dich dieser Gelegenheit beraubt habe. Dass ich sie *dir* genommen habe. Aber Eris ist kein Gegenstand, den man herumreichen kann, Milo. Man kann nicht um sie kämpfen. Man muss *für* sie kämpfen.«

Milo grinst. »Tu nicht so, als würdest du dich einen Scheißdreck um sie scheren. Ich weiß, du kannst nichts fühlen. Das ist bemitleidenswert. Das hier kann ein Gnadenakt sein, wenn du willst.«

»Würdest du dich dann besser fühlen? Wenn ich so tun würde, als wüsste ich nicht, dass du von nichts als kalter Angst angetrieben wirst?«

»Und *Liebe*, Bot. Du könntest das nie verstehen.«

»Wart's ab«, sage ich und die Worte sind halb Knurren und halb ungläubiges Lachen. »Ich fange an, es zu verstehen.«

27

ERIS

»Eris!«

Ich wache auf und weiß, ich hätte nicht einschlafen sollen. Ich hätte aufbleiben, auf seine Schritte auf dem Teppich lauschen sollen, das leise Knurren, das Klicken der Waffe. Etwas, irgendwas.

Aber ich habe mit meinen Handschuhen geschlafen.

Ich habe sie erhoben, bevor ich auch nur die Tür aufgetreten habe. Das Licht aus dem Flur fällt auf Milos erschrockenes Gesicht und Sonas angespannte Züge. Ich registriere nur Bruchteile der Szene – eine Hand drückt die Pistole an ihre Schläfe, die andere liegt auf ihrem Mund, um den Schrei zu unterdrücken –, bevor ich mich auf ihn stürze.

Ich verpasse Milo einen Haken gegen die Wange, der ihn gegen das Kopfteil des Betts schleudert. Sobald sich sein Griff gelockert hat, packt Sona den Lauf der Waffe und gräbt ihre anderen Finger in sein Handgelenk, um die Waffe nach oben zu drücken. Sie geht los und Putz regnet von der Decke. Ich packe Milo am Kragen, zerre ihn von der Matratze und lasse ihn vor meine Füße fallen.

»Du Idiot«, zische ich. »Was glaubst du, auf was für einem Planeten du lebst, dass du einen deiner Teamkameraden angreifen kannst? Einen anderen Gearbreaker?«

»Sie ist kein ...«

Ich packe seinen Kragen fester, ziehe ihn näher zu mir. Der Handschuh meiner freien Hand erwacht zum Leben. »Du solltest dir besser gut überlegen, was du als Nächstes sagst, Milo.«

»Willst du das wirklich tun?«, faucht er. »Nach allem, was wir zusammen durchgemacht haben?«

Ich lache trocken. »Wie ich gefühlt schon tausendmal gesagt habe, wenn das, was wir durchgemacht haben, dir einen Scheiß bedeuten würde, würdest du mir vertrauen.«

»Ich vertraue dir«, fleht Milo. »Ich vertraue dir mein Leben an und alles andere. Aber du wurdest manipuliert, Eris. Du bist ...«

»Das Mädchen, das dir gleich die Nase bricht.«

»Eris, bitte«, winselt er. »Ich will dich doch nur beschützen.«

»Allein die Tatsache, dass du glaubst, ich bräuchte Schutz, zeigt nur, wie sehr du auf dem Holzweg bist«, sage ich.

Ich halte inne, um zitternd einzuatmen. Ich bin mir des Brennens in meinen Augen und des Zitterns in meiner Stimme nur allzu bewusst. Ich hasse es. Ich hasse, dass ich ihn nicht hasse.

»Verschwinde«, sage ich und meine Stimme ist so erstickt, dass die Worte klingen, als hätte man sie gewaltsam mit einer Zange aus meiner Kehle gezerrt. »Du bist suspendiert. Verschwinde aus meiner Etage.«

»Eris ...«

»Du hast mich gehört!« Meine Stimme steigert sich zu einem Schrei. Ich zerre ihn auf die Füße und schiebe ihn durch die Tür. Sein Rücken prallt an die gegenüberliegende Wand. »Verschwinde, solange ich noch nett bin.«

Kalte Luft weht aus dem Treppenhaus in den Flur, als er geht, und ich bekomme eine Gänsehaut. Ein paar Augenblicke lang ist alles unheimlich still.

Sona hat die Waffe fachmännisch zerlegt und breitet die Einzelteile vorsichtig auf der Matratze aus. Ihr Mund ist zu einer dünnen Linie zusammengepresst. Vielleicht hat die späte Stunde etwas von ihrer Wachsamkeit abgeschabt.

»Dein Haar ist ein einziges Chaos«, sagt sie und legt das Magazin hin.

Ich kann nicht anders. Ich muss lachen.

Arsen und Juniper stecken ihre Köpfe aus ihren Türen. Nova und Theo, die um diese götterlose Stunde immer noch im Gemeinschaftsraum herumtoben, stehen in dessen Tür. Sie haben alles beobachtet, wussten aber, dass es klüger ist, sich rauszuhalten.

»Lebt Sona noch?«, fragt Nova.

Ich blicke zu Glitch. »Na sag schon was.«

Sie fährt mit dem Finger über die Steppdecke. »Mir ist nicht mehr nach Schlafen.«

Ich seufze und gebe ihr ein Zeichen. Sie folgt mir ohne ein weiteres Wort und wir schließen uns Theo und Nova im Gemeinschaftsraum an. Arsen und Juniper tauchen kurz darauf ebenfalls auf und Juniper nimmt sich einen Moment, um eine ausgefranste Decke über Xanders schlafende Gestalt zu legen, der sich auf den Sofakissen zusammengerollt hat. Es ist unwahrscheinlich, dass er den Schuss verschlafen hat. Vermutlich ist er wach geworden, kam zu dem Schluss, dass es ihm vollkommen egal ist, und ist wieder eingeschlafen. Alle setzen sich schweigend.

Theo ist der Erste, der das Wort ergreift. »Es tut mir so leid, Sona.«

»Das ist armselig«, faucht Nova. Doch statt zurückzuschießen, vergräbt Theo sein Gesicht in den Händen. Sofort wird Novas Tonfall milder und sie stößt ihn mit der Schulter an. »Es ist nicht deine Schuld.«

»Er ist nur ... Ich glaube, er sieht sich selbst in dir. Er sieht uns in dir.«

»Oh?«, macht Sona.

»Wir sind nicht alle als Gearbreaker geboren«, wirft Nova ein, um ihm einen Moment zu geben, um sich zu sammeln. Sie fährt mit einem Finger über den Teppich und wirbelt Staub aus den Fasern auf. Sie sieht auf und der Blick ihrer jadegrünen Augen ist so anders, als wir Nova normalerweise kennen. »Theo, Milo und ... und ich sind nicht aus den Hollows.«

»Wir sind wie du«, fährt Theo fort, den Blick stur auf seine Zehen gerichtet. »Unsere Heimatstädte wurden von Windups zerstört, weil sie ihre Quote verfehlt haben oder rebelliert haben oder ... Götter!« Er reißt die Hände hoch. »Ich weiß auch nicht. Such dir was aus. Aber wir hatten das Glück, von den Gearbreakern gefunden zu werden, statt wie du in Godolia zu enden ... Ich glaube, in Milos Augen war es deine Entscheidung, dort hinzugehen.«

Endlich sieht er auf und sein Blick richtet sich zögerlich auf mich.

»Es ist für keinen von uns leicht. Den B... Sona hierzuhaben. Aber ich ... ich werde nicht versuchen, sie umzubringen oder so! Es sei denn, du befiehlst es.«

Es sei denn, ich befehle es. Ich werfe Sona einen flüchtigen Blick zu, die wieder ihre stoische Miene aufgesetzt hat.

Sie sitzt im Schneidersitz in der Nähe des Kamins und hat die Hände ordentlich im Schoß gefaltet. Das sanfte Licht des Feuers spielt mit ihren Locken. Sie begegnet meinem Blick und mit einem Mal weiß ich, dass sie weiß, dass ich nur so tue. Dass ich nur so tue, als wäre es für mich nicht schwer, als würde mich nicht jedes Mal, wenn ich sie ansehe, ein Blitz durchfahren, das kurze Aufflackern von Wut, von Angst. Als würde mir nicht immer noch der Gedanke kommen, dass ich eines Nachts aufwache und sie grinsend über mir steht und mir ihre Klinge an die Kehle hält.

»Milo sorgt sich auf etwas andere Art um dich als die anderen«, sagt sie. »Er liebt dich ein bisschen anders als die anderen, stimmt's? Und diese Art der Liebe … kann einen dazu bringen, lächerliche Dinge zu tun.«

Sie hält inne.

»Nicht, dass Töten etwas Lächerliches wäre.«

Nova schnaubt und beugt sich vor. »Du hast schon echt ein paar Probleme, oder, Glitch?«

Sonas Lächeln wirkt fast schon wehmütig. »Sogar ziemlich akute.«

Ich beiße mir auf den Daumen und denke nach, dann stehe ich auf. »In Ordnung. Alle Mann ins Bett. Theo, kannst du Xander in sein Zimmer tragen?«

»Klar«, murmelt Theo und hebt den Jungen mühelos hoch.

Ich halte ihn auf, bevor er den Flur erreicht hat, streiche Theo den Pony zurück und küsse ihn auf die Stirn.

»Milo beruhigt sich schon wieder«, versichere ich ihm. »Bald sind wir alle wieder vereint.«

»Gute Nacht, Eris«, sagt Theo, auch wenn er so aussieht, als hätte er noch mehr sagen wollen. Nova zieht hinter sich die Tür zu.

Ich drehe mich um, verschränke die Arme und beobachte Sona, die mich ignoriert und sich dem Feuer zugewandt hat, während sie mit dem Schürhaken in der verlöschenden Glut herumstochert. An ihrer Schläfe zeichnet sich noch ein kreisrunder Abdruck von Milos Pistolenlauf ab.

»Wo hast du gelernt zu kämpfen?«, frage ich. »Hast du schon vor der Akademie angefangen? In Silvertwin?«

Sie schüttelt den Kopf und kurz meine ich zu sehen, wie ihre Knöchel weiß aufblitzen, als sie den Schürhaken fester packt. »Nach Silvertwin und vor der Akademie, auf den Straßen von Godolia. Es war einfach eine Notwendigkeit. Was ist mit dir?«

»Jenny hat immer wieder versucht, mir den Arsch zu versohlen. Um ihr Ego zu füttern.«

»Oh?«

Eine Pause entsteht. Sie hört auf, in der Glut herumzustochern, und sieht mich über ihre Schulter an. Sie wartet auf den anderen Teil der Geschichte, von dem sie aus unerfindlichen Gründen weiß, dass es ihn gibt. Ich dehne meinen Nacken und seufze. Plötzlich bin ich müde, betäubt an den Stellen, an denen die Wut verraucht ist. Ich setze mich auf die nächstbeste Armlehne und reibe mir die Schläfen.

»Mein Dad«, höre ich mich selbst sagen. »Wir sind eine Gearbreaker-Familie, weißt du. Geborene Kämpfer. Er hat mir beigebracht zu schießen, als ich sieben war, und kurz danach ein paar Nahkampftechniken. Scheinbar war ich ein richtiger kleiner Terror nach meinen ersten Lektionen und habe mit allem, was sich bewegt hat, einen Kampf angefangen. Ich dachte, ich könnte es mit der ganzen Welt aufnehmen, nur weil ich wusste, wie man einen linken Haken austeilt. Hab ein paar anderen Kindern die Nase gebrochen. Meine eigene wurde allerdings auch mindestens einmal gebrochen.«

»Aber er hat dich trotzdem weiter unterrichtet?«

»Ja. Ich mein, wahrscheinlich dachte er, dass ich irgendwann aufhören würde, Streit zu suchen. Außerdem wusste er, dass ich mich irgendwann in der Zukunft mit Riesenrobotern rumschlagen müssen würde, und darauf wollte er mich vorbereiten.«

Sie lächelt schwach. »Diese armen Kinder.«

Ich zucke mit den Schultern. »Ganz genau. Und, na ja, dann ist er gestorben und ich habe weiter Streit gesucht. Ich schätze, zu dem Zeitpunkt war nur gut, dass ich sie inzwischen gewinnen konnte, weil es niemanden mehr gab, der mich da rausgeholt hätte. Die Götter wissen, Jen hat sich lieber zurückgelehnt und zugesehen. Sie meinte, das wäre gut für mich.«

Ich kratze mir den Nacken, als die Stille sich ausbreitet. Wir beide wissen, dass wir um den Elefanten herumtanzen, der mitten im Raum steht. Er hat Fußabdrücke auf dem Teppich hinterlassen und seine Fingerabdrücke sind auf dem durchhängenden Bücherregal und nahezu jeder Buchseite auf diesem Regal.

»Milo kriegt sich schon wieder ein«, wiederhole ich.

»Ich bin …«, murmelt Sona und einer der Holzscheite bricht auseinander und regnet orange Funken wie Glühwürmchen auf ihre Kleidung. In aller Ruhe legt sie den Schürhaken beiseite und wischt sie weg. Jetzt dreht sie sich um und starrt mich mit ihrem einen Rehauge an. »Ich bin den ganzen Ärger nicht wert.«

»Ich werde von Ärger magisch angezogen«, sage ich, aus irgendeinem Grund mit gesenkter Stimme.

»Warum das, Eris?«

»Weil es bedeutet, dass etwas Interessantes passieren wird.«

Sona steht auf und klopft sich den Staub von der Hose. »Du hast echt Probleme.«

»Na, das sagt ja grade die Richtige.«

Einen Augenblick lang steht sie da, von hinten vom Kamin beschienen, die Schultern in dieser lächerlich perfekten Haltung durchgedrückt. Dann fangen sie an zu beben.

Ich nähere mich ihr und sie wendet sich ab, doch meine Arme schließen sich um ihre Taille. Meine Wange ruht an ihrem Rücken und ich kann spüren, wenn sie atmet.

»Ich glaube, ich hab jeden Tag geheult, seit ich dich kenne«, flüstert Sona.

»Ich habe diese Wirkung auf Leute.«

»Ich weiß nicht mal, warum.«

»Ganz ehrlich, ich kann ein ziemliches Miststück sein.«

Sie löst sich von mir, dreht sich um und wirkt fast schon wütend. »Du *bist* ein wandelnder Terror, Eris«, sagt sie hitzig.

»Oh«, ist alles, was ich herausbringe. Ich liebe ihre Worte so sehr. Ich liebe, wie sie sie wählt und wie sie sie sagt, auch wenn ich nicht verstehe, warum sie jetzt sauer ist. Aber ich habe den wilden, verzweifelten Drang, mehr von ihr zu hören.

»Und du ... du bist lächerlich und chaotisch und arrogant und du verursachst mir Kopfschmerzen und ... und ...« Sie reißt hilflos die Hände hoch. Und dann lacht sie. »Du wirst mich irgendwann umbringen, Eris Shindanai. Da bin ich mir absolut sicher.«

Ich starre sie nur an. Das Feuer erstirbt im Kamin. Habe ich heute Abend irgendwas getrunken? Warum ist mein Kopf so leer, als wäre ich betrunken, und warum freue ich mich wie ein Idiot? Warum sage ich »Willst du tanzen?« und halte dann den Atem an, während sich die Stille vor ihrer Antwort ausbreitet, und warum bin ich so absolut überzeugt, dass ein *Nein* mich umbringen würde?

Sie antwortet. Und sie sagt nicht Nein.

Der erste Song ist gut. Genauso wie der nächste und der übernächste. Wir fangen auf dem Boden an und enden dann auf dem Tisch. Hände schlagen gegen Hüften und Rippen. Sie hat noch nie getanzt und das ist nicht zu übersehen. Sie sieht lächerlich aus und das ist echt gut, weil ich genauso lächerlich aussehe. Sie strahlt und ich habe keine Ahnung, wie spät es ist. Sie ist nur ein Kind, das nie Kind sein durfte, und ich weiß, was das mit einem macht.

Ich lege den Kopf in den Nacken, als der Raum von langen, hypnotischen Tönen erfüllt wird. »Ich liebe diesen Song.«

»Ich hätte gedacht, du stehst auf härtere Sachen.«

»Es wird noch härter ...«

Sie gleitet vom Tisch und streckt ihre Hand aus. »Ich glaube, ich würde gern tanzen.«

Ich betrachte die Handfläche und die Schwielen, mit denen sie überzogen ist. »Machen wir doch schon.«

Sie rollt mit den Augen. »Unser Rumzappeln passt nicht hierzu.«

»Ich fand, wir sahen gut aus.«

»Du ja. Bitte zeig mir, wie das geht.«

Mein Herz hämmert mir bis zum Hals, als ich mich ihr auf dem Teppich anschließe und ihre Handgelenke umfasse. Ich lege ihre Hände auf meine Hüften und verschränke meine Finger in ihrem Nacken, vergrabe sie in ihren Locken.

»Was jetzt?«, fragt sie.

»Was meinst du?«

»Wiegen wir uns einfach im Takt?«

»Schätze schon.«

»Machst du das mit Milo?«

»Milo tanzt nicht gern.« Ein Herzschlag vergeht. »Hör auf zu lächeln. Weißt du, was …«

Bevor ich einen Schritt zurück machen kann, gleiten ihre Hände von meinen Hüften und mit einer packt sie mein Handgelenk. Vorsichtig hebt sie den Arm und dann wirble ich auf dem staubigen Teppich herum. Während ich meine Balance wiederfinde, verschränkt sie die Finger in meinem Nacken und zieht mich an sich heran.

»Hast du mich gerade herumgewirbelt?« Ich bin verwirrt und sie wirkt ein bisschen zu selbstsicher.

»Diese Position gefällt mir besser«, flüstert sie, den Blick gesenkt. »Ist das okay?«

»Ja. Es ist nur … du klingst müde.«

»Bin ich.«

»Ich auch.«

Aber wir gehen nicht ins Bett. Wir trennen uns nicht voneinander. Und ich weiß, dass sie Mädchen mag, und ich weiß schon seit einer Weile, dass es mir genauso geht, aber im Moment geht es nicht darum. Wir sind uns nur nah. Wir stützen uns nur aufeinander.

»Du hattest recht«, sagt sie nach einer Weile. »Der Song wird härter.«

»Was in den Höllen tut ihr da?«

Fast hätte ich aufgeschrien und mache einen Satz zurück. Sona faltet ihre Hände vor sich und blickt zur Tür.

»Guten Abend, Jenny.«

»Es ist weit nach Mitternacht, Bot. Guten Morgen.«

Jenny steht in der Tür und ihre deaktivierten Handschuhe klammern sich an den Rahmen, als müsste sie sich abstützen. Ihre Brille hat sie in die Stirn geschoben, sodass wir ihre dunklen Augen und die noch dunkleren Ringe darunter sehen können. Sie atmet schwer und es wirkt, als wollten die Tattoos an ihren Schlüsselbeinen aus ihrer Haut springen.

Ich verschränke die Arme, während mir die Hitze in die Wangen steigt. »Komisch, ich kann mich nicht erinnern, dich auf meine Etage eingeladen zu haben.«

»Und ich kann mich nicht erinnern, dass du Milo vor die Tür gesetzt hast«, erwidert Jenny geschmeidig und wirft Sona einen bedeutungsvollen Blick zu. »Ärger im Paradies?«

»Was willst du, Jen?«, fauche ich. Dann seufze ich. Ich weiß es bereits. »Wir brechen auf?«

»Na klar doch«, bestätigt sie mit einem wilden Grinsen. »Weck die Bande. Ich warte draußen. Und sag deiner Fahrerin, sie soll zur Abwechslung mal leise sein. Ihr Gebrüll könnte Voxter aus dem Alkoholkoma reißen, in das er sich gesoffen hat. Ich erwarte euch alle in zehn Minuten draußen. Wir fahren zur Zwischenstation.«

Damit wirbelt Jenny auf dem Absatz herum und marschiert aus dem Zimmer.

»Sie wirkt erschreckend begeistert«, murmelt Sona und sieht mich dann an. Sie seufzt. »*Du* wirkst erschreckend begeistert.«

Mit einem Mal bemerke ich das Lächeln auf meinen Lippen. »Was weißt du über die Iolite-Zwischenstation, Glitch?«

Das Iolite-Gebirge ist eine Bergkette, die sich über einen Großteil des Kontinents erstreckt, und genau in ihrem Zentrum befinden sich die Erzstädte – eine Reihe bedeutender Versorgungsdörfer, aus denen Godolia die meisten seiner Edelmetalle importiert. Von dort kommen auch die meisten Materialien, die die Akademie für die Windups benötigt: die einzelnen Teile wie Glieder und Finger werden in den Bergen produziert und dann in die Akademie gebracht, um dort zu einem Mecha zusammengesetzt zu werden.

Glitch sagt nichts davon, auch wenn ich sicher bin, dass sie das alles genauso gut weiß wie ich. Stattdessen blickt sie mir direkt in die Augen und weist auf die eine Sache hin, die mir wirklich wichtig ist. »Uns erwartet dort ein höllischer Kampf.«

28

SONA

Die Sonne geht gerade auf, als wir die Zwischenstation erreichen. Die Luft ist kalt und still, der graue, dunkle Himmel erstreckt sich über uns und wir können noch die Sterne sehen.

Während wir darauf warten, dass Mechas aus dem Boden auftauchen, beschließt Jenny, dass sie einen Blick unter meine Haut werfen will.

»Ist das deine?«, fragt sie und tippt auf die Zugangsklappe mit meinen neuen Zahnrädern.

Ich unterdrücke den Drang, den Arm zurückzuziehen. »Es ist meine Haut, wenn du das wissen willst.«

Sie summt, dann zeichnen ihre Finger meine Knochen bis zu meinem Handgelenk nach.

Jenny lacht unbeschwert. »Guck mich nicht so böse an, Eris. Ich untersuche sie doch nur.«

»Du machst *was*?«, faucht sie.

»Nur ein Witz«, seufzt Jenny, dreht meine Hand um und kneift in den Ansatz von jedem Finger. »Sinn für Humor hast du definitiv nicht geerbt.«

»Bitte«, schießt Eris zurück. »Was hätte Dad daran lustig gefunden?«

»Nicht Appa.« Ihre Finger wandern meinen Arm hinauf und tanzen über mein Schlüsselbein. Ich recke mein Kinn dem Nachthimmel entgegen. In der Dunkelheit erinnert das Orange und Rot des Blätterdachs an Blutergüsse. Jenny senkt ihre Stimme zu einem Flüstern. »Mom hat immer über alles gelacht.«

Wir drücken uns in den Schatten eines dichten Waldes an der Grenze der Zwischenstation herum. Oder eher über der Grenze. Ein gewaltiger unterirdischer Komplex erstreckt sich unter uns und ist über einen Tunnel, der durch die Berge führt, mit jeder der Erzstädte verbunden. Etwa fünfzehn Meter links von uns klafft die Erde auf und bildet einen Zugang zum Wald und den Badlands dahinter.

»Tja, na ja, sie hatte einen Sinn für schwarzen Humor.«

»Eigentlich nicht.« Jennys Finger bewegen sich über meinen Hals und drücken leicht gegen meinen Puls. »Sie hat über Absurdes gelacht. Aber alles ist absurd, also hat sie über alles gelacht. Dein Puls ist ziemlich hoch, Glitch.«

Sie kann spüren, wie ich hart schlucke. »Das klingt ziemlich persönlich. Ich sollte …«

»Ich glaube, Dad hätte sie gemocht«, unterbricht mich Jenny. Sie hat den Finger unter mein Kinn gelegt und dreht mein Gesicht von einer Seite zur anderen. Die gierige Neugier von gestern ist verschwunden, jetzt wirkt sie eher, als wollte sie nur ihre Hände beschäftigen.

Ich erstarre und meine Wangen brennen. Eris schweigt einen Moment lang, dann sagt sie: »Warum sagst du das?«

»Weil sie dich gerettet hat. Weil er vertrauensselig war, genau wie du. Und Mom ...« Jenny lässt mich endlich los und tritt zurück. Sie mustert mich noch einmal von oben bis unten und verschränkt die Arme. Ihr Lächeln ist gequält. »Mom hätte sie in Stücke gerissen.«

Eris zuckt zusammen. Ich rühre mich nicht, obwohl der Drang zurückzuweichen in den Drang wegzurennen kippt.

»Oder hätte es zumindest versucht. Ich glaube ...« Jenny zögert. Ich hätte nicht gedacht, dass sie überhaupt dazu in der Lage ist. Sie seufzt erneut und streicht sich eine Strähne hinters Ohr. Sie hat so viele Zahnradtattoos, dass sie sich quer über ihre Schlüsselbeine erstrecken und dann in ihrem Shirt verschwinden. »Ich glaube, ich hätte sie davon abgehalten.«

Eris' finstere Miene verschwindet für eine Sekunde, dann vertieft sie sich. »Du kannst dir einfach kein gutes Versuchskaninchen entgehen lassen.«

Jenny grinst höhnisch und ihre Züge verhärten sich. »Ich kann mir keine *Waffe* entgehen lassen. Aber ich schätze, wenn sie noch hier wären, hätten sie sich ohnehin nicht mit Glitch herumschlagen müssen.«

»Was soll das denn heißen?«

»Wenn sie nicht getötet worden wären, wärst du nie gefangen genommen worden.«

Eris' Temperament geht mit ihr durch und sie beugt sich vor. »Wieso? Weil ich besser ausgebildet worden wäre? Das ist totaler Schwach...«

»Weil du, wenn zu Hause mehr auf dich gewartet hätte als ich, vielleicht zweimal darüber nachgedacht hättest, dich selbst zu opfern.«

Eris hält inne. Sie fährt sich nervös durch die Haare und schüttelt den Kopf. »Ach, Jen. Sag das nicht. Ich wollte nur ...«

»Deinem Team Zeit verschaffen, damit es verschwinden konnte? Das ist genau das, was Mom und Dad getan haben, erinnerst du dich? Das war nicht richtig, Eris. Es war nicht richtig, dass du das allein gemacht hast, wo ich bleiben und kämpfen wollte ...«

Jenny unterbricht sie und errötet.

»Götterverdammt«, grummelt sie. »Ich meinte, ›dein Team‹ wollte bleiben und kämpfen. Du weißt, dass ich das meinte.«

Eris starrt sie an. »Äh, ja, Jen. Ich weiß.«

Jenny schnaubt, setzt ihre Schweißerbrille auf und dreht sich auf dem Absatz um. »Ich seh mich mal um. Tut was Sinnvolles und überprüft die Straße.«

Als wir durch den Wald zu der Stelle wandern, wo der Weg von der Zwischenstation zwischen den Bäumen verschwindet, ist Eris still und ihre finstere Miene ist versteinert. Ich massiere die Haut an meinem Unterarm, in die Jenny gekniffen hat, und versuche, rauszufinden, was sie gesucht hat. *Mom hätte sie in Stücke gerissen.* Ich öffne den Mund und schließe ihn wieder. Ich öffne ihn erneut, weiß aber immer noch nicht, was ich sagen soll.

Da ergreift Eris das Wort: »Meine Eltern sind auf einer Mission gestorben. Jenny war dabei.« Sie hält ihren Blick geradeaus gerichtet. »Falls du Kontext zu dieser ganzen Geschichte brauchst.«

Ich befühle mein Schlüsselbein. »Ich wusste nicht, dass du in der Akademie gelandet bist, um dein Team zu retten. Das war sehr mutig von dir, Eris.«

»Ich war zu langsam«, murmelt sie. »Ich wollte erst die Wachen ausschalten und hatte nicht bemerkt, dass der Pilot sich umgedreht hatte. Aber ich werde mich gegen mutig nicht wehren. Danke.«

»Ich bin sicher, Jenny denkt auch so.«

»Ich glaube, sie ist unterbewusst wütend auf sie. Unsere Eltern meine ich. Weil sie ihr gesagt haben, sie soll weglaufen. Und auch auf sich selbst, weil sie auf sie gehört hat.«

Sie verlangsamt ihre Schritte – der Weg aus dem Wald erstreckt sich vor uns, übersät von kleinen Flecken aufgegrabener Erde. Darunter verborgen ist eine Reihe von Granaten und magnetischen Unterbrechern, um die Schwebebarke aus der Luft zu holen, die die Erzengelteile transportiert. Arsen und Juniper winken uns von ihrem Posten an der Straße aus zu. Ihre Gesichter sind dreckverschmiert.

»Wahrscheinlich sind sie alle sauer auf mich«, murmelt Eris und winkt zurück. »Ich schätze, es ist anders für sie, für Jenny. Sie sind diejenigen, die zurückgelassen wurden.« Sie senkt die Hand und verschränkt die Finger fest ineinander. »Ich will sie einfach nur am Leben halten, verstehst du? Manchmal ist das alles, woran ich denken kann, und ich vergesse die Konsequenzen.«

Du wurdest auch zurückgelassen, will ich sagen. Doch stattdessen schweige ich, schlucke meine Worte hinunter, auch wenn sie mir gesagt hat, dass ich das nicht tun soll. Leute zu trösten ist neu für mich. Ich habe mir einen Dornenpanzer zugelegt. Vielleicht hat Jenny danach gesucht. Aber jetzt plötzlich sind da Leute um mich herum, denen ich nicht wehtun will, aber ich weiß nicht, wie ich meine harte Schale ablegen soll, wie ich das Richtige sagen soll, wie ich das Mädchen trösten soll, das mir echte, lebende Menschen geschenkt hat, für die ich kämpfen will.

»Ich bin nicht meine Mom, nur damit das klar ist«, fährt Eris fort und unterbricht damit meine Gedanken. Mit dem Stiefel malt sie eine Linie in die Erde.

Ich muss darüber lächeln. »Ich bin kein bisschen wie meine Eltern. Sie wären so stolz, dass ich die Mods habe.« Ich berühre meine tätowierten Zahnräder. »Und angewidert davon, was ich mit ihnen gemacht habe. Überhaupt von allem, was ich getan habe.«

»Du musst dich irren.«

»Es ist wahr.«

»Ich bin sicher ...«

»Du verstehst nicht«, fahre ich sie an, auch wenn sie das nicht verdient hat. Aber Eris lässt sich davon nicht provozieren. Sie wartet einfach ruhig, während ich meine Augen schließe, um mich zu beruhigen. Dabei stelle ich fest, dass es gar keine Wut ist, nicht wirklich. Es ist Scham. »Meine Eltern waren Mechanbeter, Eris. Sie ... Wir haben Godolia dafür verehrt, dass sie die Götter in die reale Welt gebracht haben.«

Eine Pause entsteht. Ich spüre, wie mir die Hitze in die Wangen steigt, aber als ich sie ansehe, steht auf ihrem Gesicht nicht der Ausdruck, den ich erwartet hatte. Sie hat den Kopf zu mir erhoben, während sie leise sagt: »Ich weiß, Sona. Ich meine, ich dachte es mir. Die meisten Dörfer in den nördlichen Gebirgsausläufern sind voller Mechanbeter.« Sie wählt ihre nächsten Worte mit Bedacht. »Hätten sie gewollt, dass du sie rächst?«

»Es ist nicht nur für sie. Ich tue das für mich.« Überrascht von mir selbst blinzle ich, aber Eris beobachtet mich unbeirrt und meine Gedanken überschlagen sich und brechen aus mir heraus. »Meine Mutter und mein Vater haben mir beigebracht, dass Godolia gut ist. Dass Godolia gnädig ist. Wahrscheinlich sind sie mit diesem Gedanken gestorben und das ... das ist nicht richtig. Und ich werde sie rächen. Sie mögen diese Rache nicht wollen, aber trotzdem verdienen sie sie. Und ich räche mich auch für mich selbst. Weil ich dieselben Götter angebetet habe, die sie abgeschlachtet haben. Weil ich die erste Hälfte meines Lebens in Ehrfurcht verbracht habe und jetzt wütend bin, und während der ganzen Zeit gehörte ich Godolia. Auch das ist nicht richtig.«

»Du kämpfst, um dich zu befreien.« Ihre übliche finstere Miene wird etwas weicher, als ich nicke, und sie trommelt mit den Fingern auf ihre Tattoos. »Du bist am richtigen Ort, Glitch – bei den falschen Leuten mit den richtigen Absichten. Das ist ein guter Anfang.«

»Sind die Sprengsätze bereit?«, ruft Jenny und taucht mit dem Rest des Teams auf den Fersen aus dem Wald auf. »Gut. Versammelt euch, Leute.«

Arsen und Juniper trotten herüber, gefolgt von Zamaya und Seung, den anderen Sprengstoff- und Säureexperten. Jenny setzt sich im Schneidersitz auf einen Flecken Moos und hebt das Kinn, als wäre sie die Königin des Waldes.

»Wenn einer von euch die Erzengelteile beschädigt«, sagt sie beiläufig, »schmelz ich euch genauso zu Schlacke wie die Mechas.«

Das erschrockene Schweigen wiegt schwer. Jenny nimmt es als Einladung fortzufahren. »Wir haben zwei Ziele: Das erste ist, die Windup-Eskorte auszuschalten, und das zweite, Gwen zu beschützen.«

»Mich?«, quiekt Gwen. »Warum mich? Nein, warte, ich will's nicht wissen, lass mich nur sterben …«

»Weil du die Schwebebarke entern, dir das Steuertablet beschaffen, den Tracker deaktivieren und sie umleiten wirst.«

Als sein Name gefallen war, war das Mädchen errötet, jetzt ist es weiß wie die Wand. Es rauft sich die kurzen blonden Haare. »Oh Götter. Sie umleiten nach …?«

»Nach Hause«, sagt Jenny gradeheraus und macht keinen Hehl daraus, wie sehr sie unsere Verwirrung genießt. »Du lenkst sie zu den Hollows.«

»Heilige Höllen«, murmelt Nolan und kaut auf seinem Daumennagel. »Was hast du vor?«

»Alles zu seiner Zeit.«

»Nein«, fährt Eris auf. Jennys Blick wandert zu ihr und aller Humor ist daraus verschwunden. »Ich dachte, wir wollten die Teile zerstören.«

»Das habe ich nie gesagt.«

»Was hast du dann mit ihnen vor?«

Langsam breitet sich ein Lächeln auf Jennys Miene aus. »Du wolltest mit deinem Plan Zeit schinden. Ich schinde keine Zeit. Ich schreibe Geschichte.«

»Und wie genau willst du das heute Nacht tun?«

»Komm schon, wo ist dein Sinn für Überraschungen geblieben?«

Eris knurrt. »Nicht existent, wenn du mein Team in einen Kampf schickst, ohne dass ich weiß zu welchem Zweck.«

Jenny steht auf und klopft sich den Staub von der Hose. »Eigentlich brauche ich dein Team gar nicht. Wir schaffen das auch allein.«

»Warum hast du uns dann überhaupt ...?«

»Was wäre ich denn für eine Schwester, wenn ich dir einen Kampf vorenthalten würde?«

»Eine geistig gesunde!«

»Kannst du dir das vorstellen?«, murmelt Zamaya.

»Na schön. Dann halt dich raus, wenn du nicht willst«, flötet Jenny und deutet mit dem Kopf Richtung Straße. »Wir zeigen euch, wie man das macht.«

Ich weiß nicht, was ihre Aufmerksamkeit erregt hat, bis ich die Schritte spüre und sehe, wie die Blätter über uns erzittern. Dann sehen wir im klaffenden Maul des Tunnels die Augen – drei Paar roter Koronen weit über dem Boden. Die statische Energie in der Luft vor dem Kampf lässt meine Nackenhaare zu Berge stehen und Eris' entschlossene Miene verrät mir, dass es auch unser Kampf ist. Jenny mag arrogant sein, aber sie ist definitiv nicht ignorant.

»Von wegen«, faucht Eris. Ihre Kryohandschuhe erwachen zum Leben und sie setzt ihre Brille auf. »Aber du schuldest uns allen eine Erklärung.«

Jenny fasst sich nur an die Stirn, als wollte sie sich an den Hut tippen, und lässt ihren Blick über ihr Team gleiten. Nachdem sie ihre unausgesprochenen Befehle erhalten haben, entfernen sie sich wortlos von der Gruppe und nehmen ihre Position in den Schatten ein.

Insgesamt drei Windups. Es sollten vier sein, aber einer der Piloten liegt tot dreißig Kilometer weit weg in der entgegengesetzten Richtung. Ich habe immer noch sein Blut am Ärmel.

Insgesamt drei Windups. Ich lege den Kopf schräg und runzle die Stirn, während ich lausche. Die Schritte von zwei Beinpaaren.

Eris erstarrt an meiner Seite, als er auftaucht, wobei die schwarze Metallhülle beinahe nahtlos mit der Nacht verschmilzt, wodurch er kaum zu erkennen ist. Flankiert wird er zu beiden Seiten von einem Argus. Sein roter Blick ist der einzige Farbklecks.

»Das Phantom gehört uns«, flüstert Eris sanft und bedrohlich.

Dieses Mal verneigt sich Jenny an ihrer Position in der Dunkelheit. Als sie sich aufrichtet, begegnet sie meinem Blick und ihr Lächeln ist bösartig und kalt. Sie grinst über die absurde Situation. Dann ist auch sie zwischen den Bäumen verschwunden.

»In Ordnung!«, ruft Eris und das Team nimmt Haltung an. »Folgender Plan ...«

Die statische Energie entlädt sich in einem Blitz und erfüllt meine Lunge. Das Phantom nähert sich geräuschlos und doch kann ich das Ticken hören, als würde das Summen der Zahnräder die Eisenschichten durchdringen wie ein Herzschlag. Wie eine Einladung, sie herauszureißen.

Ich sehe dich, denke ich bei mir. *Und heute Nacht wirst du mich auch sehen.*

»*Runter!*«, brüllt Nova.

Theo und ich erheben uns vorsichtig, nachdem die Wache über den Rand der Plattform gestürzt ist. Sie und das Messer in ihrem Hals werden von der Dunkelheit unter uns verschluckt. Wir haben sie nicht kommen hören, bis die Waffe in ihrer Hand klickte und Nova sich von einem der oberen Träger herunterschwang.

»Wo in den Höllen bist du denn hergekommen?«, ruft Theo und gafft das Mädchen an.

Nova runzelt die Stirn und ihre Schultern beben vor Anstrengung. Sie dreht sich um und stapft auf die Plattform zu, die den Hüftmechanismus trägt. »Mir gefällt dein Ton nicht. Wo bleibt das ›Danke, Novs, oh vielen Dank, dass du uns den Arsch gerettet hast‹, das ich verdiene?«

»Danke, Nova«, sage ich, während wir ihr folgen, und wische mir mit dem Ärmel den Schweiß von der Stirn, wobei ich vergesse, dass der Stoff blutgetränkt ist. Zwei Wachen erledigt.

»Mehr wollte ich gar nicht hören«, zwitschert Nova. Dann treibt sie ein weiteres Messer in die Wand aus Zahnrädern, die den Hüftmechanismus des Phantoms antreiben.

Die Drehungen verlangsamen sich kurz, doch dann wird die Klinge plattgewalzt und bricht. Nova schreit auf, als der Griff sich löst und an uns vorbeischießt.

Schnell richtet sie sich wieder auf und zieht die Nase kraus. »Gibt's Punkte für den Versuch?«

Theo seufzt. »Wo ist Xander?«

»Und Eris?«, füge ich hinzu.

»Xander ist hier irgendwo«, antwortet Nova. »Ich dachte, der Cap wäre bei dir.«

»Sie muss noch draußen sein.« Ich schiele ins Bein hinab, durch das wir reingekommen sind, nachdem Junipers und Arsens Sprengstoff ein Loch in den Knöchel gerissen hat. Sobald das Phantom gestrauchelt und auf allen vieren gelandet war, haben wir uns einen Weg durch den Rauch und den Staub ins Innere gebahnt, bevor es wieder aufstehen konnte. »Ich hätte schwören können, Eris war direkt hinter mir …«

»Bin ich«, sagt sie direkt hinter mir.

Ich wirble herum. Sie klammert sich an einen vertikalen Träger und atmet schwer. Ihre Brille reflektiert die Dunkelheit um uns herum wie leere Augenhöhlen. »Ich wurde abgelenkt. Da sind …«

Das unverkennbare Kreischen von Kugeln zerreißt die Luft und ich zucke instinktiv zusammen und ziehe den Kopf ein. Doch nachdem eine Reihe von Schüssen erklungen ist, ohne dass wir einem Querschläger ausweichen mussten, erkenne ich, dass sie nicht hier drinnen fallen.

»Berserker«, flucht Nova. »Wie viele?«

»Genug, dass wir jeden brauchen. Und nur die Götter wissen, wie viele noch aus dem Tunnel kommen«, schnaubt Eris.

Ich bemerke, dass das Glänzen auf ihrer Stirn nicht Schweiß ist, sondern Blut. Der Schnitt an ihrem Haaransatz hat sich wieder geöffnet. »Wie viele Wachen habt ihr erwischt?«

»Zwei«, sagt Theo und wirft Nova einen beschämten Blick zu. »Es könnten ...«

Ein Schuss erklingt, laut und dröhnend, und dieses Mal kommt er aus dem Inneren. Wir reißen den Kopf hoch, bereit zu klettern, doch alles, was wir sehen, ist ein schmaler Schatten, der sich aus der Dunkelheit schält. Er hängt an einem Vorhang aus Drähten und gleitet nach unten, wo er geschmeidig auf einem Hilfsträger drei Meter entfernt landet.

Xander legt sich ein Brecheisen auf die Schulter, das Ende feucht und glänzend, und hebt einen einzelnen Finger. Den Mittelfinger.

»Das sollten alle sein«, schlussfolgert Eris und deutet nach oben. »Theo, Nova, Xander, ihr kommt mit mir. Da draußen herrscht Chaos.« Sie lächelt kurz, doch es ist sofort wieder verschwunden und sie sieht mich ernst an. »Du machst hier dein Ding, Glitch.«

Meine Kehle wird trocken. Sie haben sich bereits in Bewegung gesetzt, Theo und Nova springen zu einer tieferen Plattform und Xander ist längst verschwunden. Eris legt ihre Hände wieder um den Träger, doch bevor auch sie in die Tiefe rutschen kann, packe ich sie in einem Anfall von Panik an der Schulter.

Eris legt den Kopf schräg, als die Stille sich ausdehnt. »Glitch? Ich hab noch was anderes vor.«

»Ich ...«, setze ich an und meine Stimme zittert. »Ich kann das nicht.«

Sie schiebt ihre Brille hoch und runzelt die Stirn. »Was?«

Ich schlucke schwer. »Bitte zwing mich nicht dazu.«

»Aber du hast das doch schon mal gemacht. Problemlos.« Sie löst ihre Hand vom Träger, legt sie auf mein Handgelenk und drückt sanft zu. Auf ihren Zügen zeichnet sich Sorge ab und die Schuldgefühle lasten schwer auf ihr. »Ich dachte ... Ich dachte, du wüsstest, dass das Teil des Jobs ist.«

Mein Auge weitet sich. Ich zucke vor ihrer Berührung zurück und weiche so weit es geht auf der Plattform nach hinten aus. »Das hast du nie gesagt! Ich ... Ich kann das nicht noch mal.«

»Warum nicht?«

Warum nicht? Warum ich nie wieder verbunden werden und einen Körper besitzen will, der größer ist als mein eigener? Warum würde sich jemand eine solche Gelegenheit entgehen lassen? Aber alles, was ich mit einem frustrierten Schnauben sage, ist: »Zunächst mal kann ich götterverdammt nichts sehen!«

Eris blinzelt einmal, dann lässt sie den Träger los und landet schwer auf der Plattform. Unwillkürlich zucke ich zusammen, als sie sich nähert, doch sie geht an mir vorbei und die Schatten ziehen sich zurück, als ihre Handschuhe zum Leben erwachen.

Sie legt eine Hand auf die Zahnräder des Hüftmechanismus. Wo Novas Messer gescheitert ist, gräbt sich das Eis in die Zwischenräume und wütet. Eris schlägt mit der Faust gegen das Eis und das Metall zersplittert mit einem reißenden, ächzenden Kreischen. Um uns herum erzittert der Windup, als das Phantom bei seinem nächsten Schritt strauchelt.

»Götter, Sona«, seufzt Eris, dreht sich um und fährt sich durch die Haare. »Ich wollte dich nicht da raufschicken, um dich mit ihm zu verbinden. Du solltest sicherstellen, dass der Pilot ausgeschaltet ist.«

»Oh.« Ich berühre die Klinge, die an meiner Hüfte ruht, und spüre den Trost, der dem Metall innewohnt. Es fühlt sich nur kalt an – die Panik weicht aus meinen Adern. »Oh Götter, natürlich.«

Und jetzt steigt mir die Hitze den Hals hinauf und in die Wangen. Ich wende mich ab und suche die Leiter, die zum Hals hinaufführt.

»Geh, Frostbringer«, ist alles, was ich herausbringe, bevor ich von der Plattform trete und außer Sicht verschwinde. Mein Herzschlag dröhnt im Einklang mit den unsicheren Schritten des Mechas.

29

ERIS

Ich öffne meine Augen, als mein Körper auf dem Boden aufschlägt. Meine Nerven singen vor Energie, das Adrenalin raubt mir den Atem. Ich richte mich ruckartig auf, die Fäuste geballt und reiße den Kopf kampfbereit herum.

Theo schreit auf und fällt zurück auf seine Hände. Arsen bleibt standhaft, macht aber einen Schritt zurück und lacht, die Arme abwehrend erhoben. »Wow, Cap. Wir wollten dir nur sagen, dass wir fast zu Hause sind.«

Ach ja. Ich seufze und fahre mir durch die Haare, dann stöhne ich auf. Der Schnitt an meinem Haaransatz ist von Xanders vorsichtigen Händen mit mehreren Stichen genäht worden und der ganze Bereich brennt von der Salbe.

Wir haben überlebt, aber jeder Teil von mir ist zum Zerreißen gespannt, bereit zu explodieren. Bereit zu flüchten.

»Ein Albtraum?«, fragt eine Stimme von oben.

Ich sehe zu Sona auf der anderen Seite des Containers auf. Sie hockt auf einem Stapel Metallteile, lässt die Beine baumeln und balanciert das Schwert auf den Knien. Jedes Teil ist einen Meter achtzig lang und läuft spitz zusammen.

Die Federn des Erzengels. Zumindest ein paar von ihnen. Jenny dachte, die Reise in den Containern der Schwebebarke würde angenehmer sein, als sich wieder in die Trucks zu quetschen, aber ich bin nicht sicher, ob mein Magen ihr da zustimmen würde.

Sona rutscht von den Federn, landet leichtfüßig und setzt sich neben mich. In meinem Augenwinkel zieht sie ihren Jackenärmel zurück und fährt über ihre Tattoos.

»Jetzt kriegst du neue.«

Sie antwortet nicht. Als ich sie ansehe, breitet sich ein breites Grinsen auf ihren Wangen aus. So habe ich sie noch nie lächeln sehen. Sie zeigt nicht einfach nur die Zähne und es ist auch nichts Schüchternes oder Verkrampftes daran – es ist einfach pure, strahlende Freude.

Als sie mein Starren bemerkt, erstirbt es sofort und sie verschränkt die Arme. »Warum Tattoos, Eris? Warum führt man nicht einfach auf einem Zettel Buch?«

Ich schmunzle. »Das kannst du stattdessen auch machen, wenn du willst.«

»Das habe ich nicht gesagt.«

Ich lege meine Handfläche auf meine eigenen Zahnräder. »Entweder verehren die Leute in den Badlands Godolia oder sie fürchten es. Sie verbringen ihr Leben in Ehrfurcht oder in Furcht. Die Gearbreaker lehnen beides ab.« Unter meinem Schlüsselbein schlägt mein Herz – *lebendig, lebendig, lebendig* –, auch wenn jeder Tropfen Tinte schreit, dass ich es nicht sein sollte. »Godolia will, dass alle ihre Angst mit sich herumtragen, aber wir zeigen unsere Stärke. Auf der Haut, von der sie glauben, dass sie ihnen gehört, zeigen wir unsere

Freiheit. Sie werden sehen, dass unser Widerstand endlos ist.«

Sona seufzt und stützt die Wange in die Hand. Sie murmelt vor sich hin, aber ich verstehe ihre Worte trotzdem: »Jetzt kriege ich neue.« Eine bittersüße Freude breitet sich langsam in meiner Brust aus.

Bald darauf wird die Schwebebarke langsamer und mein Team erhebt sich von seinen Plätzen und öffnet die Tür unseres Containers. Dahinter wird das Tor der Hollows sichtbar und auf der Kante des Decks hockt Jennys Team – Jenny ganz vorn, die Hände in die Hüften gestemmt. Alles an ihrer Pose verrät mir, dass ein Grinsen ihre Lippen umspielt.

»Noch bin ich nett«, ruft sie dem Torwächter zu. »Du kannst mich reinlassen oder ich verschaffe mir Zugang.« Sie wirft das Haar über ihre Schulter. »Das gelingt mir immer.«

»Voxter sagt, du bist suspendiert«, ruft der Wächter zurück. Hinter dem Tor haben sich jede Menge Gearbreaker versammelt. Sie pressen die Gesichter so nah an den elektrischen Zaun, wie sie es wagen. Sie flüstern und lachen. »Ihr seid *alle* suspendiert.«

»Hurra.« Jenny gähnt. »Ich brauche ohnehin ein bisschen Schlaf. Lass uns durch.«

Der verbale Schlagabtausch geht noch ein wenig weiter, dann ertönt ein widerwilliges und erschöpftes Stöhnen von unten. Die Tore entriegeln sich und schwingen auf. Mein Team verlässt den Container, nachdem die Schwebebarke die Hollows durchquert hat und auf dem Hof gelandet ist, wo sich die Motoren abschalten und sie langsam zu Boden sinkt. Gearbreaker versammeln sich unter ihr und scharren gespannt mit den Füßen.

Nova erstarrt, als sich eine steife Gestalt ihren Weg durch die Menge bahnt. »Oh, oh.«

»Jetzt haben wir's wirklich geschafft, was?«, murmelt Arsen.

»Was im Namen der Million Götter ist das?«, brüllt Voxter und sein Stock klackert über den Betonweg. Gwen drückt einen Knopf, um die Rampe der Schwebebarke zu senken. Voxter erklimmt sie und stützt sich dabei auf seinen Stock. »Jenny Shindanai!«

»Ja, Schätzchen?«, flötet Jenny, als Voxter sich nähert. Ihre Hände hängen entspannt an ihren Seiten.

Voxter lässt seinen Blick über das Deck schweifen, bis er an einem der offenen Container hängen bleibt, wo der Stapel Stahlfedern im Licht der Nachmittagssonne funkelt.

»Das ist ... Ihr habt ...« Er strafft sich, sammelt sich und fängt wieder an zu brüllen. »Du bist *erledigt*, Shindanai! Du hast dich dem Rat widersetzt, Erzengelteile hierher- und uns alle in Gefahr gebracht. Du bist verbannt, und zwar ab sofort.«

»Ha. Nein, danke.«

Eine Ader pulsiert in Voxters Schläfe. »Nein, *danke*? Für wen hältst du dich?«

»Für diejenige, die dem allen ein Ende setzt, Vox«, sagt Jen, die Stimme stolz erhoben. Das Raunen der Menge erstickt wie eine Kerzenflamme. »Godolia sucht immer am Boden nach uns. Sie sind noch nie auf die Idee gekommen, nach oben zu sehen.«

Gute zehn Sekunden rührt sich niemand, während ihre Worte nachhallen. Dann tritt Voxter vor und bohrt das Ende seines Stocks in Sonas Schulter. Sie stürzt, fängt sich mit den Händen ab und bricht erneut zusammen, als sein Stiefel ihren Wangenknochen trifft.

»Was für Wahnvorstellungen hast du hier verbreitet, Bot?«, tobt er.

Ich schreie auf und stürze mich auf ihn, doch Jenny fängt mich mit eisernem Griff ab. Ich erwarte, dass sie mich aufhalten will, doch stattdessen drängt sie mich aus dem Weg und schnappt sich Voxters Stock. Sie wirbelt ihn herum, rammt ihm das Ende unter das Kinn und wirft den Stock aufs Deck, als er fluchend zurücktaumelt. Das Ganze ist vorbei, bevor ich überrascht blinzeln kann.

»Wir brauchen sie«, sagt sie nur. »Also, wie ich gerade sagte ... Wie alle wissen, kann ich einen Windup mit geschlossenen Augen auseinandernehmen. Und ich kann ihn verdammt noch mal auch wieder zusammensetzen.«

Mir fällt die Kinnlade herunter. Vom Boden sieht Sona mit großen Augen auf. Sie muss es auch hören – Jennys beiläufigen und koketten Ton: *Ich kann mir keine Waffe entgehen lassen.*

Meine Stimme ist schwach, als ich das Wort ergreife: »Du willst dieses Ding *bauen*?«

Erschrockenes Raunen breitet sich im Hof aus. Es hält nur ein paar Sekunden an, bevor Vox mit dem Stiefel gegen das Metall an der Seite der Schwebebarke tritt, doch mein Blick ist auf Sona gerichtet und auf das neuerliche Zittern ihrer Schultern. *Bitte zwing mich nicht dazu.*

»Du willst einen Windup benutzen, um andere Windups auszuschalten?«, knurrt er und Blutstropfen stehen auf seiner Lippe, als er seinen Stock aufhebt. »Das ist Wahnsinn.«

Jenny kichert. »Oh bitte. Du musst in größeren Dimensionen denken. Warum ein paar armselige Mechas ausschalten, wenn wir sie alle auf einmal erledigen können?«

»Du willst die Akademie angreifen?«, raunt Sona und kommt unsicher auf die Beine. »Einen Erzengel einsetzen, um die Straßen Godolias mit den Feuern der Höllen zu überziehen?«

»Die Feuer der Höllen sind die Waffen der Götter«, erwidert Jenny und tut alle urtümlichen Göttervorstellungen mit einer Geste ab. »Ich rede von diesen herrlichen Raketen. Ich rede davon, genau das, was Godolia zu seinem Schutz entwickelt hat, einzusetzen, um es zu vernichten.«

»Das wird nicht funktionieren«, widerspricht Sona. »Man müsste auch die Höchsten zerstören, um zu verhindern, dass sie sich wieder erholen. Und selbst dann ... Sie sind die Marionettenspieler, aber ihre Untergebenen können sie problemlos ersetzen. Es gibt Leute, die seit ihrer Geburt darauf vorbereitet werden, Höchster zu werden, Dutzende von ihnen, Back-ups über Back-ups. Du kannst nicht sicherstellen, dass sie sich alle in der Akademie befinden, wenn du angreifst.«

»Dasselbe gilt für die Mechas«, höhnt Voxter. »Der einzige Anlass, zu dem ein Großteil von ihnen in der Akademie versammelt ist, ist ...«

Einen Herzschlag lang herrscht Stille. Jenny wartet mit einem hämischen Grinsen und trommelt mit den Fingern gegen ihre Hüfte.

»Heilige Scheiße«, entfährt es mir.

»Du willst die Himmelstagsparade angreifen«, beendet Sona den Gedanken.

»Ah, endlich habt ihr's geschnallt«, seufzt Jen. »Die Himmelstagsparade, wenn alle Höchsten, ihre Untergebenen und alle Schüler und Piloten für die Feierlichkeiten an einem Ort versammelt sind. Die Straßen um die Akademie werden geräumt sein und Mechas aus jeder Einheit werden Schulter an Schulter stehen, um über die opulente Party der Höchsten zu wachen, die sie in diesem lächerlichen goldenen Hof veranstalten. Nicht verbunden natürlich. Sie dienen nur als Augenschmaus für die Oberen der Akademie, während sie ihre

Süßigkeiten essen und das neue Jahr feiern, und um all dem einfachen Volk, das in den Straßen unterwegs ist, Godolias unendliche Macht vor Augen zu führen. Sie sind die perfekte Zielscheibe.«

Einen weiteren Herzschlag lang herrscht Schweigen.

Dann fängt Voxter an zu lachen. »Du kriegst dieses Ding niemals in die Luft«, sagt er.

»Wart's nur ab«, entgegnet Jen und hält seinem Blick stand. »Wir haben mehr als genug Mecha-Teile rumfliegen.«

»Bis zum Jahresende sind es nur noch anderthalb Monate, Mädchen.«

Sie zuckt mit den Schultern. »Dann muss ich ein paar Nächte durchmachen. Wenn alle mit anpacken, sollten wir es schaffen. Und alle *werden* mit anpacken, weil sich kein Gearbreaker eine solche Gelegenheit entgehen lassen würde. Zumindest kein echter Gearbreaker.«

»Ich werde das nicht unterstützen«, knurrt Voxter. »Und ich habe das letzte Wort hier, falls du es vergessen hast.«

»Damit kennen wir deinen Standpunkt wohl«, bemerkt Jenny.

»Du untergräbst alles, wofür die Gearbreaker stehen«, presst Voxter hervor. »Unsere *Aufgabe* ist es, die Windups allein mit unseren angeborenen Fähigkeiten zu zerstören und den Leuten der Badlands zu zeigen, dass die Menschen immer noch die Kontrolle über diese götterinfizierte Welt haben. Einen Windup einzusetzen, um unserer Sache zu dienen, macht diese Sache *zunichte.* Ich sollte das verdammt noch mal besser wissen als jeder andere, ich bin …«

»Der Gründer«, beendet Jenny den Satz in gelangweiltem Tonfall. »Der große Anführer der Gearbreaker, der den Schwanz einzieht, wenn es um echtes Gearbreaking geht. Und was deine angebliche ›Aufgabe‹ angeht …« Sie hebt eine Hand und lässt ihre Finger herumwirbeln. Die Laternen verstärken das orange Glühen ihrer Handschuhe und lassen ihre Zähne aufblitzen. »Menschsein ist überbewertet.«

Vox lässt seinen Blick über die Menge schweifen und muss feststellen, dass alle Augen auf Jen und nicht auf ihn gerichtet sind. Der Gründer. Der große Anführer der Gearbreaker. Er schluckt schwer und sein Blick wird härter.

»Du wirst den Erzengel nicht bauen. Das ist ein direkter Befehl, Jenny Shindanai.«

Sie grinst boshaft. »Oh, Vox. Du findest immer die richtigen Worte, um mich zu motivieren.«

Voxters Finger verkrampfen sich bedrohlich um den silbernen Griff seines Stocks. Jens Blick streift über seine weiß hervortretenden Knöchel, bevor er zu seinem Gesicht wandert. In ihrer amüsierten Miene steht eine klare Herausforderung.

Niemand geht dazwischen.

Jen verschränkt die Arme und gluckst. »Also gut. Wir haben unseren Ingenieur. Wir haben die Teile.«

Ich weiß, was als Nächstes kommt. Glitchs Blick zuckt zu mir.

Bitte.

Jennys Blick fällt auf Sona. »Jetzt«, sagt Jenny, »brauchen wir nur noch einen Piloten.«

Ich kann das nicht.

Meine Hände richten sich auf die Container. Das Glühen meiner Kryohandschuhe zeichnet sich scharf gegen das schwache Herbstlicht ab. Ich bin mir kaum bewusst, was ich tue, ich weiß nur, dass meine Kehle zugeschnürt ist und dass Sona Teil meines Teams ist und ich meine Leute beschütze.

Trotzdem zögere ich.

Denn plötzlich, als ich zu ihr blicke, sehe ich, wie Godolia niederbrennt. Nur noch ein Krater ist übrig, wo es sich einst befand. Ein Brandfleck auf allen Karten, wo sein Mal einst das Papier verunstaltet hat.

Sie könnte das beenden.

»Warte!«

Zu meiner Überraschung kommt der Schrei nicht von Jenny, sondern von Vox. Der Griff seines Stocks legt sich um mein Handgelenk und er zieht. Mein Team schreit auf und huscht aus dem Weg. Ich deaktiviere die Handschuhe und dränge ihn zurück.

»Siehst du, Vox?«, flötet Jenny. »Du nimmst schon Vernunft an.«

Er spuckt auf den Boden und streicht über seine Canvasjacke. »Ich will einfach nur nicht dieses Chaos mitten auf dem Gelände.«

Ich wirble zu Jenny herum. »Dafür ist sie nicht hergekommen!«

»Sie ist hergekommen, um Rache zu nehmen«, erwidert Jenny gelassen. »Ich verschaffe ihr die beste Chance, die ein Gearbreaker je hatte.«

»Du kannst sie nicht dazu …«

»Eris.« Sonas Stimme lässt mich verstummen – etwas an der Art, wie sie meinen Namen sagt, verrät mir, dass sie mein Zögern bemerkt hat. Meine Wangen brennen, als ich mich zu ihr umdrehe, doch ihr Blick ist auf Jenny gerichtet. »Glaubst du, dass das funktionieren wird?«

»Das wird es«, versichert Jenny. »Ich werde ein Geschoss mit Magmaserum entwickeln, um sicherzugehen. Ich habe schließlich einen Ruf zu verlieren. Also, was sagst du, Glitch?«

Sona nickt einmal und lächelt. Es liegt keine Freude darin, weder pur noch strahlend noch sonst irgendwas, sondern eher so etwas wie Erschöpfung oder Resignation. Vielleicht ist das für sie auch beides dasselbe. Mein Herz zieht sich zusammen.

Aber ich sage nichts.

Es ist kein Zögern.

Die Stille entsteht, weil immer noch diese Bilder vor meinem geistigen Auge aufblitzen und ich kann nicht anders, als sie zu genießen. All diese herrliche Zerstörung, die sie in den Händen hält.

30

SONA

In den nächsten paar Wochen spreche ich nur, wenn ich angesprochen werde, einsilbige Antworten, mein Blick ist auf die Wand gerichtet. Eris fragt mich, ob es mir gut geht. Ich lächle, beruhige ihr Gewissen.

Ich warte in meinem eigenen Grab und lasse die Kälte sich ausbreiten.

Sie fragen mich wieder und wieder, ob es mir gut geht. Ein Dutzend Mal. Fünfzigmal. Achtundneunzigmal. Neunundneunzigmal. Eris macht die Hundert voll. Ich bin so voller Lügen und so vergiftet mit falschen Bestätigungen, dass ich das Gefühl habe, meine Drähte reißen, wenn ich auch nur noch eine einzige von mir gebe.

Statt auf ihre Frage zu antworten, sage ich, dass ich mich waschen muss. Ich schließe mich im Badezimmer ein und schrubbe meine Haut mit Seife, die nach Jasmin duftet, spüle sie ab und steige in die Wanne. Mein Kopf taucht unter Wasser und ich lausche dem Summen unter meiner Haut, das so klar zu hören ist. Ich lausche meiner Angst und meinem Egoismus, die sich in einem endlosen Kampf um die Vorherrschaft ineinander verbeißen. Es ist sinnlos. Beide haben mich zu gleichen Teilen im Griff.

Novas und Junipers Schreie lassen mich aufschrecken und ich schiele von unter der Wasseroberfläche zu ihnen hinauf.

»Heilige Scheiße«, sagt Nova, als ich mich aufsetze. »Wir dachten schon, du wärst tot.«

»Wie lange warst du da unten?«, fragt Juniper.

Ich ziehe meine Hände aus dem inzwischen kalten Wasser, um sie zu betrachten. Die Haut ist verschrumpelt wie tote Blätter. »Eine ganze Weile.«

Sie starren mich an und ich will sie einfach nur anschreien. Auch wenn sie das nicht verdient haben.

»Dein Auge blutet«, informiert Juniper mich. »Dein äh ... fehlendes.«

»Okay«, sage ich und widerstehe dem Drang, die Bandage wegzuziehen. Jenny hat vor einer Weile ein Augenimplantat eingesetzt, aber ohne Prothese und ohne Pupille bleibt mein Blick starr und ausdruckslos. Ich bin immer noch gezeichnet, also verstecke ich es. Eine Augenklappe ist unauffälliger. Ich konnte behaupten, bei einem Kill verwundet worden zu sein. Oder bei der Rettung eines meiner Teamkameraden. Godolia ins Gesicht gespuckt zu haben. Die Liste ist endlos.

Nicht dass jemand so dumm wäre, zu fragen. Mit oder ohne Augenklappe, starrer oder glühender Blick, sie alle wissen, dass ich nur ein Produkt der Akademie bin. Die Verkleidung ist eher für mich als für sonst jemanden.

»Ähm ... Kommst du jetzt raus?«, fragt Nova.

»Nein.«

Eine Stunde vergeht. Bald wird jemand vorbeikommen und wieder fragen, ob es mir gut geht. Ich werde wieder lügen. Wieder und wieder und wieder.

Eine Pilotin zu sein hat mich mein Fleisch, meinen Atem, meinen Schmerz gekostet. Aber jedes Mal, wenn ich verbunden bin, bekomme ich auch etwas zurück. Eine Macht, die langsam in mich einsickert und mich schnell ausfüllt. Ich besitze sie nicht, niemand sollte sie besitzen, dennoch bin ich süchtig nach ihr. Genauso wie Eris adrenalinsüchtig ist. Und sobald das letzte Kabel angeschlossen ist, bricht der Hunger mit voller Macht über mich herein, ein Meer der Sucht, und unter seiner Oberfläche ist mir egal, dass ich nicht atmen kann.

Das macht mir Angst. Ich habe Angst vor dem, was ich werden könnte, was ich hätte sein können, wenn meine Loyalitäten von Anfang an anderem gegolten hätten.

Und wenn mir dieses verdammte Auge wieder in den Kopf gedrückt wird, werde ich in den Spiegel blicken und alles in Rot gebadet sehen und Victorias Drohung wird unter jedem falschen Atemzug dröhnen: *Du wirst nie frei von ihnen sein. Du wirst nie frei von ihnen sein. Du wirst nie ...*

Ich steige aus der Wanne, wickle mir schnell ein Handtuch um und erstarre vor dem Spiegel. *Sieh dich an, du Feigling.* Braunes Haar, das an meiner Stirn klebt, und ein braunes Auge. Eine blassrosa Bandage. Zahnräder an meinem Unterarm – *meine* Zahnräder, nicht ihre. Victoria verrottet in diesem Moment in den Zwillingshöllen und doch lasse ich zu, dass ihre Stimme mir durch den Kopf spukt? Ich lasse immer noch zu, dass Godolia mir die Luft abdrückt?

Einmal noch. Ich grabe meine Finger in den Rand des Waschbeckens. Noch ein götterverdammtes Mal und dann wird Godolia da enden, wo Victoria schon ist.

Ich atme ein. Ich schaffe das.

»Hey, Glitch!«, ruft Eris aus dem Flur. »Alles gut da drin?«

Ich reiße die Tür auf und sie springt zurück, mein Lächeln hat sie erschreckt.

»Ich glaube, ich habe dir schon gesagt, dass es mir gut geht, Frostbringer.«

Eris wirft die Arme hoch und marschiert den Flur hinunter. »Ich wollte ja nur nett sein.«

»Eine nette Eris«, höhnt Theo, der in der Tür zu seinem Zimmer steht, und schüttelt den Kopf. »Glitch, ich glaube, du hast einen schlechten Einfluss auf sie.«

»Ihr habt alle einen schlechten Einfluss auf mich«, schießt sie zurück. »Ich hätte schon Tausende von Tattoos, wenn ihr mir nicht wie ein Klotz am Bein hängen würdet.«

»Ja, aber vor wem solltest du dann angeben?«, fragt Arsen.

Juniper taucht mit Xander im Schlepptau aus dem Gemeinschaftsraum auf, stützt eine Hand in die Hüfte und streckt stolz die Brust raus. »Frostbringer wird noch in Jahrhunderten in den Geschichtsbüchern stehen«, verkündet sie stolz, setzt eine Eris würdige finstere Miene auf und wirft sich ihr grünes Haar über die Schulter. Xander salutiert steif und fängt an zu applaudieren. »Na, na, junger Mann, ich verdiene deinen Applaus nicht!«

»Nein!«, zwitschert Nova, die aus ihrem Zimmer kommt und Eris ausweicht, die versucht, sie zu packen. »Ich, Frostbringer, verdiene viel mehr! Berge von Juwelen und Schokokaramellkeksen und ...«

»Was du verdienst, ist ein gebrochener Arm!«, kontert Eris.

»Vergiss es«, rufen alle außer Xander im Einklang.

Sie wirft mir einen verzweifelten Blick zu und ich muss ein Lachen unterdrücken. »Würdest du mir vielleicht helfen, Glitch?«

»Vergiss es«, sage ich, nur um einen dieser herrlich eisigen Blicke zu ernten, und dann: »Ich finde, sie haben dich gut getroffen.«

»Ihre Gesichter werden gleich die Wand treffen, wenn sie weiter so mit mir reden.« Eris schnaubt noch einmal und steuert dann auf die Treppe zu. »Ihr seid besser alle in zehn Minuten im Truck, sonst suche ich mir ein neues Team!«

»Als ob irgendwer es mit ihr aushalten würde«, raunt Theo, sobald sie außer Hörweite ist, wobei ein liebevoller Unterton in seiner Stimme mitschwingt.

Auf dem Hof herrscht Chaos. Sechs andere Teams drängen sich in ihre Fahrzeuge und wuseln unter Jennys unaufhörlichen Anweisungen herum. Sie steht mit ihren Handschuhen auf der Motorhaube ihres Trucks und bindet sich die Haare zurück. Ihre Augen sind hinter ihrer Schweißerbrille verborgen. Dennoch entgeht mir die Intensität ihres Blicks nicht. Sie winkt wie wild. »Hey, Bot!«, ruft sie. Ich blicke zu Boden und ziehe mich in den Truck hoch. »Ich weiß, dass du mich hören kannst!«

Ich atme durch. »Guten Morgen, Jenny.«

Sie springt von der Motorhaube und bahnt sich ihren Weg durch die Menge, bis sie den Truck erreicht und die Ellbogen auf der dreckigen Kante der Ladefläche abstützt. Einen Augenblick lang steht sie da und beobachtet. Ich weiß nicht, wen sie im Visier hat.

»Brauchst du was?«, fragt Eris.

»Ein Geschenk«, sagt Jenny plötzlich und macht einen Satz zurück, um in ihrer Tasche zu kramen. Sie zieht etwas heraus und wirft es durch die Luft. Meine Finger berühren Stoff. »Dieser Stoffstreifen ist schrecklich. Du kannst mir später danken.«

Nova bricht in Gelächter aus, als Jenny sich abwendet. Ich drehe den Stoff in meiner Hand und bemerke die zarte Stickerei auf dem ausgebuchteten Streifen: dünne Goldfäden, die sich zu einem einfachen Zahnrad vereinen.

»Du wirst aussehen wie ein Pirat«, prustet Nova und steigt auf der Fahrerseite ein.

Vorsichtig ziehe ich die Bandage weg und halte die Augenklappe vor die leere Höhle, bevor direktes Licht hineinfallen kann. Ich wende mich von Eris ab.

»Würdest du sie zubinden?«, frage ich. Sie zögert ganz kurz, bevor ihre Finger die Bänder ergreifen und geschickt verknoten. »Also, wie seh ich aus?«

»Jen verteilt normalerweise keine Geschenke«, grummelt sie leise.

Ich drehe mich um, packe eine ihrer Hände, bevor sie sie zurückziehen kann, und drehe sie so, dass ich die blauen Adern ihrer Handschuhe sehen kann.

»Woher hast du die noch mal?«

»Aus einem Grab geraubt«, antwortet sie wie aus der Pistole geschossen.

»Wessen?«

»Was?«

»Wessen Grab?«

»Deins, wenn du meine Hand nicht loslässt.«

»Du hast mein zukünftiges Grab geplündert?«

Sie läuft rot an. Die Farbe wirbelt in ihren Wangen wie Tinte in Wasser. »Und ich würde es wieder tun.«

»Wow, ich fühle mich zutiefst geehrt.« Ich packe ihr Kinn und ziehe es sanft nach unten.

»Was machst du?«, faucht sie und schlägt meine Hand weg.

»Du hast mir nicht geantwortet«, sage ich und betrachte mein Spiegelbild im Glas ihrer Brille.

»Ich hätte dich nicht für eitel gehalten, Glitch«, bemerkt Arsen.

»Im Gegenteil«, sage ich und tätschle die Augenklappe. »Ich denke, von euch allen mache ich mir um mein Auftreten die meisten Gedanken.«

Auf dem Weg zum Schrottplatz könnte man meinen, die Gearbreaker wollten sich bis nach Godolia bemerkbar machen. Die Teams brüllen von einem Truck zum anderen, um gegen den Fahrtwind anzukommen. Und es wird nur noch lauter, als wir den toten Argus erreichen, dessen Metall fröhlich auf einer niedergetrampelten Wiese funkelt.

Auf Jennys Befehl hin machen sie sich an die Arbeit, entfernen seine Hülle, bergen die Innereien aus Drähten und Zahnrädern und Platten – alles, was nützlich sein könnte für die Konstruktion des Erzengels – und laden es in die Trucks. Arsen und Theo wuchten die schleierförmige Kettenpanzerung am Kopf des Argus hoch, um dem Rest von uns Zutritt zu verschaffen. Eris legt ihren Handschuh an die linke Pupille und unter ihrer Handfläche breitet sich Eis aus. Das Blau reflektiert in ihren Augen, doch das Licht wirkt hoffnungslos und trüb vor der Dunkelheit, die darin wirbelt. Sie versetzt dem Glas einen festen Tritt und es zerspringt so mühelos, als würde man einen Löwenzahn aus der Erde reißen.

Eris weicht zurück und hält sich die Hand vor Mund und Nase. Alle anderen folgen ihrem Beispiel. Ich überlege, es ihnen gleichzutun, beschließe dann aber, einfach aufzuhören zu atmen. Es hat keinen Zweck, ihnen etwas vorzumachen, nicht bei dem, was sie im Inneren gleich sehen werden.

»Da drin riecht's nach Tod«, würgt Juniper hervor.

Der Kopf des Argus ist leicht nach links geneigt, sodass die Leiche des Piloten in der Nähe der Leiter ruht. Sie liegt auf der Seite und beide Zugangsklappen an den Armen sind aufgesprungen, sodass darunter das bösartige Funkeln der silbernen Einsätze und die durchtrennten Kabel, die sich wie Würmer umeinanderwinden, sichtbar sind. Das mangelnde Licht verwandelt das Blut vorn auf ihrem Shirt in eine scheinbar bodenlose Schwärze.

Aber für einen Augenblick existiert nichts davon.

Als ich den Piloten betrachte, sehe ich nur die Bewegung seiner Lippen, als ich ihm einen Angstschrei entlocke, und spüre nur diesen Anflug von Macht, als die Angst ihn erstarren lässt.

Und dann wird mir schlecht.

»Glitch«, flüstert Eris und ihre Hand legt sich auf meine Schulter. Ich habe nicht gehört, wie sie reingekommen ist. »Wisch dir die Scham aus dem Gesicht. Dafür leben wir nicht lange genug.«

Theo pfeift hinter uns leise und ich drehe mich um. »Mann, wenn Milo das sehen könnte.«

»Er ist irgendwo da draußen«, grummelt Eris verbittert. »Jenny brauchte heute alle, die sie kriegen konnte. Du könntest ihn herbringen, aber erst wenn wir fertig sind. Ich will so schnell wie möglich aus diesem Gestank raus.«

Schweigend denke ich über ihre Reaktionen nach, während wir mit der Arbeit beginnen: die Glasmatte anheben und den Kolbenmechanismus darunter ausbauen, der dafür sorgt, dass sie sich geschmeidig unter den Schritten des Piloten bewegt.

Mein Rückgrat kribbelt, während wir arbeiten – der leere Blick der Leiche bohrt sich in meinen Nacken. Ich hoffe, dass Milo das nie sieht, er denkt ohnehin schon, dass ich gefährlich bin. Das ist vielleicht der einzige Punkt, in dem er richtigliegt.

Ich linse zu Eris und erhasche einen flüchtigen Blick auf die kleine Falte zwischen ihren Augenbrauen und die angespannten Nackenmuskeln, während sie an einem Bolzen zerrt. *Wisch dir die Scham aus dem Gesicht.*

Aber meine Scham ist nicht so oberflächlich.

Und sie kann mich immer noch so ansehen. So … mitfühlend. Und ich kann es nicht verstehen, kann es nicht mit mir vereinbaren, denn es spielt keine Rolle, dass mir in den entscheidenden Momenten die Wut und das Töten so *leichtfallen.* Neben den Leichen wird mir eiskalt.

Nachdem wir die Bolzen entfernt haben, klettert Xander in die Vertiefung hinab, legt ein starkes Seil um den Mechanismus und bindet es mit einem festen Knoten um die Basis. Gemeinsam wuchten wir den Kolben aus dem Hohlraum, schieben ihn durch das zerbrochene Auge und über die Kante, wo er noch einen Moment schwankt, bevor er zu Boden stürzt.

»Ich hoffe, der war nicht wichtig«, flüstert Juniper und ihr Blick zuckt zur Lichtung, als erwarte sie, dass Jenny auftaucht und uns anschreit.

Nichts dergleichen passiert. Dennoch erklingen plötzlich Schreie.

»Berserker!«

»Runter!«, brüllt Eris augenblicklich und das Gras der Wiese sticht mir in die Wange.

Die Luft wird vom Pfeifen von Kugeln erfüllt, die dunkle Staubwolken aufwirbeln, die uns die Sicht nehmen. Eine Reihe von Einschlägen klirrt gegen die Kettenpanzerung und lässt sie heftig erzittern. Ich lasse das Seil los und werfe mir die Arme schützend über den Kopf.

»Wie viele?«, ruft Arsen und Juniper kriecht so nah an den Schleier heran, wie sie es wagt.

»Drei«, berichtet sie. »Zwei an der Zugangsstraße und einer an der Baumgrenze.«

»Siehst du Jen?«, fragt Eris.

»Mitten auf der Lichtung. Auf der Hüfte des Argus.«

Sie rollt mit den Augen. »War ja klar.«

Ich grabe meine Finger ins Gras und mache mich bereit. »Welchen holen wir uns?«

Eris mahlt mit den Zähnen und streckt die Hand nach der Kettenpanzerung aus, die Handschuhe einsatzbereit. »Welcher auch immer droht, dich plattzutrampeln.«

Kalte Luft streift über meine Haut, als wir die Lichtung betreten, und mein Atem bildet eine Wolke, als Eris einen Schuss auf den nächsten Berserker abfeuert. Die Platten seiner breiten Brust sind zurückgezogen und offenbaren ein Dutzend klaffender Mündungen eines rotierenden Geschützturms. Der Schuss ist zwischen den beiden Kanonen links außen eingeschlagen. Der Mecha stolpert rückwärts und zieht eine Wolke weißen Dunsts hinter sich her. Als der sich lichtet, klafft ein Riss im Bein des Berserkers. Ich beobachte, wie eine Handvoll Gearbreaker auf ihn zustürmt, bevor mich etwas umrennt. Ich pralle mit der Schulter auf den Boden und ein Handschuh mit blauen Adern landet nur Zentimeter von meiner Nase entfernt.

»Wo in den Höllen starrst du denn hin?«, brüllt Eris und springt auf. Ich blicke an ihr vorbei zu einem beeindruckenden Krater an der Stelle, wo ich gerade noch gestanden habe.

»Guter Schuss«, murmle ich, leicht benommen und mir nur allzu bewusst, dass sie mir gerade das Leben gerettet hat und dass mir das gefallen hat. »Ich meine dich, nicht den Mecha. Er hat danebengeschossen, aber man kann sehen, dass …«

»Kannst du aufstehen?«, fährt sie mich an und ich tue es. Dann packe ich ihren Overallträger und werfe uns zu Boden, als weitere Schüsse die Luft über uns zerreißen. Wir kriechen auf einen der Trucks zu und drücken uns mit dem Rücken gegen sein dreckiges Metall. Die Fenster sind zersprungen und alle Reifen geplatzt.

»Das ist ja ganz toll«, grummelt Eris und lehnt sich gegen mich, um in den Außenspiegel des Trucks zu blicken.

»Amüsierst du dich etwa nicht?«

»Du etwa?«

»Sogar ziemlich gut. Und die anderen Gearbreaker offenbar auch.«

»Idioten und Arschlöcher, die ganze Bande.«

Der Boden erzittert und Jubelrufe hallen über den Schrottplatz. Für einen kurzen Augenblick übertönen sie die Schüsse.

»Ja!«, brüllt Eris, den Blick immer noch auf den Spiegel gerichtet. »Einer weniger. Glaubst du, du schaffst es bis zur Baumgrenze.«

»Wenn du das gern hättest.«

»Das hätte ich sogar sehr gern, Glitch. Hilf dort aus, ich komme, sobald ich mit dem anderen hier fertig bin.« Sie hält inne. »Und stirb nicht.«

»Hatte ich nicht vor.«

»Ich meine …« Sie fährt sich durchs Haar. »Wenn du jetzt stirbst, ist es meine Schuld. Verdammt, wenn du während irgendeines Teils von Jennys Plan stirbst, ist es meine Schuld.«

Ich blinzle. »Warum denkst du das?«

»Weil du mein Problem bist.«

»Na schönen Dank.«

»Nein! Ich meine …« Sie atmet tief durch und hält den Blick zu Boden gerichtet. »Du bist eine von meinen Leuten, Glitch. Du wirst wieder verbunden werden und das muss schrecklich sein. Und ich … ich lasse es zu und das ist beschissen von mir und ich bin egoistisch und ich hätte diese Container zerstören sollen, als ich die Chance hatte, aber ich hab gezögert und …«

»Ich bekomme, was ich wollte, Eris.« Ich schüttle den Kopf. »Ich konnte nicht entscheiden, was man aus mir gemacht hat, aber ich *kann* entscheiden, was ich als Nächstes tue.«

»Trotzdem ist es beschissen.«

»Ist es. Aber das ist nichts Neues.«

Die Narbe in ihrer Augenbraue zieht sich zusammen, ganz kurz, dann ist sie wieder verschwunden. Eris setzt sich ihre Brille auf. »Also gut. Tu mir einen Gefallen und entscheide dich, nicht zu sterben.«

Dann verschwindet sie, hechtet über den Kofferraum des Autos auf die andere Seite. Ich setze mich in Bewegung, sobald der Boden vor mir sich beruhigt – ein Zeichen, dass der Berserker sich einem anderen Ziel zugewendet hat –, und sprinte auf die Bäume zu. Das Chaos hat die Müllberge gesprengt und die Brocken im ganzen Wald verteilt, was lästige Hindernisse und praktische Deckungen geschaffen hat. Da sehe ich, dass der Berserker dabei ist, die Richtung zu ändern. Dreimal gehe ich in Deckung und beim dritten Mal finde ich mich Schulter an Schulter mit zwei vertrauten Gearbreakern wieder: Xander und Milo, der mich sehr viel weniger begeistert begrüßt als sein Begleiter.

»Guten Morgen«, sage ich zu ihm, als Kugeln an dem verrosteten Teil abprallen, das uns als Schutzschild dient.

»Bot«, presst er tonlos durch zusammengebissene Zähne.

Er hält eine Pistole in den Händen. Ich habe mein Schwert gezogen. Aber wir sehen nicht einander an, sondern Xander, der sich den Unterarm hält. Blut breitet sich unter seinen Fingern aus.

»Xander …« Ich strecke die Hand nach ihm aus.

Milo schlägt sie weg. »Fass ihn nicht an!«

»Was denkst du denn, was ich vorhabe? Ihn endgültig erledigen?«

»Ich wette, du hast schon Schlimmeres getan.«

»Viel Schlimmeres. Aber nicht, wenn es um mein eigenes Team geht«, sage ich und wähle Worte, die die Ader an seinem Hals noch ein bisschen mehr hervortreten lassen.

»Dein Team …!«

Zu meiner Überraschung *grollt* Xander. Er reißt mit den Zähnen einen Streifen aus seinem Shirt und verbindet die Wunde – nur ein Kratzer, erkenne ich bei genauerer Betrachtung. Dann richten sich seine zu Schlitzen verengten schwarzen Augen auf uns und seine Lippen sind zu einem Knurren verzerrt.

»Wenn ihr zwei nicht aufhört zu streiten«, raunt Xander in einer Tonlage, die viel rauer ist, als ich sie mir vorgestellt hatte, »wird der Berserker keine Gelegenheit mehr bekommen, euch zu töten. Ich erledige es selbst.«

Fast wäre ich in Gelächter ausgebrochen.

»Ich wusste nicht, dass du sprechen kannst«, sage ich.

»Wenn er verletzt oder wütend ist«, erklärt Milo. »Und dann sind es nur Drohungen.«

»Meistens lohnt es sich nicht, euretwegen meinen Atem zu verschwenden«, faucht Xander und lockert seinen Arm mit einem boshaften Grinsen. »Götterverdammt, ich *hasse* es, angeschossen zu werden. Werden wir dieses Ding jetzt erledigen?«

Die Sonne verschwindet. Als wir aufblicken, sehen wir, dass sie von zwei roten Koronen ersetzt wurde, und der Gestank von Rauch hüllt uns ein, als der Windup sich vorbeugt, die Reihe der Mündungen in seiner Brust wie zwölf perfekte Schwarze Löcher.

»Verteilt euch!«, ruft Milo.

Wir kommen ein paar Meter weit, bevor die Kanonen scharf sind, trotzdem schleudert uns die Salve durch die Luft. Irgendwie gelingt es mir, auf den Füßen zu landen. Doch als ich mich aufrichte, sehe ich, wie der Berserker sich mir zuwendet. Einen Augenblick hält er inne und beobachtet mich. Eris' Stimme taucht aus meiner Erinnerung auf: *Er kann einfach nicht anders, er muss hinsehen und sich selbst daran erinnern, wie weit er uns überragt.*

Na dann. Ich umklammere mein Schwert, bis meine Knöchel schmerzen. *Sieh mal gut her.*

»Was in den Höllen hast du vor, Bot?«, brüllt Milo zu meiner Rechten.

Xander aus der Schusslinie bringen. Du kannst mir später danken.

Ich hebe das Schwert. *En garde, Berserker.* Eine gewöhnliche, entbehrliche Einheit und ein Sinnbild für Godolias Gier, vollgestopft mit Kugeln. Egal. Sie könnten nie mithalten mit der kalten Anmut einer Walküre.

Ein Hitzestoß überzieht meine Haut und mir bricht der Schweiß auf der Stirn aus. Der Berserker stolpert zurück und greift sich mit einem Arm an die Schulter. Ich habe das schon mal gesehen – die Metallrüstung schmilzt unter seiner Hand, verflüssigt sich vor meinen Augen, ein Angriff ohne erkennbaren Ursprung. Der Windup stürzt auf ein Knie. Unter ihm gehen die zierlichen Disteln in Flammen auf.

Als ich mich umdrehe, steht Jenny auf dem Knie des Argus und grinst so strahlend, dass es den Rauch durchdringt. Kaum merklich nickt sie mir zu.

»Du stiehlst mir die Show, Glitch«, ruft sie. »Einem Mecha so gegenüberzutreten. Verschwinde besser, bevor er aufsteht. Und pass auf die geschmolzenen Teile auf.«

Ich blicke zu Milo. »Wie wär's mit ein bisschen Hilfe?«

Ich warte nicht auf eine Antwort. Ich laufe los und weiß – hoffe –, dass ein Teil von Xanders deutlichen Worten zu ihm durchgedrungen ist. Sobald wir wieder sicher in den Hollows sind, können wir nach Herzenslust weiterstreiten.

Als ich das Knie des Windups erreiche, steht Milo plötzlich vor mir und geht mit verschränkten Fingern in die Knie. Ich springe auf die Räuberleiter und er stemmt mich hoch, sodass ich auf das Loch zufliege, das sich im Oberschenkel des Mechas auftut. Ich packe eine Leitersprosse, bevor die Schwerkraft mich erfassen kann, und beginne zu klettern.

Ich gebe den Wachen keine Gelegenheit, ihre Waffen zu erheben. Ihnen einen Funken Hoffnung zu schenken wäre grausam. Sie bekommen einen schnellen und gnädigen Tod, rede ich mir ein.

Ich schlucke schwer. Und noch einmal, um das eisige Brennen in meiner Brust zu vertreiben.

Und dann die Pilotin, das arme, bemitleidenswerte Ding, das nicht ahnt, dass der Tod auf sie lauert, als ich direkt vor ihren offenen, blinden Augen stehe. Ich warte darauf, dass sie vor dem nächsten Schritt zögert, dann durchtrenne ich die Kabel mit einem einzigen Schwerthieb. Der Windup erzittert unter mir, als die Verbindung zwischen seinem Geist und seinem Körper ausgelöscht wird, bleibt aber stehen.

Ich lege meine Hand an die Wange der Pilotin, als ihr Blick sich klärt, und sehe die nackte Angst, die dort lodert. Ich befreie sie von ihrer Furcht und gewähre ihr Frieden. Die Leiche sackt vor meine Füße und ich beuge mich vor, um ihr Auge zu schließen. *Ihr* Auge, nicht das von denen.

So einfach. Ich glaube, es ist ein Gebet. Ich glaube, ich flehe. *Es ist so einfach.*

31

SONA

Meine Füße landen auf dem versengten Gras und der Lauf von Milos Pistole presst sich an meine Schläfe. Ich werfe ihm einen Seitenblick zu und bemerke, dass seine Miene angespannt ist.

»Du musst ja echt Angst vor Eris haben«, stelle ich fest, »so wie du zögerst. Du hättest schon vor Ewigkeiten abdrücken können und die Sache wäre erledigt gewesen.«

»Woher wussten sie es?«, knurrt er.

»Das wird langsam langweilig, Milo.«

»Vanguard! Was in den Höllen tust du da?«, erklingt ein vertrautes Bellen und dann legt sich ein Handschuh mit orangen Adern um die Pistole. Hitze trifft mein Gesicht und ich zucke zurück. Milo stößt einen Schrei aus und stolpert einen Schritt zurück. Jennys Brille hängt um ihren Hals, sodass ihr giftiger Blick klar zu erkennen ist. Sie deaktiviert die Magmahandschuhe, den Bruchteil einer Sekunde bevor sie Milo einen Finger in die Brust bohrt. »*Wir brauchen sie*, du Idiot!«

Sie lässt die Pistole zu Boden fallen. Ihr Handabdruck zeichnet sich auf dem Lauf ab. Das Magmaserum hat die Struktur zerstört, sodass die Waffe nur noch ein weiteres kaputtes Teil auf dem Schrottplatz ist.

»Woher wussten sie es, Jenny?«, brüllt Milo. »Erst ein Argus, dann *drei* Berserker! Dreißig Kilometer von den Hollows entfernt!«

Er will Aufmerksamkeit erregen, die Gearbreaker gegen mich aufbringen. Ich sorge mich nicht. Jenny will, dass ich lebe, und so sehr sie auch nach meinem Leben gieren mögen, keiner von ihnen wird sich mit ihr anlegen. Und selbst wenn sie es versuchen sollten, würde sie sie mit einem Grinsen und einem sauberen Schlag zu Boden schicken. Dasselbe gilt für Eris, nur ohne das Grinsen. So wie sie auf uns zugestampft kommt – kochend vor Wut, obwohl sie zwei eingefrorene Windups zurücklässt –, habe ich fast ein bisschen Mitleid mit Milo.

Eris bleibt stehen, als sie uns erreicht hat, und blickt auf die geschmolzene Waffe hinab. »Ich bin überrascht, dass dein Kopf nicht genauso aussieht«, keift sie Milo an, »bei all der heißen Luft, die sich da drin aufgestaut hat.«

»Wir sind so nah an den Hollows, Eris! Sie suchen nach *ihm, siehst* du das nicht?«

»Und siehst du nicht, was sie alles erreicht hat? Wie sie sich verhält? Dass sie noch keinen von uns im Schlaf ermordet hat? Weißt du, du …«

»Könnt ihr zwei endlich mal die Klappe halten?«, geht Jenny dazwischen. »Götter, dieses Gezanke! Ich würde euch alle erwürgen, wenn es nicht so viel Arbeit machen würde, Gräber auszuheben. Wahrscheinlich haben sie Mechas auf Patrouille durch den ganzen Wald geschickt, um nach den

Erzengelteilen und nach uns zu suchen, große Sache, ganz was Neues. Und jetzt seid still.«

Jenny wendet sich ab, um zu gehen, überlegt es sich dann anders und legt eine Hand auf Milos Schulter. Sie ist so groß wie er, doch er lehnt sich zurück, als sie sich ihm nähert, sodass sie über ihm aufragt. »Ich werde Vox nichts von deinem kleinen Blutrausch erzählen, aber merk dir eins, Kleiner: Ich brauche den Bot. Und wenn du ihn tötest, egal auf was für eine idiotische Weise, mit der du offensichtlich irgendwas kompensieren musst und die dir an dem Tag grade in den Sinn kommt, ändert sich daran nichts. Und das heißt, nachdem ich die Scheiße aus dir rausgeprügelt hab, werd ich ihre Teile rausoperieren und sie in *deinen* Körper einsetzen. Denn im Grunde brauche ich nur einen Piloten und mir ist vollkommen egal, wer das ist. Und du tätest gut daran, diese Drohung sehr ernst zu nehmen. Denn ganz zufällig bin ich sehr klug.«

Ich wende mich Eris zu, als Jenny davongeht. »Wie war dein Kampf, Frostbringer?«

»Ich wünschte, ich wär noch mittendrin.«

Sie verschränkt die Arme und fängt leise an zu glucksen, als sie den Ausdruck auf Milos Gesicht sieht, das deutlich blasser geworden ist. Sie wedelt mit der Hand vor seinen Augen und er blinzelt angestrengt.

»Deine Suspendierung ist aufgehoben«, sagt sie und schüttelt den Kopf, »jetzt, wo ich überzeugt bin, dass Glitch sicher vor dir ist.«

»Denkst du, ich hab Angst vor Jenny?«

»Ich hab festgestellt, du bist ein größerer Feigling, als ich dachte.«

»Und du bist armselig naiv«, knurrt er giftig und plötzlich hat er die Hand um ihr Handgelenk gelegt. Ein Bild blitzt vor meinem geistigen Auge auf: Meine Klinge fährt über seinen Hals und ein erstickter Schrei entringt sich seinen Lippen. »Wach *auf*, Eris! Was haben die mit dir gemacht? Was haben sie dir genommen? Dein Sehvermögen, deinen Instinkt? Deinen Hass? Und womit haben sie es ersetzt? Vertrauen und *Schwäche.* Ich erkenn dich überhaupt nicht wieder. Ich bemitleide dich.«

Kurz huscht ein Ausdruck tiefer Verletztheit über ihre Züge. Er hält einen halben Augenblick an, lange genug, dass Wut in meiner Brust aufwallt. Meine Hand umklammert den Schwertgriff. Doch dann entfaltet sich ein neuer Ausdruck in ihren Augen, ein Blick, der eisiger ist als jede Stahlklinge, die ich je schwingen könnte. Milo lässt sie los. Das Lachen, das ihr über die Lippen kommt, erinnert an Donner, das Fauchen eines Sturms.

»Vielleicht hast du recht. Vielleicht bin ich schwach. Ich bin nachlässig geworden. Ich hab mich gefangen nehmen lassen. Aber ich bin auch *rausgekommen.* Leichen pflastern meinen Weg und der Name Frostbringer wurde sowohl in die Geschichte der Gearbreaker als auch in die Albträume der Akademie eingebrannt. *Das habe ich erreicht.* Also bemitleide mich so viel du willst, Milo, aber vergiss nicht, Angst ist eine Verschwendung von Zeit und Energie. Ich fürchte weder den Tod noch Godolia und zu den Höllen ganz sicher nicht, was du von mir denkst.«

Eris wendet sich ab, um zu gehen, und nickt kaum merklich, um mir zu bedeuten, ihr zu folgen. Im Vorbeigehen versetzt sie Milos Schulter einen harten Stoß mit der ihren. »Du weißt, wozu ich fähig bin. Und ich weiß, du zwingst dich dazu, mich zu bemitleiden, weil du Angst hast, mich zu verlieren. Und damit liegst du goldrichtig. Wir sind fertig. Und du kannst dir auch ein anderes Team suchen. Ich will in meinem keine Feiglinge haben.«

»Eris«, flüstere ich, als wir uns entfernen und Milo verloren zwischen den Bäumen stehen lassen. Zu meiner Überraschung zittert ihre Unterlippe, allerdings nur ganz kurz, bevor sie sich draufbeißt. »Bist du …?«

»Lass nicht zu, dass ich mich umdrehe, Sona.«

»Werd ich nicht.«

»Und wenn ich es doch tue, verpass mir eine. Und zwar feste.«

Ich kichere. »Ich glaube nicht, dass ich das kann.«

»Das ist ein Befehl von deinem kommandierenden Offizier.«

»Du bist nicht so Furcht einflößend wie deine Schwester. Ihre Drohungen sind ein bisschen wirkungsvoller.«

»Wem sagst du das«, grummelt sie.

Sie schüttelt den Kopf. In ihrer wie immer finsteren Miene meine ich zu sehen, wie ihre Mundwinkel zucken. Nur ein ganz kleines bisschen.

»Glitch. Sona, hey …«

Als ich aufwache, ist mir kalt und ich habe den Geschmack von Erde im Mund. Ihre Hand liegt auf meiner Schulter. Eris seufzt und setzt sich auf ihre Fersen.

Ich schlucke schwer, um meine trockene Kehle zu befeuchten. »Hab ich …?«

»Zum dritten Mal diese Woche«, sagt sie. »Spukt dir was im Kopf rum?«

Alles … einfach alles. Zumindest bis gerade eben noch. Doch jetzt ist der Boden still und ich höre Grillen vor Eris' Fenster.

Die Dunkelheit hüllt uns ein wie eine dünne Seidendecke. Eris trägt ein übergroßes T-Shirt und wirkt leicht gereizt. Mein Herzschlag beruhigt sich. Ich kann mich nicht erinnern, was ich geträumt habe.

»Ich hab dir doch gesagt, ich kann auch in Milos Zimmer schlafen«, antworte ich und schaue zu ihr. Meine Finger ertasten die Augenklappe unter meinem Kissen und ich streife sie über.

»Es ist nicht Milos Zimmer, nicht mehr«, entgegnet sie mit finsterer Miene.

»Dann überlass es mir.«

Eine kurze Pause entsteht. »Warte noch ein bisschen.«

»Für den Fall, dass er zurückkommt? Es ist eine Woche her, dass er gegangen ist.« Schweigen. Ich ziehe meine Beine an die Brust und spiele gedankenverloren an meiner Wange. »Und wenn er Streit sucht, werde ich mit ihm fertig.«

»Dieses Konzept mag dir fremd sein, Glitch, aber mir wäre es lieber, wenn ihr *beide* am Leben bleibt.«

»Der Gemeinschaftsraum würd's auch tun.«

»Da drin ist es dreckig«, fährt Eris auf.

»Genau wie dein Boden«, sage ich und befreie die Haarsträhnen, die sich unter dem Band der Augenklappe verfangen haben.

»Ich hab doch gesagt, im Bett ist genug Platz für uns beide!«

»Ich will mich nicht aufdrängen.«

»Du hast dich schon in mein Leben gedrängt, Glitch. Und es zerstört. Da kannst du es auch bis zum bitteren Schluss durchziehen.«

»Ich glaube, es heißt ›bis zum bitteren Ende‹. Habe ich wirklich dein Leben zerstört?«

»Definitiv. Vor allem meinen Schlafrhythmus.«

Ich seufze, setze mich auf und schlage die Decke zurück. »Dann geh ich in den Gemeinschaftsraum.«

»Kommt nicht infrage«, schnaubt sie, verschränkt die Arme und lehnt sich gegen den Holzrahmen ihres Betts. »Ich will dich hierhaben.«

Ich erstarre in der Bewegung. Sie hat die Augen geschlossen, aber ich kann erkennen, dass sie darauf lauscht, ob ich wirklich gehe. Kurz denke ich darüber nach, aufzustehen und zur Tür zu gehen, nur um zu sehen, wie sie reagiert.

»Und warum willst du mich hierhaben?«, frage ich stattdessen. Sie öffnet den Mund und schließt ihn wieder. Dann tut sie es noch einmal. Ich erhasche einen Blick auf die Narbe in ihrer Augenbraue, bevor sie energisch den Kopf schüttelt.

»Ich bin müde«, erklärt sie und ich warte darauf, dass sie aufsteht. Stattdessen hebt sie meine Decke an, schlüpft darunter und legt sich auf die dünne Matratze auf dem Boden.

»Steh auf«, sage ich.

»Nö«, antwortet sie. »Ich bleib hier. Du nimmst das Bett.«

Wieder seufze ich, erhebe mich, steige über ihren zusammengerollten Körper und ziehe mich auf ihre Laken, die von ihrem Herumwälzen zerwühlt sind. Offenbar kämpft sie auch im Traum noch.

Vielleicht eine halbe Stunde lang ist alles still, doch der Schlaf entzieht sich mir. Ich starre nach oben und versuche, die Decke auszumachen. Die Nacht hat sie uns gestohlen.

Ich krieche zum Ende der Matratze und schiele über das Fußteil nach unten. Sie hat mir den Rücken zugedreht, dennoch kann ich erkennen, dass sie die Fäuste in die Decke gekrallt hat.

»Hör auf, mich zu beobachten, Glitch«, ertönt ihre Stimme.

»Du siehst aus, als wolltest du irgendwas schlagen.«

»Ja, dich. Lass mich schlafen.«

»Aus der Entfernung kannst du mich nicht schlagen.«

Die Decke raschelt und plötzlich sitzt sie auf den Knien und ihre Nase ist nur Zentimeter von meiner entfernt. Aus dem Augenwinkel sehe ich, dass sie die Faust erhoben hat.

Ich weiche zurück und warte. Sie lässt die Hand sinken und klettert aufs Bett, wo sie sich auf die zerwühlten Laken fallen lässt und das Gesicht unter ihren Armen verbirgt. »Leg dich schlafen.«

Bevor ich zu viel darüber nachdenken kann, lege ich mich neben sie auf die Seite. »Du hättest eine gute Walküre abgegeben, Eris.«

Sie schnaubt und dreht sich auch auf die Seite, sodass sie mich ansieht. Ihr Shirt fällt weit um ihren Körper und betont den sanften Schwung ihrer Hüften. »Gut? Ich wäre problemlos die Beste in deiner Einheit gewesen.«

»*Ich* war die Beste in meiner Einheit. Denkst du, du hättest mich schlagen können?«

»Was heißt hier ›hättest‹? Ich kann dich hier und jetzt schlagen.«

»In was genau, Frostbringer? Geschwindigkeit?«

»Sicher.«

»Schwertkunst?«

»Wenn ich mich drauf konzentriere.«

»Aus Godolia zu entkommen?«

Sie zögert. »Das hätte ich auch allein geschafft.«

»Ach wirklich?«

»Wirklich«, sagt sie, dann schüttelt sie den Kopf. »Nein, das ist gelogen. Aber ich habe darüber nachgedacht und du hättest es tun können. Problemlos. Einfach in deinem Windup da rausspazieren, verschwinden, wohin immer du wolltest. Also warum hast du es nicht getan, Glitch? Warum bist du geblieben?«

Ich lächle schwach. »Ich brauchte einen Ort, an den ich fliehen konnte. Jemanden, zu dem ich fliehen konnte.«

»Du willst also sagen, du brauchtest mich?«

Ich weiß, sie zieht mich auf, doch ich sehe sie nur an und sage: »Zweifellos, Eris.«

Sie rollt mit den Augen. »Du willst, dass deine gesamte Existenz den Höchsten ein Dorn im Auge ist, was, Glitch?«

»Oder eine Klinge.«

»Du willst ihnen nur klarmachen, dass sie sich ficken sollen.«

»Und sie so richtig ficken.«

»Und bei ihrer Beerdigung auf sie spucken.«

»Eris, wenn Jennys Plan funktioniert, wird nichts übrig sein, auf das man spucken könnte.«

»Das klingt ja düster«, überlegt sie und grinst breit. »Tja, dann tanzen wir eben auf ihren Gräbern.«

»Ich glaube, vorher bräuchte ich noch ein paar Tanzstunden«, erwidere ich.

Sie lacht und dreht sich auf den Rücken. »Das lässt sich einrichten.« Fünf Sekunden lang starre ich ihr Profil schweigend an, bevor ich mich zwinge, sie zu kopieren. Sie fährt sich durchs Haar. »Davon träumst du also? Godolias Ende und dieser ganze andere zerstörerische Scheiß, den du immer so eloquent verpackst?«

»Wir beide wissen, ich würde nicht schreiend aufwachen, wenn ich von Godolias Untergang träumen würde.«

Sie hört auf, mit ihren Haaren zu spielen, und erstarrt neben mir. Ich spüre, wie ihr Lächeln verklingt und seine

Wärme aus der Luft verschwindet, spüre ihren Blick auf meiner Schläfe, während sie den Kopf zu mir dreht. Ich suche wieder nach der Decke.

»Dann erzähl mir davon«, sagt sie.

»Wovon?«

»Silvertwin, Sona«, antwortet Eris. Sie hat ihre Stimme zu einem Flüstern gesenkt. Erneut dreht sie sich auf die Seite und bevor ich mich abwenden kann, wickelt sie sich eine meiner Locken um den Finger und zieht kräftig daran, um mich zu zwingen, in ihre Richtung zu sehen. »Du kannst mit mir reden.«

»Du kennst die Geschichte, Eris«, sage ich emotionslos und unterdrücke den Drang, mich abzuwenden, zu fliehen.

»Ich kenne deine nicht.« Sie hat ihre Finger noch in meinem Haar vergraben und den Blick gesenkt, um zu beobachten, wie sich die Locke um ihren Nagel wickelt. »Komm schon.«

»Was spielt das noch für eine Rolle?«, entgegne ich, obwohl es eine größere Rolle spielt, als mir lieb ist. »Ich bin nicht mehr dieser Mensch.«

»Ist es nicht genau *deswegen* so wichtig?«

Als ich nicht antworte, zieht sie mir erneut an den Haaren. Ich lasse es zu, dann sehe ich sie an und meine nur trocken: »Das hat wehgetan.«

»Sehr witzig.«

»Wenigstens meinen Sinn für Humor haben sie mir nicht genommen.«

Sofort verfinstert sich ihr Blick. »Hast du das damit gemeint? Als du meintest, du wärst jetzt anders?«

»Als wir uns begegnet sind, hast du mich nicht als Mensch gesehen.«

»Tu das nicht, Sona!«, fährt sie auf und stützt sich auf einen Unterarm. Ihr Blick lässt das Blut in meinen Adern gefrieren, während sie sich über mich beugt.

»Das hast du nicht.«

»Kannst du es mir verdenken?«

Ich schiele an ihrem Ohr vorbei zur undurchdringlichen Schwärze der Decke. Mein Lächeln ist erschöpft und humorlos. »Genau darum geht es, Eris. Kann ich nicht.«

»Und wie denke ich jetzt über dich? Da du ja alles weißt.«

»Du denkst immer noch dasselbe. Aber du versuchst, es nicht zu tun, Eris, und ich ... ich hätte nie gedacht, dass das mal jemand für mich tun würde«, antworte ich und ignoriere die Hitze, die mir in die Kehle steigt. Meine Stimme wird lauter. »Aber deine Bemühungen sind manchmal fehlgeleitet. Du versuchst, all diese *Teile* von mir zu ignorieren. Die Teile, die Godolia mir eingesetzt hat, aber sie gehören dennoch zu *mir* und ich ... ich bin von ihnen besessen. Ich versuche, sie herauszureißen, sie auseinanderzunehmen. Dabei sind sie so tief mit mir verbunden, dass es mich töten würde, sie zu entfernen. Ich habe versucht, mir einzureden, dass ich nicht bin, was ich bin, als ich nach der Mod-Operation aufgewacht bin. Ich habe in den Spiegel gesehen, mein Auge abgedeckt und mir wieder und wieder eingeredet, dass ich ein Mensch bin. Das mache ich immer noch. Es ist Wahnsinn und dass du mir das Gefühl gibst, dass ich es *bin* ... verstärkt das nur noch. Ich ... Ich will nicht, dass du auch in meine Fantasien verstrickt wirst, Eris. Das ist nicht fair dir gegenüber.«

Eris öffnet den Mund, schließt ihn aber sofort wieder. Dann zieht sie erneut an meinem Haar, sehr viel fester dieses Mal, und bringt meinen Kopf so direkt unter ihren. Mit einem noch finstereren Blick als sonst sieht sie auf mich herab.

»Du bist eine götterverdammte Heuchlerin«, faucht sie mit gebleckten Zähnen. »Es ist *mir* gegenüber nicht fair? Woher in den Höllen weißt du, was mir gegenüber fair ist? Was gut für mich ist?«

»Was haben sie dir in der Akademie angetan?«, flüstere ich. Ich weiß, es ist grausam, aber es erwischt sie eiskalt, und genau das brauche ich gerade. Ihre Hand gleitet aus meinem Haar und sie setzt sich auf, verlagert ihr Gewicht von mir herunter. Ihre Schultern wirken schmal unter ihrem Shirt.

Reue nagt an mir, als die Stille sich ausdehnt, und ich öffne den Mund, um etwas zu sagen – ich weiß nicht, was –, doch ihre Finger haken sich in den Saum ihres Shirts und ziehen es hoch.

Ihre Fäuste sind um den Stoff gekrallt und selbst im schwachen Licht zeichnet sich ihr schmaler Brustkorb weiß ab. Eine Erinnerung blitzt kurz vor meinem geistigen Auge auf, wie sie im Bad ihre rechte Seite an den Rand der Wanne gepresst hat, verborgen vor dem Rest von uns. Damals hatte ich mir nichts dabei gedacht.

Die Haut ist nicht makellos weiß. Sie zieht den Rand des Pflasters nur ein Stück weit ab, sodass der kleine Halbmond der ersten Stichwunde sichtbar wird, die von einem gelblichen Bluterguss umgeben ist.

»Eris«, hauche ich.

»Sie wussten genau, was sie tun. Sie waren wirklich gut«, sagt sie in einem heiseren, grauenhaften Tonfall. Die Hand, mit der sie nicht das Shirt festhält, ist um ihren Bauch geschlungen. »Sie sind wirklich clever vorgegangen, weißt du? Es tut nur beim Einstechen weh, aber darum geht es nicht. Der winzige Wald aus Nadeln, der stundenlang aus deiner Haut ragt, darum geht es. Du bist die ganze Zeit so angespannt, weil du nicht weißt, was passiert, wenn du dich bewegst. Sie könnten in ein wichtiges Organ eindringen. Sie könnten an irgendwas kratzen. Oder sie könnten auch gar nichts bewirken. Das ist das Fiese daran. Sie wissen, wie sie dafür sorgen, dass du immer kurz davor bist, zu zucken. Aber der Witz ging nach hinten los, was? Kostenlose Akupunktur.«

»Eris«, wiederhole ich, weil sie so unendlich weit weg ist und weil ich nicht weiß, was ich sonst sagen soll.

»Aber ich hab *gewonnen*, stimmt's?«, sagt sie, allerdings nicht zu mir. »Ich bin rausgekommen, ich hab gewonnen.«

Ihre Finger streichen sanft über das Pflaster und verweilen dort, dann erstarrt sie so reglos, dass es mir Angst macht. Doch meine Angst ist sofort wieder verschwunden, ersetzt von simpler Wut. *Das* kann ich verstehen. Dass sie mich verletzt haben und ich sie dafür vernichten werde. Dass sie sie verletzt haben und ich sie dafür töten werde.

»Fühlt es sich an, als hättest du gewonnen?«, hake ich nach.

Schweigen. Dann schüttelt sie den Kopf.

»Okay. Machen wir weiter.«

Ihr Shirt fällt wieder an ihr herunter. Eris dreht sich mit einem so unerwarteten, wütenden Ausdruck zu mir, dass ich überrascht blinzle. Sie packt meinen Arm und ihr Daumen presst sich auf meine Zahnräder. Sie hockt auf den Knien über mir und hält mein Handgelenk umklammert.

»Wage es nie wieder, mir zu sagen, was ich in dir sehe«, knurrt sie. »Denn ich sehe alles, Glitch. Die Zugänge und das Glühen und die Schmerzlosigkeit, und ich beobachte weiter, denn diese Wut und dieser schreckliche Sinn für Humor und die Art, wie du Dinge anstarrst, als würdest du ernsthaft befürchten, dass sie dir im nächsten Augenblick weggenommen werden könnten ... Das ist so viel *mehr* als das, wozu sie dich gemacht haben. Wie kannst du das nicht erkennen? Ich ignoriere nicht die Teile, die sie dir eingepflanzt haben, Bellsona, ich kann mich nur einfach nicht auf sie konzentrieren, wenn du auch noch da bist.« Sie beugt sich über mich wie ein Sensenmann, der eine Seele von ihrer sterblichen Hülle befreit, und mein einziger Gedanke ist: *Nur zu.* »Von wegen ich seh dich nicht.«

Aufmerksam betrachte ich jeden Teil ihres Gesichts: die stur zusammengepressten Lippen, die zusammengezogenen Augenbrauen und diese Augen, Götter, diese verdammten Augen. Manchmal ist die Dunkelheit in ihnen einfach zu endlos. Ein einzelner Blick hat das Potenzial, mich zu verschlingen. *Bellsona.* Und ich warte auf das Zurückschrecken, den Stich in meinem Herzen wie ein elektrischer Schock, das Aufbäumen des vertrauten, verzweifelten Flehens. *Sag irgendwas anderes.*

Sag es noch mal.

Sie lässt meine Hand wieder aufs Bett fallen und legt sich daneben. »Ich fühle mich uralt«, flüstert sie und hat einen Arm über ihre Augen gelegt. »Ich glaube, das sollte ich nicht.«

»Wir sollten Kinder sein«, sage ich.

Sie schnaubt und zeigt die Zähne. »Oh Götter, Sona. Was ein Witz. Diese ganze beschissene Welt ist ein schlechter Witz.«

»Und was willst du dagegen tun?«

»Ich weiß nicht.«

»Es verschlafen?«

»Was verschlafen?«

»Den Krieg. Diese Zeit.«

»Gute Idee, Glitch«, raunt sie. »Einfach super.«

Aber sie schläft nicht. Und ich auch nicht. Wir bleiben bis zum Morgengrauen auf und ich flüstere von Platanen und vergänglichen Sonnenaufgängen und sanften Sonnenuntergängen und Kanarienvögeln mit ausgebreiteten Flügeln. Am Ende sind sowohl meine Worte als auch meine Tränen versiegt und ich habe so viel von der Vergangenheit auf den Laken zwischen uns ausgeschüttet, dass ich nicht die Kraft habe, mein Auge zu schließen. Stattdessen liege ich reglos da und betrachte ihr Profil.

Und dann, zum ersten Mal seit ich mit meiner Geschichte begonnen habe, rührt sich Eris. Ihre Hand schmiegt sich an meine und unsere Finger verschränken sich, die Handflächen aneinandergepresst. Sie sagt nichts. Es gibt nichts mehr zu sagen.

32

ERIS

Der Schnee auf dem Boden scheint nie wirklich zu schmelzen. Ständig wird neues Holz ins Feuer geworfen und nachts kämpfen wir um diesen himmlischen kleinen Fleck auf dem Teppich vor dem Kamin. Manchmal wird es in den Zimmern zu kalt und wir kuscheln uns alle Schulter an Schulter im Gemeinschaftsraum zusammen. Dann vergraben wir uns unter Schichten von Decken. Ich werfe die Mistel, die June im Appartement versteckt, ins Feuer, wie es bei uns Tradition ist.

Währenddessen macht der Bau des Erzengels Jenny noch rasender als normal schon.

Wenn sie durch die Hollows schleicht – ob nun in Richtung des Flusses, wo der Kopf des Erzengels ruht, oder zu den Toren, wo seine Füße in einer kleinen Vertiefung liegen, die sich durch die Ostseite des Waldes zieht –, werden diejenigen, die nicht rechtzeitig aus dem Weg gehen, einfach umgerannt. Sie schläft kaum und die Ringe unter ihren Augen werden mit jedem Mal tiefer, jedes Mal wenn die Sonne aufgeht und sie immer noch auf den Beinen ist und ununterbrochen vor sich hin brüllt, obwohl niemand außer ihr in der Nähe ist.

Ich weiß sofort, was los ist, als Xander eines Morgens in den Gemeinschaftsraum platzt, die Tür zuknallt und einen Stuhl unter die Klinke klemmt. Wenn man mit einer solchen Angst im Gesicht vor jemandem wegrennt, dann vor Jenny.

Er wirbelt herum und seine Lippen bewegen sich. Er gibt keinen Ton von sich, aber sie formen zwei klare Worte: *Versteckt mich.*

Juniper und Theo springen sofort vom Sofa auf, schieben das überladene Bücherregal in einer Staubwolke zur Seite und drängen Xander in den Hohlraum dahinter. Arsen klettert auf das Regal, nachdem es wieder an seinem Platz ist, legt sich flach hin, sodass seine Füße über die Kante hinaushängen, und schließt seine schwarzen Augen.

Einen Moment später tritt Jenny die Tür auf und der Stuhl wird durch den halben Raum geschleudert. Nova macht einen eleganten Satz von ihrem Platz auf dem Sessel herunter, damit ihre Beine nicht von dem herumfliegenden Möbelstück zertrümmert werden.

»Hi, Jen!«, flötet sie fröhlich, hüpft auf den lädierten Stuhl und hockt sich hin. Sie stützt die Ellbogen auf die Knie, verschränkt die Finger und grinst träge. »Was führt dich an diesem schönen Morgen in unsere bescheidenen Gemächer?«

»Wo ist er?«, knurrt Jenny.

»Wo ist wer?«, fragt Glitch vom Sofa aus so beiläufig, dass ich sehe, wie Nova sich von innen auf die Wange beißt, um nicht loszulachen.

Jenny schnaubt und bindet sich die Haare zu einem hohen Zopf zurück, sodass ihre Krähenfüße sichtbar werden. »Ihr wisst verdammt genau, von wem ich rede. Wo ist euer halbes Hemd?«

»Würdest du bitte nicht so schreien?«, fragt Juniper liebreizend und deutet zaghaft auf Arsen. »Er schläft.«

Jens Blick fällt auf das Bücherregal und Juniper schluckt schwer.

»Sehr subtil, June«, stöhnt Theo.

Arsen reißt die Augen auf, als er Jennys energische Schritte hört, und stößt sich gerade noch rechtzeitig vom Regal ab, bevor sie es zur Seite schiebt und der Hohlraum dahinter zum Vorschein kommt. Xander stößt einen Schrei aus und versucht, unter ihrem Arm hindurchzuschlüpfen, doch sie stellt ihm ein Bein und er stürzt auf den Teppich. Eine weitere Staubwolke steigt auf, als Jen sich hinunterbeugt und seine Schulter mit der Hand nach unten drückt.

»Jenny«, sage ich ruhig und wähle meine Worte mit Bedacht. »Verschwinde, verdammt noch mal.«

Jenny kauert über Xander und ihre freie Hand öffnet sich. »Gib es mir«, knurrt sie. »Ich sag es nicht noch mal, Zahnstocher.«

Es wird still, während wir alle abwarten, und dann greift Xander langsam in seine Tasche und zieht etwas heraus, das Jenny sich begierig schnappt. Sie springt auf die Füße und geht im Gemeinschaftsraum auf und ab. Dabei hält sie den Gegenstand fest umklammert.

»Ich verlasse das Labor für fünf Minuten und als ich zurückkomme, muss ich feststellen, dass Dinge bewegt wurden. Eine Sache, eine *wichtige* Sache, ist einfach verschwunden. Ich drehe mich um und sehe, wie der Stumme die Treppe raufhuscht.«

»Er ist nicht stumm«, entrüstet sich Juniper und Jenny stößt ein trockenes Lachen aus. Sie bleibt stehen, um Xander zu betrachten, der immer noch am Boden liegt.

»Dann lass mal deine Erklärung hören, Plaudertasche«, sagt sie und öffnet die Hand, damit alle sehen können, was sich darin befindet. »Warum in den Zwillingshöllen würdest du *das* hier stehlen wollen?«

Auf der Handfläche balanciert sie ein kleines Glas mit einer blauen Flüssigkeit. Ein einzelnes Auge, aus dem Kupferdrähte ragen, schwimmt darin und seine trübe Pupille treibt an der Oberfläche.

Im Augenwinkel sehe ich, wie Sona kaum merklich zuckt und so weit wie möglich zurückweicht, ohne sich tatsächlich von der Stelle zu rühren. Als ich sie jedoch richtig ansehe, ist sie wieder dabei, ihre Waffe zu reinigen. Götter, sie liebt dieses Schwert.

»Gibt es einen bestimmten Grund, warum du das haben wolltest, Xander?«, fragt Glitch emotionslos. Ihr Blick zuckt zu dem Auge im Glas.

Ich erwarte von ihm nur ein eisiges Starren als Antwort. Doch zu meiner Überraschung schimmern Tränen in den Augen des Jungen.

»Du willst es nicht«, flüstert er. »Du hasst es. Du willst, dass es zerstört wird.«

»Und du dachtest, du würdest das für mich erledigen?«

Xander schluckt schwer und nickt. Sona leckt sich über die Lippen, steht auf und legt den Öllappen vorsichtig auf den Tisch.

»Warum solltest du das für mich tun wollen?«, murmelt sie.

»Ist dir klar, dass uns das hätte ruinieren können?«, keift Jenny. »Ist dir klar, wie *tot* du gewesen wärst, wenn ich …?«

Xander bedeutet ihr mit einer Geste aufzuhören und grinst dann, auf eine kranke, durchgeknallte Art, die ganz klar sagt: *Das ist mir so was von scheißegal.*

Jenny stößt ungläubig den Atem aus. Das Glas ruht immer noch in ihrer Hand und sie deutet steif auf Sona.

»In einer Woche ist dein Testlauf. Und wenn ich eine von euch Ratten vorher in der Nähe meines Labors erwische, sorge ich dafür, dass der Rat bei Sonnenaufgang eine großzügige Organspende bekommt.«

Alle schweigen, während sie davongeht, und lauschen auf die leiser werdenden Schritte und das Zuknallen der Tür zum Treppenhaus, das bedeutet, dass wir in Sicherheit sind.

Nova fängt an zu lachen. »Du bist total irre, Xander«, kräht sie. »Bist du lebensmüde oder so was?«

Xander ignoriert sie, kommt auf die Füße und richtet den Kragen seines Shirts, der unter Jennys stahlhartem Griff zerknittert ist. Sein Blick ruht auf der Klinge, die Sona mit ruhiger Hand hält, ihre Faust verdeckt vom aufwendig ziselierten Fingerschutz. Es ist nur ein flüchtiger Blick und doch weiß ich, was er sieht. Es ist dasselbe Bild, das seit Wochen durch meinen Kopf spukt und jedes Mal wie ein frischer Schnitt brennt, wenn ich in Sonas Richtung sehe: ihre Gestalt, die sich im herbstlichen Schatten des Waldes abzeichnet, das Schwert fest im Griff und den Blick unverwandt auf den Berserker gerichtet. Ich habe diese Szene nur für den Bruchteil einer Sekunde gesehen, bevor ein weiterer Windup meine Aufmerksamkeit gefordert hat, aber ich habe sie gesehen. Sie konnte diesen Kampf unmöglich gewinnen und doch sagte ihre Haltung etwas anderes.

Xander hat es auch gesehen. Genau wie ich mich der Walküre gestellt habe, ist Sona ihm selbstsicher gegenübergetreten, nicht weil sie dachte, dass sie den Kampf lebend überstehen würde, sondern weil die Waffen nun auf sie gerichtet waren und nicht auf ihr Team. *Unser* Team.

Sona hat sein Leben gerettet und jetzt versucht er, sich zu revanchieren. Er ist in Jennys Labor eingebrochen und hat das Auge gestohlen, fest entschlossen, sie zu retten.

Davor, wieder verbunden zu werden?

Nein. Ein Kloß formt sich in meiner Kehle.

»Du willst all diese Leute nicht wirklich töten, oder?«, krächzt Xander.

Der Ausdruck auf ihrem Gesicht. Ich würde daran zerbrechen, wenn er auf mich gerichtet wäre, aber das ist er nicht. Xander dagegen hält ihm stand, weil er die Eier hatte, zu tun, was ich hätte tun sollen, was ich nicht tun kann. Ihr Haar fällt wild um ihre Schultern. Ich glaube, das hindert mich daran, zu sehen, wie ihr der Atem stockt, aber ich weiß, dass es ihre Hände sind, die sie verraten, und ich weiß, wenn sie sich zusammenballen, wie sie es jetzt tun, stählt sie sich innerlich.

Ein Massaker. Das ist es, was ich ihr aufbürde, so werden wir die Sache beenden. Denn wie könnte das Ende eines Kriegs nicht genauso barbarisch sein wie der ganze Rest? Warum hätten wir uns erhoffen sollen, dass es anders laufen könnte?

Bevor ich überhaupt bemerkt habe, dass sie das Schwert in ihren Gürtel gesteckt hat, ist Sona vorgetreten und hat ihre Arme um Xanders dürre Gestalt geschlungen. Die Umarmung dauert nur einen kurzen Moment und Xander blinzelt überrascht, als sie sich aufrichtet und ihre Hand auf seine Schulter legt.

»Danke«, sagt sie mit einem sanften Lächeln. »Es war sehr lieb von dir, an mich zu denken.«

Xander senkt den Blick und seine Hand wandert zu ihrer. Erst denke ich, dass er sie wegschlagen will, doch stattdessen schlingt er seine Finger um ihr Handgelenk und dreht ihre

Handfläche Richtung Decke. Ihre Zahnräder werden sichtbar. Noch sind es wenige, doch es werden stetig mehr. Sanft tippt er auf die Zugangsklappe an ihrem Unterarm, auf das erste Tattoo, das, das ich ihr verpasst habe.

Wir überstehen ein paar Tage, bevor Jenny wieder einen von uns umbringen will. Nach einem mittäglichen Einsatz sprühen die Kids vor nervöser Energie, aber ich fühle mich uralt und bin todmüde und dankbar, dass der Gemeinschaftsraum nach meinem Bad leer ist. Nur Sona sitzt gemütlich im Schneidersitz auf dem Sofa. Sie hat eins meiner Bücher in der Hand und ihre Wangen sind gerötet.

»Oh Götter«, entfährt es mir.

Ihr Blick landet auf mir und sie wendet sich nicht ab, als sie umblättert. »Das ist Schund«, sagt sie geradeheraus.

»Ist es *nicht.*«

Sie fährt mit dem Finger über die Seite. »›Sie beobachtete sie genau und war wie betäubt, denn sie wusste, dass das der Wendepunkt war, der entscheidende Moment …‹«

Als ich nach dem Buch greifen will, schwingt sie sich über die Rückenlehne des Sofas und aufs Fensterbrett. Ihre hochgewachsene Gestalt lehnt an der Scheibe. Sie liest immer noch weiter. Ich knie unter ihr auf den Kissen und muss den Kopf ganz in den Nacken legen, um sie richtig sehen zu können. »Verreck, Glitch!«

»›Sie wusste, dass ihr ganzes Universum sich um dieses Mädchen drehte und schlussendlich um dieses Mädchen herum zusammenbrechen würde, diese Macht …‹« Sona hält inne. Ihr Kinn zuckt Richtung Fenster, dann sagt sie: »Die Brust.«

»Was?«

»Die Brust des Mecha.«

Ich klettere auf die Rückenlehne des Sofas und spähe nach draußen, wo der zentrale Hof der Hollows ganz vom Erzengel eingenommen wird. Die Container aus der Zwischenstation enthielten nur die optischen Details: eine silberne Brustplatte, Bein- und Armschienen und ein ebenso faszinierendes wie beängstigendes Paar Hände, dessen Finger in gebogenen Klauen enden. Ein schwarzer Metallheiligenschein krönt den Kopf. Das halbe Lager könnte gemütlich auf seinen Schultern kampieren.

Das Ding ist grauenvoll. Jegliche Eleganz, die dem Erzengelrüstzeug innewohnen mag, wird überschattet von Jennys zusammengeschusterten Teilen – den Oberschenkeln des Berserkers, einem Großteil des Oberkörpers des Argus sowie diversen beliebigen Teilen aus seinem Inneren. Es spielt keine Rolle. Das Ding muss nur fliegen.

Auf dem Brustbein des Erzengels hockt Theo auf Arsens Schultern und Nova auf Junipers. Xander ist der Schiedsrichter ihres Ringkampfs. Irgendwo hat er eine Pfeife aufgetrieben und ihr Schrillen dringt durch die Scheibe.

»Sie sind *tot*«, zische ich.

»Jenny«, bemerkt Sona. Meine Schwester ist auf der Hüfte des Mechas erschienen und ihr Blick könnte die Tore der Höllen einreißen.

Die Wirkung zeigt sich sofort. Die Kids lassen sich voneinander herunterfallen und flitzen in verschiedene Richtungen davon. Etwas blitzt in Arsens Hand auf und plötzlich breiten sich Nebelschwaden auf dem Mecha aus.

»Komm«, sage ich und reiße mich vom Fenster los. Ich führe sie den Flur entlang zur Eingangstür und drehe das Schloss, drei Sekunden bevor fünf Paar Fäuste dagegenhämmern. Feixend lehnen wir uns gegen das Holz und scheuern mit den Absätzen über den dreckigen Teppich – wir müssen wirklich mal putzen –, während sie auf der anderen Seite toben.

»Eris, *bitte*«, fleht Theo.

»Glitch! Glitch, lass uns rein!«, kreischt Nova.

»Ich werde die Tür sprengen.«

»Arsen, *wag* es nicht«, brülle ich.

»Halt mal, June. Danke.« Etwas Hartes trifft die Tür. Sona neben mir bleibt ungerührt. Sie zieht mein Buch unter ihrem Arm hervor und liest weiter, wo sie aufgehört hat. »Ihr solltet besser da weggehen.«

»Du wirst uns auf dem Teppich verteilen«, ruft Sona.

Eine Reihe Schreie ertönt, dann Jennys schrille Stimme nur wenige Meter entfernt. »Da seid ihr ja, ihr *kleinen Scheißer*. Ich werde euch ernsthaft ...«

»Weg hier!«, ruft Juniper. Panische Schritte rasen die Treppe hinunter, Jennys Grollen verstummt und dann ist alles still.

Sonas Lippen sind leicht geöffnet, während sie liest. Ein Daumen ruht sanft auf einem Knick in der unteren Ecke, wo ich beim letzten Lesen ein Eselsohr hineingemacht habe.

»›Warum beobachtest du mich?‹«, fragt sie und mir steigt die Hitze in die Wangen, bevor ich erkenne, dass sie wieder laut vorliest. »›Weil ich einfach nicht anders kann. Weil es eigentlich dich und alles andere geben sollte und doch ist es so: Du bist alles. Aber ich sage nichts davon ...‹«

Ich lege mir schützend die Hände über den Kopf und vergrabe ihn zwischen meinen Beinen. »Die Tür könnte jede Sekunde explodieren und wir mit ihr. Das ist nicht das Letzte, was ich in meinem Leben hören will.«

»Ach nein?« Sie wirft mir einen Blick zu. »Dieses Buch ist völlig zerlesen, Eris.«

»Es ist nicht so, als hätten wir die Riesenauswahl der Akademie.«

In diesem Flur gibt es nicht eine geschlossene Zimmertür. Ich sehe eine Ecke von Novas rosa Kuscheldecke, Junes Vogelnestsammlung auf ihrer Kommode, auf Xanders Boden liegen Schachfiguren. Über Theos Bett hat sich eine Ecke des Posters mit Waldpilzarten gelöst und Arsens Wände sind mit Kohlezeichnungen beschmiert. Ein Stapel Taschenbücher liegt gefährlich nah an der Kante meiner Kommode. In Sonas Zimmer, Milos altem Zimmer, ist nichts außer ein paar Kleidungsstücken an den Wandhaken – einst meine, jetzt ihre – und ein ordentlich gemachtes Bett. Sie hat nicht mehr da drin geschlafen, seit Milo versucht hat, sie umzubringen. Das erste Mal.

Graues Licht fällt durch das Fenster auf der anderen Seite des Flurs und entzieht der blauen Tapete ihre Farbe. Sonas Zehen befinden sich im Licht, meine neben ihrem Schienbein in den Schatten. June hat gestern darauf bestanden, ihr die Nägel zu lackieren. Glitch wollte Schwarz wie ich.

»Bist du wegen des Testlaufs morgen nervös?«, frage ich.

Ich bin mir nur allzu bewusst, dass sie aufgehört hat zu lesen, obwohl ihr Blick noch auf die Seite gerichtet ist.

Nach einem Moment sagt Sona leise: »Ja.«

»Warum?«, hake ich nach und fühle mich augenblicklich wie ein Arsch.

Ihre langen Finger zucken um das Taschenbuch. Sie lehnt ihren Kopf gegen das Holz und schließt die Augen. »Ich fühle mich … groß währenddessen«, murmelt sie, so leise, dass ich es kaum verstehe, obwohl ich nur Zentimeter entfernt bin.

»So groß, dass mein Kopf das Blau vom Himmel kratzen könnte.«

»Und das ist beängstigend?«

»Und es ist fantastisch, Eris. Bitte …« Sie hält inne, als ihre Stimme bricht. Ich erkenne, warum sie flüstert. Sie schämt sich. »Bitte denk nicht schlecht von mir.«

Wenn ich sie lange genug ansehe, wie ich es jetzt tue, erkenne ich einen Riss in ihren teilnahmslosen Zügen. Und dahinter flackert ein Ausdruck auf, der mich schaudern lässt. Es ist das plötzliche, verzweifelte Verlangen, die Zugangsklappen aufzumachen und alles darin herauszureißen und zu zerstören.

Kurz stelle ich mir vor, wie es sich an meinen Lippen anfühlen würde, wenn ich sie vom Handgelenk zum Ellbogen küssen würde. Der Drang ist unbändig, weil sie so traurig wirkt und ich hasse das, und ich fühle so viel und ich hasse es. Wir befinden uns im Krieg und Leute sterben und ich gestatte mir *Gefühle*, und das wird wehtun.

Ich schlucke schwer. »Ich werde nur schlecht von dir denken, wenn du mein Buch nicht zurückgibst.«

Ihre Schultern scheinen sich ein wenig zu entspannen. Sie trägt weiterhin ihre Walküre-Jacke, aber es scheint eher eine Provokation als etwas anderes zu sein, so wie sie die Ärmel hochgekrempelt hat, damit man die Zahnräder sieht. Sie öffnet ihr Auge und richtet den Blick wieder auf die Seite. »Das ist das Risiko wert.«

Sie legt ihren Kopf auf meine Schulter und zieht die Beine an. Neben uns an der Wand klebt eine von Novas Kritzeleien, ein einfaches Strichmännchen, neben dem in dicken Großbuchstaben steht: RED SCHEISSE UND DU FRISST SCHEISSE. Das zu lesen macht die ganze Situation nur noch lächerlicher. Ich sollte mich wirklich nicht so gut fühlen. Ich sollte ein

Soldat mit einem Herz aus Stein sein. Ich sollte bereit sein, Leute zu verlieren, weil genau das passieren wird. Ich habe Milo so gut wie nie gesagt, dass ich ihn liebe, und nach allem, was passiert ist, war das wohl das Richtige. Ich sollte von Sona abrücken, bevor ich das vergesse, bevor ich vergesse, in welchem Zustand sich die Welt befindet, nur weil ihre Haut sich an meine schmiegt.

»Wirst du das durchstehen?«, frage ich stattdessen.

Sona schüttelt den Kopf. »Ich weiß es nicht.« Sie blättert um. »Aber jetzt gerade geht es mir gut.«

Oh, ich verstehe, was mit mir passiert, denke ich bei mir, während ihre Locken an meinem Kiefer kitzeln. *Oh, okay. Oh scheiße.*

33

Eris

Mit leeren Händen lehnt sich Jenny zurück. Glitch hat die Augenklappe bereits wieder aufgesetzt. Einer der Glastische wurde abgeräumt, damit sie sich darauflegen konnte. In ihrer Aufregung und Eile hat Jenny die Sachen einfach wahllos im Raum verteilt. Oder vielleicht ist es auch gar keine Aufregung, sondern nur eine Kombination aus dem Koffein in ihren Adern und dem Zittern eines erschöpften Körpers, der um Schlaf bettelt.

»Komm schon, komm schon, komm schon!«, sagt sie und ihre Stimme erhebt sich immer wieder zu einem Schreien, während sie auf dem Weg zum Ausgang über die verschiedenen Gegenstände springt und wild über ihre Schulter gestikuliert, damit Sona ihr folgt. Prompt rennt sie gegen die Glastür und runzelt verwirrt die Stirn, während sie sie betastet, bevor sie ihre zitternden Finger um den Griff legt und sie aufreißt. Schweigend sehen wir zu, wie sie die Treppe hinaufstolpert.

»Sie ist total durchgeknallt, Eris«, murmelt Juniper.

»Sie war schon immer so«, erwidere ich und beobachte, wie Sona vorsichtig über Jennys Schrott steigt. Xander räumt höflich Kisten aus dem Weg, als sie sich nähert. »Aber die Leute trauen sich erst jetzt, es auszusprechen, weil sie denken, dass die Treffsicherheit ihrer Schläge einzig davon abhängt, dass sie nicht schwankt, wenn sie sich aufrichtet.«

»Wie geht's dir, Glitch?«, fragt Nova gut gelaunt. »Bereit zu fliegen?«

Sona lächelt nur angespannt, bevor sie Jenny die Treppe hinauf folgt.

Als wir den Hof erreichen, haben Arsen und Theo es sich auf dem Knöchel des Erzengels bequem gemacht. Jenny steht unter ihnen und schreit sie in schrillem Ton an, sie sollen von ihrem Mecha runterkommen. Ihre Drohung ist allerdings nicht sehr wirkungsvoll, da sie sich der Brust statt den Füßen zugewendet hat und jeder zweite Vokal gelallt ist.

Irgendwann muss sie tatsächlich etwas Verständliches von sich geben, denn Arsen gibt eine freche Antwort, die den Schleier um Jens Verstand zerreißt und ihre Konzentration schärft. Bevor er eine Entschuldigung quieken kann, hat sie seinen Knöchel gepackt und er liegt mit dem Gesicht im Dreck.

Nova brüllt vor Lachen, während Juniper neben mir verschwindet und über Arsen wieder auftaucht. Ihr Knurren zerreißt die Morgenluft. Jen weicht ihrem linken Haken mühelos aus, hakt ihren Stiefel um Junipers Knöchel und schiebt ihre Schulter vor, um Juniper zu Boden zu schicken. Jen stellt sich zwischen meine gestürzten Teammitglieder und blinzelt auf sie hinab.

»Wer seid ihr noch mal?«, fragt sie.

»Nova«, flötet June.

»Theo Vanguard«, sagt Arsen aalglatt. »Freut mich.«

Jenny richtet sich abrupt auf und dreht sich um. Novas Lachen und Xanders bebende Schultern versteinern, als sie ihnen einen tödlichen Blick zuwirft.

»Schon gut, schon gut!«, schreit Nova.

Jenny knurrt und steigt über Junes Körper, um auf uns zuzukommen. Nova stößt einen Schrei aus und klammert sich an meine Jacke, als sie sich nähert, doch Jen bleibt stehen, bevor sie mich erreicht hat, und zeigt mit einem zitternden Finger an uns vorbei zum Eingang des Wohnheims.

»Ich bin nicht hinter euch her«, grollt sie.

Ich drehe mich um und sehe eine Gruppe Leute, die sich hinter uns auf den Hof geschlichen hat, und als ich aufblicke, erkenne ich, dass sich Gesichter gegen jedes Fenster drücken. Ich kann sie nicht alle identifizieren: Es sind Gearbreaker, mit denen ich unzählige Male Seite an Seite gekämpft habe, mit denen ich gelebt und gestritten habe und denen ich im Streit und im Training die Scheiße aus dem Leib geprügelt und im Gegenzug eine beeindruckende Sammlung von blauen Flecken und Frakturen kassiert habe. Die meisten von ihnen haben angefangen, Sona zögerlich zu akzeptieren, vor allem nach dem Dreifachkill auf dem Schrottplatz. Die Geschichte darüber, wie sie sich, ohne mit der Wimper zu zucken, dem Berserker gestellt hat, hat sich wie ein Lauffeuer in den Hollows verbreitet. Sie sind nur als Zuschauer hier, um zu sehen, ob die Zerstörung Godolias durch die Kombination von Jens wahnwitzigem Plan, einer Handvoll an Schlafmangel leidender Rebellen und einer abtrünnigen Pilotin tatsächlich möglich ist.

Doch die Gearbreaker in den ersten Reihen sind es, die Jenny mit ihrem Blick aufspießt. Ich sehe sie in einem anderen

Licht: Leute, die ihre lähmende Feigheit durch explizite Drohungen gegenüber Sona ausdrücken.

In ihrem Zentrum steht Milo. Er hat sich sein Gewehr lässig über die Schulter gelegt. Seine Haltung ist entspannt, aber die tiefe Furche in seiner Stirn sagt alles.

»Willst du auch mit, Vanguard?«, fragt sie.

Milo verschränkt die Arme und in meinem Augenwinkel strafft sich Sona kaum merklich, um sich für das bereit zu machen, was nun folgt.

»Diese Pilotin wird nicht verbunden werden, Jenny«, sagt Milo schroff. Gefahr liegt in der Luft. Jen ignoriert es, sie hat die Hand in die Hüfte gestemmt und gähnt ausgiebig.

»Die Leier wieder«, sagt sie. »Langweilig. Komm, Glitch, machen wir dich bereit.«

»Er wird uns alle töten, Jenny!«, brüllt Milo ihrem Rücken zu und die Menge hinter ihm rumort. »Die Hollows werden brennen, wenn der Bot verbunden wird!«

»Gut«, ruft Jenny zurück. »Solang ihr hier rumschleicht, kann dieser Ort dringend eine Generalüberholung vertragen.«

Ein Schuss zerreißt die Luft.

Eine dünne Linie Blut spritzt auf den Boden. Wärme trifft meinen Hals.

Irgendwie gelingt es Jenny, Sona aufzufangen, als sie strauchelt, gerade lange genug, dass ich sehen kann, wie Glitch benommen eine Hand an ihre Schläfe legt, an der Blut klebt. Nachdem sie sicher ist, dass sie am Leben ist, stößt Jen sie sofort von sich und bewegt sich so schnell, dass ich es nicht mal wahrnehme, bis das Knacken einer gebrochenen Nase durch die Luft hallt. Milos Blut glänzt auf dem schwarzen Material an ihrer rechten Hand.

»Du kleines Miststück«, zischt Jenny und die Menge drängt vor. Auf dem Boden deutet Sona schwach mit dem Kinn in ihre Richtung und mit einem Knurren drehe ich mich um und überziehe den Boden mit Eis.

»Bist du okay?«, krächze ich und die Adern meiner Kryohandschuhe funkeln blau.

»Er hat mich verfehlt.«

»Das ist keine Antwort.«

»Es tut so weh, Eris.«

Ich rolle mit den Augen. Jenny bahnt sich ihren Weg durch die Menge und ich lasse sie gewähren, denn sie haben Angst vor ihr, und das sollten sie auch. Sie hat Milo vorn am Shirt gepackt.

»Ich denke, du schuldest jemandem eine Entschuldigung«, raunt sie und wirft ihn auf den frostüberzogenen Boden. Eissplitter kleben an seinen Händen, als er sie hebt.

»Ich werde mich nicht bei diesem Ding entschuldigen«, faucht er mit bebenden Schultern. Ich meine, mehr Furchen in seinem Gesicht zu sehen als bei unserer letzten Begegnung. Mehr fehlgeleitete Wut. Oder war die schon immer da? Er hat immer gesagt, ich wäre die Wütende und dass er genau das an mir mögen würde. Ich dachte immer, das würde bedeuten, dass wir einander ausgleichen, dass ich seine Ruhe als Gegenpol bräuchte. Aber vielleicht war er gar nicht ruhig, sondern hat nur alles in sich reingefressen.

»Was?« Jenny blickt zu Sona zurück. »Glitch geht's gut. Du wirst dich bei *mir* entschuldigen. Ich bin die, die dir gleich den Arsch versohlt.«

»Nur zu«, keift Milo. »Wir sind sowieso alle so gut wie tot.«

»Nach kosmischen Maßstäben definitiv.« Jenny ragt über ihm auf, ein Fuß ruht leicht auf seinen Fingern. »Aber dein

Spatzenhirn begreift das nicht, oder? Also lass es mich dir in ganz einfachen Worten erklären – wir leben nicht nach kosmischen Maßstäben, wir leben nach *meinen* Maßstäben, meiner Uhr, meiner Planung. Du wirst sterben, wenn ich es dir sage. Der einzige Grund, warum ich dich nicht jetzt sofort töte, ist, weil du wirklich glaubst, dass Glitch Raketen auf dieses ganze Höllenloch regnen lassen wird, und ich hoffe, dass du dir deshalb vor Angst in die Hose machen wirst.«

»Eris«, presst Milo hervor. »Das ist Wahnsinn und das weißt du.«

Ich helfe Sona auf. »Friss Scheiße, Milo.«

»Sonst noch jemand?«, fragt Jenny die Menge und breitet die Arme aus, was dazu führt, dass alle erschrocken zurückweichen, obwohl sie nicht mal ihre Handschuhe trägt. »Nein? Könntet ihr euch dann alle mal entspannen und mich diesen Krieg beenden lassen? Götter ...«

Sie dreht sich um, packt Sonas Kinn und untersucht den Streifschuss. Unsicher beobachte ich, wie sich die Menge auflöst. Einige gehen zurück in die Wohnheime, andere verziehen sich in den Wald, wahrscheinlich um nicht mehr in der Nähe zu sein, sollte Glitch sie in ein paar Minuten alle töten wollen. Ob sie nun Angst haben oder nicht, Jennys Wort hat Gewicht hier in den Hollows, oder zumindest ihre Drohungen. Die meisten würden vermutlich lieber schnell und schmerzlos durch eine Rakete sterben, als den Tod zu erleben, den Starbreach für sie vorgesehen hat.

»Gut aufgepasst«, murmelt Jenny. »Nur ein Kratzer. Hol ein paar Spinnweben von dieser Baumwurzel da, Eris. Und jetzt iss sie. War nur Spaß. Götter, sind heute alle so verkrampft? Gib schon her.«

Sie legt die Spinnweben über den Kratzer und drückt sie leicht mit den Fingerspitzen an.

Sona sieht mich aus dem Augenwinkel an. »Du siehst blass aus«, bemerkt sie.

Mit tauben Fingern betaste ich das Blut an meinem Nacken und schmiere es an ihren Jackenärmel. »Bitte sei still.«

»Ich hab den Zugang in der Nähe des Halses eingebaut«, sagt Jenny, als wir auf den Erzengel klettern. Jetzt da ihr Kampfgeist verflogen ist, lallt sie wieder. Sie deutet auf die Hülle des Mechas. »Das restliche Innenleben sieht aus wie Scheiße. Es funktioniert alles, aber ...« Sie unterbricht sich für einen Moment, weil sie den Faden verloren hat. Wir erreichen die runde Luke am Halsansatz, die von dem toten Argus stammt, und erneut deutet sie müde darauf. »Ja ... sieht aus wie Scheiße. Kein anderer sollte das sehen. Rein mit dir.«

»Du gehst nicht mit?«, frage ich.

»Denkst du etwa, du gehst mit?«

Ich verschränke die Arme. »Natürlich.«

Sie kopiert mich. »Warum? Mit den Kabeln und allem wird sie verdammt noch mal auch allein fertig.«

»Das weiß ich. Aber wo ist das Problem, wenn ich mitgehe?«

Eine Falte bildet sich zwischen ihren Brauen, während sie versucht, einen klaren Gedanken zu formulieren. Ich vermute allerdings, dass sie dazu nicht mehr in der Lage ist, nachdem sie sich tagelang geweigert hat zu schlafen. Sie nickt langsam, dann triumphierend, als sie einen zu fassen bekommt. »Wenn er explodieren sollte, werden meine kostbaren Kryohandschuhe zerstört werden.«

Ich rolle mit den Augen und bin mir vage bewusst, dass Sona ein finsteres Lachen unterdrückt. »Götter, Jen, wenn er explodiert, werden die gesamten Hollows zerstört werden.«

Sie sieht mich ausdruckslos an.

»Mit anderen Worten: Deine *kostbaren* Handschuhe werden so oder so zerstört. Dann kann ich auch mitgehen.«

»Jaja, schon verstanden«, grummelt sie, auch wenn es den Anschein hat, als hätte sie es nicht ganz verstanden. »Na dann ... viel Spaß, Glitch und kleine Mistratte. Und falls das Ding fliegt, wärt ihr so gut und würdet meinen Mecha nach der Mission auf dem Schrottplatz parken? Ich kann drauf verzichten, dass weitere Gearbreaker ihn mit ihren klebrigen Fingern betatschen und noch vor dem Himmelstag kaputt machen. Vor allem dein Ex.«

Jenny schwankt auf die Schulter zu, fällt runter und landet hart auf dem Flügel. Sie geht noch ein paar unsichere Schritte und verschwindet dann auch über dessen Kante. Ich starre eine volle Minute auf die Stelle, bis sie wieder auftaucht und über den sicheren Boden davonstakst, erstaunlicherweise ohne gebrochenen Schädel.

»Alles in Ordnung mit ihr?«, fragt Sona.

»Ja, sicher. Wenn sie lange genug geradeaus gucken kann, um aus dem Weg zu kommen«, murmle ich und beobachte, wie ihr Pferdeschwanz im Gehen hin- und herwippt. »Bereit?«

Sona blickt in die Finsternis und nickt. Es geht etwa zwei Meter in die Tiefe. Sie landet sicher und macht mir Platz. Ich lege meine Finger an den Rand der Öffnung und lasse mich hineingleiten, dann packe ich den Griff der Luke und hänge mich daran, um sie mit meinem Gewicht zuzuziehen. Ich lande lautlos in der Dunkelheit. Sonas Hand berührt meine Schulter und ohne ein weiteres Wort betreten wir den Kopf des Erzengels.

Da der Windup liegt, steht die Glasmatte hinter uns, während die Wand davor zur Decke werden wird, sobald der Mecha aufrecht steht. Die Verbindungskabel hängen aus ihren Halterungen herunter und ihre Kupferanschlüsse winden sich über den Boden, dem Hinterkopf des Windups. Sona dreht sich langsam im Kreis, um sich umzusehen, dann bleibt sie stehen, um durch die Augen des Erzengels zu starren.

»Ich glaube, ich bin ein bisschen desorientiert«, flüstert sie.

Ich finde das lustig. Sie ist daran gewöhnt, Windups aufrecht stehen zu sehen. Für mich dagegen ist eher das Gegenteil der Fall. Ich trete mit dem Fuß gegen die Tür.

»Leg dich hier hin«, weise ich sie an.

Sie gehorcht schweigend. Ich knie mich hin, sammle die linken und rechten Kabel zu ordentlichen Bündeln und platziere sie neben ihr. Ich nicke leicht und sie zieht ihren Ärmel hoch. Ich glaube, sie versucht, das Zögern zu überspielen, bevor ich es bemerke, als ihre Finger über den Tattoos schweben. Dann öffnet sie schnell die Zugangsklappe in ihrem rechten Unterarm. Trotzdem schnürt sich mir die Kehle zu.

Eins nach dem anderen schließt Sona die Kabel an und jedes Mal durchfährt sie ein kleiner Schlag. Bevor sie beim letzten angekommen ist, wandert ihre Hand zu ihrer Augenklappe und zieht sie vorsichtig ab. Darunter kommt ein geschlossenes Lid zum Vorschein, unter dessen Haut ein perfekter roter Ring leuchtet. Er richtet sich auf mich, genau wie ihre andere Iris, und sie legt die Augenklappe in meine Hände.

»Bewahr das für mich auf, ja?«, flüstert sie.

Ich schließe meine Finger darum und lächle schief. »Bereit zu fliegen, Glitch?«

»Ein Kuss würde meine Motivation steigern.«

»Wie wäre es damit, dass Jen in fünf Sekunden hier reingestürmt kommt, wenn wir nicht in die Gänge kommen?«

Ein säuerlicher Ausdruck, der mich lachen lässt, huscht über ihr Gesicht und das reicht ihr wohl als Antrieb, dass ihre Finger zum letzten Anschluss wandern und das Kabel hineinstecken.

Mir vergeht das Lächeln.

Sona reißt beide Augen weit auf und unwillkürlich gefriert mir das Blut in den Adern. Sie hebt eine Hand und bewegt die Finger, dann macht sie dasselbe mit der anderen. Das rote Licht, das aus den Augen des Windups strahlt, wird reflektiert, als die Klauen des Erzengels über uns erscheinen und sich in perfektem Einklang mit ihren Bewegungen öffnen und schließen.

Den Kopf weiter zurückgelegt kommt Sona auf die Füße und eine Hand öffnet sich. Ich ergreife sie, als sie langsam den Kopf hebt, sodass der Raum um uns herum kippt. Ich führe sie zur Glaswand, während diese zum Boden wird, und flüstere ihr zu, einen Schritt zu machen, als der Winkel steiler wird. Der Erzengel erzittert, während sie meinen Anweisungen folgt, und der Glasboden leuchtet unter unserem Gewicht auf. Das blaue Licht hüllt ihre Züge ein und ihre Wimpern werfen lange Schatten. Ich lasse ihre Hand los und verlasse die Matte. Ihre Hände fallen an ihren Seiten herunter.

Sona streckt den Nacken und rollt die Schultern. Eine kleine Furche bildet sich zwischen ihren Augenbrauen und sie wiederholt den Vorgang noch einmal langsam. Dann schlingt sie ihre Hand um ihren Körper und fährt so weit sie kann an ihrem linken Schulterblatt entlang. Ein Seufzen entringt sich ihr.

»Das …«, murmelt sie. »Das ist seltsam.«

»Die Flügel?«

»Flügel ... ja.«

Ich schlucke schwer, als sie einmal mehr die Schultern durchdrückt und eine stolze Haltung annimmt. Die gepanzerten Flügelspitzen könnten mühelos ein Gebäude der Hollows plattmachen. Genauso wie ein Schritt. Oder ein Gedanke. Es ist zu einfach.

»Alles okay?«, bringe ich hervor. Die Worte klingen gepresst und meine Stimme zittert vor Unsicherheit.

»Oh ja, alles bestens, Frostbringer.« Sona seufzt. »Eigentlich fühle ich mich sogar wieder ganz wie ich selbst.«

Ich erstarre. Ich wende den Blick nicht von dem Lächeln ab, das sich auf ihren Zügen ausgebreitet hat. Mein Blut ist gefroren und droht zu zerspringen.

Doch dann lacht Sona, ein heller, funkelnder Ton, der den Raum ausfüllt und das Summen der Elektrizität übertönt, die durch den Erzengel strömt, der uns umgibt.

»Du solltest dein Gesicht sehen, Eris«, raunt sie.

Ich ringe um Atem. »Du kannst mein Gesicht gar nicht sehen!«

»Aber ich kann spüren, wie dein Blick sich in meine Wange bohrt. Hast du wirklich solche Angst vor mir?«

»Oh, absolut.«

Ich versuche, es wie einen Witz klingen zu lassen, auch wenn ich sicher bin, dass es keiner ist, doch Sonas Stimme senkt sich plötzlich zu einem Flüstern.

»Ich hab auch grade ein bisschen Angst vor dir. Wenn du dich dann sicherer fühlst.«

Fühle ich mich sicherer? Wage ich das? Ich habe ihr diese Tattoos in die Haut gestochen, sie zu einer von uns gemacht. Eine von uns. Sie verschwinden nicht einfach, nur weil die

Haut zurückgeklappt wird. Selbst im roten Licht, das aus den Augen des Erzengels strömt und auf das Leuchten des Bodens trifft, erstrahlt die Tinte.

»Ich habe keine Angst vor dir«, sage ich und lüge, dass sich die Balken biegen.

»Vielleicht doch?«, fragt sie.

Es dauert einen Moment, bis die Worte gesackt sind, doch dann treffen sie mich wie ein Hammerschlag vor die Brust. Weiß sie, was ich denke, dass ich natürlich Angst vor ihr habe, aber dass die Angst, sie so zu sehen, nichts ist im Vergleich zu der, sie jeden Tag zu sehen – dieses Pochen in meiner Brust, wenn sie lächelt, dieser Krampf in meinem Magen, wenn sie mir nahe kommt. *Vielleicht doch?* Hat sie auch Angst vor mir?

Will ich, dass es so ist?

Ja. »Ja.«

Ihre Züge entspannen sich. Sona macht einen einzelnen, anmutigen Schritt und begibt sich in Kampfhaltung. Ihre langen Finger hängen an ihren Seiten herab und zucken, als sie erneut die Schultern rollt. Ich erkenne nicht, was sie vorhat, bis sie die Knie beugt und ich nach etwas taste, um mich festzuhalten.

Es ist sinnlos. Die Wucht des Sprungs des Erzengels wirft mich zu Boden und unter meinen Handflächen heizt sich der Boden auf, als die Jetdüsen zum Leben erwachen. Ihr Brüllen übertönt mein erschrockenes Einatmen. Ich komme – unsicher – auf die Füße, weil mir nichts anderes übrig bleibt, als der Boden kippt und ich mich festhalten muss. Nachdem ich die Gummisohlen meiner Stiefel sicher verankert habe, sehe ich zu Sona, die den Kopf gesenkt hat.

»Hast du Höhenangst?«, raunt sie.

»Willst du mich verarschen?«

»Ja. Geh zum Fenster.«

Ich gehorche, lege die Hände an das rötliche Glas und spähe über die Kante.

»Eris?«

»Ja?«

»Alles gut? Du bist so still.«

Ich bin froh, dass sie nicht sehen kann, wie ich schlucke. »Ich genieße nur die schöne Aussicht.«

Ich habe keine Höhenangst, aber unter uns, jenseits des Technikwunders aus kahlen, schneebedeckten Ästen, das Jenny geschaffen hat, befindet sich ein winziger Fleck, der mein gesamtes Zuhause repräsentiert. Und ich bilde mir ein zu fallen. Die vielseitigen Möglichkeiten des Fallens, die die Gearbreaker immer genutzt haben, haben für einen Erzengel keine Bedeutung. Sollte der Mecha aus dem Himmel stürzen, wäre der einzig mögliche Ausgang der sichere Tod.

Ich sehe dieselbe Erkenntnis auf Sonas Miene, beobachte, wie ihre Knöchel weiß hervortreten, und höre, wie die Klauen des Erzengels sich in seine goldenen Handflächen bohren.

»Wie fühlt es sich an?«, setze ich an, doch sie schüttelt den Kopf.

»Was hat es für einen *Sinn*, Eris?«, flüstert sie. »Ich zerstöre die Akademie. Ich verbrenne die Höchsten und ihre Untergebenen und ihre Schüler. Und was dann? Wie lange wird es dauern, bis sie alles wiederaufgebaut haben? Wie viel Zeit werden sie sich nehmen, um sich zu erholen, bevor sie neue Windups bauen? Bevor Modelle wie dieses den Himmel erfüllen? Und was ist mit ihrem Zorn? Silvertwin ... du weißt über Silvertwin Bescheid. Du weißt, wie Godolia mit Widerstand in seinen Versorgungsdörfern umgeht. Zerstör eins, damit der Rest in der Spur bleibt. Es ist einfach. Es ist effizient.

Effektiv. Und bedeutet keinerlei Verlust für sie. Sie haben Tausende andere, die sie mit Kohle, Eisen, Prickelbeeren und wer weiß was noch versorgen, um demselben Schicksal zu entgehen.«

Obwohl ich weiß, dass die schrille Wut in ihrem Tonfall nicht gegen mich gerichtet ist, versetzen mir ihre Worte dennoch einen Stich. Wir schweben dreißigtausend Fuß über dem Boden in einem Mecha, an dem meine Schwester unermüdlich gearbeitet hat, und sie deutet an, dass alles vergeblich war. Dass die Gearbreaker – und damit auch *ich* – ihr gesamtes Leben einer hoffnungslosen Sache verschrieben haben.

Und das Schlimmste daran ist der unerträgliche, niederschmetternde Gedanke, dass sie recht haben könnte.

»Und was sollen wir deiner Meinung nach dann tun, Glitch?«, schreie ich. »Wenn wir nicht kämpfen, macht uns das zu Godolias Eigentum.«

Sona hebt den Kopf, sodass der Boden sich gerade ausrichtet, und mahlt mit den Zähnen. »Godolia wird nach dem Himmelstag wie besessen nach den Gearbreakern suchen, in einem Ausmaß, wie es keiner von euch je erlebt hat. Wenn wir den Dorn in ihrem Auge erst mal gegen die Klinge ausgetauscht haben.«

»Ich dachte, du selbst wolltest diese Klinge in sie treiben«, knurre ich.

»Das tue ich. Das *werde* ich, aber ... trotzdem könnte das Windup-Programm wiederauferstehen.«

»Dann schlagen wir wieder zu!«

»Und wie viele von uns werden übrig sein, Eris, nachdem sie die Feuer der Höllen auf uns herabregnen lassen haben? Nachdem ihr Zorn alles in einem Umkreis von tausend Meilen um die Hollows verbrannt hat?«

»Dann war's das also? Du gibst auf? Macht dir Godolia solche Angst? Ich wünschte, du hättest was gesagt, *bevor* Jenny sich fast selbst umgebracht hätte, um dieses verdammte Ding zu bauen!«

»Ich hab Angst!«, schreit Sona und zuckt dann zusammen. Doch sie erholt sich schnell wieder. »Nicht davor, zu sterben oder zu kämpfen oder vor dem Plan. Ich werde die Ursache sein für *alles*, was danach kommt, Eris! Es ist ... Ich ... Ich kann nicht ...«

Mit einem Mal unterbricht sie sich und reißt den Kopf herum. Ich muss mich am Glas abstützen, damit ich nicht nach links geworfen werde.

»Was in den Höllen, Glitch?«, grolle ich.

»Ein Helikopter«, raunt sie und erneut gefriert mir das Blut in den Adern.

Draußen bahnt sich ein kleiner Punkt seinen Weg über den Himmel. Vielleicht acht Kilometer entfernt und doch viel, viel zu nah. Nah genug, um den *geflügelten Windup* zu sehen, der in der Luft schwebt.

Ich beiße mir fest auf die Innenseite der Wange, um meine Benommenheit abzuschütteln.

»Sona ...«

»Ich weiß«, sagt sie mit gerunzelter Stirn. »Kannst du dich irgendwo gut festhalten?«

Doch sie wartet nicht erst auf meine Antwort. Der Wald verschwindet, der Schiefer der zerstörten Außenbezirke ersetzt das Gewirr der kahlen Äste und bald verblasst auch er. Der Punkt des Helikopters dehnt sich zu einer Ansammlung von Kanten aus: zwei Heckausleger und vier wirbelnde Kreise, die Rotorblätter. Es ist ein großer, in dem wahrscheinlich mindestens zwanzig Passagiere Platz finden.

Aufgrund dieser Tatsache, und nicht zum ersten Mal, bin ich dankbar für Sonas Erbarmungslosigkeit.

Ihre Hand schließt sich fast schon sanft um den Korpus des Helikopters und dann erstarrt sie. Ihre Schultern sind steif durchgedrückt, sodass wir schweben, während sie einen der Rotoren zwischen Daumen und Zeigefinger packt. Sofort gibt er unter dem Druck nach.

»Was in den Höllen tust du da?«

»Einen Blick riskieren«, sagt sie und hält dann inne. »Kleiner Scherz. Na ja, irgendwie zumindest. Sollen wir mal ausprobieren, ob die Raketen funktionieren?«

Die geschwärzten Fenster des Helikopters verbergen das Chaos, das sich im Inneren abspielen muss. Ich brauche ihr nicht zu antworten. Wir beide wissen, dass das ein schnellerer Tod wäre.

Ich sehe zu, wie sich die Klauen öffnen, und der Helikopter steigt auf wie ein verwundeter Vogel. Durch den zerstörten Rotor schwingt er von einer Seite zur anderen.

»Jetzt?«, frage ich.

»Eine Sekunde«, murmelt sie und ich beobachte, wie ihre Schulterblätter ihre Jacke ausbeulen, bevor sie sie wieder einzieht. »Seltsam …«

»Weißt du überhaupt, was du tust?«

Sona schüttelt den Kopf und lächelt verlegen.

Der blaue Himmel wird von einer sauberen Linie aus schwarzem Rauch zerrissen.

Ich sehe nicht, wo die Rakete einschlägt, aber was dann folgt, könnte mir unmöglich entgehen: Eine Feuerkugel explodiert und brüllt begeistert, als sie das Metall zerreißt und verkohlte Trümmer in der Luft verteilt. Das Wrack stürzt aus dem Himmel und zieht Flammen und schwarzen Rauch hinter sich her, eine Linie so sauber wie von einem Pinsel gezogen.

»Getroffen«, jubelt Sona und ihr entsetzter Tonfall ringt mir ein Lachen ab.

»Glaubst du?« Etwas blubbert in meiner Brust, das ich nur als Erregung identifizieren kann. Die Nase ans Glas gedrückt beobachte ich, wie sich die Rauchschwaden unter uns winden.

Kurze Zeit später, nachdem das Wrack ausgebrannt ist, entdeckt Sona eine Lücke in den Bäumen des Schrottplatzes, die groß genug ist, um den Windup zu parken. Kahle Äste kratzen bei der Landung über die Hülle des Mechas und ich atme erleichtert auf, als wir mit einem Ruck wieder auf festem Boden aufsetzen. Erneut geleite ich Sona in eine liegende Position, wobei ich auf das Abkippen des Bodens achte, und sie trennt die Kabel. Der Erzengel erstarrt um uns herum.

Sona blinzelt einmal und die Ausdruckslosigkeit verschwindet von ihren Zügen. Beide Augen sowie ihre Haut und ihr kastanienbraunes Haar erstrahlen im roten Licht von oben. Irgendwie mildert der Farbton das Glühen ihrer Mod ab.

»Darf ich jetzt aufstehen?«, fragt sie und schließt das Auge.

Ich hocke mich auf die Fersen und sie setzt sich auf und hält mir die Handfläche hin. Ein Augenblick vergeht, während ich nach der Augenklappe taste und sie ihr gebe.

Die Luft fühlt sich seltsam schwer an, als wir aus dem Hals des Mechas treten. Auf dem Weg über das Brustbein warten wir darauf, dass wir die Stimmen der kleinen, aber lauten Gruppe hören, die aus dem scheinbar leeren, von Schrott übersäten Wald kommt – mein Team, das heftig zankt, gefolgt von Jenny, die rückwärtsläuft und deren Blick vom Boden zum Himmel wandert. Sie lehnt sich weiter zurück, bis sie uns entdeckt, dann richtet sie sich auf und geht auf die Füße des Erzengels zu. Mit der linken Hand fährt sie durch die Luft, als wollte sie ihre Tarntechnologie testen.

Das Team klettert auf den Windup und Arsen schnüffelt und fragt: »Was ist explodiert?«

»Ein Helikopter«, antwortet Sona.

»Scheiße«, raunt June.

»Ist das schlimm?«, quiekt Theo mit aufgerissenen Augen. »Hey, das klingt schlimm, sehr *schlimm* …«

»Sona hat sich drum gekümmert.«

Sie hören den Ton in meiner Stimme, etwas Elektrisierendes, und beruhigen sich, um mich anzusehen. Ich schlinge meine Arme um mich, während sich ein Grinsen auf meinem Gesicht breitmacht.

Xander, der so bewegungslos und steif dasteht wie die Äste über uns, sagt: »Wird es funktionieren?«

Ich wende mich Sona zu. Ihr Blick richtet sich auf mich und die Aufregung darin lässt mich schaudern und der Ausdruck darin lässt etwas in mir zerbrechen. *Ich kann damit nicht umgehen.*

Ich bin nicht gut.

»Es wird funktionieren«, sagt Sona.

Mein Lächeln verrutscht und sie sieht zu, wie es erstirbt.

34

SONA

Macht dir Godolia solche Angst?

Ihre Stimme erklang aus allen Richtungen, von Horizont zu Horizont. Ich öffnete den Mund, um es ihr zu sagen, kämpfte aber mit meinen Gedanken. Ich war zu schwach, sie in die richtige Reihenfolge zu bringen, und hatte zu viel Angst vor der Schwäche, die ich damit offenbaren würde.

Noch vor wenigen Monaten hätte ich alles gegeben für die Chance, die Akademie zu zerstören. Scheiß auf die Kollateralschäden. Scheiß auf die Unschuldigen. Es ging um mich, um *mein* Dorf, *meine* Familie. Sie haben nie eine richtige Beerdigung erhalten. Sie starben in einem Durcheinander aus Körpern und mit ihrem letzten Atemzug atmeten sie einen Cocktail aus Chaos, Furcht und Erde ein. Das Mindeste, was ich für sie tun kann, ist, sicherzustellen, dass die Akademie dasselbe Schicksal ereilt, koste es, was es wolle.

Eris weiß diesen Teil über mich, aber sie weiß nicht, wie sehr sich die Dinge verändert haben. Dass *sie* etwas verändert hat, den zerstörerischen, grundlegenden Rachedurst. Sie hat den Platz eingenommen, an dem sich einst seine Spitze befand, an dem ich all die Gewaltfantasien schuf, die mich nachts schlafen ließen, an dem ich meinen Hass geschürt und genährt und auf den Tag gewartet habe, an dem Godolia erkennen würde, dass das alles meilenweit den höchsten Wolkenkratzer überragt.

Ich weiß nicht, wie ich ihr sagen soll, dass ich trotz allem den Turm aus der Skyline brechen würde, wenn sie mich darum bäte. Dass ich meinen Hass ersticken würde, dass ich stillhalten würde, falls sie beschließen sollte, jeden unnatürlichen Draht einzeln herauszureißen. Dass selbst wenn Jennys Plan aufgehen sollte, das alles für mich nicht von Bedeutung wäre, wenn sie in dem, was darauf folgen wird, in irgendeiner Art verletzt werden sollte.

Weil sie größer als das alles ist. Die Summe meines Schmerzes, meiner Vergangenheit, meines Hasses. Der wandelnde Terror, der am glücklichsten ist, wenn eine Gottheit vor ihm kniet.

Könnte sie mit mir glücklich sein?

Ich bin nicht gut. Ich gebe mir die größte Mühe.

Aber ich bin kurz davor, unzählige Menschen zu töten.

Zum ersten Mal schlafe ich nicht neben ihr, wo sie sich im Schlaf umdrehen und ihre Wange an meinen Rücken schmiegen oder ihre Hand unter meine Rippen schieben kann. Ich habe mein eigenes Zimmer, weil ich eine von ihnen bin. Ich habe immer noch das Gefühl, ich schulde ihr eine Erklärung, aber ich kann mich nicht dazu durchringen. Ich komme einfach nach Hause, schließe die Tür hinter mir und verkrieche mich unter der Decke. Ich fühle mich winzig in der Dunkelheit, in meiner eigenen Brust.

Es fängt langsam an, mit Tränen, die über meine Wangen laufen.

Nach einer Stunde bebt mein ganzer Körper. Ich habe die Hände auf den Mund gepresst, das Schluchzen drängt gegen meine Finger und mein ganzer Körper zittert so heftig, dass ich das Gefühl habe, zu zerbrechen.

Macht dir Godolia solche Angst?

Ich habe keine Angst vor Godolia.

Ich habe Angst vor mir.

»*Nein*«, schluchze ich zusammengekauert und mein Körper zittert. »*Nein, nein, nein, nein, nein, nein …*«

Ich vermisse meine alte, simple Angst. Ich vermisse Jole und Lucindo und Rose und Victoria. Ihre aufrichtigen, mühelosen Illusionen, die Schutzlosigkeit ihrer vollkommenen Entspanntheit. Ich vermisse meine alte Haut. Ich vermisse meine Eltern.

Meine Nägel graben sich in die Matratze. Meine Schluchzer kratzen an den Wänden, aber ich kann nicht aufhören, ich kann nur blindlings ins Leere greifen. Da ist nichts, woran ich mich festhalten könnte. Ich falle, habe den Boden unter den Füßen verloren. Das wird niemals aufhören, es ist das Letzte, was ich spüren werde, ich werde es mit mir herumtragen, das und nichts anderes, nichts anderes, nichts anderes …

»Sona.« Die Decke wird zurückgezogen. Ich sehe das Licht, das in gelben Strahlen aus dem Flur hereinfällt. Arme legen sich um meine und ziehen mich hoch – *nein, bitte, ich will nicht aufstehen* –, aber nicht ganz, sie bettet mich in ihren Schoß. Sie lehnt am Kopfteil, ihre Hände streichen über mein Haar und ihr Gesicht ist über meins gebeugt. »Schht, hey, Süße, es ist alles gut. Ich hab dich, ich bin hier, hey …«

»Tut mir leid.« Ich schluchze und klammere mich an ihre Knie. »Tut mir leid, tut mir leid, tut mir leid …«

»Was brauchst du?« Ihre Stimme ist ungewöhnlich sanft, weich wie Samt. »Sag mir, was du brauchst, bitte, Sona. Ich kann dir helfen, dass es dir besser geht.«

Ich will kein Killer sein oder zumindest kein Problem damit haben, einer zu sein.

»Raus«, presse ich hervor. Ein Anflug von Panik macht sich in meiner Brust breit, als ich merke, wie sie sich bewegt, weil ich nicht sie meinte. Aber Eris weiß das und hilft mir vom Bett. Sie holt meine Jacke und legt sie mir um die Schultern, beugt sich vor, um meine Finger in ein Paar Handschuhe zu stecken, weil es draußen kalt ist. Ihren Arm sanft um mich geschlungen schaffen wir es in den Flur. Während sie mich weiter festhält, steckt sie den Kopf in den Gemeinschaftsraum.

Xander hat sich unter dem Tisch zusammengerollt, seine feinen Gesichtszüge sind entspannt unter der Decke seiner dichten schwarzen Wimpern. Nova und Theo liegen auf dem Rücken auf dem Tisch. Nova ist völlig weggetreten, eine kleine weiße Hand hängt schlaff über die Tischkante, aber Theos Blick richtet sich auf Eris, als sie sich nähert.

»Wir gehen raus«, sagt sie schroff.

Der Blick seiner sanften, hellen Augen wandert zu mir, bevor er in Richtung Nova nickt und seine Hand ausstreckt, um Xanders dunkle Locken zu streicheln.

»Soll ich sie wecken?«

»Warum? Soll ich sie ins Bett bringen?«

»Mir jedenfalls würde das gefallen.«

Sie rollt mit den Augen. »Sorg lieber dafür, dass alles noch steht, wenn wir zurück sind.«

Wir schlurfen in den Hof der Hollows hinaus. Die Winterluft ist schneidend in meinem geschwollenen Gesicht. Hitze und Salz lasten schwer auf meinen Wangen. Sie hilft mir auf die vordere Sitzbank des Pick-ups des Teams und rutscht selbst auf den Fahrersitz. Das Aufheulen des Motors klingt fremdartig in der vollkommenen Stille der Nacht.

Zumindest fast vollkommen. Auf dem Weg zum Tor kommen wir an Jenny und Voxter vorbei. Ihre Streitereien sind das Einzige, wodurch sie sich von der Dunkelheit abheben. Eris hält an und lehnt sich aus dem Fenster, um ihnen zu winken. Wir können höchstens drei Meter entfernt sein, aber sie bemerken uns nicht: Jenny scheint immer noch in ihrer eigenen verzerrten Welt des Schlafentzugs zu leben und Voxters Wut ist einzig und allein auf sie gerichtet.

»Wo ist er?«, knurrt er.

Jenny betrachtet ihre Hand, als wollte sie ihre Nägel untersuchen, obwohl sie unter ihren Handschuhen verborgen sind. »Hm ... Ich versuche, mich zu erinnern ... aber ich weiß es einfach nicht mehr ...«

»Du hast ihn auf meinem Campus gebaut. Du kannst nicht ...«

Jenny winkt verächtlich ab. »Ich *kann nicht*? Ich kann tun, was immer ich will, alter Mann.«

Ihr Tonfall ist gelassen, humorvoll, aber Voxters Stimme ist vor Zorn angespannt.

»Jenny Shindanai, ich bin dein kommandierender Offizier und wenn du mir nicht *sofort* sagst, wo der Erzengel ist, werde ich ...«

Wieder unterbricht sie ihn, dieses Mal mit einem leisen Lachen. »Pass auf, was du sagst, Vox. Du weißt, dass ich den Laden eines Tages schmeißen werde. Das bedeutet, dass ich entscheide, ob du ein Bett haben wirst, in dem du dahinvegetieren kannst.«

Plötzlich macht Voxter einen Satz nach vorn und packt Jenny an den Schultern. »Wo ist der Erzengel?«, brüllt er und sie ist so erschrocken von seinem Ton, dass ihr Grinsen verrutscht.

»Hey!«, ruft Eris. Aus ihrer Perspektive wirkt sie gelassen, aber im Inneren des Autos hat ihre Hand den Türgriff umklammert und sie ist bereit, rauszuspringen. »Hast du wieder getrunken, Voxter?«

Für einen winzigen Augenblick huscht etwas über sein Gesicht. Dann schiebt er den Kiefer vor, um es zu verdrängen, und lässt Jenny los. Er deutet mit seinem Stock auf Eris.

»Schön wär's«, schnaubt er und macht auf dem Absatz kehrt, um auf die Baumgrenze zuzuwanken. »Aber es gibt nicht genug Alkohol auf der Welt, um euch beide zu ertragen.«

Jenny sieht ihm nach und in ihren Augen steht ein verwirrter Ausdruck, als hätte sie nicht ganz verstanden, was gerade passiert ist. Trotzdem ist ihr Lächeln wieder da, als sie sich uns zuwendet. »Wo wollt ihr Kids hin?«, fragt sie.

Eris imitiert Jennys wegwerfende Geste von zuvor und tritt aufs Gas. »Geh schlafen, Jen.«

Ich bleibe stumm, nachdem wir die Hollows verlassen haben und auch als wir am Wald des Schrottplatzes vorbeikommen. Die kahlen Äste ragen in den weiten, sternenklaren Himmel und die Waffen auf der Ladefläche des Trucks klappern im Fahrtwind. Eris fragt, ob ich Musik hören will, und ich sage Ja. Dann fange ich wieder an zu schluchzen. Sie dreht die Lautstärke hoch, legt einen Arm um mich und hält mich fest. Ihre Finger mit dem schwarzen Nagellack ruhen unten auf dem Lenkrad. Es gibt keine Straße, nur den Staub, das All und uns.

»Willst du irgendwohin?«, flüstert Eris und es dauert ein paar Augenblicke, bevor ich Nein sage. Sie fährt einfach weiter. Es ist völlig egal, ob sie im Kreis oder immer schnurgeradeaus fährt.

Meine Tränen durchnässen ihr Shirt, während ich in ihrer Armbeuge schluchze. Ich beobachte, wie sich der Stoff ihrer Baumwoll-Jogginghose am Knie spannt und wieder locker fällt, während sie aufs Gas tritt und den Wagen dann rollen lässt, kurze, geschmeidige Beine, die in schwarzen Stiefeln stecken. Die Badlands sind so flach – alles ist zu Staub zermahlen von zahllosen verdammten, sinnlosen Kriegen –, dass sie den Blick von der Straße nehmen und mich ansehen kann.

Sie legt die Hand an mein Gesicht, schiebt den Finger unter das Band meiner Augenklappe und zieht sie ab. Das Material ist von meinen Tränen durchnässt und die Haut darunter wundgerieben. Ich halte das Auge geschlossen und lasse es Salz bluten und davon verkleben.

Ich sehe auf und Eris senkt den Kopf, um einen Kuss auf das geschlossene Lid zu hauchen. Flüchtig wie der Flügelschlag einer Motte.

Ich reiße beide Augen weit auf und sie ist in Rot gebadet, das Glühen hüllt ihre Züge ein, diese herrlichen, fatalen Züge. *»Halt sofort an«*, sage ich. Sie tut es und ich liege draußen in den Badlands, der Sand gräbt sich in meine Knie und ich entleere meinen Magen in die Wüste.

Ich lehne mich gegen den Reifen. Eris setzt sich neben mich. Der Sternenhimmel erstreckt sich über uns und lauscht aufmerksam.

»Du musst das nicht tun«, sagt Eris, doch sie lügt und wir beide wissen es. Denn wir befinden uns im Krieg und Menschen sterben in Massen und das ist nicht richtig. Deshalb spielt es keine Rolle, dass ich zu jung hierfür bin, dass es mich zerstören wird.

Es spielt keine Rolle, ob ich das überleben kann. Was zählt, ist, dass ich es durchziehen kann.

Wir können keine Kinder sein, weil wir gewinnen müssen.

»Doch, muss ich.«

Sie schweigt eine Zeit lang. Auf unerklärliche Weise weiß ich, dass wir Richtung Silvertwin blicken. Ich frage mich, ob die Fotos noch auf den Nachttischen meiner Eltern stehen und ihre Kleider noch im Schrank hängen, eingehüllt in den Geruch der Erde.

»Die ganze Welt soll verrecken«, flüstert Eris. »Lass uns einfach hier sitzen und dabei zusehen.«

Die Kälte lässt die Grenzen meines Körpers verschwimmen, mein Bein, das gegen ihrs drückt, ist der einzige Teil von mir, der sich real anfühlt.

»Lass mich am Himmelstag nicht sterben, Eris«, wispere ich. »Ich hab Angst zu sterben.«

»Du wirst nicht sterben«, versichert sie und ihr Tonfall ist entschlossen. Ihr Blick ist auf den Punkt gerichtet, wo der Himmel die Erde berührt. »Du schaffst das und du wirst nach Hause kommen.«

Meine Schultern beben, aber ich habe keine Tränen mehr. Ihre Finger finden meine im Sand.

»Es ist okay, Angst zu haben«, flüstert sie.

»Du hast nie Angst.«

»Ich habe ständig Angst.«

»Wovor?«

Sie schüttelt den Kopf, doch ich kann erkennen, dass sie mit den Worten ringt. Es dauert ein paar Augenblicke, sie hält die Luft an und stößt sie dann aus. »Vor allem.«

Die Nacht seufzt und dehnt sich aus. Ich habe das Gefühl, seit Jahren nicht geschlafen zu haben, und als ich mit dem Kopf in ihrem Schoß wegdämmere, falle ich in eine köstliche Leere. Alles ist still.

Und schnell vorbei. Ich werde wachgerüttelt. Ich schrecke auf, atme instinktiv ein und habe Sand im Mund. Eris steht vor mir und zieht mich auf die Füße.

»Sona«, fleht sie. Die Sterne spiegeln sich in ihren panisch geweiteten Augen. »Sona, steh auf, ich rieche Rauch.«

35

SONA

Am Eingang zu den Ruinen kommen wir am ersten Phönix vorbei. Seine Glieder sind verdreht wie die einer Stoffpuppe, die Füße im zerstörten Fundament eines Hauses vergraben, die Thermalkanone ein Stockwerk höher auf eine Betonwand gestützt. Der Kopf liegt mitten auf der Straße, kurz vor dem Wald, der Hals bohrt sich in den Dreck. Der Pilot hängt halb aus dem rechten Auge und das Glas hat sich in seine Eingeweide gebohrt.

Eris stellt nicht mal den Motor ab, bevor sie aussteigt und sich über den schwarzen Schweißerhelm des Windups auf seine Brust zieht. Ich hole mein Schwert von der Ladefläche des Trucks und renne hinter ihr her, als sie auf die Baumgrenze zustürmt. Sie ignoriert die Stimmen, die ihren Namen rufen, und die Flammen, die aus dem winterlich kahlen Wald züngeln.

Ich kann nichts sehen und es fühlt sich an, als sollte in der glühenden, grauen Leere Stille herrschen. Doch von überallher kommen Schreie. Schritte erschüttern den Boden und bringen mich von meinem Weg ab. Aus dem Rauch erklingt ein Kreischen, das einem die Seele zerspringen lassen könnte, und ein weiteres Beben reißt mich von den Füßen. Das Eis ist verschwunden, hat sich in Schlamm verwandelt, der an meinen Knien und Handflächen klebt und bis zu meinem Kiefer spritzt. Dann bewegt sich der Dunst. *Wie viele …?*

Der Stiefel eines weiteren Phönix landet Zentimeter vor meinen Fingerspitzen und sofort breitet sich ein unangenehm kribbelndes Gefühl auf meinem bloßen Nacken aus: Die Hitze, die das Metall abstrahlt, verbrennt meine Haut. Ich weiche zurück und schmiere mir Erde auf den Hals. Dann packt eine Hand meinen Unterarm und zieht mich auf die Füße. Mit einem unterdrückten Grollen legt Eris ihren Handschuh an den Phönix und rammt ihren Stiefel in das Metall. Der Mecha erzittert und mir stehen sämtliche Haare zu Berge, als der Dunst sich erneut bewegt und Finger auftauchen. Eine gewaltige Hand senkt sich aus dem Himmel herab. Eris schreit mir etwas Unverständliches zu und drängt uns beide durch die gezackte Öffnung, kurz bevor die Faust des Phönix in den Boden einschlägt.

Es bleibt keine Zeit für eine sauber ausgeführte, kluge Jagd. Wir begeben uns auf direktem Weg zum Piloten. Manchmal entdeckt Eris eine Bewegung und verschwindet über mir. Es folgt ein schriller Schrei, bevor sie wieder auf der Leiter auftaucht, und jedes Mal klingt ihr Knurren noch animalischer. Als wir den Kopf erreichen, brauchen wir weniger als drei Sekunden. Mit einem Schwerthieb durchtrenne ich die Kabel, der nächste öffnet dem Piloten die Kehle. Wir rutschen zu den Beinen hinunter und treten wieder auf die verbrannte Erde hinaus.

Als ich den Kopf hebe, erkenne ich, dass der Phönix uns auf den Hof der Hollows gebracht hat – oder das, was davon übrig ist. Die Ahorne sind nur noch glänzende, lodernde Nadeln und brennende Trümmer regnen auf den Betonweg. Ruß bedeckt jede Oberfläche. Als Gearbreaker schreiend an uns vorbeirennen, sehe ich, dass sogar ihre Zähne schwarz sind.

Über uns bewegen sich die Phönixe als undeutliche Silhouetten hinter dem Vorhang aus Rauch – Finger oder Kanonen oder das Aufblitzen von roten Augen, die Flammen versprühen. Sie haben den Himmel selbst in Brand gesetzt. Sie haben uns wie Kieselsteine in die Zwillingshöllen geworfen.

»Gwen!«, ruft Eris und steuert auf zwei Leute zu, die auf die Baumgrenze zulaufen. Sie verlangsamen ihre Schritte und als sie sich umdrehen, wenden sie uns mit Asche und Schweiß verschmierte Gesichter zu. »Seung! Was in den Höllen … was …?«

Gwen stützt sich schwer auf Seung und er hat einen Arm unter ihren geschlungen. Ihr Bein steht in einem unnatürlichen Winkel ab.

»Oh Scheiße, du lebst«, stöhnt Gwen und legt eine Hand an Eris' Kinn. Ihre Handflächen sind verbrannt, die Haut hat ein wütendes Rot angenommen. Sie weint, während sie spricht, während sie betet: »Den Göttern sei Dank. Oh, danke, Götter …«

»Wir waren nicht hier.« Eris saugt gierig Luft ein, ihre Stimme ist heiser. »Was ist passiert? Wie haben sie uns gefunden …?«

»Sie kamen aus allen Richtungen«, krächzt Seung. »Als Erstes sahen wir sie im Süden, da ging der Alarm zuerst los, aber im Norden, die Wohnheime … Ich denke, wir haben mindestens ein Dutzend von ihnen plattgemacht, aber …«

»Jenny«, fleht Eris und ihre Hände zittern. »Seung, wo ist Jenny?«

»Sie war am Leben, als ich sie zuletzt gesehen habe.«

Eris zittert und stützt sich auf ihre Knie. »Oh Götter«, sagt sie wieder und wieder, während unser Zuhause um uns herum zusammenbricht. Sie klammert sich an mich. »Oh Götter, oh Götter, oh Götter, Glitch, was machen wir, was machen wir jetzt?«

»Wir müssen los«, antworte ich, lege eine Hand auf ihre Schulter und schüttle sie. Die andere drückt ihre fest. »Eris, wir müssen los!«

Sie hebt den Blick und richtet ihn dann mit einer solch starren, greifbaren Angst auf einen Punkt hinter mir, dass sie auf mich übergeht. Ich drehe mich um und folge ihrem Blick, und all der Lärm vereint sich zu einem einzelnen schrillen Ton.

Auf der anderen Seite des Hofs, vor dem, was einst der Wohnheimkomplex war, kauern zwei Gestalten tief geduckt auf der staubigen Erde. Doch es ist nicht ihre Vertrautheit, die mir das Blut in den Adern gefrieren lässt. Ihre Anwesenheit macht das Fehlen der anderen drei Gearbreaker, die bei ihnen sein sollten, überdeutlich.

Eris' Hand gleitet aus meiner und wir rennen. Theos Kopf ruht an Novas Hals und seine Tränen rinnen über ihr Schlüsselbein, ihre tropfen von ihrem Kinn in sein Haar. Ihre Finger, die sie hinter seinem Rücken verschränkt hat, erzittern unter jedem seiner bebenden Atemzüge.

»Wo sind sie?«, schreit Eris und beugt sich über sie. Novas Kopf zuckt nach oben, ihr Blick benommen und verstört. Ihre feuchten grünen Augen leuchten in dem schwarzen Ruß, der ihr Gesicht bedeckt. »*Wo sind sie?*«

»Arsen und June sind zurückgegangen, um Xander zu holen«, schluchzt Nova. Theo schaudert erneut und sie umklammert ihn fester. »Wir sind zusammen die Treppe runtergekommen, Eris, ich *schwör's*, Aber als wir draußen waren, war er einfach weg!«

Eris wirbelt auf dem Absatz herum und ich sehe, wie sich ein Gedanke formt. Sie macht einen Schritt und ich reiße sie um. Wir beide landen auf der verbrannten Erde.

»Lass mich los!«, kreischt sie völlig außer sich.

Ich umklammere sie fester und drücke sie zu Boden. Mit einem erschreckend klaren Knacken trifft ihre Faust meinen Wangenknochen. Ich ignoriere sie und blicke zu dem von Flammen eingehüllten Komplex auf. Selbst aus vier Metern Entfernung brennt die Hitze auf meiner Haut. Ich lasse zu, dass sie mich zwei-, drei-, viermal schlägt und ihr Knie in meine Magengrube treibt. Erst als sie nach meiner Augenklappe greift, senke ich den Blick, und als hätte ich einen Schalter umgelegt, bricht Eris in Tränen aus. Sie presst sich die Hände vor die Augen und ihr Mund verzerrt sich zu einem krächzenden, unmenschlichen Heulen. Es ist vernichtend. Tränen rinnen zwischen ihren Fingern hindurch

»June! Arsen!«, ruft Nova und ich bin so erschrocken von ihren Namen, dass ich meinen Griff lockere. Eris boxt mir in die Seite. Sie kommt auf die Füße, hechtet auf die Türen zu und entgeht meinem Versuch, ihren Knöchel zu packen.

Zwei Gestalten tauchen aus dem Inferno auf: eine mit kleinen Löckchen und zu einer angespannten Linie zusammengepressten Lippen und ein Mädchen mit haselnussbrauner Haut und leuchtend grünem Haar, dessen Lippen einen markerschütternden Schrei nach dem anderen ausstoßen. Arsen hat Juniper fest um die Taille gepackt und läuft rückwärts, während sie strampelt und nach der leeren Luft greift, um in die Flammen zurückzukehren. Ihr Ellbogen trifft Arsens Nase.

Er zuckt heftig zusammen und wirft einen panischen Blick über seine Schulter.

»Hilf mir!«, fleht er, als Eris ihn erreicht.

Sie packt Junipers Handgelenk, als diese wieder um sich schlägt, und als Juniper herumwirbelt, ist zu erkennen, dass der Pony, der ihr Gesicht eingerahmt hat, angesengt ist. Die Strähnen wirken kränklich und kleben an ihren tränenüberströmten Wangen. Ihr Schreck hält weniger als eine Sekunde an, bevor ihr Kopf wieder zur Tür zurückzuckt.

»Xander!«, kreischt Juniper und wehrt sich gegen Eris und Arsen. »Ich muss ihn holen! Lasst mich los! Ich brech dir die scheiß Nase, Arsen, ich schwör's bei allen verfluchten Göttern, ich bring dich um! Lasst mich los! *Xander! Xander!*«

Arsen muss all seine Kraft aufbringen, um sie festzuhalten. Falls ihr die Luft ausgeht, macht sich das in ihren Schreien nicht bemerkbar.

»Bitte, June«, flüstert er wieder und wieder. »Es ist vorbei, bitte …«

»Nein, nein, *nein*!«

»Er ist tot, June«, brüllt Arsen und vergräbt sein Gesicht in ihren Haaren. Er bricht in die Knie. Juniper erschlafft und ihr Blick geht ins Leere. »Er ist tot«, schluchzt Arsen. »Wir waren zu spät.«

Nova presst sich eine Hand auf den Mund. Theo hebt den Kopf und blinzelt sie träge an. »Bist du okay?«, fragt er. Sein Blick ist tränengetrübt und entrückt, weit weg von all dem hier.

Nova bricht einfach in seinem Schoß zusammen. Geistesabwesend streichelt er über ihren Rücken und blickt sich um. Die Kids tragen ihre Pyjamas, sind barfuß und ihre Fußsohlen sind schwarz.

»Milo«, sagt Theo mit einem Lächeln. »Du lebst.«

Als ich mich umdrehe, ragt eine Gestalt hinter mir auf. Dieses Mal ist da kein aggressiver Funke in seinen Augen, als er meinem Blick begegnet, und das liegt nicht nur daran, dass der Rauch alles verschwimmen lässt. Ich senke den Kopf und trete zur Seite, um ihn vorbeizulassen, und er legt einen Arm um die Schultern seines Bruders.

»Wir müssen weg, Eris«, sagt Milo mit einem Blick zu ihr. »Eris, wir müssen weg, *sofort.*«

Sie hört ihn nicht. Sie steht aufrecht und so unglaublich, unfassbar still da, während unser Zuhause vor ihr niederbrennt. All die Bilder an den Wänden. All ihre Bücher. Die Musikkassetten im Gemeinschaftsraum, der Tisch, auf dem wir getanzt haben, und der Teppich, auf dem wir in den kalten Nächten alle zusammen geschlafen haben, zusammengekuschelt wie neugeborene Kätzchen. Ihr Jüngster, übersät mit Tattoos. Alles fällt den Flammen zum Opfer.

Tränen trüben meinen Blick – es sind also doch noch welche übrig – und ich strecke den Arm nach ihr aus. Ich muss mir die Worte abringen, weil auch ich das nicht tun will. Ich will das Zuhause, von dem ich nie geglaubt hätte, dass ich es haben kann, nicht den Flammen überlassen. »Eris, wir müssen ...«

Sie wirbelt herum, doch statt dem Schock, den ich auf ihrem Gesicht erwartet hatte, sehe ich Wut und weiß, dass sie durch ihren Schleier hindurch nicht mich sieht. Sie sieht nur die Augenklappe und die Jacke und hört nur das Summen. In diesem Augenblick sieht sie Pilot Zwei-Eins-Null-Eins-Neun.

Ich erkenne es, noch bevor sie ihre Handschuhe hebt.

Ich ducke mich gerade rechtzeitig, bevor der Schuss sich löst, an meinem Ohr vorbeizischt und die brennenden Äste über uns trifft. Ich brauche nur eine Sekunde, um wieder auf die Beine zu kommen, und als ich aufsehe, hat sich der Ausdruck auf ihrem Gesicht verändert.

»Sona«, raunt Eris und dieses eine Wort ist mit Schuldgefühlen überladen. »Warte, ich wollte nicht …«

Sie streckt die Hand nach mir aus und ich stolpere zurück. Ich setze ein Lächeln auf, das falsche, von dem ich dachte, ich hätte es in der Akademie zurückgelassen.

»Schon gut«, sage ich und entferne mich. Ich deute mit dem Kopf auf Milo. »Kümmer dich um dein Team. Ich … Ich mach mich irgendwo nützlich.«

»Warte, Glitch!«, setzt sie an, aber ich bin bereits losgerannt.

Wie kann ich so schnell laufen – der Wald verschwimmt, die Bäume nur noch Nadeln, die wie abgebrochene Zähne wirken –, wenn es sich anfühlt, als hätte ich Steine um den Hals und um die Knöchel gebunden?

Liegt es nur daran, dass ich etwas zerstören will? Ist es einfacher in einer Welt wie dieser zu leben, wenn man mit Wut im Bauch lebt?

Aber alles um mich herum ist bereits zerstört, zu Asche verbrannt. Ich entdecke einen toten Phönix, bahne mir einen Weg durch seine Eingeweide und hoffe, irgendwo noch eine Wache zu finden, in der noch ein bisschen Leben steckt. Ich entdecke nur starre Blicke und erschlaffte Körper. Selbst die Pilotin, die in ihren bunten Drähten hängt, zuckt nicht mehr, als ich ihr in den Bauch trete. Armselig und geistlos, es macht mich wütend.

Ich reiße mir die Augenklappe vom Kopf und lasse sie neben die tote Pilotin fallen. Als ich wieder hinaustrete, hat die Welt sich nicht sonderlich verändert. Verwüstung hat nur eine Farbe.

Ich beuge mich vor und spucke den Ruß aus, der sich auf meiner Zunge gesammelt hat. Als ich mich aufrichte, kommt jemand auf mich zu. Er hat ein großes Gewehr über die Schulter geworfen und der Enterhaken, mit dem es geladen ist, glänzt in den Flammen bedrohlich.

»Du bist noch hier«, knurrt Voxter und beobachtet, wie ich mir dunkel gefärbte Spucke von den Lippen wische. Mit der Hand hat er seinen Stock umklammert, doch statt des üblichen Holzdorns endet er nun in einer Klinge.

»Sieht so aus.« Ich atme ein, doch meine Lunge füllt sich nur mit Rauch. »Sie haben nach dem Erzengel gesucht.«

»Und sie werden weitersuchen«, keift er. »Diese verdammten Shindanais. Mechas auf meinem Campus. *Piloten*, die frei herumspazieren. Dieser Ort brennt schon seit Wochen.«

Er hebt seine Klinge und lässt sie auf meinen Hals herabsausen. Ich weiche ihm mühelos aus – das, ja, *das* kann ich – und ziehe mein eigenes Schwert. Schlamm schmatzt unter meinen Stiefeln, während wir einander umkreisen.

»Ich will nicht kämpfen.«

»Wir kämpfen nicht«, erwidert Voxter mit einem freudlosen Grinsen im Gesicht. Es ist angespannt, als wüssten seine Muskeln nicht, wie sie es aufrechterhalten sollen. »Du wurdest von deinen Leuten getötet, niedergetrampelt, bei lebendigem Leib verbrannt – nein, vielleicht hast du den Schwanz eingezogen und bist zurück nach Hause gerannt.«

»Mein *Zuhause* ist gerade abgebrannt.«

»Die Akademie steht noch.«

Ich greife an und es ist so einfach, seine Verteidigung zu durchdringen und ihn in den Matsch zu schicken. Ich trete auf sein Handgelenk. »Ich bin in dem hier so viel besser als du«, raune ich. Die Spitze meines Schwerts, an der noch das

Blut des Phönix-Piloten klebt, schwebt über seiner Kehle. »Du magst ein Rebell sein, aber ich bin ein Killer. Du solltest dich glücklich schätzen.«

Ich bewege meine Hand. Er zuckt zusammen, doch ich ritze nur einen kleinen Riss in den Kragen seiner Canvasjacke. Der Schlamm seufzt, als ich meinen Fuß von ihm nehme. Auf meiner Zunge und zwischen meinen Zähnen klebt immer noch Ruß. Ich fühle mich beschmutzt, meine Adern pumpen langsam und schwerfällig unter dem Dreck. Ich könnte weinen, aber ich habe keine Tränen mehr. Ich könnte trauern, aber ich weiß nicht, wo ich anfangen soll.

»Du wirst nie eine von uns sein!«, brüllt Voxter auf dem Rücken liegend hinter mir her. Seine Glieder suchen auf der Erde nach Halt. »Du wirst niemals menschlich sein!«

»Wir befinden uns im Krieg, Voxter.« Ich drehe mich nicht um. Die Welt bricht um uns herum zusammen. »Wir brauchen keine Menschlichkeit. Wir müssen gewinnen.«

36

ERIS

»Eris?«

Ich weiß nicht, wer da spricht. Es scheint zu viel verlangt, herauszufinden, welche Stimme zu wem gehört, und um ehrlich zu sein, scheinen sie auch zu weit weg zu sein, als dass es eine Rolle spielen würde.

»Eris, du musst was essen.«

»Wo ist sie?«

»Unter dem Bett, Novs.«

»Oh.«

»Sollen wir Jenny holen?«

»Jenny ist beschäftigt.«

»Was ist mit …?«

»Hör auf.«

»Götter, Milo, könntest du einfach …?«

»Sie will nicht den Bot.«

»Hör auf.«

»June, du hast gesehen, was sie …«

»Ich hab gesagt, *hör auf*! Du kannst dich verpissen! Wer hat dich überhaupt gebeten, zurückzukommen! Lass mich *los*, Arsen! Ihr könnt alle verrecken! Ihr könnt in eurem Hass schmoren und verrotten!«

»Juniper, warte ...«

Schritte. Eine Tür schlägt zu. Die Spinnweben an der Fußleiste flattern.

»Geh ihnen nicht nach, Milo.«

»Jemand muss dieses Team anführen.«

Jetzt lacht Theo und es klingt finster. »Bist du deshalb hier?«

»Spar dir deinen Atem. Es gibt genug andere, unter denen du dir ein Feindbild suchen kannst. Kann einer von euch sie dazu bringen zu essen?«

Dieses Mal schließt sich die Tür sanfter. Jemand kriecht auf das Bett.

»Na, willst du rummachen?«

»Runter vom Bett, Novs.«

»Sie benutzt es nicht.«

»Wir müssen Glitch holen.«

»Ha! Wir müssen *gar* nichts tun, Theolein! Wir sind so *am Arsch*, dass das alles keine Rolle mehr spielt!«

Sie fängt an zu weinen. Ich schlage mir die Hand vor den Mund und rolle mich zusammen.

»Komm.«

Ihr Gewicht verlässt das Bett. Ich höre, wie sie an der Tür stehen bleiben.

»Eris«, sagt Theo mit erstickter Stimme. »Ich liebe dich und Xander war nicht deine Schuld. Nichts hiervon ist deine Schuld. Aber du musst dich zusammenreißen, wir brauchen dich.«

Steh auf.

Sie brauchen dich.

Komm auf die Beine verdammt noch mal.

Das Fensterbrett ragt knapp unter das Bett und ein schmaler grauer Lichtstreifen fällt auf mich.

Du musst dich bewegen.

Ich muss mich bewegen.

Ich beobachte, wie der Schnee versucht, einzudringen.

Als es dunkel wird, kommt jemand ins Zimmer und stellt eine Thermoskanne neben den Bettpfosten. Ich habe seit Tagen nichts gegessen, weil allein der Akt des Schluckens einfach nur lächerlich ist. Füll deinen Magen, damit du nicht stirbst, Eris. Als könnte ich nach einer vollwertigen Mahlzeit nicht trotzdem verbrennen.

Ich sage: »Hab keinen Hunger«, und Sona antwortet: »Zu schade.«

Ich zucke zusammen und schlage mir den Kopf an der Unterseite des Bettrahmens an, aber sie ist bereits gegangen, als ich mich auf die andere Seite gedreht habe.

Weil es mir elendig geht und ich so hoffnungslos in sie verliebt bin, esse ich die Suppe. Ich verspüre das Bedürfnis, aufzustehen und ihr die leere Thermoskanne zu zeigen. Aber das würde erfordern, sich zu erheben und sich zu bewegen, und ich habe nichts Besseres zu sagen als: *Ich hab aufgegessen und es tut mir leid, dass ich versucht hab, dich zu töten*, also bleibe ich, wo ich bin. Dieses Mal behalte ich die Tür im Auge. Vielleicht kommt sie zurück. Vielleicht weiß ich dann, was ich sagen soll.

Sie kommt nicht zurück.

Vor Tagesanbruch schnappe ich mir einen Mantel und eine Decke und krieche über das Bett zum Fenster. Schnee fällt auf die Matratze, als ich das Fenster öffne und in die Straßen von Winterward schlüpfe. Die Stadt ist ein langjähriger Verbündeter der Gearbreaker und unsere Verstecke ziehen sich am See entlang. Es ist totenstill und die elektrischen Laternen sind mit Schnee bedeckt, sodass die Straßen nur schwach beleuchtet werden.

Ich bahne mir meinen Weg zum Ende der Stadt, finde eine schöne, tiefe Schneewehe an der Baumgrenze und lege mich hin. Ich kann meine Nasenspitze, meine Zehen und meine Finger schon nicht mehr spüren. Mein Haar ist um meine Ohren herum steifgefroren und meine Wimpern sind mit Eis überzogen, doch ich schließe die Augen sowieso. Ich bin mir vage bewusst, dass mir nicht mehr viel Zeit bleibt, bevor ich erfriere, aber ich sehne mich nach der Taubheit, nach dem Schlaf und bin zu müde, um mir über die Folgen Gedanken zu machen.

Das ist doch nicht zu viel verlangt. Und doch tritt mir ein paar Minuten später jemand gegen den Oberschenkel.

»Du Hurens…«, brülle ich und springe in einer Schneewolke auf. Vielleicht ist ein Kampf genau das, was ich brauche – wer will schon erfrieren, wenn ich mich auch schlicht und einfach von jemandem k. o. schlagen lassen kann? –, doch sobald mein Blick sich klärt, erstarre ich. Jenny legt den Kopf schräg und ihr eingeschneiter Pferdeschwanz wippt.

»Beleidige Mom nicht so«, sagt sie, bevor sie mir die Thermoskanne in ihrer Hand anbietet. »Heiße Schokolade? Gibt's hier massenhaft. Sehr passend. Auch wenn ich keine Kühe gesehen habe.«

»Hab keinen Durst.«

»Wie du willst.«

Sie nimmt einen Schluck und lehnt sich gegen einen Prickelholzbaum. Ihre Stiefel reichen ihr bis über die Knie, gerade hoch genug, um gegen den Schnee anzukommen.

»Schon ironisch, was?«, flüstert sie. »Eben noch war es sengend heiß und jetzt ein Schneesturm.«

Ich schweige. Jenny blickt von oben auf mich herab, doch statt dem erwarteten Schalk entdecke ich in ihrer Miene … etwas sehr Jenny-Untypisches.

»Tut mir leid wegen dem halben Hemd«, sagt sie leise. »Xander. Das hatte er nicht verdient.«

Ich entspanne meine Schultern. »Luca auch nicht.«

»Oder sonst einer von ihnen«, fügt Jenny hinzu. »Also, was werden wir deswegen unternehmen, Schwesterherz?«

»Du hast einen Plan.«

»Wir hatten schon einen. Er hat sich nicht geändert. Godolia hat von dem Erzengel gehört und die Phönixe geschickt, um ihn zu zerstören. Sie gehen also davon aus, dass er zerstört ist, richtig? Wenn wir das Überraschungsmoment vorher nicht auf unserer Seite hatten, jetzt haben wir es definitiv.«

»Gehört?«, wiederhole ich mit gesenkter Stimme.

Sie nimmt einen weiteren Schluck heiße Schokolade, bevor sie sich abwendet und zurück ins Dorf stapft. Sie bedeutet mir, ihr zu folgen.

»Ich denke, wir haben einen Maulwurf in unseren Reihen, Eris«, sagt Jenny beiläufig und ich stolpere beinahe.

»Ich dachte, es wäre wegen des Helikopters gewesen«, raune ich. »Dass sie uns so gefunden hätten …«

»Vielleicht. Aber dieses Risiko werde ich nicht eingehen. Der Himmelstag ist in achtundvierzig Stunden. Sag nur denjenigen, denen du vertraust, dass der Plan umgesetzt wird.«

»Ich vertraue allen Gearbreakern.«

Jenny wirft mir einen Seitenblick zu. »Hab ich dir nicht beigebracht, immer die Augen nach dem nächsten Schlag offen zu halten? Und Eris, jeder – wirklich *jeder* – hier schlägt fest zu.«

»Ich weiß. Und du hast mir auch beigebracht, immer wieder aufzustehen.«

»Und fester zuzuschlagen.«

»Und schneller.«

»Und wieder und wieder«, singt sie.

Sie bleibt stehen, um eine Hand in die Hüfte zu stemmen und in die stillen Straßen zu starren, die sich vor uns winden. Der Schnee dämpft alles, obwohl es nicht viel mehr Geräusche gäbe, wenn der Boden nicht eingeschneit wäre. Wir haben die Hälfte der Gearbreaker verloren, die Hälfte von uns selbst. Es gibt nicht ein Team, das keine Verluste erlitten hat, nicht eine Seele wurde nicht von Trauer erschüttert. Einschließlich Jens. Ihre Augen sind gerötet, ihre hübschen Züge geschwollen, ihre Lippen aufgesprungen und trocken. An ihrem Hals lugt die Ecke eines Pflasters unter ihrem Schal hervor. In einem morbiden Anflug frage ich mich, ob ihre Tattoos intakt sind, ob die Tinte genauso brennt wie alles andere.

»Wir brechen in zwei Tagen vor Sonnenaufgang auf. Sag Glitch Bescheid.«

Ich zögere nur ganz kurz, bevor ich nicke, doch es entgeht ihr nicht.

»Was?«, faucht sie. »Was ist los?«

»Ich … Ich glaub, ich hab's mit Sona versaut. Ich dachte, sie … Ich hab meine Handschuhe erhoben und …«

»Heilige Scheiße, hast du meine Pilotin getötet?«

»Götter, Jen!«

»Ich schwör, wenn du unseren Plan ruiniert …«

»Ich hab sie nicht umgebracht! Aber … sie und ich …«

Jen sieht mich lange an. »Dann bring das wieder in Ordnung. Entschuldige dich.«

Ich schüttle den Kopf. »Ich hab das Gefühl, ich tu nichts anderes, als mich bei ihr zu entschuldigen.«

»Dann sieh zu, dass es diesmal ankommt«, sagt Jen gelangweilt. »Ganz ehrlich, solang es ihre Fähigkeiten nicht beeinträchtigt, könnte mir euer kleiner Beziehungsstreit nicht egaler sein.«

»Es ist nicht …«

»Nicht was, Eris?«, unterbricht sie mich gelassen. »Nicht wichtig? Nicht aufwühlend? Nicht schmerzhaft? Sag mir, ist Miss Sona Steelcrests Anwesenheit für dich nicht wichtig oder aufwühlend oder schmerzhaft?«

Ich verziehe das Gesicht, während mir die Hitze in die Wangen steigt. Die alberne Wärme vertreibt die Taubheit und alles bricht über mich herein. »Ich wollte sagen, dass es nicht so ist.«

Jen grinst. »Na schön. Dann kannst du sie von mir aus umbringen, aber erst *nachdem* sie ihren Job erledigt hat. Die Schlampe hat mich schließlich in den Fluss geworfen.«

»Ich werde sie nicht umbringen.«

Ihre Miene verfinstert sich. Jen beugt sich über mich und ihr Finger bohrt sich in meine Brust. »Nein? Dann bring das in

Ordnung«, knurrt sie. »Bring das in Ordnung, weil du es tun musst und weil du sie *brauchst.*«

»Ich …«

»Hörst du mir eigentlich zu? Reiß. Dich. Zusammen. Du musst für dich rausfinden, wen du brauchst, denn das sind die Leute, zu denen du nach Hause zurückkommst. Sie sind der Grund, warum wir immer noch ein Zuhause *haben.*« Ihr Finger legt sich unter mein Kinn. Sie wirkt erschöpft, als hätte sie nicht geschlafen, seit ich sie zuletzt gesehen habe. Die Krähenfüße rahmen ihren finsteren Blick ein wie Kratzspuren. »Ich weiß, das ist viel verlangt. Ich weiß, wir haben viel verloren.«

Ihr Blick brennt sich in mich. Ich erkenne, dass sie gar nicht erschöpft ist. Sie ist wütend.

»Hörst du mir zu, Eris Shindanai? Wir haben nicht verloren und wir haben auch nicht alles verloren, also können wir weitermachen.«

37

ERIS

Gebrochen. Dieses Wort drängt sich mir auf, nachdem ich den Himmelstagsplan vorgestellt habe.

Wir sind auf dem Dachboden des Unterschlupfs versammelt und atmen Luft, die nach Staub riecht. Die gelben Platten der Isolierung lösen sich über den zusammengewürfelten Möbeln von der Decke. Ich hocke auf einem zusammengerollten Teppich und Sona sitzt am anderen Ende. Sie hat den Blick gehoben, aber nicht auf mich gerichtet, genauso wie der Rest von ihnen. Ich nehme es nicht persönlich. Es ist für alle leichter, zu Boden oder zur Decke zu blicken. Ihre Schultern sind gebeugt, was keinem von ihnen ähnlichsieht.

Der Anblick verursacht mir Schmerzen.

Salzkrusten kleben auf Arsens Wangen und er hat sich nicht die Mühe gemacht, sie abzuwaschen. Nova hat ihre Fingernägel längst bis zum Nagelbett abgekaut und nagt jetzt an der Haut, die bereits blutet. Juniper und Theo würden besser aussehen, wenn nicht offensichtlich wäre, dass sie seit Tagen nicht geschlafen haben, es nicht mal versucht haben.

Und dann Sona. Sie wirkt hohl. Ich wäre niemals auf die Idee gekommen, dass ich sie zu Boden schicken könnte. Doch aus irgendeinem Grund kommt mir dieser Gedanke jetzt – dass ich sie problemlos umstoßen könnte, weil sie es zulassen und mich nicht mal ansehen würde.

Gebrochen. Diese Kids sind gebrochen und das spiegelt so genau wider, wie sehr die Welt uns gefickt hat. Es ist schon fast *lächerlich*, und ich würde lachen, wenn ich mir nicht absolut bewusst wäre, dass ich stattdessen sofort anfangen würde zu weinen.

»Ich bin an einem Tiefpunkt«, höre ich mich leise sagen, »genau wie ihr alle. Es ist dunkel hier unten und schrecklich und wir werden noch eine Weile in diesem Loch festsitzen. Aber ich erlaube niemandem, sich daran zu gewöhnen. Ich brauchte … Ich brauchte etwas Zeit, aber ich stehe wieder, okay? Ich stehe und ich bin hier und wir haben einen Plan. Der Rest ergibt sich unterwegs, genau wie immer. Wie findest du das als Motivationsrede, Novs?«

Ihr Kinn taucht aus den Falten ihres Pullovers auf. »Geht so.«

Ich drehe den Kopf und betrachte Sonas Profil. »Es ist deine Entscheidung, Glitch.«

Ihr Blick ist auf den Boden geheftet. Ihre Augenklappe ist im Chaos verloren gegangen und ich habe nicht gesehen, dass sie versucht hätte, ihre Mod irgendwie anders zu verbergen. Die einzige Zeit, in der sie das Auge länger als für ein Blinzeln schließt, ist, wenn sie schläft, und selbst dann strahlt sein rotes Licht auf ihre Wange.

»Sie wissen, wo wir sind«, sagt Sona mit Überzeugung in der Stimme.

»Das tun sie nicht. Das können sie nicht. Wir sind doch noch am Leben, oder nicht?«, fragt Arsen und zupft Flocken aus der Isolation.

»Sollen sie nur kommen«, erklärt Nova. »Wir zerstören alles, was sie uns auf den Hals hetzen, wie wir es mit den Phönixen gemacht haben.«

Nun hebt Sona den Kopf. Ihr Blick wirkt nicht so leer, wie ich gedacht hatte. Es ist noch schlimmer – sie wirkt so traurig, dass mein Herz nicht einfach bricht, es verdreht sich und zerspringt und ich presse mir die Hände auf die Augen, als mir die Tränen kommen.

»Und verlieren dabei wie viele weitere Gearbreaker?«, entgegnet Sona und ihre Stimme zittert und wird lauter. »Seht euch an. Wenn ich *scheitere* ... Wer wird noch übrig sein, wenn ich scheitere, wenn sie uns wieder finden? Wer wird noch sterben, weil ich Vergeltung über sie bringe? *Götter* – zu wem soll ich nach Hause zurückkommen?«

»Das wird kein Problem sein, wenn du deinen Job erledigst«, raunt Juniper.

»Aber wenn ich ...«

»Wenn du scheiterst, komm nicht zurück.«

Ich bin angespannt und meine Hände gleiten von meinem Gesicht, als das Gift, das Juniper versprüht, schwer in der Luft hängt.

»*June*«, braust Theo auf.

»Weißt du, warum wir hier sind?« Juniper ist aufgestanden und hat die Hände auf Sonas Schultern gelegt, um den Blick ihrer zweifarbigen Augen vom Boden loszureißen. »Weißt du, warum wir hier sind, Glitch? Wir sind hier, um zu *sterben.*«

Ihre dunklen Augen lodern und wütende Tränen rinnen über ihre Wangen. Die Zahnräder auf ihrer Hand dehnen sich, als sie fester zupackt, und ihre eigenen Schultern beben. »Wir sind hier, um getötet zu werden und dann am nächsten Morgen aufzustehen und es wieder zu tun. Mach deine verdammten Augen auf. Komm heim, komm nicht heim. Brenn die Stadt nieder oder töte uns alle. Wenn du das tust, ob du scheiterst oder nicht, tust du das Richtige, weil du uns eine Chance gibst. Es ist nicht für Xander. Es ist nicht für die Toten. Es ist für *uns*, Glitch. Du tust es für uns und alle anderen, die unter Godolias Fuchtel leiden. Denn wenn du den Leuten Hoffnung gibst, haben wir am Ende mehr Gearbreaker, als wir gebrauchen können.«

Sie wartet darauf, dass Sona nickt, und sobald sie es getan hat, lässt June sie mit einem trockenen, humorlosen Lachen los.

»Kommt«, sagt Juniper und zieht Arsen am Ärmel auf die Füße. »Geben wir ihnen einen Moment.«

»Aber ...«, protestiert Nova, doch June packt sie mit der anderen Hand hinten am Pullover, während sie Arsen weiter festhält. Novas kurze Beine strampeln hilflos in der Luft, als sie vom Boden hochgehoben wird. »Was ...?«

Theo erhebt sich und folgt der Prozession die Treppe hinunter. Die Tür schließt sich hinter ihnen.

Jetzt begegnet Sona meinem Blick und hält ihn, doch ihre Schultern sind angespannt. Als würde sie erwarten, dass ich zurückweiche. Als würde sie sich in Stein verwandeln wollen, damit sie nicht zerbricht, wenn ich zurückzucke.

Ich nähere mich ihr und Sona sagt leise: »Eris.«

Es ist eine Warnung. Es ist offensichtlich in der Art, wie sie meinen Namen sagt, aber es ist auch diese ihr eigene Art, die ich so mag – es liegt Vorsicht darin, weil sie weiß, dass ich gefährlich bin. Sie weiß, dass ich zerbrechlich bin, und sie verurteilt mich nicht dafür. Sie kann sehen, dass ich aus sehr scharfen Splittern gemacht bin.

An ihrem Hals zeichnen sich Spuren ab von meinem Schuss auf sie. Ich habe versucht, ins Feuer zu rennen. Sie hat mich aufgehalten und ich habe sie dafür bestraft.

Langsam lege ich meine Stirn an ihre Schulter. Bete ich? Ich habe noch nie versucht, mit den Göttern zu sprechen – außer um sie anzuschreien, sie zu verdammen –, und ich weiß nicht, ob Beten sich beruhigend anfühlen sollte. Das hier tut es jedenfalls nicht, nicht wenn der einzige Gedanke, der mir durch den Kopf geht, ist: *Bitte weich nicht vor mir zurück.*

Sie weicht nicht zurück.

»Wie bringe ich das wieder in Ordnung?«, flüstere ich in ihre Schulter.

»Gar nicht. Du machst es besser.«

»Ich hätte dich fast umgebracht.« In meiner Kehle sitzt ein schmerzhafter Kloß. »Götter, Glitch, was wenn ich …?«

»Du bist schrecklich schlecht darin, mich umzubringen. Wahrscheinlich wirst du beim nächsten Mal wieder scheitern.«

»Hör auf.«

»Ich könnte ganz stillstehen, um ein einfaches Ziel abzugeben…«

»*Hör auf.*« Ich lehne mich zurück und ergreife ihr Gesicht. Ihre Miene tilgt alle Worte von meinen Lippen – sie lacht nicht, sie ist verzweifelt, und ich bin der Grund, oder zumindest der Auslöser. Meine Finger zittern an ihrem Kiefer. »Es tut mir leid«, sage ich, aber es ist nicht genug. »Es tut mir so leid, Sona.«

Ihre Hände legen sich um meine Handgelenke.

»Ich könnte dich hassen«, flüstert sie und ihre Worte sind wie ein elektrischer Schlag. »Ich könnte dich hassen, aber das würde mich umbringen, und so werde ich nicht für dich sterben.«

»Ich will nicht, dass du für mich stirbst«, sage ich hitzig. »Hörst du mir zu? *Das will ich nicht.*«

»Aber du würdest es für mich tun. Für alle. Das steht nicht nur dir zu, Eris. Du kannst die Leute nicht retten, ohne dass sie dasselbe für dich tun.« Ihr Blick bohrt sich in meinen. Ich versuche, mich abzuwenden, doch ihre Hände schließen sich um meinen Kiefer, zwingen mich unter der sanften Berührung ihrer Fingerspitzen stillzuhalten, und dann flüstert sie mit einem leisen, schroffen Schmerz in der Stimme: »Du kannst niemanden lieben und erwarten, dass er es nicht spürt.«

Ich weine. Natürlich weine ich. Ich habe ein Herz aus Stein, aber es zerspringt, wenn es zu schnell schlägt. Und ich liebe es, zu kämpfen, aber ich hasse diese Schlachten. Es ist nicht nur ein Krieg, aber ich habe nur ein Leben zu geben und sie haben es auf grausame Weise geformt. Ich bin nicht die, die ich sein will. Ich will sanft sein und mir von niemandem was gefallen lassen. Ich will in der Lage sein, jemanden zu lieben, vor dem ich keine Angst habe, und ich habe immer Angst, weil ich diese Kids *so sehr* liebe, dass es mir Angst macht, weil sie so leicht *verschwunden* sein können. Ich will Frieden, aber nicht immer, und ich will gute, markerschütternde Kämpfe und eine Familie, die am Leben ist und sich auf dem Teppich mit meinen Büchern ausstreckt, und mein Zuhause in dem Wissen verlassen, dass ich bald zurück bin.

»Ich …«, setze ich an und stolpere über die Worte. Ich schüttle den Kopf. »Irgendwann werde ich dem entfliehen.«

Sie lächelt leicht und ihre Mundwinkel zucken unter meinen Händen. »Was entfliehen, Eris?«

»Allem. Allem, was die Welt uns angetan hat, um uns zu zerstören.« Es ist ein Gebet. Es ist eine Kriegserklärung. »Es vergiftet mich, aber ich werde es nicht gewinnen lassen.«

38

SONA

HIMMELSTAG

Wir werden es nicht schaffen, denke ich bei mir, als der Truck erneut bockt und uns fast in die Wüste schleudert. Jenny, deren Frust überschäumt, hat wieder versucht, ins Steuer zu greifen. Novas dröhnende Musik und ihre endlosen Streitereien in der Fahrerkabine ergänzen einander perfekt. Entweder lösen sie im Team Lachanfälle aus oder erstauntes Schweigen über die Ernsthaftigkeit ihrer Drohungen.

»Du fährst in die falsche Richtung!«, brüllt Jenny.

»Ich folge den verdammten *Sternen*, Jen! Willst du mir ernsthaft erzählen, dass der *Himmel* sich gegen uns verschworen hat, um uns in die Irre zu führen?«, faucht Nova zurück.

»Ich gebe nicht dem Himmel die Schuld, Dummbratze, sondern *dir*. Du bist zu sehr mit deiner Musik beschäftigt, um drauf zu achten, wo du hinfährst. Ich sag doch, ich sollte fahren! Wenigstens würde ich schneller fahren als Schritttempo. Und ... und ... Hallo? Erde an Eisprinzessin?«

Nova ist verstummt, doch ihr Blick ist wild und definitiv nicht auf den Weg vor ihr gerichtet. Dann reißt sie das Steuer nach links und Jennys Kopf prallt gegen die Krümmung des Wagendachs.

»Beleidige nicht meinen Musikgeschmack«, sagt Nova gelassen, ihr Ton geschmeidig und zuckersüß, während Jenny wild vor sich hin flucht.

Etwa eine Stunde bevor die Müllberge des Schrottplatzes in Sicht kommen, kriecht der Sonnenaufgang über den Horizont. Das ist auch der Punkt, an dem der Geruch von verkohltem Holz die Luft durchdringt und der unaussprechliche Gestank von verbranntem Fleisch – wenn man irre genug ist, diese Unterscheidung zu machen. Juniper zieht sich den Kragen über die Nase und vergräbt ihr Gesicht an Arsens Schulter. Nova, die Stille nicht ertragen kann, wählt ihren unerhörtesten Song und dreht am Lautstärkeregler, bis er unter ihren hektischen Fingern fast abbricht.

Der Schrottplatz ersetzt den Gestank mit dem Geruch verrosteten Metalls und dem kalten, frischen Duft von Schnee. Nova manövriert das Auto methodisch durch das Labyrinth der Wracks und Baumstämme. Wir erreichen als Erstes die Flügelspitze des Erzengels. Im einen Moment sind noch Blätter über unserem Kopf, im nächsten Metall, nachdem wir Jennys Tarntechnologie passiert haben.

Sobald der Motor ausgeschaltet ist, übernimmt Jenny das Kommando, springt selbst mit dem Weidenkorb in ihren behandschuhten Händen mühelos auf den Flügel und von dort auf die Schulter.

Wir frühstücken auf der Brust des Mechas. Ein paar Thermoskannen mit heißer Schokolade und dick geschnittene Scheiben Milchbrot mit Marmelade mit Kernen vertreiben die Kälte der Luft. Ich genieße die Rückkehr der geflüsterten Unterhaltungen, die auch mal zu Sticheleien eskalieren, und das wohlige Gefühl eines vollen Magens.

Schließlich sind vom Brot nur noch Krümel übrig und die Sonne hat einen bestimmten Punkt am Himmel erreicht. Jenny steht aus ihrem Schneidersitz auf und wischt sich die Hände an ihren Jeans ab, bevor sie das Kinn hebt und ihre Augen abschirmt. »Ich hatte auf mehr Deckung gehofft«, murmelt sie.

Eris schüttelt den Kopf. »Spielt keine Rolle. Wir werden viel zu hoch fliegen, als dass jemand uns sehen könnte. Und auch weit jenseits der Reichweite der Mauerkanonen.«

Jennys Blick richtet sich langsam auf ihre Schwester. »Du gehst also mit ihr«, sagt sie tonlos.

Eris nickt nur knapp, bevor sie sich die Marmelade von den Fingern leckt. Aber als sie aufsteht und ihre Handschuhe aus ihren Taschen zieht, ist der Frieden gebrochen.

Das Team erhebt sich mit ihr. Eine unangenehme Stille breitet sich aus, während alle nach Worten suchen – was könnte noch gesagt werden, was nicht längst gesagt wurde? Ich beobachte, wie sie um Worte ringen, die der Rüstung eine weitere Schicht hinzufügen könnten, der Kammer eine weitere Rakete, ein weiteres Körnchen reines Glück.

Ich will nichts davon. Ich will ihre Stimmen nur noch einmal hören, um die Erinnerung daran zu nähren, dass ich ausnahmsweise nach einem Kampf etwas haben werde, zu dem es sich lohnt zurückzukehren.

Nova schluckt schwer. »Das ist der Endkampf, oder?«

Jenny schnaubt. »Hoffentlich nicht. Ein Kampf ist nicht Teil des Plans. Nur ein schnelles Massaker, rein und raus. Und sie sind vor Sonnenuntergang wieder hier. Würdet ihr jetzt die trüben Gedanken verscheuchen und von meinem Windup verschwinden?«

Das Team gehorcht, aber erst nachdem ein jeder Eris lange umarmt hat. Es gelingt ihr nicht, vorzugeben, sie würde die Geste nur widerwillig annehmen. Jenny begegnet meinem Blick über ihre Schulter hinweg und sie reckt das Kinn, um mir zu bedeuten, ihr zu folgen. Als ich vorbeigehe, ergreift Juniper meine Hand und zieht mich in eine Umarmung.

»Du wirst das großartig machen«, sagt sie atemlos und der Rest von ihnen fällt über mich her, schlingt die Arme um meine Taille und übersät meine Wangen mit Küssen, bis meine Haut glüht.

»Ich wünschte, ich könnte dabei sein«, sagt Arsen. »Aber ich bin sicher, wir werden die Erschütterungen noch in Winterward spüren.«

Theo strahlt und seine Sommersprossen verzerren sich. »Mach ihnen die Höllen heiß, Sona.«

»Wenn das vorbei ist, wirst du mehr Zahnräder als wir alle zusammen haben«, überlegt Nova und rollt mit den Schultern, wo sich unter ihrem Mantel auf ihren Schulterblättern ihre Zahnräder wie Flügel ausbreiten. Sie legt ihren Kopf schief. »Als wärst du nicht ohnehin schon mehr Mecha als der Rest von uns.«

»Novs!«, zischt Theo.

Nova streckt die Hand aus, zupft an einer meiner Locken und lacht fröhlich. »Ach, komm schon. Glitch weiß, dass ich nur Spaß mache.«

»Ich werd den Höchsten eure Grüße ausrichten«, sage ich mühelos lächelnd. Muskelgedächtnis. Endlich.

June drückt mich noch einmal, bevor sie sich zurücklehnt. »Wir sehen dich ganz bald zu Hause, okay?«

Ich blinzle.

Meine Götter – heilige *Höllen* –, ich habe tatsächlich ein Zuhause, in das ich zurückkehren kann.

Ich folge Jennys ungeduldigen Gesten und verlasse sie, damit sie sich noch ein bisschen um Eris scharen können, auch wenn deren nervöser Gesichtsausdruck ziemlich lustig ist.

»Vergiss nicht«, ächzt Jenny, beugt sich vor und öffnet die Zugangsluke, »die Rakete mit dem Magmaserum habe ich als Letztes in die Kammer geladen. Sie sollte sich bis zur untersten Ebene der Akademie durchbrennen, aber du musst ein ordentliches Loch ins Fundament schlagen, um sie richtig zu platzieren. Wir werden uns heute nicht zurückhalten. Du setzt *alles* ein. Verstanden?«

»Verstanden.«

»Und Sona«, sagt Jenny sanft. Sie richtet sich auf, legt die Hände auf meine Schultern und drückt fest zu. »Ich will, dass du weißt, dass ich mich nicht um dich schere. Kein bisschen. Mir egal, ob du lebst oder stirbst, solang du den Job erledigst.«

»Alles klar, Unnie.«

»Hör sofort damit auf. Und was Eris angeht, ich werde dich nicht bitten, dich um sie zu kümmern. Sie braucht niemanden, der sie beschützt. Komm ihr einfach nicht in die Quere. Aber trotzdem – und glaub mir, ich weiß, wie fies und lachhaft ironisch das ist – wenn ihr irgendwas passiert, werde ich dir die Schuld geben. Und ich weiß, dass du keinen Schmerz oder so spüren kannst, aber ich bin sicher, ich finde einen Weg.«

Eris' Schritte verraten, dass sie sich nähert, und Jen zieht ihren Arm weg. Ihre Miene ist immer noch wütend, aber für einen winzigen Augenblick sehe ich einen Anflug von Zweifel.

»Macht, dass ihr wegkommt«, bellt Jenny, sobald Eris in Hörweite ist.

Eris rollt mit den Augen. »Kein ›Viel Glück, ich hoffe, ihr sterbt nicht‹?«

»Wenn ihr Glück braucht, sind wir sowieso längst am Arsch«, sagt Jenny verächtlich und wendet sich ab. Doch sie hält noch einmal inne. »Du solltest inzwischen wissen, dass du nicht die Erlaubnis hast zu sterben. Keine von euch.«

Dann ist sie zusammen mit dem Team zwischen den Bäumen verschwunden. Zum ersten Mal verursachen diese Worte mir keinen kalten Schauer.

Eris schnaubt genervt. »Ein ganz normaler Sonntagmorgen, was? Was hat sie zu dir gesagt?«

»Nur ein paar Drohungen.«

»Die allumfassende Starbreach-Behandlung.«

»Krieg ich von Frostbringer auch was?«

Eris greift nach der Zugangsluke. »Nach dir.«

Ich schiebe meine Beine durch die Öffnung des Mechas. »Und da heißt es, Ritterlichkeit sei tot.«

»Ich versuche nicht, höflich zu sein.« Sie lässt sich nach mir hineingleiten und springt hoch, um die Luke zu schließen und uns in der Dunkelheit einzusperren. »Ich will weg sein, bevor Jenny zurückkommt und darauf besteht, dieses Ding persönlich zu steuern.«

Wir sehen einander an. Ihr ist die Farbe ein wenig aus dem Gesicht gewichen. Ich fange als Erste an zu lachen und sie stimmt ein, als wir den Hals hinaufgehen.

39

SONA

HIMMELSTAG

So sehr ich es auch will, ich kann das Fliegen nicht hassen.

Ich weiß, ich *weiß*, es ist nur ein weiterer durchtriebener Versuch der Akademie, Gottheiten zu kopieren. Diese Gestalt, wie all die anderen, ist falsch und mit Narzissmus aufgeladen. Aber für den Moment habe ich Flügel und meine Finger streifen den weiten Himmel.

»Wie weit sind wir noch entfernt?«, fragt Eris. Ich stelle mir vor, wie sie im Schneidersitz zwischen meinen Augen sitzt und den Blick ganz bewusst von den Fenstern abgewendet hat, auch wenn sie wahrscheinlich toben würde, wenn sie wüsste, dass ich vermute, dass sie Höhenangst hat.

»Ist dir langweilig?«, frage ich und übergehe ihre Frage. Godolia ist noch nicht am Horizont aufgetaucht, aber das Netz der Bahngleise wird dichter. Es sollte jeden Moment so weit sein. Aus dieser Höhe sind die Gleise nur Fäden, die blassrote Vielecke in die Wüste sticken.

»Nein.« Eine Pause entsteht. »Das wäre irgendwie ...«

»Sadistisch?«

Ich kann praktisch hören, wie ihre Miene sich weiter verfinstert. »Ich wollte sagen geschmacklos.«

»Du bist echt eine Marke.«

»Du kleine ...«, setzt sie an und ihre Jacke raschelt, als sie sich erhebt. Ich spüre eine leichte Vibration, als sie die Glasmatte betritt.

Meine Flügel kommen kurz aus dem Takt, doch Eris stößt sofort eine Reihe lebhafter Flüche aus, die das Dröhnen der Jetdüsen übertönen, als sie das Gleichgewicht verliert.

»Das ist nicht fair!«, bringt sie vor.

Meine Mundwinkel zucken. »Dir ist schon klar, dass ich dich nicht sehen kann, oder?«

Ich löse meinen Blick von den Gleisen und richte ihn auf den Punkt, wo der Himmel auf die Erde trifft.

»Eris?«

»Was, Glitch?«

»Warum bist du hier? Es gibt wirklich keinen guten Grund dafür.«

»Wow, okay«, schnaubt sie. Dann, nach ein paar Augenblicken, als sie erkennt, dass ich auf eine ernsthafte Antwort warte, seufzt sie. »Dachtest du, das würde ich mir entgehen lassen? Ich will einen Platz in der ersten Reihe.«

Ich wackle mit den Zehen, während ich ihre Worte sacken lasse und mir den festen Boden unter meinen Füßen vergegenwärtige, statt der Schwerelosigkeit meiner Füße, die in der leeren Luft hängen.

»Zurück zum Anfang«, murmle ich.

»Was?«

»Wir sind zusammen geflohen. Wir kehren zusammen zurück. Damit schließt sich der Kreis.«

»Wir schließen gar nichts«, erwidert sie. »Wir brennen es bis zu den Grundmauern nieder.«

Die Sonne steht hoch am Himmel und markiert die Mittagszeit. Die Parade sollte inzwischen in vollem Gang sein. Obwohl der Himmelstag die größte – und heiligste – Feier des Jahres ist, bei der ursprünglich den Göttern gedankt wurde, weil sie der Welt eine weitere Sonnenumrundung gewährt haben, sind in der Akademie die Schüler trotzdem auf ihrem Stockwerk eingesperrt wie an jedem anderen Tag.

Uns war allerdings unsere eigene kleine Feier erlaubt, mit Lichterketten im Simulationsflügel und ein paar Zugeständnissen in unserer strengen Diät. Ich habe es geliebt, Süßigkeiten zu stehlen. Fruchttörtchen mit Zuckerguss, rosa und gelbe Songpyeon mit süßer Sesamfüllung, frittierte Reiskuchen mit Honig, Trüffel mit kandierten Blütenblättern – alles habe ich in mein Zimmer geschafft, um mir den Bauch vollzuschlagen, bis mir schlecht war.

Ein verbittertes Kind und gleichzeitig eine schreckliche Naschkatze. Nicht dass ich heute viel anders wäre. Der Gedanke lässt mich lächeln.

Colonel Tether war währenddessen immer weit unter mir und genoss das warme Leuchten der Goldeichenstatuen im Hof. Das war das Hauptereignis der Party der Schüler: ohne die strenge Überwachung der Lehrer mit großen, begierigen Augen die Feierlichkeiten unten zu beobachten, wann immer der Smog so gnädig war, ihnen einen freien Blick zu gewähren. Über die Windups zu staunen, die stolz aufgereiht an den angrenzenden Straßen standen, und aufgeregt zu flüstern, dass sie eines Tages auch auf Armeslänge an die Höchsten herankommen würden. Ich stellte mir dasselbe vor, während ich mir allein in meinem Zimmer den Sirup von den klebrigen Fingern leckte.

Eines Tages würde mir die Ehre zuteilwerden, an der Himmelstagsparade teilzunehmen, und ich würde dem ersten Höchsten das Genick brechen, der dumm genug wäre, meinen Weg zu kreuzen.

Oh, die Pfirsichtörtchen. Die mochte ich am liebsten.

»Da«, wispert Eris, als Godolia am Horizont auftaucht. Die schwarzen Wolkenkratzer bohren sich wie Rauchsäulen in den Himmel. Ich stelle die Flügel an und steige höher, während sich Aufregung in meiner Brust breitmacht.

Ich achte darauf, dass ich mich weit über dem Smog halte, sobald er einsetzt. Er liegt über dem Fabrikviertel wie eine dreckige Decke. Ich stelle das Atmen ganz ein, als ich die Türme sehe, die die Mauern markieren und wie eckige Grabsteine aufragen. Eris folgt meinem Beispiel und hört auf, mit den Füßen zu scharren, als die Türme näher kommen. Ihr dunkles Metall ist mit noch dunkleren Öffnungen übersät, aus denen die Kanonen wie Blasen hervorbrechen, wenn sie aktiviert werden.

Sie raunt etwas, leise und scharf, wie eine Klinge, die durch Rauch schneidet.

»Was hast du gesagt?«, frage ich und erwarte, dass sie etwas wie eine Beleidigung gegenüber Godolia von sich gibt oder ein gleichzeitig düsteres und sarkastisches Gebet. Etwas, um den Kampfgeist anzuheizen.

»Ich sagte, das ist die berüchtigte Verschwendungssucht Godolias«, wiederholt sie und in ihren Worten schwingt ein leicht belustigtes Lachen mit. »Stehen diese Statuen auf der gesamten Mauer?«

»Was für Statuen?«

»Die da vorn.«

»Ich weiß nicht …«

»Zwei Uhr. Die mit den Flügeln. Sie ist … riesig.«

Und da ist sie – an einer Wand, die sich zwischen zwei Türmen erstreckt, die Flügel flach ausgebreitet wie eine konservierte Motte. Ich erkenne auch, warum sie mir entgangen ist: Die Statue ist von Kopf bis Fuß vollkommen schwarz und geht nahezu nahtlos in das Metall der Barrikade über, nur dass das Licht sich an ihren Kanten stärker bricht. Es scheint, als hätte sie nicht eine glatte Kurve, nur scharfe Kanten, und ihre Federn und Finger laufen spitz zu.

Die humanoide Gestalt lässt mich denken, dass sie als Abbild einer der ewigen Gottheiten geschaffen sein muss, und ich muss fast auflachen, als ich mir vorstelle, wie sie überall um die Stadt herum aufgestellt sind. Als wollten sie die in Massen produzierten Imitationen, die innerhalb der Stadtgrenzen hergestellt werden, absegnen und sie darüber hinaus auch noch beschützen.

Aber natürlich gibt es hier keine Götter, ob gut oder schlecht, beschützend oder zerstörerisch. Es gibt nur brutale Menschen und ihre brutalen Spielzeuge, die Jagd auf jene machen, die nicht über Brutalität verfügen.

Dann sind alle Gedanken an Gottheiten aus meinem Kopf verschwunden. Was bleibt, ist nur Angst – kalt und heftig und wild –, die wie Schüsse in meinen Ohren dröhnt und meine Kehle zuschnürt, als ich plötzlich anhalte.

Denn die Statue vor mir hat den Kopf gedreht.

Sie sieht mir in die Augen.

Sie sind rot wie meine.

Eris atmet scharf ein. »Das ist …«

»Ein Erzengel.«

Ich leite Energie in die Jetdüsen und schieße nach oben, höher und höher über die Erde. Die Türme und Fabriken, die den Boden übersäen, schrumpfen zu Zahnstochern zusammen, doch der Erzengel behält seine Größe bei. Er löst sich aus seiner Stasis und steigt unter mir auf. Er ist schneller. Ein düstereres, perfektes Spiegelbild von Jennys Bemühungen, ohne zusammengewürfelte Teile. Panik steigt wie eine Flutwelle in meiner Brust auf.

»Sona ...«

»Halt dich irgendwo fest.«

Ich schieße nach vorn, bevor der Erzengel meine Höhe erreichen kann, und fliege direkt über die Mauer und in die Stadt. Der Smog erstreckt sich unter uns bis zum dunstigen Horizont und die Wolkenkratzer ragen wie Finger auf.

»Was tust du?«, kreischt Eris.

»Wir ziehen das durch«, sage ich durch zusammengepresste Zähne. »Die Akademie wird heute fallen.«

Mir stellen sich die Nackenhaare auf und unter uns auf dem Smog zeichnen sich zwei geflügelte Silhouetten ab. Da sollte nur meine sein.

Er ist direkt über mir.

Der Schatten bewegt sich und Klauenhände senken sich herab. Er greift nach meinen Flügeln.

Ich lege die Flügel an und wir fallen wie ein Stein. Meine echten Füße verlieren den Halt und links von mir ertönt ein Aufschlag, gefolgt von Eris' Schrei. Wir stürzen in den Smog. Ich sehe nichts mehr.

Licht strömt von allen Seiten auf uns ein, zu schnell, eine Flut bösartigen Funkelns. Ich erkenne zu spät, was es ist – das Schimmern eines Wolkenkratzers. Ich kann nur noch schützend die Hände vors Gesicht legen, bevor wir einschlagen. Gleißender, lähmender Schmerz macht sich sofort in Hunderten Schnitten an meinem ganzen Körper bemerkbar. Mein rechtes Auge ist gesprungen, ich spüre den Schmerz, der sich wie ein Spinnennetz ausbreitet.

Ich schiebe den Schmerz von mir weg und dann stoße ich mich vom Gebäude ab. Wundersamerweise stürzt es nicht ein. Der Abdruck der Zerstörung, den ich hinterlasse, zieht sich über Dutzende von Stockwerken, das zersplitterte Glas offenbart ein zerklüftetes Durcheinander aus Betonböden und Stahlträgern.

Inmitten der großen Glassplitter landet der Erzengel auf der Straße hinter mir und breitet entspannt die Flügel aus.

Unter uns fliehen vereinzelt Leute, aber auf Höhe der paar Blocks, die uns voneinander trennen, wurden die Feierlichkeiten unterbrochen. Die Buden, die, wie ich weiß, alles von Seidenkimonos über Papiermasken bis hin zu selbstzündenden Wunderkerzen verkaufen, sind verlassen. Verborgene Lautsprecher müssen die Bürgersteige säumen, denn ich höre ganz leise Musik.

Ich stelle mich dem Erzengel und hebe das Kinn. Er steht reglos da und beobachtet mich ungerührt. *Er kann einfach nicht anders, er muss hinsehen.* Ein trockenes Lachen entringt sich meiner Kehle. Selbst jetzt, wo ich nicht mehr klein bin, wo zu meinen Füßen Panik entsteht, halten sie mich noch für unbedeutend. Das werden sie immer tun, nicht wahr?

Nur ein weiteres Mädchen aus den Badlands, aus einem weiteren massakrierten Dorf. Was für eine arme, bemitleidenswerte Wilde ist dieses Mädchen, das diesen Ort nicht anbetet.

Aber mir ist egal, dass sie mich nicht sehen. Ich habe Leute, die mir wichtig sind, die es tun.

Sie werden brennen, ohne zu sehen, aber sie werden brennen.

»Eris. Bitte sag mir, dass du noch am Leben bist.«

Ein Stöhnen ertönt. Erleichterung bricht in einer schwindelerregenden Welle über mich herein. Ich stelle mir vor, wie sie die Schultern rollt und diesen Rückschlag abschüttelt wie alle anderen.

»Willst du gegen dieses Ding kämpfen, Glitch?«, fragt sie und atmet schwer.

»Ich habe keine Wahl. Aber ich brauche etwas von dir.«

»Was?«

»Deine Hilfe.«

»Ha.« Eine Pause entsteht. »Oh, das will ich wirklich nicht tun.«

Ich wende mich ihrer Stimme zu und senke meinen Blick zu ihr hinunter.

»Ich weiß, du kannst mich nicht sehen. Hör auf zu starren. Ich hasse es, wenn du das tust. Wie machst du das?«, grummelt sie und scharrt mit den Füßen. Ich kann erkennen, dass sie etwas unsicher auf den Beinen ist. »Soll … Soll ich runterzählen oder einfach zuschlagen?«

»Einfach …«

Ein schrecklicher, fast schon lebendiger Schmerz flammt auf und ich kann einen Schrei nicht zurückhalten, als die Kälte sich festsetzt und das Glas in meinem Auge sprengt. Ich kann gerade noch verhindern, in die Knie zu brechen. Von einem Moment auf den anderen bin ich auf der rechten Seite blind.

»Scheiße. Alles okay?«

Ich beiße mir auf die Wange. »Ich bring dich in Reichweite.«

Ich stürme los, meine Schritte geschmeidig und mühelos – Jenny hat wirklich fantastische Arbeit geleistet. Aber ich bin erst einen Block weit gekommen, als ich erkenne, dass der Erzengel sich nicht bewegt oder auch nur eine Abwehrhaltung eingenommen hat. Und ich durchschaue den Grund ganz kurz bevor es zu spät ist.

Die Rakete schießt an meinem Kopf vorbei und ich höre, wie sie sich in das Gebäude hinter mir gräbt. Glas, Stahl und Beton werden in einem schrillen Lichtblitz zu Staub reduziert. Die Wut wächst schnell, sie ist hungrig, und verschlingt die erdrückende Angst und das Zögern. Ich denke kaum nach, bevor meine eigene Rakete durch die Luft fegt und eine dunkle Rauchspur hinter sich herzieht. Der Erzengel duckt sich wie erwartet aus dem Weg und genau in die Schussbahn der zweiten Rakete, die seinen linken Flügel erwischt.

Schwarzer Rauch erfüllt die Straße, doch durch ihn hindurch kann ich das Glühen roter Augen ausmachen. Sie wirken unbeeindruckt. Und dann sind sie plötzlich zu nah, bohren ihren Blick in meine und eine klauenbewehrte Faust schießt aus dem Rauch und trifft meine Seite. Ich lasse zu, dass ich in ein anderes Gebäude geschleudert werde, lasse die Zerstörung um mich herum wachsen und greife in die Dunkelheit vor mir. Meine Klauen finden einen Widerstand und ich packe ihn und ziehe daran, um den Erzengel aus seiner Deckung zu zerren.

Wir stehen Auge in Auge, Stirn an Stirn und neben mir flüstert Eris: »Gut gemacht.«

Kälte strömt über meine echte Haut, brutal, sauber und schneidend. Licht bricht aus meinem zerbrochenen Auge hervor und verschlingt den anderen Erzengel in einem weißen Blitz.

Das Erste, was ich erblicke, als ich mich wieder umdrehe, ist Eis auf Metall, die zarte kristalline Struktur zieht sich über die perfekt geformte Stirn des Erzengels.

Das Zweite ist meine Faust, die sich hineingräbt. Das Metall zerspringt nicht. Ein frustriertes Knurren lässt meine Zähne vibrieren. Erneut hebe ich die Faust.

Das Dritte ist eine ordentliche Reihe schwarzer Löcher, die sich entlang der Oberkante des linken Flügels des Erzengels auftun, eins nach dem anderen. In jedem Loch blitzt ein Licht auf. Eins nach dem anderen. Dann scheint alles auf einmal zu geschehen.

Ich liege auf dem Rücken und blicke in den verhangenen Himmel, der von den Fingern der Wolkenkratzer unterbrochen wird. Schmerz erfüllt meine Brust und strahlt in meine Arme ab. Das Metall ist versengt und qualmt vom Einschlag der Raketen. Ich rieche Rauch und irgendwo in meiner Nähe und doch viel zu weit weg ringt Eris nach Atem und hustet kratzend und heftig. Instinktiv strecke ich den Arm nach ihr aus und die hässliche, klauenbewehrte Hand greift nach den Wolken.

Der Erzengel senkt sich auf mich. Dieses Mal verwendet er keine Raketen. Er treibt seinen Stiefel direkt in meinen Bauch und das Metall verbiegt sich nach innen und gibt nach. Beim zweiten Tritt bin ich ernsthaft überrascht, dass meine echten Rippen nicht gleich mit brechen. Schwarze Flecken tanzen vor meinen Augen, das Negativ eines Sternenhimmels.

Im nächsten Moment werden sie von einem weiteren plötzlichen grellen Lichtblitz verdrängt. Der Erzengel taumelt einen Schritt zurück und Eis breitet sich an seiner linken Hüfte aus. Als er versucht, das Gleichgewicht wiederzufinden, wird ein zweiter Schuss abgefeuert und gräbt sich in den Oberschenkel. Der Asphalt der Straße bricht auf, als der Mecha in die Knie sinkt.

Eris hustet noch einmal und knurrt dann herrlich abschätzig und wutverzerrt: »Schick ihn zurück in die Zwillingshöllen, Glitch.«

Ich grabe die Hand in das Gebäude direkt neben mir und das Glas gibt sofort nach und offenbart die Betonkonstruktion darunter. Ich ziehe mich daran hoch. Ich schüttle das Handgelenk und verbinde meine Absichten mit meinen Gedanken. Der fremde Körper gehorcht und überzieht die Luft mit einer Salve Raketen. Sie schlagen in den Oberschenkel, die Schulter und Brust des Erzengels ein. Drei von ihnen explodieren an seiner Armschiene, die er in letzter Sekunde schützend vor seine Augen gerissen hat.

Ich stehe aufrecht, habe meine Hand um sein Handgelenk gelegt und ziehe diesen Schutz weg. Meine andere Hand legt sich um seinen Nacken und ich treibe ihm mein Knie in die Rippen, einmal, zweimal. Als sich dieses Mal die Luken an seiner Flügelspitze öffnen, bin ich längst weg, bevor die Lichtblitze gerade in die Luft aufsteigen können. Flammen und Rauch steigen aus dem Gebäude unter mir auf und ich zögere nicht, bevor ich eine weitere Runde Raketen in das Höllenfeuer unter mir jage.

»Ist er tot?«, ächzt Eris heiser. »Bitte sag mir, dass der Mistk…«

Eine Hand streckt sich aus der Rauchwolke und die Klauen legen sich um die Kante eines nahe gelegenen Gebäudes. Der Erzengel zieht sich in unser Blickfeld. Er dreht den Kopf und sucht den Himmel ab.

Ich gebe ihm keine Gelegenheit, seine Flügel auszubreiten. Ich drehe mich um und leite Energie in die Jetdüsen. Die Landschaft verschwimmt unter uns.

»Verdammt«, presse ich durch zusammengebissene Zähne. Etwas stimmt mit meinem linken Flügel nicht. Ich spüre, wie die Geschwindigkeit abfällt. Ich kann nur hoffen, dass wir dem anderen Erzengel genug Schaden zugefügt haben, dass auch er Probleme hat.

»Das da vorn ist die Akademie, oder?«, fragt Eris. Ihre Stimme klingt angestrengt.

»Geht's dir gut? Wird die Luft zu dünn?«

»Mir wird's gut gehen, wenn das hier vorbei ist«, knurrt sie.

Und da ist es, golden eingerahmt: unser Ziel. Wir sind noch etwa zehn Blocks entfernt und vor uns prangen stolz die Schmuckstücke der Himmelstagsparade: Windups über Windups, Schulter an Schulter in den Straßen um die Akademie, gute Soldaten, bereit, in den Kampf zu ziehen. Nicht verbunden und lächerlich harmlos. Wie Jenny gesagt hat, sie sind nichts weiter als Deko für die Massen, die Menschen, die an den Absperrungen stehen und mit großen Augen zu ihnen aufsehen und davon träumen, eines Tages auch solche Macht zu besitzen.

Die Windups umgeben die Akademie in einem geschlossenen Zwei-Block-Radius um den Campus. Ich erreiche die äußersten und halte an.

Ich reiße diese armseligen, anbetenden Fantasien heraus, befreie die Massen von ihrer Ignoranz.

Ich rette sie einen nach dem anderen, Rakete für Rakete, die ich auf die Maschinen da unten loslasse, Höllenfeuer für herrliches Höllenfeuer.

Godolia und die Windups sind nicht unverwundbar. Sie sind nicht göttergleich. Sie sind nicht unschuldig an dem Schmerz und dem Leid, das sie über die Welt gebracht haben.

Aber ich stelle fest, dass mir egal ist, ob sie das erkennen oder nicht, ob die Leute hier der nächsten Generation erzählen werden, dass dies ein grundloser Angriff war, dass ein Mädchen aus den Badlands, das von der Akademie gesegnet wurde, keinen Grund für einen solch barbarischen Akt hatte.

Weil jetzt ich das Sagen habe.

Weil Menschen, die ich in der Vergangenheit geliebt habe, von dieser Nation verletzt wurden und die Menschen, die ich in der Gegenwart liebe, erneut von ihr verletzt wurden und weil ich jetzt etwas tun kann, um das zu beenden.

Weil man sich in einem Krieg aussuchen kann, auf welcher Seite man stehen will, und ich habe die Seite gewählt, auf der ich mich menschlich fühlen kann, und dafür werde ich mich nicht entschuldigen.

Ich bin gewalttätig. Ich bin schrecklich. Aber jede meiner schlimmen Eigenschaften gehört ganz allein mir.

Ich werde nicht als ihr Eigentum sterben.

Die Windups fallen. Die Akademie kommt näher, umgeben von einem Inferno aus gesprungenem Metall und getöteten Gottheiten. Die Menschen sind kleine Punkte und irgendwo unter ihnen in der Panik sind die Höchsten nur verschwommene Gesichter. Sie suchen nach einem Ausweg aus den Flammen. Aus der aufgerissenen dunklen Erde, die auf sie eindringt, und aus den Menschen um sie herum, die zu verängstigt sind, um sich zu rühren.

Ich muss tief zielen, damit sich Jennys geniales Magmaserum bis in die Tiefe ausbreiten kann. Ich schwebe direkt über den Bäumen aus Goldfolie. Ihre Blätter funkeln fröhlich im Rauch, der über den Campus zieht.

Und plötzlich herrscht nur noch Stille.

Es gibt keine Schreie mehr. Kein Summen. Der Schmerz und die Wut weichen einem Schleier vollkommener Ruhe.

Eris schreit. Das Licht wird von Dunkelheit durchzogen.

Ich strecke die Hand aus – ich weiß nicht, ob ich nach ihr greifen will oder ob es daran liegt, dass sich ein unglaublicher Schmerz durch meinen linken Flügel zieht – und die Sonne wird sichtbar, als wir über den Smog hinaus gezerrt werden. Ich kauere mich zusammen, als meine Flügelspitze abbricht, und ein Schrei bricht aus meiner Kehle hervor. Ohne nachzudenken, werfe ich den Kopf zurück und bin mir vage bewusst, dass mein echter Körper den Halt auf der Glasmatte verliert. Zu meiner Linken erklingt ein dumpfer Aufschlag.

Doch ich erspähe den Erzengel, so schwarz und scharfkantig, dass er vor dem Himmel wirkt, als sei einfach ein Stück herausgerissen worden.

Ich sehe ihn glühend an, dann senke ich den Blick und feuere die letzte Rakete senkrecht nach unten ab.

Sie sinkt fast schon träge herab und durchschlägt die Wolken. Unaufgeregt. Ruhig. *Wie viele habe ich gerade getötet?*

Die Klauen des Erzengels legen sich um meinen Nacken, seine Fersen graben sich in meine Wirbelsäule. Meine Hände tasten nach Metall, finden jedoch nur Himmel. In meinem Kopf lacht und weint jemand gleichzeitig. Eris ist bewusstlos. Das muss ich sein.

Haben wir gewonnen? Ist es vorbei?

Ich bin nicht gut, und liebe *Götter*, ist es nicht witzig, dass das kaum eine Rolle spielt?

Ich spüre einen Druck und dann einen nie dagewesenen Schmerz, als der Erzengel meine Flügel abreißt und mich zu Boden stürzen lässt, mitten in die Stadt, die ich in Brand gesteckt habe.

40

ERIS

HIMMELSTAG

Der heutige Tag ist nicht so lustig, wie ich erwartet hatte. »Komm schon«, raune ich, während ich mir meinen Weg durch die Drähte und das Glas bahne und dabei den Nebelschleier in meinem Kopf und den leicht beängstigenden Stich in meinen Rippen bei jedem Atemzug ignoriere. »Komm schon, Sona, wir müssen hier weg.«

Ich knie vor ihrer zusammengesunkenen Gestalt. Kabel sind um ihre Arme und ihren Hals gewickelt und zerren an der Haut.

»Wach auf«, flüstere ich, während ich sie befreie. »Dafür haben wir jetzt keine Zeit.«

Mit dem Handrücken wische ich mir die Wangen ab und kauere mich zusammen, den Kopf auf ihren Bauch gebettet.

»Komm schon«, murmle ich in ihr Shirt. »Komm schon. Das kannst du mir nicht antun. Du kannst mich hier nicht allein lassen. Steh auf. Wir müssen nach Hause.«

Sie rührt sich nicht. Das ergibt keinen Sinn. Warum rührt sie sich nicht?

»Wach auf!«, schreie ich. »Götterverdammt, wach auf!«

Oh. Ich bin so ein Idiot.

Ich lege eine Hand um die Kabel und ziehe daran, um sie alle auf einmal zu lösen. Sona setzt sich auf und reißt die Augen weit auf. Ich beuge mich vor, ergreife ihr Kinn und drehe ihr Gesicht von einer Seite zur anderen, um sicherzugehen, dass sie nicht hirntot ist.

»Wir leben«, stellt sie fest.

»Scheint so.«

»Oh Scheiße.«

»Ja. Scheiße.« Ich lache kurz auf. »Schätze, Nova hatte recht, was? Es war wirklich ein Endkampf.«

»Wir haben verloren.«

Ich lasse ihr Gesicht los. »Ha. Na ja, wir … Oh. Du hast dein Schwert dabei.«

»Das wusstest du doch. Ist das nicht was Gutes? Immerhin werden wir wahrscheinlich in etwa dreißig Sekunden kämpfen müssen.«

»Mh-hm. Aber es ist nur nützlich, wenn du es aus deinem *götterverdammten Bein* ziehst.«

Das Schwert ist auf ihren Körper gerichtet, der Griff ruht auf ihrem Oberschenkel, mehrere Zentimeter der Klinge stecken in ihrem Fleisch und die Spitze kommt an ihrer rechten Hüfte wieder heraus. Sona seufzt genervt und zieht es heraus. Sie entledigt sich ihrer Walküre-Jacke, reißt die Ärmel ab und verbindet die Wunden in ihrer Haut.

Sie sieht zu mir auf. »Du bist verletzt.«

»Du hast gerade ein Schwert aus deinem Bein gezogen. Also halt die Klappe!«

Sie kommt auf die Füße, deutlich eleganter, als es ihr eigentlich möglich sein sollte. Die Selbstgefälligkeit auf ihrem Gesicht lässt mich loslachen und was immer mit meinen Rippen nicht stimmt, es gluckst mit mir.

Draußen erklingen Sirenen und schnelle Schritte. Rotes Licht fällt von oben durch das eine unversehrte Auge und ich erkenne, dass ich definitiv träumen muss. Was großartig ist, weil ich wirklich dringend Schlaf brauche.

Und dann fragt Sona ruhig: »Was machen wir jetzt?«, und die Angespanntheit dieser Ruhe geht mir durch Mark und Bein. Ich bin wach. Und es gibt keinen Ausweg.

»Ich werde so viele der Mistkerle ausschalten, wie ich kann«, höre ich mich selbst sagen. »Ich werde kämpfend und schreiend und alles dazwischen untergehen. Ich mag zu den Höllen fahren, aber sie werden verdammt noch mal zuerst dort landen.«

Ihre Unterlippe zittert kaum merklich.

»Ich habe einen Plan«, sage ich.

»Oh?«, flüstert sie und lacht leise. »Oh nein.«

Sie lacht wieder, nachdem ich ihn erklärt habe.

»Was?«, fahre ich sie an. »Er ist nicht so schlecht.«

Ihre Mundwinkel zucken, bevor sie sich umdreht. »Du siehst einfach nicht aus wie eine Jungfrau in Nöten.«

Ich sehe sie finster an, was ihr Argument vermutlich bestätigt. »Du bringst mich dauernd in Nöte. Das muss ja wohl reichen.«

Sona begibt sich an ihre Position in den Schatten und blickt über ihre Schulter. Ihr Schmunzeln ist subtil, aber doch durchdringend.

Ich knie mich am Halsansatz hin und stemme die Hände in den Boden. Schritte erschüttern das Metall und dann dringen Godolias Soldaten durch die Augenhöhlen – Maden, die sich an der Leiche gütlich tun wollen. Seile werden heruntergelassen und Körper seilen sich ab und brüllen. Ich brülle auch: »Bitte nicht schießen! Ich kooperiere. Ich bin unbewaffnet!«

Einzelne Bilder prasseln auf mich ein, während sie mich umstellen: Godolias Soldaten in ihren schwarzen Körperpanzern, dazwischen auch einige Piloten, deren Augen grell funkeln, und das Aufblitzen einer Waffe, die gegen meine Schläfe schwingt.

Ich gönne mir einen großzügigen Moment, damit die Welt um mich herum wieder stillsteht, bevor ich den Blick wieder hebe. Ein Riss in der Seite des Kopfs des Erzengels fungiert als kleines Bullauge und lässt graues Licht herein. Ein Essensstand ist umgekippt und sein dampfender Inhalt hat sich auf dem Beton verteilt. Ein Schuh mit grauen Schnürsenkeln liegt auf der Seite auf einem Gullideckel. Papierbanner wurden aus ihren Halterungen gerissen und kleben von tausend panischen Füßen niedergetrampelt auf dem Asphalt.

Und dann bricht das Licht, als Sona sich aus ihrer Position löst. Ihre Klinge blitzt in ihrer Hand auf und in dem Moment, als ein Schrei und eine Blutfontäne gleichzeitig die Luft erfüllen, lege ich meine Hand um den nächstbesten Knöchel.

Ich erhebe mich, als mein Gegner fällt, Haut und Knochen von Eis eingehüllt.

Kugeln zischen an meinem Ohr vorbei und ich drehe mich um, sammle Energie in meinen Handflächen und entlade sie in Richtung der Schüsse. Der Strahl trifft eine Soldatin am Schlüsselbein und ihr Schrei verstummt, kaum dass er aus ihr herausgebrochen ist. Sona duckt sich hinter die aufrecht stehende Leiche und die Kugeln, die ihrer Bewegung folgen, zerfetzen das gefrorene Fleisch. Ich mache den Schützen aus und stürze mich auf ihn. Meine Hand gleitet auf seine Brust, während wir beide fallen. Als wir auf dem Boden aufschlagen, halte ich nur noch eine Leiche in den Armen. Eine Mischung aus Ekel und Befriedigung durchfährt mich, als ich sie von mir stoße.

Der Kampf reizt meine Sinne. Abprallende Kugeln lassen den Boden unter meinen Zehen erzittern. Kalte Luft verursacht mir eine Gänsehaut. Mein Haar streicht über meine Wangen, als ich mich in die Luft erhebe, und im Fallen stockt mir der Atem, gefolgt von meinen Zähnen, die aufeinanderschlagen, als ich auf einem weiteren Soldaten lande. Eine warme Flüssigkeit lässt mein Shirt an meinem Bauch kleben.

Ich bin so verdammt gut in dem hier.

Wut liegt mir einfach.

Ein Rücken drückt sich gegen meinen und eine Fingerspitze fährt über ihre Klinge. Mit einem Ruck des Handgelenks sprenkelt sie den Boden rot.

Leise flüstert sie etwas, oder vielleicht lacht sie auch, düster und gefährlich und bezaubernd. Dann ist sie verschwunden.

Als ich mich nach dem nächsten Kampf umsehe, explodiert ein brennender Schmerz in meiner Seite.

Es gelingt mir, einen weiteren Schuss abzufeuern und irgendwie treffe ich den Soldaten, obwohl ich seine Bewegung nur verschwommen im Augenwinkel wahrnehme, dann breche ich auf alle viere zusammen. Ich presse eine Hand auf die Rippen meiner rechten Seite und bin mir vage bewusst, dass sie blutig ist, als ich sie wegziehe.

»Hey, Glitch?«, rufe ich schwach und versuche, meinen Atem zu kontrollieren. Er zischt in meiner Brust wie ein beschädigtes Stromkabel.

Ich erhalte keine Antwort, abgesehen von ein paar Schreien und weiteren leeren Hüllen, die auf dem Boden aufschlagen.

Schüsse. Das Einschlagen von Kugeln. Eine Gestalt huscht leise durch den Raum, verschwindet nach jedem genommenen Leben und taucht hinter dem nächsten auf. Nie bleibt sie länger als eine halbe Sekunde an einem Ort.

Mir müssen die Sinne schwinden.

Plötzlich herrscht Stille, unterbrochen nur von dem stotternden Atem in meiner Brust.

Die Gestalt beugt sich über mich, eine sanfte Hand legt sich unter meine Arme und zieht mich vorsichtig zurück auf die Fersen. Ihr Kinn drückt leicht auf meinen Kopf.

»Kannst du die Handschuhe kurz ausmachen?«, flüstert Sona.

Ich presse die Zähne zusammen und gehorche. Sie nimmt meinen Arm und legt ihn sich um den Nacken. Schwarze Flecken tanzen vor meinen Augen, als sie mich auf die Füße stellt und wir uns zum Halsansatz des Erzengels begeben.

»Wo gehen wir hin?«, stöhne ich und bin mir schmerzlich bewusst, dass sie einen Großteil meines Gewichts trägt.

Sie lacht. Ich spüre, wie es meine Haut kribbeln lässt. »Keine Ahnung.«

Ihre Schritte verlangsamen sich und ich hebe den Kopf. Das Licht reicht nicht sehr weit in den Hals, aber ich kann erkennen, dass Jenny mit ihrer Bescheidenheit nicht übertrieben hat: Die Innereien des Erzengels sehen wirklich beschissen aus. In dem kleinen sichtbaren Bereich hängen Kabelbündel wie Spinnweben in der Luft und Eisenstangen durchziehen chaotisch den Raum. Die Bolzen, die sie halten, passen in Größe und Farbe nicht zusammen. Und da der Erzengel auf dem Rücken liegt, erstreckt sich die Leiter vor uns wie die armselige Kopie einer Brücke, die über und in einen scheinbar endlosen Abgrund führt.

»Wie in den Höllen hat Jenny dieses Ding zum Fliegen gekriegt?«, murmle ich.

Wir hören es beide gleichzeitig: weitere Rufe und das markerschütternde Trampeln von Stiefeln mit Gummisohle auf dem Metall über uns. Die nächste Angriffswelle. Ich unterdrücke ein Schaudern, als Sona mich loslässt.

»Kriech«, weist sie mich an und nickt in Richtung der Leiter.

Ich platziere meine Knie auf den Holmen der Leiter und ziehe mich auf die nächste Sprosse. Wir arbeiten uns zu den Füßen vor, in die Dunkelheit. Meine Gedanken rasen durch meinen Schädel. *Wo gehen wir hin? Nirgendwo. Wir gehen nirgendwohin. Ha. Es gibt keinen Ausweg. Dieses Mal gibt es wirklich keinen Ausweg.*

Ich weiß nicht, ob es die Panik ist, die mich dazu bringt, mich umzudrehen, aber ich bin froh, dass ich es tue. Ein Soldat steht in der Öffnung des Halses und hat seine Waffe auf ihren Hinterkopf gerichtet.

»Runter!«, brülle ich und die erste Kugel zischt an uns vorbei in den Abgrund.

Die Höllenqualen von was auch immer in meinem Brustkorb kaputt ist, lassen nach und das Adrenalin verzerrt die Zeit und den Schmerz auf eine Art, die ich nur als *hilfreich* bezeichnen kann. Das Nächste, was ich wahrnehme, ist, dass Sona und ich uns von der Leiter auf einen Stützträger gerollt haben, der darüber verläuft und unter einem Vorhang von Drähten verborgen ist. Mein Rücken ist gegen die Seite des Erzengels gepresst, ich mache mich ganz klein und schlage mir die Hände vor den Mund, um meine angestrengte Atmung zu unterdrücken.

Der Träger ist gerade breit genug, dass wir nebeneinanderliegen können, doch Sona hockt vor mir, hat ihr Schwert aus ihrem Gürtel gezogen und eine Hand um einen Bolzen gelegt, um sich abzustützen. Ihre Klinge ist so positioniert, dass sie die nächste Person aufschlitzen wird, die es wagt, durch den Kupfervorhang zu kommen. Danach könnte sie vielleicht aufspringen und eine zweite erledigen. Und dann ...

Dann wird sie von Kugeln durchsiebt werden und über die Seite in die Tiefe stürzen.

Das war nicht der Plan. Aber was *war* der Plan?

Hier rauskommen. Uns den Weg freikämpfen und sie an den nächsten Windup anschließen, an dem wir vorbeikommen. Vorausgesetzt, dass noch einer übrig ist. Scheiße. Glitch hat ganze Arbeit geleistet. Sie hat fantastische, verheerende Arbeit geleistet und die Welt schuldet ihr eine ganze Menge dafür, aber diese hat einen kranken Sinn für Humor, also wird sie sie stattdessen einfach töten.

Oder ... vielleicht auch nicht.

Weil sie unbezahlbar ist.

Weil sie all diese Mods hat, die unter ihrer Haut wie ein Geschenk verpackt sind, und das hat einen Wert für sie.

»Sona.«

»Sei still!«

»Ergib dich einfach.«

»Was?«

»Ich sagte, ergib dich einfach.«

»Wie kannst du das sagen?«, zischt sie und reißt den Kopf herum. Ihre Züge sind zu einer Grimasse verzerrt und das Feuer in ihrem linken Auge ist zu einem Halbmond reduziert. »So viele erledigen, wie wir können, das hast du *selbst* gesagt. Und das werde ich auch tun.«

»Ich habe gesagt, *ich* werde das tun. Aber du ... du bist ihre Investition. Du bist wertvoll. Vielleicht nehmen sie dich lebend gefangen.«

Jetzt wirbelt sie zu mir herum. Das Licht ihres Auges beschreibt einen Bogen durch die Luft und sie schlägt ihre freie Hand direkt neben meinem Ohr gegen die Wand. Der Schlag hallt durch das Metall in meinem Rücken, und sie ist so nah und so verdammt schön und so wütend. Alles, was ich denken kann – denn sie hat jeden zusammenhängenden Gedanken aus meinem Kopf vertrieben –, ist: *Das ist scheiße.*

»Wie kannst du das sagen?«, schreit sie und ignoriert ihren eigenen Rat, still zu sein. »Ich bin nicht ihr *Eigentum*!«

Da. Meine Wut, meine Waghalsigkeit, eingegraben in ein anderes Gesicht. Ich war in meiner eigenen Angst am Ertrinken und habe versucht, das durch einen weiteren Schlag, einen weiteren Kampfschrei, einen weiteren gewalttätigen Gedanken auszugleichen. Aber nicht mehr. Jetzt hebe ich den Blick und atme tief ein.

»Nein«, fauche ich ebenso wütend. »Du gehörst zu mir und das bedeutet verdammt noch mal was. Es bedeutet alles.«

»Ich gehöre niemandem«, knurrt sie. »Und ich bin niemandes …«

»Aber fühlt es sich nicht so *an*, Sona?« Ich lege ihr eine blutige Hand an die Wange. Meine Sicht ist verschwommen. Mir ist schwindelig. »Es war nicht geplant und vielleicht war es ein Fehler, aber es ist *passiert*, oder nicht?« *Wir haben nicht alles verloren. Wir können weitermachen.* »Fühlt es sich nicht so an, als würden wir zueinander gehören?«

Und dann … Stille.

Ich warte, dass sie zerstört wird. Dass sie zerreißt, im Hämmern meines Herzens untergeht. Weil die Stille sich mir immer entzogen hat, weil es immer noch zu viele Kämpfe gab, als dass die guten Dinge hätten verweilen können.

Doch der Moment entzieht sich mir nicht.

Sie hält die Stille fest und hat jetzt ihre Hand auf meine Rippen gelegt. Als sie mich küsst, küsst sie mich langsam. Als hätten wir alle Zeit der Welt. Als säßen wir sicher auf dem Sofa im Gemeinschaftsraum, eingehüllt in die Wärme des Kamins und hätten nichts zu tun, außer der Sonne beim Untergehen zuzusehen.

Ich brauche sie für so vieles. Um grauenhaft zu tanzen. Um meine Bücher zu lesen. Um die Asche in meinem Mund zurückzuhalten, um mich weiterhin erröten und atmen und kämpfen zu lassen. Um nach Hause zu kommen.

Ich brauche sie lebend.

Ich bin eine Gearbreaker.

Als mein Rücken die Wand berührt, breche ich *durch* die Wand.

Meine Handschuhe erwachen hinter meinem Rücken brüllend zum Leben und treiben das Serum in das Metall, das meine Wirbelsäule stützt. Ich bringe meine Beine unter mich und stemme meine Schulter in die Wand. Sie zerbricht wie Glas.

Der freie Fall dauert nur eine Sekunde, dennoch erhasche ich einen klaren Blick auf den Schock, der sich auf Sonas Zügen abzeichnet, und oh, er ist eingerahmt von einem unermesslichen, zerstörerischen Schmerz.

Jeglicher Atem wird in einem einzelnen Stöhnen aus meinen Lungen getrieben, als ich auf dem Beton aufschlage, und Sona gelingt es wundersamerweise, sich abzufangen, bevor sie mich zerquetschen kann. Etwas Warmes, Feuchtes lässt mein Haar an meinem Nacken kleben.

»Wie konntest du?«, schreit sie mich aus großer Entfernung an. »Eris, wie *konntest* du?«

Doch ihre Aufmerksamkeit bleibt nicht lange auf mich gerichtet. Dunkle Gestalten tauchen am Rand meines verschwommenen Sichtfelds auf und ergreifen ihre strampelnde Gestalt. Einmal, nur einmal, kann sie sich befreien, brüllt etwas Unverständliches und erneut erfüllt der Geruch von Blut die Luft. Weitere Hände legen sich auf sie, halten ihre Glieder fest und entreißen ihr ihr Schwert. Ich greife danach. Sie werden mich nicht lebend kriegen.

Ein Stiefel tritt es zur Seite und mein Blick zuckt nach oben, um festzustellen, dass es ihrer war. Sie starrt mich mit einer solchen Wut in den Augen an, dass ich zusammenzucke.

»Du wirst mich nicht hier zurücklassen«, kreischt Sona. Mit fliegenden Locken reißt sie den Kopf zurück und zertrümmert einem Soldaten mit einem grauenvollen Knacken die Nase. Sie tritt das Schwert weiter weg, als weitere Hände sie ergreifen. »Du wirst mich hier nicht allein zurücklassen!«

Eis breitet sich von meinen Handflächen aus und verschlingt Asphalt, Gottheit und Fleisch. Serum verspritzend und mit blutverklebtem Hals und Kiefer schaffe ich es, mich auf die Seite zu drehen, mich auf meine Arme zu stützen und den Kopf zu heben.

»Das nächste Mal gewinnst du«, krächze ich, während ihre Schreie auf mich einprasseln. Eis überzieht die Straße und Kristalle ragen auf wie zuschnappende Zähne. »Wenn du es hier rausschaffst und Jenny findest, kriegst du es nächstes Mal hin.«

»Oh, *verreck* doch«, tobt sie, als sie sie zurückzerren, und Wut lodert in ihren zwei verschiedenen Augen. Sie haben sie. Sie weiß es und sie lacht und es ist schrecklich anzusehen. »Stirb, Liebes, *stirb* doch einfach.«

Hab ich vor, denke ich erschöpft, denn ganz ehrlich, ich habe letzte Nacht nicht genug geschlafen und außerdem habe ich eine Menge Blut verloren. Das alles summiert sich zu etwas Seltsamem. Ich liege nicht mehr auf dem Asphalt, dem sich ausbreitenden Eis ...

Ich bin zu Hause, und ein kleines Kind. Liege auf dem Boden und tobe wie die Zwillingshöllen. Ich habe einen falschen Schritt gemacht und Jenny hat mich wieder umgeworfen. Das dunkle Haar hängt ihr ins Gesicht, als sie sich über mich beugt und auf ihren Fußballen wippt.

»Alles gut, alles gut«, gurrt sie und grinst breit. Sie hält mir ihre Hand hin, doch ich schlage sie weg. »Siehst du? Alles gut. Steh auf, sonst erwischen sie dich. Durch deine Adern fließt Eis, kleine Frostbringer – willst du wirklich einfach dasitzen und erfrieren? Nein? Gut. Dann machen wir weiter.«

41
SONA

Hast du sie getötet?

Nein. Ich ... bin nicht sicher. Ich glaube, sie hat mich getötet.

Hast du sie getötet?

Hat sie mich *getötet?*

Es ist dunkel.

Sie hat mich getötet.

Ich wusste es. Dieses Mal hat sie ihr Ziel getroffen. Ich habe auch ganz stillgehalten, genau wie ich gesagt hatte ...

»Hast du sie getötet?«, sagt jemand. »Sona. *Wach auf verdammt.*«

Ich blinzle. Über mir ist ein Licht, unter mir ein kalter Tisch. Wir waren schon mal hier. Ich bin sicher, wir sind von hier abgehauen. Ich lasse meinen Blick durch den Raum schweifen. Meine Handgelenke sind gefesselt. Jemand steht über mir und hat die Hände auf die Metallkante gestützt.

Wir sind abgehauen.

Hatte das überhaupt einen Sinn?

Ich murmle ihren Namen, doch meine Kehle ist wie in Watte gehüllt und es kommt nichts heraus.

»Antworte mir, Sona.«

Mein Blick findet Halt über mir.

Jole starrt mich aus Augen an, die meinem schwachen Ich so vertraut waren. Doch der Ausdruck in ihnen ist neu, eine gleißende, verhärtete Wut lodert darin. Ich zwinge mich, das Kinn zu heben.

»Tu es«, krächze ich. »Was immer du tun sollst, nur zu.«

»Wo ist Rose, Sona?«, fragt Jole.

Ich antworte nicht.

»Hast du sie getötet?«

Mein Blick flackert, nur ganz kurz, doch es entgeht ihm nicht. Plötzlich schießt er vor, fährt mir über den Schädel und krallt sich in mein Haar. Ein weiterer Teil von ihm, der mir vertraut ist, die Hand, die mir früher die Schulter gedrückt oder mir liebevoll die Wange getätschelt hat. Jetzt hämmert diese Hand meinen Kopf auf den Tisch.

Meine Sicht verschwimmt. Mir ist schlecht. *Hatte es überhaupt einen Sinn?* Es muss einen gehabt haben. Ist das nicht die Antwort?

»Hast du sie getötet?!«, brüllt er, auch wenn es nicht länger wie eine Frage klingt. Er packt fester zu. »Sag es! Sag, dass du sie getötet hast!«

»Ich hab sie getötet«, sage ich und beobachte, wie Tränen seine Wimpern benetzen. Meine Stimme ist nur ein Flüstern. »Ich hab sie getötet.«

Er zuckt kaum merklich, dann fordert er: »Entschuldige dich.«

»Was?«

»Entschuldige dich!«, schreit Jole.

»Bei … Rose?«

»Bei Rose? Bei Rose?!«, schnaubt er ungläubig. »Bei deiner götterverdammten Freundin, Sona! Bei dem Mädchen, das dir nichts als Freundlichkeit entgegengebracht hat, das dich beschützt hat, das sich um dich gesorgt hat! Das für dich getötet hätte!«

Ich bin eine Gearbreaker, will ich sagen. *Rose war Godolia treu ergeben. Rose hatte es verdient zu sterben.*

Doch etwas brennt in meiner Brust, es raubt mir den Atem und lässt den Raum verschwimmen. Seine Wangen, seine Tränen und seine Worte strahlen Hitze ab und alles, was ich in einem armseligen Krächzen hervorbringe, ist: »Es tut mir nicht leid.«

Und ich weiß, ich sollte es auch so meinen. Ich weiß, das sollte ich. Aber es war Rose. Rose, so lieblich wie ihr Name. Die im Glanz dieses Ortes geboren wurde, den ich verabscheue.

Jole hebt meinen Kopf an und rammt ihn wieder auf den Tisch. Der Raum kippt.

»Entschuldige dich!«, brüllt er und Tränen rinnen von seinem Gesicht auf meine Wangen. Götter, zumindest hoffe ich, dass es das ist, dass das Salz, das ich schmecke, nicht aus meinen eigenen Augen kommt. »Sag ihr, dass es dir leidtut!«

Ich blecke die Zähne und verdränge die Erinnerungen an sie – ihr Lächeln, ihre Locken, ihre glockenhelle Stimme. Sie war nie meine Rose. Sie gehörte Godolia. Wie sie alle.

»Es tut mir nicht leid, dass ich ihr die Kehle aufgeschlitzt habe«, knurre ich und weigere mich, mich von dem Schock abzuwenden, der sich in seine Züge schleicht.

»Hör auf«, faucht Jole, doch es kommt als Schluchzen heraus. Er versucht, mir den Mund zuzuhalten, doch ich drehe das Kinn weg.

»Ein toter Pilot rettet Hunderte Leben in den Badlands, ich werde also mit Freuden noch tausend weitere töten, angefangen bei dir, wenn du nicht deine *verdammten Hände von mir nimmst*!«

»Kein Grund, ausfallend zu werden, Miss Steelcrest.«

Jemand steht in der Tür, jemand, den ich nicht erkenne.

Das muss ich auch nicht. Denn am Aufschlag seines schwarzen Anzugs prangt ein Baum. Seine kahlen Äste sind eng verwoben, überlagern sich wie verschränkte Finger, und darunter breiten sich die schmalen Wurzeln in den Kosmos aus. Vor langer Zeit war der Ätherbaum ein zeremonielles Symbol der Götter, von dem es hieß, dass es in die Himmelspforten eingraviert sei. Doch als Godolia an die Macht kam, machten es die Höchsten zu ihrem offiziellen Emblem.

»*Nein*«, knurre ich und der Schock lässt meine Wangen glühen. »Du solltest tot sein. Ihr solltet alle tot sein!«

»Mr. Westlin«, fährt der Höchste mit ruhiger Stimme fort und ignoriert mich, »ich denke, Sie haben erreicht, weswegen Sie hergekommen sind, nicht? Die Akademie dankt Ihnen für Ihre Hilfe.«

Jole lässt mich sofort los, beugt sich aber dicht über mich, sodass seine Lippen meine Schläfe berühren.

»Es stimmt, was man sagt«, flüstert er giftig und selbstsicher. »Ihr seid Monster, jeder Einzelne von euch.«

Er stapft davon. Ich schließe die Augen. Ich bin müde und ich muss nichts sehen können.

»Wo ist Frostbringer?«, zische ich.

»Miss Steelcrest.«

»Sag mir, wo sie ist.«

»Könnten wir uns erst einmal ordentlich vorstellen? Ich wurde erzogen, die Hand zu geben, das ist also etwas unglücklich, aber ich könnte Ihnen wenigstens meinen Namen nennen, bevor wir anfangen.«

Ich wurde erzogen, in seiner Gegenwart zu kauern. Vergesst die Windups, die Höchsten sind die wahren Götter Godolias. Und im Gegensatz zu den Mechas ist ihre Macht echt. Zu jeder Zeit haben fünf von ihnen die Kontrolle. Fünf Personen, die die Welt in ihren Händen halten und es liegt in ihrem Ermessen, ob sie sie nähren, beschützen oder – wenn ihnen danach ist, alles, wirklich *alles* zerbrechen zu hören – einfach in ihrem Griff zerquetschen.

Aber er kann nicht viel älter sein als ich.

»Wie höflich«, murre ich. »Du bist nur ein Kind. Deine Erziehung ist noch nicht abgeschlossen.«

Nur ein Kind. Genau wie ich. Es ist lächerlich und herzzerreißend und es lässt mich das Ende dieses Zeitalters herbeisehnen, in dem Kinder Kriege erben. *Können wir nicht einfach aufhören?*, will ich fragen. *Willst du dich nicht deinem Alter entsprechend verhalten und diese Brutalität in deinem Inneren herausschneiden? Erkennst du nicht, dass wir zu jung sind, um uns so grausam zu fühlen?*

»Und doch habe ich meinen Titel vierzig Jahre früher als erwartet geerbt. Sie waren …« Eine Pause entsteht, während er unsicher einatmet. Ist er es? Der letzte Höchste? »Sie waren sehr gründlich.«

»Bist du der Einzige, der übrig ist?«

»Ja.«

»Tut mir leid«, sage ich. »Ich wollte dich auch töten.«

»Fast hätten Sie es geschafft.« Als ich die Augen öffne, bemerke ich, dass er sich mit der Hand über das Handgelenk fährt und seinen Ärmel hochzieht. Eine weiße Bandage ist um seinen Arm gewickelt, sauber und weich, die bloße Haut ist ihr in ihrer Farbe so ähnlich, dass er kränklich wirkt. Die Adern zeichnen sich ab wie dunkle Flussläufe. Er legt den Kopf leicht schräg, während er den Verband betrachtet, und ich entdecke auch an seinem Nacken ein medizinisches Pflaster.

Ich habe ihm Verbrennungen zugefügt.

War er währenddessen bei Bewusstsein?

Hat er zugesehen, wie sie alle zu Asche verbrannt sind, genau wie ich zugesehen habe, wie sie alle erstickten?

Er neigt den Kopf weiter. Sein schwarzes Haar ist zu einem kleinen Knoten am Hinterkopf gebunden. Er hat hübsche, zarte Gesichtszüge und markante Wangenknochen. Mit Schrecken stelle ich fest, dass er so aussieht, wie ich mir einen älteren Xander vorstellen würde. Wenn Xander denn die Chance bekommen hätte, älter zu werden.

»Warum?« fragt er.

»Warum was?«

»Warum dieses Ausmaß der Zerstörung?«

Ich ignoriere diese lächerliche Frage. »Wie viele habe ich getötet? Höchste, Untergebene, Colonels? Zuschauer? Warum nicht auch die Zuschauer mitzählen?«

Er verzieht den Mund. »Wir zählen noch. Mit Ihrer letzten Rakete haben Sie ein paar Dutzend Stockwerke zum Einsturz gebracht.«

Ich weiß nicht, was mich als Erstes trifft – der Triumpf oder die Abscheu oder einfach die Erschöpfung? Jedenfalls verlässt mich mein Kampfgeist, denn was könnte hiernach noch kommen? Vielleicht haben wir uns doch ganz gut geschlagen, gut genug zumindest. Ein Höchster, und er ist ein Teenager, allein. Diese Nation hat solches Gewicht. Es ist vielleicht kein spektakulärer Zusammenbruch, aber doch ein Zusammenbruch.

»Wo ist Frostbringer?«, frage ich wieder.

»Sie beide sind außergewöhnlich«, bemerkt der Höchste. »Eine Pilotin und eine Gearbreaker.«

»*Ich* bin eine Gearbreaker«, fauche ich und er lacht. Der warmherzige Klang wird durch die Leere in seinen Augen neutralisiert.

»Sie sind eine Gearbreaker«, wiederholt er amüsiert. Er hält etwas in der Hand und lässt es langsam zwischen seinen Fingern hindurchgleiten. Einen Füller. »Sagen Sie mir, Bellsona: Wieso mögen die Rebellen Sie so?«

»Ich habe eine liebenswürdige Persönlichkeit.«

Er lacht wieder. »Nein, nein. Ich meinte, Gearbreaker hassen alle Piloten. Die Höchsten. Die Akademie. Godolia. Alles an uns. Wie genau sind Sie dagegen angekommen? Wie konnten sie, nach allem, was man sie gelehrt hat, die Tatsache akzeptieren, dass Sie kein Mensch sind?«

Ich hebe das Kinn. »Ich bin ein Mensch.«

Der Höchste hört auf, mit dem Füller zu spielen, tritt einen Schritt vor und treibt mir die Feder in die Hand, bis sie auf das Glas des Tischs trifft. Blut sprudelt aus der Wunde und benässt meine Hüfte. Er zuckt nicht mal. Ich natürlich auch nicht. Zufrieden über das Ausbleiben einer Reaktion wird sein Schmunzeln breiter.

»Märtyrer sind eine heikle Angelegenheit, nicht wahr, Miss Steelcrest?«, raunt er, nur Zentimeter entfernt, und ich wünschte, er würde nach Rauch und verbranntem Fleisch riechen. Doch da ist nur der frische Geruch der Salbe auf seinen Wunden. Er heilt bereits. »Leute aus den Badlands ... sie brauchen Hoffnung mehr als alles andere. Und die Gearbreaker geben sie ihnen. Zumindest so weit sie können.«

Ich behalte meine Züge unter Kontrolle, doch mein Herz hämmert in meiner Brust.

»Die Vereinbarung war einfach: Geht behutsam vor. Holt euch diese Windups, die es im Dutzend billiger gibt – die Berserker, die Argusse, die Phönixe. Erledigt ein paar Piloten, die zu unfähig sind, um sich zu strahlenderen Gottheiten weiterzuentwickeln, und gebt den Leuten gerade genug Hoffnung, dass sie weitermachen. In ihren Köpfen sind sie Rebellen. Aber Voxter sollte unsere größeren Götter in Ruhe lassen, damit sie ihr gutes Werk vollbringen können. Es sollte keinen direkten Angriff auf Godolia geben, aber man würde seinen Barbaren einen Funken Hoffnung erlauben. Im Gegenzug würden wir nicht jede Seele in seiner Badlands-Armee töten.«

Ein verbitterter Ausdruck huscht über sein Gesicht, doch er unterdrückt ihn schnell wieder. Das Schmunzeln verzerrt sich zu einem Lächeln eisig wie die Tundra.

»Und dann kamen Sie. Aufgrund irgendeines Winks des Himmels oder der Höllen hat Voxter Sie nicht bei Ihrer ersten Begegnung abgeschlachtet und dachte, es wäre ein Spektakel, wenn seine Gearbreaker mit dem Skelett eines Erzengels spielen. Erst als es Jenny Shindanai irgendwie gelungen ist, ihn in die Luft zu kriegen, hat er seinen Fehler erkannt, erkannt, dass seine Gearbreaker nur noch ein Fleck in der Wüste sein würden, falls er Godolia jemals erreichen sollte. Er hat die Höchsten angefleht, das wieder geradezubiegen, und sie haben ein paar Phönixe geschickt und hielten das Problem für gelöst. Nur dass Voxter wieder versagt hatte. Als er endlich meldete, dass der Himmelstag immer noch Ihr Ziel war, tja … Der Prototyp des Erzengels war erst fertig, als es fast schon zu spät war.«

Der Füller wird aus meiner Hand gezogen und Blut füllt das Loch. Ich könnte loslachen. Ich erkenne, dass ich lachen will, und ich tue es. Der Ton entringt sich mir, als wollte er sich weigern, freigesetzt zu werden, doch ich zerre ihn heraus wie einen Faden an einem ausgefransten Ärmel. Jenny Shindanai wird Voxter umbringen. Sie wird ihn umbringen und es wird schrecklich sein und so präzise und brillant brutal und ich werde es verpassen.

Er wartet geduldig, bis ich wieder still bin. Ich drehe meinen Kopf zu ihm und lächle benommen.

»Meine Vorgänger waren Narren, Miss Steelcrest«, sagt er leise. Das entlockt mir eine Reaktion und Überraschung huscht über mein Gesicht, bevor ich sie unterdrücken kann. Ich hätte nie erwartet, dass ein Höchster das überhaupt denken, geschweige denn aussprechen könnte. »Zu gnädig. Zu mitfühlend mit den Launen der Leute auf der Seite der Verlierer, so blind gegenüber der Tatsache, dass jeder einzelne von ihnen diese Nation zu Staub zermalmen würde, wenn er die Gelegenheit dazu bekäme. Als wären wir nicht die Brücke zum Himmel, der eine reine Strang dieses sterblichen Geflechts.«

Du Fanatiker, denke ich bei mir, *du hattest nie eine Chance.*

»Wann wirst du mich töten?«

Der Höchste legt erneut den Kopf schräg, als würde ihn die Frage überraschen.

»Mein Name ist Enyo.«

»Ist mir egal.«

»Miss Steelcrest, ich werde Sie nicht töten.«

Ich sehe zur Decke und ertränke meinen Blick im Licht. Mein Hass hat Furchen in mich gerissen, einen Pfad meine Kehle hinauf gegraben, dem die Worte mühelos folgen können, aber sie kommen erschöpft heraus, weil ich sie leid und diese nie enden wollende Wut so müde bin.

»Ich würde diesen Ort zerstören«, raune ich. »Ich würde ihn in Asche verwandeln.«

Ich will ihn zu einem Friedhof machen, tief wie die Höllen, Ich will, dass der Boden atmet und schreit, und ich will, dass hier der Schmerz regiert. Ich will Eris' Hand nehmen und auf dieser verbrannten Erde tanzen, bis uns die Sinne schwinden und wir vergessen haben, dass wir dieses Grab geschaffen haben. Denn unsere Optionen waren *Weglaufen* oder *Kämpfen*, *alles verlieren* oder *etwas gewinnen*. Wir hatten nie wirklich eine Wahl.

»Das spielt keine Rolle«, sagt Enyo. »Weil Sie keine von ihnen sind.«

»Dieser Ort ...« Ich schüttle den Kopf. »Dieser Ort ist völlig verblendet.«

Enyo winkt ab. »Bis zu einem gewissen Grad. Aber bei *Ihnen* sehe ich vollkommen klar. Natürliches Talent, Bellsona ... *das* ist etwas Seltenes. Wir werden nicht zulassen, dass es einfach im nächsten Verbrennungsofen landet oder in einer Zelle Staub ansetzt. Was den Hass und den Ekel angeht ... das sind nebensächliche Gefühle. Sie können umgeleitet werden.« Er unterbricht sich. »Korrumpiert.«

Bei diesem Wort dreht sich mir der Magen um.

»Der Korruptionsprozess basiert auf Schmerz«, bringe ich hervor. »Er funktioniert bei Piloten nicht. Er wird bei mir nicht funktionieren.«

Der Höchste sieht mich lange an und für einen seltsamen Moment habe ich das Gefühl, dass etwas wie Enttäuschung darin liegt.

»Sie sind eine Pilotin, Bellsona«, sagt Enyo. »Genau wie bei jeder Maschine können Teile von Ihnen an- und abgeschaltet werden. Ihre Sehnerven, Ihre grundlegenden Körperfunktionen, verdammt, sogar Ihre Geschmacksknospen. Das schließt auch Ihr Schmerzempfinden ein. Es bedarf nur eines

Knopfdrucks. Und mir als Höchster stehen zufällig alle Hebel zur Verfügung.«

Ich ringe den Anflug von Angst nieder, indem ich meine Worte mit Gift überziehe. »Ich hätte gedacht, dass Folter unter deiner Würde ist.«

Dieses Mal bleibt der Ausdruck, der in seinen Augen aufblitzt, bestehen. Ich hatte recht. Es ist Trauer. Grauenvolle, die Seele verschlingende Trauer. Ich klammere mich daran fest wie eine Ertrinkende an einem Schiffswrack.

»Wieder richtig, Miss Steelcrest. Aber ich habe darauf bestanden. Schließlich ...« Das verschlagene Lächeln verpufft. »... haben Sie meine Familie getötet.«

Enyo hebt die Hand und schnipst einmal. Ein Schrei entringt sich meiner Kehle, als Schmerz – echt und gleißend – sich in meiner rechten Hand ausbreitet und sich in das bloße Fleisch der offenen Wunde bohrt.

»In Ordnung«, seufzt Enyo und lässt den Füller zwischen seinen Fingern ruhen. Mit der anderen Hand rollt er vorsichtig meinen Ärmel bis über den Ellbogen auf. »Mal sehen, ob wir diese lästigen Gefühle loswerden können, ja?«

Schicht für Schicht schält er meine Zahnräder ab. Schließlich verklingen meine Schreie zu bloßem Schluchzen und ich höre ihn allzu deutlich arbeiten. Beim letzten habe ich nur noch die Kraft für ein schwaches Zucken, das gegen die Eisenfesseln nichts ausrichten kann.

»Wo ist Frostbringer?«, murmle ich, als ich mich an etwas anderes als den Schmerz erinnern kann. Manchmal drifte ich ab, vergesse aber dennoch zu fragen. Manchmal bin ich ganz weit weg von allem, ich bin zu Hause. Manchmal bin ich an einem Ort, der aussieht wie dieser, es aber nicht ist. Ich erkenne es daran, dass meine Rippen sich anders bewegen, und ich atme nicht nur zum Schein, sondern um mich zu stählen, denn mein Puls schlägt zu schnell in meinen Fingerspitzen und ich weiß nicht, warum. Ich hatte auch zuvor ein Herz, aber niemals eines wie dieses. Sie rollt mit den Augen. *Oh bitte, Glitch. Seh ich so aus, als würde ich mich schnell fürchten?*

Es ist okay, Angst zu haben.

Dann bin ich zurück und blute rot, genauso wie der Rest der Welt. Aber das ist nichts Neues, nichts Neues.

»Wo ist sie?«, sage ich wieder, weil wir einander retten und ich gerettet werden muss.

Enyos Hand streicht über meine Stirn und verteilt etwas Warmes darauf.

»Meine liebe Pilotin, wir werden gemeinsam Großes erreichen. Es gibt keinen Grund zur Sorge. Seien Sie ganz beruhigt.« Er haucht die Worte wie ein Gebet. »Godolia ist ein gnädiger Ort.«

DANKSAGUNGEN

Dies sollte ein Buch über Mecha-Schwertkämpfe und wütende Kids werden, aber am Ende wurde es eher eine Art Liebesgeschichte, aber so läuft das nun mal meistens. Eine Rom-Com mit Robotern sozusagen. Wenn ihr das Buch zu Ende gelesen habt, bevor ihr diese Worte lest, mögt ihr mich vielleicht dafür hassen, dass ich das so sage, aber ich denke, es ist ein bisschen lustig, außerdem bedeutet es, dass ihr das Buch tatsächlich durchgelesen habt, also könnt ihr mich hassen, so viel ihr wollt. Ich liebe euch so sehr, danke für alles.

Es gibt so viele Menschen in meinem Leben, für die ich tiefe Zuneigung empfinde und ich habe den Platz, um zu versuchen, es zu Papier zu bringen, als los geht's:

An Kiva, meine Liebe, die Erdbeere auf meinem Kuchen. Du bist ein unglaubliches Wesen. Danke dafür, dass du mich immer wieder daran erinnert hast, durchzuatmen. Ich werde Berge mit dir versetzen, Liebes, wenn diese Realität es erlaubt, unsere Namen auf dem Briefkasten, die Badewanne mitten in der Küche, die Katze, unser Frauchen, die über die Teppiche schreitet, die wir überall auf den Bodendielen verteilt haben.

An Titan. Ich bin älter, aber manchmal scheinst stattdessen du uralt zu sein. Du hast mir so viel über die Welt beigebracht, ohne dass du es überhaupt wolltest. Du hattest recht damit, dass es in Wellen kommt.

An Dad. Du bist ein Fels in der Brandung und hast einen merkwürdigen Sinn für Humor. Ich kann mich des Gedankens nicht erwehren, dass die Welt mich längst kleingekriegt hätte, wenn ich von dir nicht dein gesundes Maß an Sarkasmus und die Fähigkeit, mich zu behaupten, geerbt hätte. Wenn ich zweifel, stärkst du mir den Rücken. Ich bin deinetwegen stark. Ich hoffe, du mochtest die Roboter.

An Mom. Du denkst gern, dass ich dich erwählt habe, aber ich denke, ich hatte einfach Glück. Was habe ich doch für ein Glück, eine solche Beziehung zu dir zu haben. Das spüre ich überdeutlich, wenn ich zu hart zu mir selbst bin und du sagst, dass niemand so mit deiner Tochter reden dürfe und dass ich alles auf der Welt verdiene. Du hast keine Ahnung, wie wichtig das ist oder dass ich es immer in meinem Herzen trage, denn ich selbst empfinde das nicht immer und es rettet mich.

Und an meine beiden Eltern: Ja, meine Figuren haben keine Eltern, aber bitte, interpretiert da nicht zu viel hinein. Es gibt viel Liebe in dieser Geschichte und sie ist von euch beiden inspiriert. Ich kann euch nicht genug dafür danken.

An das Team von Feiwel & Friends. *Gearbreaker* hätte kein besseres Zuhause finden können. Emily, dir gehört mein uneingeschränkter Dank, weil du sagst, was gesagt werden muss, für dein unnachgiebiges Beharren und deine Leidenschaft. Deinetwegen kann ich wahrlich sagen, dass ich stolz auf meine Arbeit bin. Ich bin so gespannt darauf, zu sehen, wie es weitergeht.

An Taj Francis und Mike Burroughs, den Zeichner und den Designer dieses unglaublich geilen Covers, das mich immer wieder völlig überwältigt.

An Weronika, weil sie meine Geschichte aus dem riesigen Stapel der eingesendeten Manuskripte herausgefischt und mich, ohne zu zögern, gedrängt hat, sie zu vollenden. Du bist eine Kämpferin und dafür bin ich so dankbar.

An Kerstin, für deinen überwältigenden Enthusiasmus und deine Warmherzigkeit – das hat mir wirklich durch die schweren Zeiten geholfen.

An Ally und Alex, und Alex' Elektronen.

An Tashie, meine Verlagsgattin, deren Figuren gute Gearbreaker abgeben würden, weil sie immer ein großes Herz haben.

An die wundervolle Schreibgruppe, Nicki, Eric, Daniel, Spencer, Chance und Avery. Eure Fähigkeiten und eure seltsamen, liebevollen Worte lassen mich immer wieder staunen.

Und ganz viel Liebe an die LGBTQ+-Leser*innen. Lasst euch von niemandem sagen, dass ihr keine großartigen Geschichten mit umwerfender Liebe verdient. Meine Lieben vom Gal Palz Club, Ginger, Emiri, Fiona, Judas, Nikki, Maria, Rebecca, Olivia, Kat, Andy, Ryan, Stella, Jennifer, Leanne, Ames, Lindsay und Haley – ja, genau, ihr werdet alle erwähnt – meine Götter, ich bin so glücklich, euch diese sapphische[x] Cyberpunk-Geschichte schenken zu können. Worte können nicht ausdrücken, wie viel Freude ihr in mein Leben bringt. Meine Lieben, mit unendlicher Zuneigung: Danke sehr!

[x] *Der Begriff »sapphisch« gilt als inklusives und modernes Synonym für den Begriff »Lesbisch«.*

Eine Liebesgeschichte in der glamourösen Welt des K-Pop

XOXO

Der Rhythmus unseres Lebens

von Axie Oh

Paperback mit Klappen | ca. 368 Seiten
ISBN 978-3-98743-073-2 | **€ 16,– (D)**

auch als E-Book erhältlich

Verborgen durch Magie leben die Acht Höfe der Feen seit Jahrhunderten mitten unter uns

SEPTEMBER 2023

Cover nicht final

A DARK AND HOLLOW STAR

Nichts ist gefährlicher als ein Märchen

von Ashley Shuttleworth

Paperback mit Klappen | ca. 544 Seiten
ISBN 978-3-98666-336-0 | **€ 18,– (D)**

auch als E-Book erhältlich

cross cult

Weitere Informationen
zum Verlagsprogramm:

www.cross-cult.de
www.crocu.de